Tod im Schatten der Burg

Der letzte Preuße

Jule Heck

edition winterwork

Bibliografische Informationen der Deutschen Nationalbibliothek: Die Deutsche Nationalbibliothek verzeichnet diese Publikation in der Deutschen Nationalbibliografie. Detaillierte bibliografische Daten im Internet über http://www.d-nb.de abrufbar.

Impressum

Jule Heck
»Tod im Schatten der Burg – Der letzte Preuße«
www.edition-winterwork.de

www.jule-heck.de

Satz: edition winterwork
Umschlag: edition winterwork
Umschlagfoto: Mark Schmidt, Münzenberg
Bildbearbeitung: Atelier Wolfgang Becker Münzenberg
Lektorat: Jens Willaschek, Münzenberg-Gambach
Druck und Bindung: winterwork Borsdorf

ISBN 978-3-96014-512-7

Tod im Schatten der Burg

Der letzte Preuße

Ein Münzenberg-Krimi von Jule Heck

edition winterwork

Vorwort

Dieser Kriminalroman ist all den Menschen gewidmet, die unter Mobbing zu leiden hatten oder haben, die durch Rufmord, Diffamierung, bösartige Gerüchte und üble Nachrede zu Schaden gekommen sind.

Ich bedanke mich bei meiner Familie und meinen Freunden, die mich immer wieder bei meinen Vorhaben unterstützen.

Prolog

Frühjahr 1982

Armin verließ mit seiner Mutter das Amtsgericht in Butzbach. Adelheid eilte vorweg, den Blick auf den Boden gerichtet. Es schien, als wolle sie niemandem in dieser Situation begegnen. Als Unternehmerin war sie weithin bekannt und wurde ständig auf der Straße angesprochen. Normalerweise genoss sie es, mit den Leuten zu reden und Neuigkeiten auszutauschen. Doch heute wollte sie nur noch nach Hause, in den Schutz ihrer vier Wände. Sie schämte sich.

Armin bemühte sich, seiner Mutter zu folgen. Mit seinen 16 Jahren war er recht groß und etwas mollig. Sport lag ihm nicht. Deshalb war es mit seiner Kondition nicht so weit her. Er verkroch sich lieber hinter den Seiten eines guten Buches oder ging mit seinem Großvater auf die Jagd. Zudem liebte er klassische Musik und die Songs aus den 50iger und 60iger Jahren.

„Mutter, jetzt warte doch mal. Ich weiß gar nicht, warum du dich so aufregst. Es ist doch alles gut."

„Nix ist gut", keifte sie.

„Aber warum denn, ich wurde doch freigesprochen."

„Ja, aber nur, weil man dir nichts beweisen konnte. Das ist nur ein Freispruch zweiter Klasse", belehrte sie ihn.

„Da war ja auch nichts. Ich habe ihr nichts getan. Wie oft soll ich das denn noch beteuern?", maulte Armin.

„Sei still. Du wirst schon sehen, was jetzt passiert." Sie ging auf ihren Opel Commodore, der auf der gegenüberliegenden Straßenseite stand zu, schloss die Fahrertür auf, ließ sich auf den Sitz gleiten und öffnete ihrem Sohn die Tür von innen.

Armin ließ sich auf den Beifahrersitz fallen. Er beobachtete seine Mutter, die hektisch den Zündschlüssel ins Schloss steckte und den Motor startete. Ohne auf den Verkehr zu achten, lenkte sie den Wagen auf die Fahrbahn, was quietschende Reifen und anhaltendes Hupen zur Folge hatte.

Armin schaute nach hinten. Der Verkehrsteilnehmer, der für das Hupkonzert verantwortlich war, fuchtelte wild mit seinen Armen und war offensichtlich fürchterlich am Fluchen.

Armin konnte sich lebhaft vorstellen, was der Mann am Steuer schrie: „Blödes Weib. Hat keine Ahnung vom Autofahren. Das müsste verboten werden. Die soll lieber zu Hause am Herd bleiben, statt die Männer bei ihrer Arbeit zu behindern." Solche Sprüche kannte er zu Genüge.

Es war immer noch nicht selbstverständlich, dass Frauen arbeiten gingen oder Auto fuhren. Das war Männersache, bekam er immer wieder zu hören. Seine Mutter jedoch hatte nach dem plötzlichen Tod seines Vaters vor fünf Jahren die Firma mit Hilfe seines Großvaters weitergeführt und galt allgemein als Emanze. Das war das neue Modewort, das eine ganze Generation von Frauen betraf, die nicht länger nur Haus und Kinder hüten, sondern einer geregelten Arbeit nachgehen wollten, um eigenes Geld zu verdienen und damit ein Stück Unabhängigkeit von ihren Ehemännern zu erlangen.

„Ich darf gar nicht daran denken, was jetzt wieder für ein dummes Geschwätz im Dorf entsteht. Dafür wird schon meine Schwester sorgen, diese dumme Pute“, sprach seine Mutter in wütendem Ton.

„Mutter, noch einmal, ich habe Martina nichts getan. Sie hat sich auf mich gestürzt und mir einen Kuss gegeben, nicht umgekehrt. Und sonst war da nichts“, erwiderte Armin. „Ich weiß gar nicht, was diese Aufregung soll. Die ganze Sache vor Gericht zu bringen, war total übertrieben von deiner Schwester.“

„Du hast ja gehört, was deine Tante und dein Cousin ausgesagt haben. Du hättest deine Cousine unsittlich berührt und ...“, sie hielt inne „oh Gott, ich darf gar nicht daran denken, was die Leute sagen werden.“

„Die Leute sind mir scheißegal, die Hauptsache du glaubst mir.“

„Rede nicht so dumm daher“, wies sie ihren Sohn zurecht. „Ich bin Unternehmerin, bin auf die Leute angewiesen. Wenn die nicht mehr mit uns fahren, geht die Firma den Bach hinunter.“

„Das ist doch Blödsinn. Nichts wird passieren. Die Leute werden eine Weile reden und dann ein anderes Thema finden, worüber sie sich aufregen können.“

„Da kennst du deine Tante schlecht, die wird das weidlich ausnutzen.“ Sie blinkte und bog links ab auf die Weiseler Straße.

„Dann biete ihr doch Geld an. Dann wird sie schon stillhalten“, schlug Armin vor.

„Das sehe ich gar nicht ein, dass ich dieser dummen Gans auch noch Geld in den Hintern stecke“, sprach sie wütend. „Ich werde Vater bitten, meine Schwester zum Schweigen zu bewegen.“

Den Rest der Fahrt nach Gambach schwiegen sie. Fünfzehn Minuten später hielten sie auf dem Firmenhof.

September 2012

Kapitel 1

„Wo bleibt denn dieses dumme Weib?“, Adelheid Preuß stieß ihren Gehstock heftig auf den Boden. Eigentlich brauchte sie den Stock nicht mehr. Seit einiger Zeit war sie an den Rollstuhl gefesselt und konnte nur mit Hilfe einer Pflegekraft die alltäglichen Dinge bewältigen. Sie benutzte ihn nur noch, um auf sich aufmerksam zu machen und das kam ziemlich oft vor.

„Beruhige dich, sie wird schon kommen. Vielleicht muss sie auf die neue Mieterin warten. Die will doch heute einziehen“, versuchte Armin seine Mutter zu beruhigen.

Sigrid Kessel, die Pflegekraft seiner Mutter, war eigentlich eine zuverlässige Person, immer pünktlich und korrekt. Seit vier Jahren ging sie in der Villa der Familie Preuß ein und aus. Nach einem Schlaganfall war seine Mutter zum Pflegefall geworden und konnte sich nur mit dem Rollstuhl fortbewegen. Ihre Arbeit in der Firma hatte sie mit damals 69 Jahren mehr oder weniger unfreiwillig aufgegeben und die Leitung ihrem Sohn Armin übergeben.

Adelheid Preuß war schon immer eine anstrengende Person gewesen, laut, cholerisch, vor allem ungerecht gegenüber ihrem einzigen Sohn, knallhart als Unternehmerin. Sie war gefürchtet in der Branche und hatte es trotz der stetig wachsenden Konkurrenz geschafft, das Busunternehmen, das ihr Vater Gustav Kolbow gegründet hatte, erfolgreich fortzuführen und ständig zu erweitern. Mittlerweile besaßen sie eine Flotte von zehn hochmodernen Reisebussen. Die Fahrer wurden über Tarif bezahlt, um sie bei Laune zu halten und zu vermeiden, dass sie nicht von anderen Firmen abgeworben wurden.

Auch wenn man Adelheid Preuß hinter ihrem Rücken als fauchenden Drachen bezeichnete und sie immer wieder die Fahrer anschrie, war man froh, wenn man für das Unternehmen fahren konnte. Hatte man einmal einen Arbeitsvertrag bei Adelheid unterschrieben und ließ sich nichts zu Schulden kommen, bedeutete das eine Anstellung auf Lebenszeit. Da ertrug man ihre Wutausbrüche und Schimpftiraden und wartete geduldig ab, bis sie sich wieder beruhigt hatte.

Doch seit sie im Rollstuhl saß, war sie noch unleidlicher und tyrannisierte ihre Mitmenschen. Vor allem Sigrid konnte ihr nichts recht machen. Es war erstaunlich, dass sie noch immer jeden Tag in die Villa kam. Dafür konnte es nur einen Grund geben, aber den kannte seine Mutter glücklicherweise nicht. Sie hätte der armen Person sonst das Leben noch schwerer gemacht.

„Man kann doch mal anrufen und Bescheid geben", zeterte seine Mutter.

„Vielleicht geht das nicht. Ohne Grund bleibt sie bestimmt nicht aus", verteidigte Armin die Pflegerin.

„Papperlapapp, man kann immer anrufen. Ich entschuldige dieses Verhalten nur, wenn sie auf dem OP-Tisch liegt oder tot ist."

„Mutter, du bist gemein. Sigrid ist immer da. Nun ist sie einmal unpünktlich. Na und!"

„Die ist einfach nur zu faul anzurufen."

„Ich werde mich mit ihr in Verbindung setzen und sehen, wo sie bleibt. Dann muss ich aber in die Firma. Ich bin eh schon zu spät." Ungeduldig schaute er zum Kamin, wo sich auf dem Sims eine wunderschöne alte Uhr befand.

Armin zog sein Handy aus der Tasche und drückte die Kurzwahlnummer von Sigrid. Nach mehrmaligem Ertönen des Freizeichens hörte er eine Computerstimme, die ihm mitteilte, dass die Angerufene momentan nicht erreichbar sei. Er versuchte es auf dem Festnetz, doch auch da antwortete nur der Anrufbeantworter.

„Mutter, Sigrid meldet sich nicht. Ich fahre auf dem Weg in die Firma mal bei ihr vorbei."

„Mach das, mein Junge", sprach Adelheid mit einem unüberhörbaren Akzent, der ihre Herkunft verriet.

„Sie soll sich beeilen. Ich habe keine Lust, hier zu versauern."

„Elena wird gleich hier sein." Mit Elena war die Haushaltshilfe gemeint, die seit über zwanzig Jahren die Villa in Ordnung hielt. Sie kam ursprünglich aus St. Petersburg, war im Zuge der Rückkehr der deutschen Auswanderer nach Deutschland eingereist und besaß mittlerweile sogar die deutsche Staatsangehörigkeit. Obwohl sie schon so viele Jahre hier lebte, unterhielt sie sich immer noch auf Russisch mit ihrer Familie und bezeichnete St. Petersburg als ihre Heimat. Jedes Jahr reiste sie für vier Wochen dorthin, um ihre Mutter und Geschwister zu besuchen.

Kapitel 2

Armin verließ die Villa, froh, dass er seiner zänkischen Mutter endlich entkommen war. An seiner Seite ging Othello, sein Jagdhund. Manchmal war seine Mutter wirklich schwer zu ertragen. Er konnte sich nicht erinnern, dass sie jemals anders gewesen war. Die frühesten Erinnerungen an sie gingen immer einher mit unfreundlichen, bestimmenden Anweisungen: „Tu dies, tu das, sitz gerade, halte dich aufrecht, ein deutscher Junge weint nicht“ und ähnliche entwürdigende Äußerungen.

Sein Großvater war ebenfalls streng gewesen, aber freundlich im Umgang mit ihm. Er hatte Armin viel beigebracht, hatte ihn mit in den Wald genommen, die Namen der Pflanzen und Bäume erklärt, mit ihm Pilze gesucht und ihm das Angeln beigebracht. Als er größer war, hatte er ihn sogar mit auf die Jagd genommen und ihn unterstützt, als er seinen Jagdschein machte. Das erste Jagdgewehr hatte er von seinem Großvater bekommen. Kurz vor seinem Tod schenkte der Großvater ihm sein Jagdmesser. Das hatte er schon von seinem Vater geerbt, der wiederum hatte es von seinem Vater bekommen.

Sein Großvater hatte immer liebevoll zu ihm gesagt, er sei „der letzte Preuße“, weil er in allem was er tat, trotz seiner Jugend, alles ganz genau nahm. Er war akkurat, fast penibel, erledigte alles zuverlässig, achtete genau auf die Vorschriften.

Nach einem tragischen Ereignis im vergangenen Jahr hatte man ihm den Jagdschein entzogen. Darüber war er sehr traurig, zumal er sich nichts hatte zu Schulden kommen lassen. Die Jagd war seine große Leidenschaft gewesen und hatte ihn von seiner täglichen Arbeit und den ständigen Querelen mit der Familie abgelenkt. Aber er regte sich nicht mehr darüber auf, war es doch nur, wie viele andere zuvor, eine weitere Ungerechtigkeit in seinem Leben.

Armin stieg in den metallicbraunen Lexus, den er schon seit ewigen Zeiten besaß. Othello nahm auf dem Beifahrersitz Platz. Die Luxusausführung von Toyota hatte ihm Harry, der ein Autohaus in Friedberg führte, empfohlen. Er war mehr als zufrieden mit dem Wagen. Als hiesiger Unternehmer achtete er darauf, nicht mit seinem Wohlstand zu protzen. Er hätte es sich durchaus leisten können, einen großen Mercedes zu fahren. Doch er wollte nicht unnötigen Neid erwecken. So fuhr er halt eine „japanische Reisschüssel", wie sein Cousin Berthold seinen fahrbaren Untersatz abfällig bezeichnete.

Seinen breitkrempigen Hut setzte er Othello auf, der sich das ohne Murren gefallen ließ. Ohne seinen Hut und seinen großen Münsterländer verließ er nie das Haus. Er hatte schon immer eine Kopfbedeckung getragen, als Junge war es eine Schiebermütze, später dann ein Hut. Das war eine Hommage an seinen Großvater, den er sehr verehrte und der ihn auch in diesem Punkt unterstützte. Bei seinen Schulkameraden und auch später bei seinen Kommilitonen fand seine altersunübliche Kopfbedeckung wenig Beifall.

„Egal, was die Leute sagen", hatte sein Großvater ihn angespornt, „dir muss es gefallen." Und das tat es, bedeckte es doch seinen mittlerweile fast kahlen Schädel. Die wenigen Haare, die noch vorhanden waren, hatten sich in ein leichtes Silbergrau gewandelt und waren kaum sichtbar. Zumal ihm bei seiner Größe sowieso niemand auf den Kopf schauen konnte. Selbst im Sitzen überragte er die meisten seiner Mitmenschen.

Armin setzte den Blinker und wartete geduldig, bis eine Lücke in der langen Reihe der vorbeifahrenden Autos auf der B 488, die durch Gambach führte, entstand. Während er wartete, strich er seinem Jagdhund liebevoll über den Rücken. Othello erwiderte die Zuneigung mit einem treuen Blick.

Wäre Armin doch nur gleich zu Sigrids Haus durchs Dorf gefahren, dann hätte er den allmorgendlichen Stau vermieden. Es hatte schon ewig gedauert, bis er durch den Kreisel gelangt war. Doch er hatte noch schnell einen Blick auf den Betriebshof an der Butzbacher Straße werfen wollen, um festzustellen, ob die Busse unterwegs waren.

Die Meldung im Radio machte ihm wenig Hoffnung auf eine Verkehrslücke. Auf der A 5 war wieder einmal Stau zwischen den Anschlussstellen Butzbach und Butzbach Süd. In der Auffahrt war ein Getränkelaster umgekippt, der alle drei Fahrspuren blockierte. Die Autobahn war bis auf weiteres voll gesperrt. Die Autofahrer fuhren am Gambacher Kreuz auf der A 45 weiter bis zur Anschlussstelle Münzenberg, wo sie die Autobahn verließen. Vermutlich standen die Fahrzeuge von Münzenberg bis nach Butzbach. Das bedeutete aber auch, dass seine vier Busse, die im Linienverkehr eingesetzt waren und vorwiegend Schüler der Butzbacher Schulen beförderten, im Stau feststeckten. Die Schüler würden sich sicherlich freuen, wenn sie später zum Unterricht kämen.

Ein freundlicher Zeitgenosse blinkte Armin an, ließ ihm die Möglichkeit, sich in den langsam fließenden Verkehr einzureihen. Nach einigen hundert Metern verließ er die B 488, die zwischen der Anschlussstelle Münzenberg und Butzbach als Umgehung diente und bog rechts ab ins Dorf.

Kurz darauf hielt er am rechten Fahrbahnrand gegenüber einem kleinen Haus.

„Othello, du bleibst hier. Herrchen ist gleich zurück." Der vierbeinige Gefährte reagierte mit einem Schnauben.

Armin stieg aus, setzte seinen Hut auf und überquerte die ruhige Anliegerstraße. Obwohl es schon lange hell war, waren die Rollläden im Parterre des Hauses noch geschlossen. Das Hoftor stand offen. Er drückte auf den Klingelknopf neben der Haustür, die sich an der Längsseite des Hauses befand. Im Inneren des Hauses hörte er die Klingel anschlagen. Doch nichts rührte sich. Das Summen des Öffners blieb aus. Sigrid erschien auch nicht an der Tür. Etwas beunruhigt, nahm er seinen Schlüssel und öffnete die Haustür, die schon nach einer leichten Linksdrehung aufsprang. Die der Haustür gegenüberliegende Wohnungstür stand einen Spalt breit offen. Ein merkwürdiger Geruch stieg in seine Nase, ein Summen drang in seine Ohren. Die Wohnung lag im Dunkeln.

Ein mulmiges Gefühl beschlich ihn. Vorsichtig drückte er die Wohnungstür auf, betätigte den Lichtschalter neben der Tür.

„Sigrid, bist du da? Ich bin es, Armin“, rief er zögerlich.

Eine Antwort blieb aus. Er ging dem Summton nach, der aus der Küche zu kommen schien. Vorsichtig öffnete er die Tür. Das Summen nahm zu. Ohne es gesehen zu haben, wusste er, dass der Ton von Fliegen kommen musste. Das erklärte auch den seltsamen Geruch nach Blut und Verwesung. Ein Spalt im Rollladen ließ ihn im dämmrigen Licht einen am Boden liegenden Körper erkennen.

Er wusste genau, was er erblicken würde, als er das Licht einschaltete.

Kapitel 3

Berthold raufte sich die Haare. Wo blieb sein Cousin und Mitgeschäftsführer des Unternehmens? Ausgerechnet heute Morgen musste er sich verspäten. Normalerweise war Armin stets vor ihm in der Firma. Er saß bereits an seinem Schreibtisch, eine große Tasse dampfenden Kaffees vor sich und die Meerschaumpfeife im Mund, wenn er, Berthold, selbst sein tägliches Fitnessprogramm beendet hatte und endlich in der Firma erschien. Heute war er ausnahmsweise vor seinem Cousin in der Firma aufgetaucht. Sein Tennispartner hatte ihn versetzt, so dass er mit seiner Freizeit nichts anzufangen wusste. Deshalb hatte ihn auch die Nachricht von dem liegengebliebenen Linienbus voll erwischt. Er wusste gar nicht, was er in dieser Situation anfangen sollte. Armin kümmerte sich um diese Dinge, wusste immer, was zu tun war.

Die großen Busse hatten bereits alle den Hof verlassen. Außer den drei Kleinbussen standen keine Fahrzeuge zur Verfügung.

„Siglinde, was sollen wir denn jetzt machen?", fragte er die Sekretärin.

„Wieso fragst du mich? Du bist doch der Chef", missbilligend sah sie zu ihm auf.

„Ja, aber mit diesen Dingen kenne ich mich nicht aus. Dafür ist Armin zuständig. Hast du eine Ahnung, wo er steckt? Hat er irgendwas davon gesagt, dass er heute später kommt?" Seine Stimme klang hilflos, wie die eines Kindes.

„Nein, ich verstehe das auch nicht“, Siglinde zog die Schultern hoch.

„Ruf ihn doch mal zu Hause an“, er hielt kurz inne, „oder noch besser auf dem Handy.“

Siglinde hatte bereits das Telefon in der Hand und drückte die Kurzwahltaste. Sie ließ es lange klingeln. Niemand nahm ab.

„Auf dem Handy meldet er sich nicht. Ich versuch es mal zu Hause.“

„Hier bei Preuß, Elena am Apparat. Was kann ich für Sie tun?“, meldete sich wenig später die Haushälterin von Adelheid Preuß. Obwohl sie auf dem Display erkennen konnte, wer sich hinter dem Anrufer verbarg, hatte sie die Anweisung, sich immer förmlich zu melden.

„Guten Morgen, Elena. Ist der Chef noch zu Hause?“, kam es von der anderen Seite.

„Nein, Herr Armin schon weg, als ich um acht Uhr kommen“, antwortete die Haushälterin in gebrochenem Deutsch.

„Wissen Sie, ob er heute Morgen einen Termin außer Haus hat?“

„Ich nicht seine Sekretärin“, kam es entrüstet von Elena.

„Elena, wer ist denn da?“, war die undeutliche Stimme von Adelheid Preuß im Hintergrund zu hören.

„Frau Müller aus Firma. Sie suchen Armin, gnädige Frau“, antwortete die Haushälterin. Im Hörer kratzte es. Kurz darauf war Adelheid Preuß zu vernehmen: „Was soll das heißen, Sie suchen meinen Sohn? Er hat doch schon vor über eine Stunde das Haus verlassen“, nuschelte sie in den Hörer.

„Er ist noch nicht hier angekommen. Wir haben aber ein Problem mit einem der Schulbusse. Er ist in Griedel liegengeblieben. Wahrscheinlich Motorschaden.“

„Ist denn Berthold nicht da?“

„Doch, aber er weiß nicht, was er machen soll.“

„Dieser Taugenichts, was kann der überhaupt?“, fauchte Adelheid in den Hörer.

„Schicken Sie einen anderen Bus hinterher. Aber dalli.“

„Die Busse sind alle schon weg. Nur die Kleinbusse sind noch in der Halle.“

„Dann rufen Sie bei den Kollegen in Rockenberg oder Nidda an. Es wird doch wohl noch einer da sein, der uns aushelfen kann“, befahl Adelheid. Ihre Aussprache glich eher dem Gelalle einer Betrunkenen.

„Jawohl, gnädige Frau. Ich werde sehen, was sich machen lässt.“

„Sie sollen nicht sehen, sondern handeln. Und kriegen Sie raus, wo mein Sohn steckt, aber ein bisschen plötzlich.“

„Diese dämliche Kuh“, Adelheid Preuß drückte die Austaste und warf das Gerät auf den Esstisch, „sind denn heute alle verrückt? Erst taucht Sigrid nicht auf, jetzt bleibt ein Schulbus liegen und zu allem Überfluss ist auch noch Armin verschwunden.“

„Gibt bestimmt einen Grund, gnädige Frau“, sprach Elena mit einem unüberhörbaren russischen Akzent. Sie war seit über zwanzig Jahren im Haushalt der

Familie Preuß beschäftigt. Kurz nachdem sie mit ihrer Familie aus St. Petersburg hier nach Deutschland gekommen war, hatte sie die Stellung angetreten. Es war sowohl für sie, als auch für Familie Preuß ein Glücksfall gewesen. Elena war fleißig, erledigte alle ihr übertragenen Aufgaben gewissenhaft und war obendrein verschwiegen. Nichts was im Hause Preuß gesprochen wurde oder vorfiel, drang durch sie nach außen. Sie war ihrer Chefin treu ergeben, froh, dass sie diese gut bezahlte Stellung erhalten hatte. Ihre Bemühungen, die deutsche Sprache richtig zu lernen, scheiterten jedoch daran, dass sie zu Hause mit ihren Kindern und ihrem Mann nur russisch sprach. Da sie nur Kontakt zu anderen russischen Zuwanderern pflegte, hatte sie kaum eine Möglichkeit deutsch zu sprechen. Elena nahm den Hörer auf und wählte Armins Handy-Nummer, lauschte in den Hörer. Nach mehrmaligem Ertönen des Freizeichens, gab sie auf. „Nichts, Ihr Sohn sich nicht melden, gnädige Frau“, wandte sie sich an ihre Chefin.

„Ich muss in die Firma“, rief Adelheid der Haushälterin zu, „Sie werden mich begleiten, Elena.“

„Jawohl, gnädige Frau.“ Elena machte einen leichten Knicks.

Adelheid war seit ihrer Genesung nicht mehr in der Firma gewesen. Von dem Schlaganfall hatte sie nicht nur eine linksseitige Lähmung zurückbehalten, auch ihr Gesicht war seitdem entstellt. Der Mund hing links herab und verstärkte den bissigen Ausdruck in ihrem

Gesicht. Ihre Sprache hatte ebenfalls darunter gelitten. Mitunter war sie schwer zu verstehen. Dennoch kommentierte sie alles, was ihr nicht passte, oft in einem sehr herablassenden Ton.

Kapitel 4

„Hofstetter, darf ich mal telefonieren? Ich müsste in der Firma Bescheid sagen. Die wissen doch gar nicht, wo ich bin“, wandte sich Armin verzweifelt an den Beamten von der Butzbacher Polizeidienststelle.

„Tut mir leid, Armin. Du musst warten, bis die Kripo hier ist“, er schaute den Busunternehmer mitleidig an. Er wäre gern der Bitte nachgekommen, doch sein junger Kollege, mit dem er seit einiger Zeit unterwegs war, hätte das nicht zugelassen. Der ehrgeizige junge Mann achtete genau auf die Einhaltung der Vorschriften, die er auf der Polizeischule gelernt hatte.

Hofstetter war sich sicher, dass Armin Preuß nicht für das schreckliche Verbrechen, dass sich in der Küche des Hauses abgespielt hatte, verantwortlich war. Er kannte Armin seit seiner Kindheit. Auch Adelheid Preuß und ihr mittlerweile verstorbener Vater waren keine Fremden für ihn. Jeder hier in der Umgebung nutzte die Buslinie der Firma Preuß, trat so manche Urlaubsreise in den hochmodernen Reisebussen an oder lieh sich einen der drei Neunsitzer für Vereinsfahrten aus.

Armin hatte sich schon immer großzügig gegenüber der Butzbacher Polizei gezeigt, öfter einen Bus für Ausflüge zu einem günstigen Preis zur Verfügung gestellt. Hofstetter wusste, dass die Firma Preuß gut geschulte Fahrer beschäftigte, die strengstens auf die Einhaltung der Lenkzeiten achteten. Die Wartung der Busse erfolgte immer rechtzeitig. Bisher war das Busunternehmen, bis auf kleinere Unfälle, nie negativ aufgefallen.

Der in Griedel liegengebliebene Bus stellte ebenso eine Ausnahme da. Der Fahrer hatte sehr umsichtig gehandelt, als er merkwürdige Klopfgeräusche am Motor vernommen hatte. Er wollte nicht riskieren, die Kinder mit einem defekten Bus zu befördern. Deshalb war er von seiner Route nach Butzbach abgewichen und hatte den Bus hinter den Bahnschienen in Griedel zum Halten gebracht. Er hatte sofort seine Firma verständigt.

Hofstetter hatte Armin den liegengebliebenen Bus verheimlicht. Er wollte ihn nicht noch mehr beunruhigen.

„Wann kommt denn nun die Kripo?“, fragte Armin erneut. „Othello sitzt zudem seit einer Stunde im Auto. Ich müsste mal nach ihm schauen.“

„Wer sitzt in Ihrem Auto?“, fragte der junge Beamte.

„Mein Jagdhund. Er heißt Othello.“

In diesem Moment ging das Hoftor auf. Eine gut gekleidete Frau mit einem silberfarbenen Metallkoffer kam näher.

„Guten Morgen, die Herren“, sprach sie in einem angenehmen Tonfall zu den Beamten, „wo finde ich die Leiche?“

„Guten Morgen, Frau Dr. Auf der Heide“, antwortete ihr Hofstetter höflich, „in der Küche im Erdgeschoss. Kein schöner Anblick.“

„Welche Leiche ist schon schön?“, gab sie zu bedenken. „Bin ich mal wieder die Erste?“, lachte sie.

„Henne und Co sind noch nicht da“, erklärte Hofstetter, „Sie haben mal wieder gewonnen.“

Armin sah den Polizisten ungläubig an. Hofstetter konnte seine Gedanken erraten: Wie konnte der Beamte im Angesicht des Todes Witze machen?

„Das ist die Rechtsmedizinerin, Frau Dr. Auf der Heide aus Gießen“, klärte Hofstetter den Busunternehmer auf. „Sie und die Ermittler wetteifern darum, wer zuerst am Tatort ist.“

„Aha, das ist ja interessant“, kam es lasch von Armin, der langsam ungeduldig wurde.

Fünf Minuten später öffnete sich das Tor erneut. Ein Rauhaardackel schoss auf den Hof, bellte die Anwesenden freudig an. „Na Erdmann, auch wieder am Start!“, Hofstetter beugte sich zu dem Vierbeiner herab und kraulte ihn hinter den Ohren. „Wo ist denn dein Herrchen?“, für die Frage erhielt er einen irritierten Blick von seinem jungen Kollegen.

„Das ist der Dackel von Henne“, erklärte Hofstetter.

„Wer ist nun wieder Henne?“, fragte der junge Beamte und verdrehte genervt die Augen.

„Ich bin Henne“, Alexander Henneberg, der Ermittler vom K 10 in Friedberg, trat durch das Hoftor und kam näher, „Hallo Hofstetter, immer noch im Dienst?“, wandte er sich dem Polizeihauptkommissar aus Butzbach zu.

„Hallo Henne“, antwortete der Angesprochene, „noch drei Monate, dann bin ich diesen Kindergarten endlich los.“

„Hast du es gut“, lachte der Kommissar.

„Wo ist denn deine Kollegin?“, Hofstetter sah zum Hoftor.

„Co ist in einem Seminar. Sie kommt erst morgen zurück“, erklärte Henneberg und wandte sich an den jungen Schutzbeamten, „wer ist er da?“

„Schön, Polizeioberkommissar Schön“, kam es wie aus der Pistole geschossen.

„Nomen est omen“, knurrte Hofstetter.

„Aha, Sie sind wohl neu in der Butzbacher Dienststelle?“, bemerkte der Ermittler.

„Seit Jahresbeginn, um genau zu sein“, Schön richtete sich gerade auf, so als wolle er salutieren.

„Was liegt an?“, fragte Henneberg, nickte dem neuen Schutzbeamten zu und blickte den ihm unbekannten Mann an, der sich zu Erdmann herabgebeugt hatte, um den eifrig an seinen Hosenbeinen schnüffelnden Dackel zu tätscheln.

„Mord vom Feinsten“, antwortete Polizeioberkommissar Schön eifrig. „Den Mörder haben wir gleich festgesetzt“, er sah zu Armin Preuß, der immer noch mit Erdmann beschäftigt war.

„Aha, wer hat wen ermordet?“, Henne tippte Schön an die Brust.

„Er da“, Schön zeigte auf Armin Preuß „hat die Pflegerin seiner Mutter erstochen.“

Armin richtete sich abrupt auf. „Nein“, stieß er hervor, „das habe ich nicht. Ich habe sie tot aufgefunden. Das habe ich Ihnen bereits erklärt.“

„Die Situation ist eindeutig. Leugnen ist zwecklos, guter Mann“, kam es arrogant von Schön.

„Waren Sie dabei?“, fragte der Kommissar süffisant.

„Nein, natürlich nicht“, erwiderte der Schutzbeamte. „Merken Sie sich junger Mann, so lange nichts bewiesen ist, gilt zunächst die Unschuldsvermutung. Das hätten Sie eigentlich während Ihrer Ausbildung lernen müssen.“

„Wer sind jetzt Sie?“, richtete Henneberg die nächste Frage an Armin Preuß.

„Ich bin Armin Preuß, Busunternehmer hier aus Gambach.“

„Und wieso sind Sie hier?“

„Moinsen“, Eberstädter platzte in die Runde. Seine Begrüßung, die ganz und gar nicht in die Wetterau passte, wurde mit einem gelangweilten „Morgen“ von Hofstetter erwidert. Eberstädter war ein begeisterter Fan der sonntäglichen Tatort-Serie. Ganz besonders liebte er Kommissar Thiel aus dem „Tatort“ Münster, dem er äußerlich glich. Er war nicht allzu groß und schleppt mindestens 10 kg Übergewicht mit sich herum, das sich vor allem am Bauch festgesetzt hatte.

„Ach Eberstädter, auch schon da!“, richtete sich Henneberg belustigt an seinen Kollegen, „du wohnst im Nachbarort und kommst nach mir an.“

„Die Bundesstraße ist mal wieder total verstopft. Kein Durchkommen“, Eberstädter wischte sich den Schweiß von der Stirn.

„Die Sanitäter bringen Frau Klinke jetzt in die Klinik“, richtete er sich an Henneberg.

„Habt Ihr die Frau schon befragt?“, Henneberg sah Hofstetter an.

„Das war gar nicht möglich, die hat einen Kreislaufkollaps“, antwortete stattdessen Polizeikommissar

Schön, „die Nachbarn haben sie schreiend auf der Straße entdeckt und gleich die Polizei und den Notarzt verständigt.

„In welche Klinik wird sie gebracht?", Henneberg ignorierte Schöns Antwort.

„Zur Beobachtung nach Lich ins Krankenhaus", erklärte Hofstetter.

„Ok, sie sollen sie mitnehmen. Wir werden sie später befragen", richtete sich Henneberg an Eberstädter.

„Können wir nicht reingehen?", wandte sich Henneberg erneut an Hofstetter.

„Geht nicht, die Spusi ist im Hause und die Rechtsmedizinerin mit dem seltsamen Namen", mischte sich Schön erneut ungefragt ein.

„Sie gehen jetzt mal raus auf die Straße und befragen die Nachbarn, ob sie was Verdächtiges gesehen haben", befahl Henneberg dem jungen Polizisten. Es war ganz deutlich, dass er den Mann loswerden wollte.

„Und jetzt zu Ihnen, Herr Preuß", richtete Henneberg seine Worte an den Busunternehmer, „was genau ist denn passiert?"

„Das weiß ich leider auch nicht. Als Frau Kessel, also die Pflegerin meiner Mutter, heute Morgen nicht zur Arbeit erschienen ist, habe ich sie angerufen. Aber ich konnte sie weder auf dem Festnetz noch auf dem Handy erreichen. Das kam mir sonderbar vor. Frau Kessel ist normalerweise die Pünktlichkeit in Person."

„Und da sind Sie gleich hierhergefahren?", platzte Eberstädter dazwischen, der wieder zu der Gruppe getreten war.

„Wie schon gesagt, Frau Kessel ist immer pünktlich und sehr korrekt. Sie wäre nie ohne Entschuldigung ferngeblieben", versicherte Armin Preuß.

„Ok, Sie sind dann hierhergefahren. Wie sind Sie denn ins Haus gekommen?", wollte Henneberg wissen.

„Die Haustür stand offen, die Wohnungstür ebenso." Bei dieser Aussage blickte Preuß auf den Boden. Den Schlüssel, den er als Hausbesitzer besaß, erwähnte er nicht.

„Ich habe trotzdem geklingelt und gerufen. Als ich keine Antwort bekam, bin ich in die Wohnung gegangen. Es war alles dunkel. Ich nahm Verwesungsgeruch wahr und hörte zugleich das Summen von Fliegen. Da war mir klar, dass irgendwas passiert sein musste."

„Woher wussten Sie, dass es Verwesungsgeruch war?", warf Eberstädter ein.

„Ich bin Jäger. Mit Aas kenne ich mich aus. Der Geruch war ganz eindeutig", die Stimme von Preuß klang fest, dennoch schwang ein merkwürdiger Unterton mit. Henneberg ermunterte den Mann weiter zu sprechen.

„Ich ging also dem Summen nach. Öffnete die Küchentür und machte das Licht an", Preuß Stimme klang nun brüchig.

„Und da haben Sie die Leiche entdeckt?", folgerte Henneberg.

Es dauerte eine Weile, bevor Preuß antwortete: „Frau Kessel lag am Boden. Aus ihrem Leib ragte ein Messer. Getrocknetes Blut bedeckte den Boden. Dieser Anblick war grauenhaft", Preuß schüttelte den Kopf. Der Mann war sichtlich erschüttert. Henneberg ließ ihm etwas Zeit, um sich zu fassen.

„Ich kniete mich neben sie. Versuchte, die Fliegen zu verscheuchen", er schluchzte laut.

„Warum sind Sie nicht einfach an der Tür stehengeblieben?", Henneberg empfand ein Gefühl von Mitleid mit dem Mann, der offensichtlich unter der Situation litt.

„Der Anblick ihrer offenen Augen war so schrecklich. Es war so, als wenn sie mich anschauen würde und mich fragen wolle, wie ihr das passieren konnte."

„Warum haben Sie nicht gleich die Polizei gerufen?", mischte sich Eberstädter wieder ein.

„Ich war so schockiert. Ich war gar nicht fähig, klar zu denken."

„Und wann kam die Mitbewohnerin ins Spiel?" Bevor Preuß antworten konnte, trat Frau Dr. Auf der Heide in den Hof.

„Herr Preuß warten Sie bitte einen Moment. Ich muss kurz mit der Rechtsmedizinerin sprechen."

„Kann ich denn nicht inzwischen meinen Hund holen? Er sitzt jetzt schon seit über einer Stunde im Auto", flehte Preuß den Kommissar an. Henneberg nickte Hofstetter zu. „Begleite bitte Herrn Preuß nach draußen."

Kapitel 5

Adelheid stand mit ihrem Rollstuhl vor der Treppe zum Eingang des Büros. Hier kam sie nicht weiter. Einen behindertengerechten Aufgang zu dem Gebäude gab es nicht.

„Elena, ruf mal Frau Müller und meinen Neffen raus“, herrschte sie ihre Haushälterin, die ihre Chefin den ganzen Weg von der Villa zum Firmensitz geschoben hatte, an.

„Tantchen, was machst Du denn hier?“, Berthold erschien in der Eingangstür.

„Du sollst mich nicht immer Tantchen nennen“, blaffte sie ihren Neffen an, „und deine Freude kannst du dir schenken. Die ist eh nicht echt.“

„Da will man mal freundlich sein“, Berthold hob die Schultern, „und dann wird man angemotzt.“

„Spar dir deine Tränen“, Adelheid machte eine Handbewegung, als wolle sie Bertholds Worte wegwischen, „erklär mir lieber, was hier los ist.“

Frau Müller schob Berthold zur Seite und drängte sich ins Freie.

„Guten Morgen, gnädige Frau. Wir wissen nicht, wo Ihr Sohn steckt.“

„Haben Sie inzwischen einen anderen Bus ordern können?“, fragte Adelheid, ohne auf die Begrüßung der Sekretärin einzugehen.

„Es sind alle Busse unterwegs. Nichts zu machen.“

„Wo ist Otto?“ Adelheid meinte den Werkstattleiter, der als KFZ-Mechaniker in dem Busunternehmen ihres Vaters angefangen und sich zum Werkstattleiter hochgearbeitet hatte.

„Siglinde, geh doch mal rüber in die Halle und hol Otto hierher“, bat Berthold die Sekretärin. „Bin schon unterwegs“, kam es kokett von Siglinde.

„Wieso duzt du Frau Müller?“, zischte Adelheid, die den Blick, den Berthold der forteilenden Sekretärin hinterherschickte, offensichtlich bemerkt hatte.

„Warum denn nicht?“ Berthold machte ein unschuldiges Gesicht.

„Man duzt sich nicht mit Untergebenen“, belehrte sie ihren Neffen.

„Adelheid, welche Freude, dich einmal wieder zu sehen!“, ertönte die Bassstimme von Otto Köhler.

„Otto, mein Guter“, duzte Adelheid den Werkstattleiter ganz entgegen der soeben gemachten Aussage.

„Was machst du hier, Adelheid?“ Otto beugte sich zu seiner ehemaligen Chefin herunter.

„Nach dem Rechten sehen“, nuschelte Adelheid.

„Wieso heute? Ist was geschehen? Du warst vier Jahre nicht mehr hier“, konstatierte Otto.

„Armin ist nicht in der Firma aufgetaucht. Frau Kessel kam auch nicht zur Arbeit. Irgendwas stimmt hier nicht.“

„Vielleicht sind die beiden zusammen durchgebrannt, Tantchen“, gluckste Berthold amüsiert.

„Rede nicht so einen Blödsinn“, gleich darauf fuhr sie fort, „Otto, Johann ist mit dem Bus in Griedel liegengeblieben, „hol Hermine aus dem Stall und fahre durch das Feld nach Rockenberg und von dort aus nach Griedel. Über die Bundesstraße zu fahren, macht keinen Sinn. Da ist alles dicht.“ Mit Hermine meinte sie den Oldtimerbus aus dem Jahr 1965. Es war das erste Fahrzeug, das ihr Vater für die Firmengründung erworben hatte. Der Oldtimer wurde jedoch nur zu Sonderfahrten genutzt und grundsätzlich nur mit Fahrer verliehen. Das gute Stück wollte Adelheid niemand Fremden anvertrauen.

„Ok, mache ich. Aber bitte informiere das Ordnungsamt, damit ich nicht aufgehalten werde.“

„Das macht Frau Müller gleich. Notfalls musst du mehrmals fahren“, befahl sie dem Mann, „also los, setz dich in Bewegung.“

Adelheid drehte sich zu Elena um, die wie festgenagelt die ganze Zeit hinter ihr gestanden hatte, „Elena, los, schieben Sie mich ins Dorf.“

Kapitel 6

„Hallo Füchsin“, begrüßte der Kommissar die Rechtsmedizinerin, die gerade in den Hof trat und sofort von Erdmann angesprungen wurde.

„Hallo Henne, hallo Erdmann“, Frau Dr. Auf der Heide nickte ihrem Kollegen zu, holte ein Leckerli aus ihrer Jackentasche und warf es dem Rauhaardackel hin.

„Schleimst du dich mal wieder ein?“, Henneberg lachte die attraktive Frau an. „Der arme Dackel, ist immer nur von Tod und Verderben umgeben.“ Sie beugte sich zu Erdmann herunter, der sie mit dem typischen Dackelblick anschmachtete, in der Hoffnung, dass noch mehr von den Leckerlies folgen würden.

Der Kommissar beobachtete mit Belustigung die Szene: „Kannst du schon was sagen?“

„Nach ihrem Zustand zu urteilen, ist die Frau mindestens seit zwei, wenn nicht sogar drei Tagen tot. Durch die Hitze ist der Verwesungsprozess schnell vorangeschritten. Aber den Todeszeitpunkt kann ich erst genauer bestimmen, wenn ich sie bei mir auf dem Tisch habe.“

„Wie wurde sie getötet?“

„Der Mörder hat der Frau von unten geführt ein Messer in den Bauch gerammt. Er hat das mit solcher Wucht getan, dass es bis zum Schaft in ihrem Körper steckt.“

„Wie schrecklich. Da muss wohl jemand ziemlich wütend auf die Frau gewesen sein“, mutmaßte Henneberg, „und den Vorsatz gehabt haben, die Frau zu töten.“

„Das vermute ich auch“, nickte die Rechtsmedizinerin.
„War sie gleich tot?“

„Ich denke ja. Aber ich bin mir nicht sicher, ob sie durch die Stichwaffe gestorben ist“, erklärte Frau Dr. Auf der Heide.

„Was soll das heißen?“

„Komm mit rein, dann erkläre ich es dir.“

„Erdmann, du bleibst hier. Wage dich nicht von der Stelle“, Henneberg hob den Zeigefinger der rechten Hand. Erdmann legte sich ab und brummte vor sich hin.

Kapitel 7

Elena schob den Rollstuhl zwischen den Fahrzeugen auf die andere Seite der Fahrbahn. Mittlerweile dehnte sich die Blechlawine in beide Fahrtrichtungen aus.

„Kein Vergnügen bei Hitze", bemerkte Elena, die nun in die Mittelstraße abbog. Ein Krankenwagen kam ihnen mit Blaulicht und Sondersignal entgegen.

„Sehen nicht gut aus", obwohl Elena mehrere Deutschkurse belegt hatte, war ihre Aussprache und die Satzstellung immer noch holprig. Ihre Herkunft konnte sie nicht leugnen. Das lag nicht nur an ihrem Akzent, sondern auch an ihrer kleinen, etwas gedrungenen Gestalt und den hohen Wangenknochen.

„Allerdings", Adelheid kniff die Augen zusammen, „wenn ich das richtig erkennen kann, steht weiter oben nicht nur die Polizei, sondern auch ein Leichenwagen." In der Mitte der Straße waren zudem mehrere Personen links und rechts der Fahrbahn zu sehen.

„Hoffentlich ist Herr Armin nichts passiert", in Elenas Stimme lag Besorgnis. Sie mochte den Sohn ihrer Arbeitgeberin. Er hatte sie immer zuvorkommend behandelt. Ohne Vorurteile gegen die russischen Spätaussiedler zu äußern, hatte er ihr und ihrer Familie immer geholfen. Hatte ihnen eine größere Wohnung in einem seiner Mietshäuser angeboten und ihrem Mann einen Anwalt besorgt, als er von heute auf morgen an seiner Arbeitsstelle die Kündigung erhielt. Ihrem Sohn Nikolas hatte er eine Ausbildung als Busfahrer finanziert und ihn als Fahrer in seinem Unternehmen angestellt. Ihrer

Tochter Katharina hatte er einen Ausbildungsplatz bei einem Reifenhersteller in Friedberg vermittelt. Sie stand kurz vor der Abschlussprüfung. Aber von ihren Freunden wusste sie, dass nicht alle Bundesbürger den deutschstämmigen Russen so wohlgesonnen waren. „Elena, geh doch mal ein bisschen schneller", forderte Adelheid. Ihre Aussprache war kaum verständlich, doch Elena wusste auch so, was ihre Chefin wollte. Sie kannte sie jetzt seit 20 Jahren und war an ihre Marotten, die sie seit ihrer Krankheit pflegte, gewöhnt.

„Ist so warm heute, Chefin. Ich nix schneller kann gehen." Mit einer Hand wischte sie sich den Schweiß von der Stirn, mit der anderen Hand schob sie den Rollstuhl. Adelheid war glücklicherweise keine schwere Person. Nach dem Schlaganfall und der monatelangen Rekonvaleszenz hatte die ohnehin schmale Person noch an Gewicht verloren.

„Tempo, Tempo, Elena. Wir wollen doch heute noch ankommen. Ich muss wissen, was da los ist."

Kapitel 8

Armin öffnete den Schlag und befreite Othello aus dem Auto. Bellend sprang der Münsterländer auf den Bürgersteig und entleerte sogleich seine Blase an einem Busch.

„Kann ich jetzt telefonieren?“, bat er Eberstädter.

„Von mir aus. Aber ich bleibe hier in Ihrer Nähe.“

„Ich habe keine Geheimnisse. Ich möchte nur mal in meiner Firma anrufen und Bescheid geben. Die machen sich mit Sicherheit schon Sorgen“, versicherte Armin dem Kommissar.

Eberstädter nickte dem Busunternehmer aufmunternd zu und drehte sich in die andere Richtung, um nicht den Eindruck zu erwecken, er sei neugierig. Was er sah, entlockte ihm ein Schmunzeln. Eine kleine, dicke Person schob eine ältere Frau in einem Rollstuhl vor sich her. Sie schien stark zu schwitzen. Es tröstete ihn, dass nicht nur er unter den hohen Temperaturen zu leiden hatte. Die unerträgliche Hitze hielt nun seit Tagen an. Obwohl es noch früh am Morgen war, hatten sich schon wieder Schweißränder auf seinem Hemd unter den Achseln gebildet. Auch das beste Deo konnte den penetranten Geruch seines Schweißes nicht verdrängen.

„Das gibt es doch nicht“, hörte Eberstädter den Zeugen, der sein Telefonat abrupt beendete, rufen, „was will denn meine Mutter hier?“

Als das merkwürdige Gespann vor ihnen zum Stehen kam, hörte er eine undeutliche Stimme sagen: „Junge, was machst du denn hier? Warum bist du nicht in der Firma? Und was machen all diese Leute hier, die Polizei und der Leichenwagen?“

„Mutter, es ist etwas Schreckliches passiert.“

Kapitel 9

Erdmann flitzte über die Straße, direkt auf den großen Münsterländer zu, der brav neben seinem Herrchen Platz genommen hatte. Sofort begann er, den Jagdhund zum Spielen zu animieren. Doch Othello reagierte nicht, sah von oben herab auf den Störenfried. Auch das Bellen des kleinen Rauhaardackels konnte ihn nicht dazu bewegen, seine Position zu ändern. Sein Herrchen tätschelte ihm den Kopf: „Brav Othello. Du bist ein guter Hund."

Henneberg trat zu der Gruppe. „Erdmann, setz dich oder du gehst ins Auto." Erdmann folgte, warf dem Kommissar jedoch einen bösen Blick zu während er sich ablegte.

„Geht doch", lachte Henneberg. „Herr Preuß, Sie können vorläufig gehen. Aber bitte halten Sie sich zu unserer Verfügung. Sobald die Ermittlungen hier abgeschlossen sind, kommen wir noch einmal zu Ihnen."

„Darf man mal erfahren, was hier vor sich geht?", Adelheid blickte von unten herauf zu Henneberg. Obwohl sie in ihrem Rollstuhl ein bedauernswertes Bild abgab und ihre undeutliche Aussprache schwer zu verstehen war, ließ ihr Ton doch keinen Zweifel zu, dass sie auf einer Antwort bestand.

Henneberg beugte sich leicht zu der ihm unbekannten Person herab: „Gnädige Frau, wer sind Sie und was machen Sie hier, wenn ich fragen darf?"

„Das ist meine Mutter", antwortete Armin Preuß wie zur Entschuldigung.

„Ich bin zwar behindert, aber immer noch in der Lage, für mich selbst zu sprechen", wies Adelheid ihren Sohn zurecht.

„Bitte, gnädige Frau, ich höre", mit einem Blick bedeutete Henneberg dem Busunternehmer, dass er still sein soll.

„Ich bin Adelheid Preuß. Meine Betreuerin", sie sagte absichtlich nicht Pflegerin, „wohnt in dem Haus, aus dem Sie gerade gekommen sind. Mein Sohn sagte mir, dass Frau Kessel tot ist. Was ist denn passiert? Hatte sie einen Unfall?"

„Frau Preuß, ich bitte um Verständnis, dass ich Ihnen zum jetzigen Zeitpunkt noch nichts sagen kann. Bitte gehen Sie nach Hause. Wir werden Sie später aufsuchen und mit Ihnen reden."

Statt sich damit zu begnügen, kam aus dem Mund der alten Dame eine Hasstirade: „Diese dumme Kuh, muss die ausgerechnet jetzt das Zeitliche segnen. Wer soll mich denn jetzt betreuen?"

Armin Preuß blickte peinlich berührt zu dem Kommissar. „Elena, bitte bringen Sie meine Mutter jetzt nach Hause und wartet dort auf mich."

Adelheid sah zu ihrem Sohn, Zorn funkelte in ihren Augen:

„Wenn ich aufrecht stehen und gehen könnte, würde hier keiner so mit mir reden", sie bewegte sich in ihrem Rollstuhl hin und her, „los Elena, bring mich heim", an ihren Sohn gewandt, „wir reden später."

Henneberg wartete, bis sich Adelheid Preuß und ihre Haushälterin entfernt hatten, bevor er Armin erneut ansprach: „Sie haben es auch nicht leicht mit der alten Dame. Sie ist wohl ziemlich zornig wegen ihres Zustandes."

„Die war schon immer so zänkisch. Ich kenne sie gar nicht anders", sprach Armin Preuß ohne jegliches Bedauern.

„Wie schon gesagt, Herr Preuß, Sie können vorläufig gehen."

„Was soll das heißen, ich kann vorläufig gehen? Verdächtigen Sie etwa mich, etwas mit dem Tod von Frau Kessel zu tun zu haben?"

„Herr Preuß, solange ich den Todeszeitpunkt und die genauen Umstände des Todes von Frau Kessel nicht kenne, kann ich gar niemanden verdächtigen. Erst wenn das feststeht, kann ich meine Ermittlungen richtig aufnehmen", kam es belehrend von dem Kommissar. „Aber darf ich Sie fragen, ob Sie eine engere Beziehung zu Frau Kessel hatten?"

„Nein, sie war die Pflegerin meiner Mutter", antwortete Armin.

„Wen können wir denn von ihrem Tod in Kenntnis setzen? War sie verheiratet? Hat sie Kinder oder irgendwelche anderen Verwandten?"

„Frau Kessel ist ledig. Sie hat einen Sohn. Hero. Er ist Busfahrer und arbeitet für mich. Seit Samstag ist er mit einer Reisegruppe in Hamburg. Heute Abend kommt er zurück. Ich würde Sie bitten, ihn nicht vorher über den Tod seiner Mutter zu informieren."

„Geht klar. Gibt es weitere Verwandte?"

„Frau Kessel hat zudem eine Schwester. Bettina wohnt in Butzbach."

„Wissen Sie zufällig auch wie diese Bettina mit Nachnamen heißt?“

„Kessel“, antwortete Armin.

„Also auch nicht verheiratet“, mischte sich nun Eberstädter ein, der die ganze Zeit schweigend zugehört hatte.

„Nein, Bettina ist“, Armin zögerte, „wie soll ich sagen?“

„Sie ist lesbisch“, vervollständigte Eberstädter die Aussage von Armin.

„Nein“, kam es wie aus der Pistole geschossen von Armin, „wie kommen Sie denn da drauf? Sie ist etwas eigen. Ziemlich erfolgreich in ihrem Beruf. Ständig unterwegs.“

„Ok, das reicht. Eberstädter kümmere dich um die Adresse.“

„Die kann ich Ihnen auch geben. Aber Bettina werden Sie wahrscheinlich nicht zu Hause antreffen. Die ist mit Sicherheit wieder irgendwo in der Welt unterwegs.“

„Sie scheinen die Familienverhältnisse der Geschwister recht gut zu kennen“, konstatierte Henneberg.

„Ich kenne die beiden Schwestern schon seit mehreren Jahren. Da kriegt man so einiges mit“, Armin nahm sein Portemonnaie aus der Hosentasche und fingerte eine Visitenkarte hervor.

„Hier ist die Adresse und Telefonnummer von Bettina.“

Das gegenüberliegende Hoftor öffnete sich. Ein Zinksarg wurde herausgetragen. Die umstehenden Personen verfolgten, wie der Sarg in den Leichenwagen geschoben wurde, dessen Klappe sich automatisch schloss. Die Bestatter nickten dem Kommissar zu, setzten sich in das Fahrzeug und fuhren langsam in Richtung Gartenstraße davon.

„Wo bringt man Sigrid hin?“, Tränen standen in Armins Augen.

„Nach Gießen in die Gerichtsmedizin. Ihr Leichnam wird dort obduziert, um die genaue Todesursache festzustellen“, erläuterte Eberstädter.

„Ich denke, sie wurde erstochen?“, Entsetzen lag in Armins Stimme.

„Das Messer in ihrem Bauch muss nicht unbedingt für ihren Tod verantwortlich sein.“ Henneberg wandte sich an Eberstädter: „Frag mal nach, wie weit die Spusi ist. Wir müssen uns noch einmal im Haus umsehen.“

„Hallo Henne“, wurde der Kommissar von den Männern der Spusi begrüßt.

„Hallo die Herren, habt Ihr irgendwelche verwertbaren Spuren gefunden?“

„Nicht wirklich. Wir haben am Tatort keine Fingerabdrücke gefunden. Der Mörder hat offensichtlich alles abgewischt.“

„So ein Mist“, entfuhr es Eberstädter.

„Seltsam ist allerdings, dass auf dem Messer Fingerspuren zu finden sind“, gab einer der Männer von der Spusi zu bedenken.

„Das ist allerdings merkwürdig“, dachte Henne laut, „wieso sollte der Täter alle Spuren entfernen, aber die Fingerabdrücke auf dem Messer nicht?“

„Vor allem muss er sich ja einige Zeit in der Wohnung aufgehalten haben, wenn am Tatort alle Spuren beseitigt wurden“, hakte Eberstädter nach.

„Im Schlafzimmer und im Bad haben wir schon Fingerabdrücke gefunden, aber da es immer die gleichen sind, stammen sie vermutlich von der Toten.“

„Wenn Ihr dann alles gesichtet habt, können wir uns dann ein bisschen umschauen?“

„Könnt Ihr, wir verschwinden in Kürze. Wollt Ihr vorher noch mal die Tatwaffe in Augenschein nehmen?“

„Unbedingt“, kam es wie aus einem Mund von Henneberg und Eberstädter. Henneberg nahm den Beutel, in dem sich ein Messer mit einem Horngriff befand, entgegen. Die Stahlklinge war mit getrocknetem Blut verunreinigt.

„Sieht nicht gerade wie ein Küchenmesser aus.“

„Ich bin mir ziemlich sicher, dass es ein Jagdmesser ist. Und hier“, der Spurensicherer deutete auf ein Zeichen an der Klinge, „sind Initialen zu sehen: GK.“

„Wer lässt denn so ein Messer freiwillig am Tatort zurück?“, Henneberg sah Eberstädter fragend an.

„Vielleicht jemand, der einen falschen Verdacht legen will“, mutmaßte Eberstädter.

„Oder der Täter wurde überrascht und musste das Tatwerkzeug zurücklassen“, äußerte sich ein weiterer Spurensicherer.

„Glaube ich nicht, dann hätte die Person ja den Täter sehen müssen. Denn er ist ja offensichtlich zur Haustür und zur Wohungstür hinein- und herausgegangen“, erklärte ihm Eberstädter.

„Habt Ihr ein Handy gefunden?“, hakte Henneberg noch nach.

„Nee, keins da. Aber auf dem AB im Wohnzimmer ist eine Nachricht von ihrem Sohn. Er hat ihr am Samstagabend mitgeteilt, dass er gut in Hamburg angekommen und nun im Hotel ist.“

Henneberg war bereits im Wohnzimmer. Hier empfing ihn warme, abgestandene Luft. Er zog den Rollladen hoch und öffnete das Fenster. Er atmete die frische Luft tief ein. Sein erster Blick fiel auf eine umfangreiche Plattensammlung. Er nahm sie genauer unter die Lupe. Mit Überraschung stellte er fest, dass die meisten Tonträger von Stars der fünfziger, sechziger und siebziger Jahre waren. Auf dem Wohnzimmertisch lag ein Buch von Hermann Hesse. Henneberg nahm ein Bild in die Hand, das auf einem kleinen Schreibtisch stand und hielt es Eberstädter hin. „Das wird wohl ihr Sohn Hero sein.“

„Wie der eine heißt, sieht der andere aus“, witzelte Eberstädter, der immer einen dummen Spruch auf Lager hatte.

„Wirklich ein bescheuerter Name. So ein Name ist wirklich eine Strafe für ein Kind“, äußerte sich Henneberg mit Bedauern.

Auf der Schreibtischplatte fand er den Bericht einer Klinik. Er faltete das Schreiben auseinander. Was er zu lesen bekam, schockierte ihn.

Kapitel 10

Vor dem Tor traf Henneberg auf Hofstetter und Schön.

„Haben Sie was von den Nachbarn in Erfahrung bringen können?“, wandte er sich an Schön.

„Die haben angeblich nichts bemerkt. Das kennt man ja. Die wollen da nicht mit reingezogen werden“, äußerte sich Schön missbilligend.

„Aha, und warum standen die dann alle auf der Straße rum?“, fragte Henneberg.

„Die Nachbarin von gegenüber hat aus dem Küchenfenster beobachtet, wie eine Frau schreiend aus dem Hof gerannt kam. Sie ist sofort raus zu ihr. In dem Moment kam der Nachbar von nebenan mit seinem Hund vom Brötchenholen. Die haben sich dann um die Frau gekümmert und die Polizei verständigt.“

„Hat die Frau irgendwas gesagt?“

„Was soll sie denn gesagt haben?“

„Na was in dem Haus passiert ist“, Henneberg verdrehte die Augen.

„Danach habe ich nicht gefragt.“

„Ist den Leuten am Morgen oder in den letzten Tagen irgendwas aufgefallen?“

„Danach habe ich auch nicht gefragt“, stotterte Schön.

„Mann Junge, du musst noch viel lernen“, Henneberg schüttelte den Kopf.

„Hofstetter sei so gut und befrage du noch mal die Leute. Schick mir ihre Aussagen bitte ins Präsidium. Ich kann ja nicht alles selbst machen.“

„Und was soll ich tun?“, fragte Schön unschuldig.

„Sie bleiben hier vor dem Tor stehen und passen auf, dass kein Unbefugter den Hof betritt."

„Wie lange soll das dauern?"

„Bis die Spusi geht und das Haus versiegelt hat."

„Mann Mann Mann", während er über die Straße ging, holte er eine Zigarettenpackung aus der Innenseite seiner Jacke, „kein Arsch in der Hose, aber La Paloma pfeifen."

Erdmann lief dem Kommissar hinterher. Henneberg steckte sich die unvermeidliche Zigarette an und blies nachdenklich den blauen Qualm in die Luft. Er schaute sich um. Ihm bot sich das übliche Bild. Leute, die zusammenstanden und aufgeregt miteinander sprachen. Nachdem er die Zigarette aufgeraucht hatte, entsorgte er sie wie üblich in der Gosse und rief im Präsidium an.

„Stückchen, krieg mal raus, wo sich die Schwester der Toten aufhält. Ich schicke dir ein Bild der Visitenkarte übers Handy."

„Soll ich ihr sagen, was geschehen ist?"

„Auf keinen Fall. Sie soll zu Hause auf uns warten", bat Henneberg seine Sekretärin im K 10 in Friedberg.

„Kommt Ihr heute noch mal ins Präsidium?"

„Glaube ich nicht. Wir fahren jetzt ins Krankenhaus zu der Mieterin von Frau Kessel. Anschließend nehmen wir uns mal diese Familie Preuß vor."

„Meinst du die Busunternehmer aus Gambach?"

„Genau die. Sag bloß, die kennst du?"

„Klar, bin schon paar Mal mit dem Unternehmen in den Urlaub gefahren. Die haben tolle Busse", schwärmte Stückchen.

„Dir entgeht auch nichts", Henneberg lachte, „sag mir Bescheid, wenn du die Schwester unseres Opfers erreicht hast."

„Geht klar, Chef." Henneberg beendete das Gespräch ohne sich zu verabschieden und winkte Eberstädter zu sich.

„Eberstädter, ich möchte, dass du mit mir fährst", er sah zu dem schweren Motorrad, das auf dem Bürgersteig stand, „lass deine Höllenmaschine hier stehen. Die kannst du später abholen."

„Ich komme mit dir, vorausgesetzt, dass du mich nicht schon wieder mit deiner Musik von Elvis quälst."

Henneberg lachte: „Ich weiß gar nicht, was du hast. Sogar die Tote hatte Platten von dem. Mein Geschmack kann also gar nicht so schlecht sein."

„Ich stehe eher auf AC DC", Eberstädter begann zu singen: „I`m on the highway to hell".

„Verschon mich bloß damit", ermahnte ihn Henneberg.

„Warum? Ist doch geil. Der Song soll bei meiner Beerdigung gespielt werden", überraschte Eberstädter seinen Kollegen.

Henneberg tippte sich an die Stirn: „Du spinnst ja wohl."

Das Geplänkel der beiden wurde durch eine Verkehrsmeldung im Radio unterbrochen: „Die Stauampel steht wieder auf Grün. Die Unfallstelle auf der A 5 wurde inzwischen geräumt. Der Verkehr fließt wieder normal", verkündete eine Radiosprecherin. Anstelle der sonst nachfolgenden Musik meldete sich ein weiterer Moderator: „So ein Stau bringt auch so manch schöne Anekdote hervor", berichtete er, „heute Morgen staunten die Schüler nicht schlecht. Als ihr Schulbus, der sie von Münzenberg nach Butzbach befördern sollte, wegen eines technischen Defekts auf halber Strecke in Griedel liegen blieb, holte ein Fahrer des Busunternehmens Preuß aus Gambach die Kinder mit einem Oldtimerbus ab und umging über asphaltierte Feldwege den Stau. So kamen sie zwar mit Verspätung in der Schule an, aber die Fahrt in dem Bus durch die Felder rund um Butzbach wird ihnen sicher in guter Erinnerung bleiben."

Erneut meldete sich die weibliche Radiostimme: „Das werden die noch ihren Enkelkindern erzählen", lachte sie.

„Da freuen wir uns doch alle", frotzelte Eberstädter.

„Ist doch schön", erwiderte Henneberg, „was erleben die Kinder den heutzutage schon noch Aufregendes?"

Kurz vor Ober-Hörgern flog ein großer Storch ziemlich niedrig über die Fahrbahn hinweg. Alexander erschrak, und bremste instinktiv, „puh, das war knapp. Ich dachte schon, der fliegt mir in die Scheibe."

„Hier im Feld zwischen Gambach und Ober-Hörgern sind viele Störche unterwegs", erklärte ihm Eberstädter, „ich bin immer ganz fasziniert von ihrem Anblick."

„Erzählt man den kleinen Kindern immer noch, dass die Störche die Babys bringen?", Alexander fuhr in den Ort hinein und verlangsamte das Tempo.

„Keine Ahnung", antwortete Eberstädter, „wie kommst du jetzt darauf?"

„Ich wollte immer einen Bruder haben. Meine Mutter hat mir erzählt, man müsse Zucker auf die Fensterbank streuen. Dann würde der Storch mir ein Brüderchen bringen."

„Ist ja rührend", kam es süffisant von Eberstädter, „hat wohl nicht geholfen?"

„Nein leider nicht."

„Aber du weißt schon, wie Kindermachen geht?", witzelte der Kollege.

„Ach, die macht man selbst? Keine Ahnung", ging Alexander auf die Frotzelei ein.

In der Licher Klinik fragten sie nach Ursula Klinke, der Mieterin von Sigrid Kessel. Sie fanden sie in einem ruhigen Zimmer im obersten Stockwerk. Die Frau hatte die Augen geschlossen und schien zu schlafen. Nach der Frage, wie es der Frau geht, antwortete die Schwester lapidar „Wie kann es einem schon gehen, wenn man eine Tote und ihren Mörder entdeckt?"

„Immer langsam mit den jungen Pferden", belehrte Henneberg die junge Krankenschwester, „ob sie wirklich den Mörder der Toten gesehen hat, muss sich erst noch klären. Ziehen Sie also keine voreiligen Schlüsse."

„Sie hat es mir doch erzählt", maulte die Frau.

„Demnach scheint es ihr schon wieder besser zu gehen", nahm Eberstädter an.

„Lassen Sie uns jetzt bitte allein mit Frau Klinke. Wir müssen ihr ein paar Fragen stellen", Henneberg öffnete ihr die Tür.

„Aber regen Sie die Patientin bloß nicht auf. Das bekommt ihrem Kreislauf nicht", ermahnte die

Schwester den Kommissar. Sie machte keine Anstalten zu gehen.

„Wir machen das hier nicht zum ersten Mal, junge Dame", Henneberg legte ihr die Hand auf den Rücken und schob sie zur Tür hinaus.

Kapitel 11

Armin Preuß legte den Hörer auf. „Hallo Otto, komm rein“, forderte er seinen Werkstattleiter, der im Türrahmen erschien, freundlich auf. „Hast du Hermine wieder in den Stall gebracht?“

„Ja, hab mein Mädchen wieder schön geputzt und bis zum nächsten Mal eingemottet.“

„Haben sich die Kinder denn benommen oder ist etwas beschädigt worden?“

„Von wegen. Die haben vielleicht Augen gemacht, als ich mit dem Bus vorgefahren bin. Das hättest du mal sehen sollen. Sie waren vorbildlich. Haben die gute Hermine mit Samthandschuhen angefasst und waren während der ganzen Fahrt still. Ich glaube, die meisten der Kinder waren noch nie in Rockenberg, geschweige denn im Feld unterwegs.“

„Das freut mich. Wenigstens eine gute Nachricht.“

„Ich musste allerdings zweimal fahren. Unsere gute Hermine verfügt ja nur über 43 Plätze.“

„Das ist schon in Ordnung so. Was sein muss, muss sein. Was ist denn nun mit dem defekten Bus? Hast du was gehört?“

„Schöner Mist“, fluchte Otto, „Johann hat gerade noch einmal angerufen. Der Techniker hat den Fehler in der Elektronik gefunden. Er überspielt gerade das Programm.“

„Der Bus hat doch noch gar nicht so viele Kilometer drauf. Wie kann das denn sein?“, Armin sah Otto skeptisch an.

„Das ist mehr als merkwürdig, zumal es schon das dritte Mal in diesem Jahr ist, dass einer der Busse stehen bleibt", Otto kratzte sich am Kopf, „irgendwas ist hier faul."

„Was meinst du?"

„Ich habe den Verdacht, dass jemand absichtlich die Busse manipuliert", erklärte Otto seinem Chef.

„Wer sollte denn sowas machen? Vor allem warum?"

„Um uns zu schaden, das Unternehmen in Verruf bringen."

„Hast du einen Verdacht?"

„Nur eine vage Vermutung, aber ich möchte mich noch nicht dazu äußern."

„Ich verstehe das nicht. Unsere Leute sind doch alle zufrieden. Sie werden gut entlohnt. Die Busse sind alle auf dem neuesten Stand. Wer sollte uns denn schaden wollen?"

„Ich glaube auch nicht, dass es einer der Fahrer ist. Aber bitte bedränge mich nicht. Ich werde es dir sagen, sobald ich es sicher weiß."

„Otto, du weißt, ich vertraue dir. Aber warte nicht zu lange. Ich möchte nicht, dass Menschen zu Schaden kommen."

Kapitel 12

Henneberg betrachtete die Frau eine Weile, bevor er sie sanft am Arm berührte. „Frau Klinke, wachen Sie bitte auf."

Es dauerte einen Moment, bis die Angesprochene die Augen aufschlug. Sie sah Henneberg erschrocken an, setzte sich auf und rutschte im Bett ein Stück nach oben, bis sie mit dem Oberkörper an die Rückenlehne stieß.

„Frau Klinke, Sie müssen keine Angst haben. Wir sind von der Polizei." Henneberg sprach beruhigend auf die Frau ein und zeigte ihr seinen Polizeiausweis.

„Ich bin Kommissar Henneberg von der Mordkommission in Friedberg. Und das ist mein Kollege", er deutete auf Eberstädter, „geht es Ihnen besser?"

Die Frau im Bett nickte. Sie machte zwar einen ängstlichen, aber wachen Eindruck auf die beiden Kommissare.

„Frau Klinke, können Sie uns sagen, was Sie heute Morgen gesehen haben?"

Frau Klinke sah abwechselnd von Henneberg zu Eberstädter.

„Frau Klinke, haben Sie mich verstanden?", frage Henneberg sachte.

Sie nickte mit dem Kopf, blieb aber stumm. Ihre Hände fuhren unruhig über die Bettdecke.

„Frau Klinke, es ist wichtig, dass Sie uns sagen, was passiert ist", Eberstädter näherte sich vorsichtig dem Bett.

Wieder nickte sie. Ihre Lippen bewegten sich, aber es kam kein Ton heraus. Mit großen Augen sah sie die Kommissare an.

„Ich glaube, das hat kein Zweck“, Henneberg zog die Augenbrauen hoch.

„Wahrscheinlich hast du Recht. Wir müssen ihr noch etwas Zeit geben.“ Eberstädter drehte sich zur Tür um.

„Frau Klinke, ruhen Sie sich noch etwas aus. Wir kommen später noch einmal wieder“, Henneberg war ebenfalls im Begriff, zur Tür zu gehen.

„Nein“, das Wort klang wie ein Hilferuf, „warten Sie. Ich will Ihnen alles erzählen. Aber ich brauche etwas Zeit. So etwas Schlimmes habe ich in meinem ganzen Leben noch nicht erlebt.“ Wie elektrisiert drehten sich die Kommissare zu der Zeugin um.

Kapitel 13

„Guten Tag junge Frau, wir möchten gern zu Herrn Preuß“, Henneberg strahlte die Frau hinter dem Schreibtisch an.

„Wen darf ich melden?“ Frau Müller musterte die beiden Neuankömmlinge von oben bis unten. Während sie ihren Blick nur kurz auf Eberstädter richtete, blieben ihre Augen an der Gestalt von Henneberg länger hängen.

„Guten Tag“, sagte sie plötzlich eine Spur freundlicher. „Herr Preuß ist gerade in einem Gespräch. Nehmen Sie doch bitte einen Moment Platz. Darf ich Ihnen einen Kaffee anbieten?“ Sie sprach zu Henneberg. Eberstädter ignorierte sie vollkommen.

„Ich hätte lieber etwas zu essen“, knurrte Eberstädter vor sich hin.

„Ein Kaffee wäre gut“, Henneberg zwinkerte der jungen Frau zu, „wenn Sie vielleicht noch ein paar Kekse hätten. Mein Kollege ist kurz vor dem Verhungern.“

„Kommt sofort“, Frau Müller verschwand durch die Tür hinter ihrem Schreibtisch.

„Eberstädter, reiß dich zusammen. Du benimmst dich wie ein Kleinkind“, fauchte Henneberg den Kollegen an.

„Wenn ich doch Hunger habe“, stöhnte Eberstädter, „jetzt weiß ich auch, warum Cosima immer Fitness-Riegel einstecken hat. Bei dir muss man ja verhungern.“ Er schaute wie ein geprügelter Hund.

„Ich habe dir doch erklärt, dass wir hier im Moment nirgendwo einkehren können. Die würden uns alle

Löcher in den Bauch fragen. Der Mord hat sich doch schon herumgesprochen."

„War es wirklich Mord, Herr Kommissar?", Frau Müller lächelte Henneberg kokett an und stellte zwei große Tassen mit Kaffee auf das kleine Tischchen zwischen den Sesseln.

„Kekse kommen sofort", mit dem Hintern wackelnd, verschwand sie wieder in der Tür hinter dem Schreibtisch."

„Was denkt die denn, weswegen wir hier sind?", Eberstädter nahm seine Tasse und nippte an dem heißen Getränk.

„Sooo, da haben wir auch die Kekse", mit einem schmachtenden Blick platzierte sie den Teller mit dem Gebäck auf dem Tisch und stöckelte zu ihrem Schreibtischsessel.

„Sind Sie schon lange hier in der Firma?", begann Henneberg das Gespräch.

„Seit vier Jahren bin ich hier als Sekretärin beschäftigt. Nachdem die Seniorchefin aus gesundheitlichen Gründen nicht mehr die Geschäfte führen konnte, hat sich Waltraud auch verabschiedet. Sie meinte, sie sei mit Frau Preuß groß geworden und an einen anderen Chef wolle sie sich nicht gewöhnen. Das war ein Glücksfall für mich. Da habe ich gleich zugegriffen." Frau Müller redete wie ein Wasserfall.

„Was da mit der Frau Kessel passiert ist, ist aber auch zu schlimm", theatralisch setzte sie sich in Szene. „Ich kann mir gar nicht vorstellen, wer so etwas macht. Die haben aber auch ein Pech in der letzten Zeit. Man muss sich das mal vorstellen, erst kriegt die

Alte einen Schlaganfall, dann kommt der Cousin von Herrn Preuß bei einem Jagdunfall ums Leben und jetzt wird auch noch die Kessel ermordet." Henneberg hörte aufmerksam zu und nickte ab und zu mit dem Kopf. Eberstädter machte sich über die Kekse her und schlürfte seinen Kaffee. Zwischen zwei Bissen fragte er: „War da nicht auch was mit einem der Busse heute Morgen?"

„Ja, stellen Sie sich nur vor, da ist doch schon wieder ein Bus liegengeblieben."

Henneberg merkte auf: „Wieso schon wieder? Kommt das öfter vor?"

„Das ist schon das dritte Mal in diesem Jahr. Erst ist im Winter ein Reisebus auf dem Heimweg von Hamburg bei Hannover im Schneesturm liegengeblieben. Nichts ging mehr. Der Motor lief nicht, die Heizung fiel aus. Die Gäste mussten stundenlang ausharren, bis wir einen Ersatzbus hatten, der die Leute hierher zurückgebracht hat. Das war vielleicht ein Ärger, kann ich Ihnen sagen. Die wollten den größten Teil ihres Geldes zurück, weil sie mit einem Linienbus der Stadt Hannover heimkehren mussten. Das hat die Firma ein schönes Sümmchen gekostet."

„Erzählen Sie weiter", forderte Eberstädter sie mit vollem Mund auf.

„Im Sommer passierte Ähnliches mit einem Bus in den Bergen. Da gab es ja keinen passenden Ersatz und die Leute mussten wieder mit einem anderen Fahrzeug heimkehren. Zudem konnte nicht das volle Programm absolviert werden. Danach hatten wir einige Stornierungen. Eine Fahrt mussten wir dann mangels

Teilnehmer ganz absagen, zwei andere waren nicht voll ausgebucht."

„Und was war heute?"

„Heute ist ein Schulbus in Griedel stehen geblieben. Gott sei Dank hat Otto Hermine aus dem Stall gelassen und die Kinder in die Schule gefahren."

„Wer ist Hermine?", verwundert schaute Henneberg die Sekretärin an.

Armin Preuß meldete sich plötzlich über die Gegensprechanlage: „Bitte schicken Sie die Herren jetzt herein, Frau Müller."

Mit einem bedauernden Blick erhob sich Henneberg. Von Frau Müller hätten sie sicher noch mehr erfahren können. Eberstädter griff nach dem Teller mit den Keksen und folgte dem Kommissar ins Nachbarbüro.

Henneberg klopfte kurz gegen die Bürotür. In einem kleinen, engen Raum, der vollgestellt war mit Regalen und Aktenschränken fanden sie Herrn Preuß hinter einem Schreibtisch. Dieser war mit mehreren Stapeln Papier belegt. Davor stand ein ganz normaler Stuhl. In der Luft hing ein Duft von Pfeifentabak.

„Entschuldigen Sie bitte, meine Herren. Leider ist hier nicht mehr Platz." Armin Preuß legte seine Pfeife in den Aschenbecher und wedelte mit den Armen in der Luft.

„Schon gut", murmelte Eberstädter mit vollem Mund, und setzte sich auf den Stuhl.

Henneberg stellte sich zähneknirschend dahinter und stützte sich auf die Lehne: „Wir sind ja nicht zu einer Plauderstunde hierhergekommen."

„Wer ist Hermine?“, Eberstädter bezog sich auf die letzte Aussage von Frau Müller.

Preuß lachte auf: „Hat die Müller wieder geplaudert? Hermine ist unser Oldtimer. Das war der erste Bus, den mein Großvater in den Sechzigern angeschafft hat. Er hat den Bus nach meiner Großmutter benannt, die leider sehr früh verstorben ist. Heute wird Hermine nur noch zu Sonderfahrten eingesetzt. Otto, unser Werkstattleiter, hat damit heute Morgen die Schulkinder von Griedel nach Butzbach befördert. Der Schulbus hatte seinen Geist aufgegeben.“

„Achso“, kam es enttäuscht von Eberstädter.

Herr Preuß machte eine besorgte Miene: „Wissen Sie, wie es Frau Klinke geht?“

„Och, der geht es schon wieder besser“, antwortete Eberstädter.

„Sie darf morgen die Klinik wieder verlassen“, ergänzte Henneberg.

„Aber wo will sie denn hin? Sie kann doch sicher nicht ins Haus“, äußerte sich Preuß ganz offensichtlich besorgt.

„Da haben Sie Recht. Solange die Ermittlungen nicht abgeschlossen sind, kann sie nicht in ihre Wohnung“, erklärte Henneberg, „aber das will sie auch gar nicht. Sie will ihre Tochter fragen, ob sie vorübergehend bei ihr wohnen kann.“

„Das ist schön für die Frau“, Preuß sagte das so, als hätte er ein persönliches Interesse an ihr.

„Aber wir würden jetzt gern von Ihnen hören, was sich heute Morgen zugetragen hat?“, richtete Henneberg seine erste Frage an den Busunternehmer.

„Wie ich Ihnen bereits erzählte, wollte ich nach Frau Kessel sehen, weil sie weder zu Arbeit kam, noch sich telefonisch meldete. Deshalb bin ich bei ihr vorbeigefahren. Die Türen standen offen und ich bin hineingegangen“, er stockte kurz, so als ob es ihm schwerfiel weiterzusprechen, aber der kurze Bericht entsprach genau dem von heute Morgen. Auch hier erwähnte er den Besitz eines Hausschlüssels nicht.

„Und weiter?“, ermunterte ihn Henneberg.

„Der Geruch ist mir gleich aufgefallen“, wieder hielt er inne, „und das Summen der Fliegen.“ Der Blick des Unternehmers schweifte umher, so als ob er eine Antwort für die grausame Tat suchen würde.

„Die Wohnung lag im Dunkeln. Ich bin dann dem Summen nachgegangen, das aus der Küche kam.“

„Woher wussten Sie, wo die Küche ist?“, stellte Eberstädter die vollkommen überflüssige Frage.

„Ich kenne Frau Kessel schließlich schon länger. Bin ab und zu bei ihr. Daher weiß ich auch, wo sich die Küche in der Wohnung befindet“, erklärte der Gefragte.“

„Hatten Sie ein Verhältnis mit der Frau?“, kam es wie aus der Pistole geschossen von Eberstädter.

„Nein, Gott bewahre“, Preuß hob abwehrend die Hände, „Frau Kessel war eine Angestellte. Aber wir haben uns öfter wegen meiner Mutter ausgetauscht. Sie ist eine schwierige Person. Frau Kessel wollte mehrfach ihre Pflege beenden. Ich konnte sie immer wieder überreden zu bleiben.“ Nach einer Weile setzte er hinterher: „Erst letzte Woche hat meine Mutter Frau Kessel wieder über Gebühr drangsaliert.“

„Jetzt erzählen Sie erst mal, wie es weiterging, Herr Preuß“, Henneberg stieß Eberstädter in den Rücken.

„Ich öffnete also die Küchentür“, Armin Preuß war den Tränen nahe. Es dauerte eine Weile, bis er sich wieder gefasst hatte, „und da lag sie am Boden.“ Stockend berichtete er weiter, „mit dem Messer im Bauch. Der Boden war voll mit getrocknetem Blut. Ich kniete nieder und schaute sie mir an. Ihre Augen standen offen. Nicht die Fliegen, die ihren Körper umkreisten waren schlimm, sondern diese Augen, die ins Leere starrten. Es war, als würde sie fragen, warum ihr das passieren muss“, Preuß blickte auf. Tränen schimmerten in seinen Augen, „verstehen Sie was ich meine, Herr Kommissar?“ Preuß nahm die Pfeife in die Hand, stocherte darin herum und entzündete sie. Sofort breitete sich der Duft von Vanille aus. Er inhalierte lang.

Henneberg nickte. Neidvoll schaute er Armin Preuß zu. Er hätte auch gerne geraucht. „Und dann?“

„Ich betrachtete sie einfach nur. Ich konnte es nicht glauben. Mir schossen tausend Gedanken durch den Kopf. Mir kam ihr Sohn in den Sinn, der mit einer Reisegruppe in Hamburg ist. Meine unverträgliche Mutter, die nun eine andere Pflegerin braucht, was nicht so einfach sein wird.“ Er fasste sich ans Kinn: „Und natürlich, wer so etwas tut?“

Eberstädter mischte sich wieder ein: „Haben Sie eine Ahnung, wer ihr das angetan haben könnte?“

Preuß schüttelte verneinend den Kopf: „Keine Ahnung. Frau Kessel war eine nette Person. Ich kann mir nicht vorstellen, wer sie töten wollte.“

„Wir sollten bitte der Reihe nach vorgehen“, wies Henneberg seinen Kollegen zurecht. Eberstädter drehte sich kurz zu Henneberg um und hakte dann gleich nach:

„Sie hatten also nicht das Messer in der Hand, als Frau Klinke auftauchte?“

„Nein, natürlich nicht“, Preuß schaute entsetzt von Eberstädter zu dem Kommissar hinter ihm.

„Ich habe nichts angefasst. Ich war ja gar nicht lange mit der Toten allein. Ich hörte Frau Klinke rufen und dann stand sie schon hinter mir in der Küche. Sie fing gleich an, hysterisch zu schreien und rannte hinaus. Dabei rief sie immer wieder: „Mörder, Mörder...“ Er hielt wieder inne und betrachtete seine Pfeife.

„Ich bin dann hinter ihr her, hinaus auf die Straße. Wollte sie beruhigen. Und da kamen schon Frau Bach, die Nachbarin aus dem Haus gegenüber und der Nachbar von nebenan mit seinem Hund. Ich bat sie, die Polizei und einen Krankenwagen zu rufen. Ich selbst war gar nicht in der Lage, irgendetwas zu tun. Außerdem lag mein Handy im Auto.“

„Wann haben Sie Frau Kessel das letzte Mal lebend gesehen?“, Henneberg verlagerte sein Gewicht auf das andere Bein.

„Letzten Sonntag, bei der Geburtstagsfeier meiner Tante.“

„Wieso war Frau Kessel auf dieser Feier?“

„Sie war an jedem zweiten Wochenende bei meiner Mutter. Wir haben uns mit der Pflege an den Wochenenden abgewechselt. Außerdem kam sie zu jeder Feier mit. Gerade da benötigte meine Mutter ihre Hilfe.“

„Hm", machte Eberstädter und sah zu Henneberg auf.

„War Frau Kessel am Sonntag auf der Feier irgendwie anders?"

„Nein, sie war wie immer, freundlich zu den Anwesenden und hilfsbereit zu meiner Mutter."

„Dann hat sie auch nichts gesagt? Ich meine, dass sie sich bedroht fühlt?"

„Oder dass sie krank war?", Henneberg stieß Eberstädter unsanft in den Rücken.

„Wieso denn krank?", Preuß machte große Augen.

„Schon gut, reine Routine", antwortete Henneberg schnell.

„Herr Preuß, wann kommt der Sohn von Frau Kessel zurück?"

„Ich denke er ist gegen 20.00 Uhr wieder hier auf dem Hof."

„Wollen Sie ihm die Nachricht vom Tod seiner Mutter überbringen?", fragte Henneberg mit Bedauern in der Stimme.

„Ungern, aber es wird mir wohl nichts anderes übrig bleiben", Armin Preuß fuhr sich über den blanken Schädel. Auf seinem runden Gesicht standen Schweißperlen.

„Wenn Sie möchten, werde ich dabei sein", bot Henneberg an.

„Das wäre mir lieb. Ich mag gar nicht daran denken, was das für Hero bedeutet."

„Ist Hero eigentlich verheiratet?", mischte sich Eberstädter nun wieder ein.

„Noch nicht. Er hat eine Freundin. Sie erwartet in vierzehn Tagen ihr erstes Kind."

„Ist Hero der Vater?", Eberstädter konnte seine Neugier nicht zügeln.

„Ja natürlich. Sigrid, ich meine Frau Kessel, hatte sich schon so gefreut, Oma zu werden." Es war das erste Mal, dass Preuß die Angestellte seiner Mutter mit Vornamen nannte.

„Was ist denn mit dem Vater von Hero?"

„Es gibt keinen", Preuß winkte ab.

„Was soll das heißen? Jeder hat doch einen Vater. Oder ist der junge Mann durch eine Samenspende entstanden?", Eberstädter kicherte. Henneberg tippte ihm unsanft zwischen die Schulterblätter.

„Frau Kessel hat nie verraten, wer der Erzeuger von Hero ist", Preuß zuckte mit den Schultern.

„Ok, das wars fürs Erste. Bitte halten Sie sich zu unserer Verfügung. Wann können wir denn mal mit Ihrer Mutter reden?"

„Sie ist zu Hause. Wie die meiste Zeit. Wo soll sie in ihrem Zustand auch schon hingehen?", Preuß blickte verzweifelt drein, „aber ich sage Ihnen gleich, das wird kein Vergnügen werden", warnte Preuß die Kommissare.

„Wir sind allerhand gewohnt. Da werden wir auch Ihre Frau Mutter überstehen", Eberstädter erhob sich und schob den Stuhl nach hinten.

„Bevor Sie gehen, meine Herren, wollte ich Sie aber noch auf etwas aufmerksam machen", Preuß stoppte die Kommissare mit erhobener Hand.

Kapitel 14

„Mensch Eberstädter, was ist denn mit dir los? Du benimmst dich neuerdings unmöglich. Mal ganz abgesehen von deiner Fahne“, Henneberg nestelte hektisch an seiner Brusttasche, bis er die Zigarettenpackung hervorgeholt hatte.

„Was soll denn los sein? Ich mache nur meine Arbeit“, murrte Eberstädter und schielte auf Hennebergs Zigarettenpackung.

„Du machst mir nichts vor“, stieß Henneberg wütend aus und hielt sogleich dem Ermittler die Zigarettenpackung entgegen, „ich kenne dich lang genug. So ein Benehmen, wie in der letzten Zeit ist mir ganz fremd an dir. Außerdem hast du eindeutig ein Alkoholproblem“, Henneberg spielte auf den schlechten Atem von Eberstädter an, „also raus mit der Sprache.“

Eberstädter sah seinen Kollegen mit wässrigen Augen an und ließ sich Feuer geben. „Können wir mal bei einem Bier miteinander sprechen?“, fragte er kleinlaut.

„Von mir aus. Haben wir eh schon lange nicht mehr gemacht. Heute Abend nach der Arbeit.“ Henneberg nickte seinem Kollegen aufmunternd zu.

Wenig später hielten sie vor dem Haus der Familie Preuß, das in unmittelbarer Nähe des Basalt-Werkes stand. Das Gebäude war eindeutig in den späten Fünfzigern des letzten Jahrhunderts entstanden und durch mehrere Anbauten erweitert worden. Bevor Henneberg die Klingel betätigen konnte, wurde die

Eingangstür von Elena geöffnete: „Kommen rein. Frau Preuß sein auf Terrasse." Die Haushälterin führte die Kommissare durch eine geräumige Diele vorbei an einer freitragenden Treppe, die ins Obergeschoss führte. Sie durchquerten einen Salon mit schweren antiken Möbeln und großen Perserteppichen. Eine zweiflügelige Terrassentür gab den Blick auf einen weiträumigen Park preis, den man von außen nicht vermutete. Die gepflegte Fläche mit einem Bestand aus Eichen und Trauerweiden lag in der warmen Mittagssonne.

Mehrere Stufen führten von der Terrasse auf eine Grasfläche. Verschiedene kleine Blumenbeete unterbrachen das Grün.

Frau Preuß lag auf einer bequemen Liege, eine große Sonnenbrille auf der Nase. Ihr Kopf wurde von einem Sonnenhut bedeckt.

„Ich habe Sie schon eher erwartet, meine Herren", begrüßte sie die Kommissare.

„Es tut uns leid, wenn wir Ihren Erwartungen nicht entsprechen, gnädige Frau", erwiderte Henneberg ganz ernsthaft. Gegenüber älteren Personen zeigte er sich immer besonders höflich.

Die Anrede stimmte die Hausherrin etwas versöhnlich: „Holen Sie sich bitte einen Stuhl von der Terrasse und setzen Sie sich", bot sie ihren Besuchern an. Eberstädter mühte sich mit zwei schweren Gartenstühlen ab. Elena trug ihm zwei dicke Polster nach. Die Kommissare rückten so nah wie möglich an Frau Preuß heran, um sie besser verstehen zu können.

„Schießen Sie schon los mit Ihren Fragen!", forderte sie die Kommissare mit einem herrischen Ton auf.

„Frau Preuß, wie lange stand Frau Kessel schon in Ihren Diensten?“, Henneberg drückte sich geschwollen aus.

„Sie war fast vier Jahre meine Betreuerin. Nach meinem Schlaganfall war ich zunächst eine Weile in einer Reha-Klinik in Bad Salzhausen. Es war ziemlich schnell klar, dass meine linke Körperhälfte gelähmt bleiben würde. Also benötigte ich eine Pflegekraft.“

„Wie kamen Sie gerade zu Frau Kessel?“, Henneberg führte nun die Unterhaltung. Er hatte Eberstädter vor der Tür gebeten, sich möglichst nicht einzumischen.

„Mein Sohn hat sie aufgetan. Keine Ahnung wo. Das hat mich nicht interessiert.“

„Sie haben in den vergangenen Jahren doch sicher das eine oder andere private Gespräch geführt?“

„Über was? Ich habe mich nie viel mit meinen Angestellten unterhalten. Ihr Privatleben hat mich nicht interessiert.“

Henneberg sah seinen Kollegen genervt an. Offenbar tat es ihm schon leid, dass er sich jegliche Einmischung verbeten hatte.

„Aber immerhin hat Frau Kessel Sie zu Feierlichkeiten der Familie begleitet. Das zeugt doch eher von einem sehr persönlichen Verhältnis.“

„Blödsinn. Sie hat mich nur begleitet, damit sie mir den Hintern abwischen konnte, wenn ich mal zur Toilette musste. Oder glauben Sie, dass hätten meine Verwandten gemacht?“

Henneberg blieb die Antwort schuldig. Die Ermittler hatten es während ihrer Tätigkeit immer wieder mit den merkwürdigsten Menschen zu tun. Vor einem Jahr mussten sie den Mord an zwei Frauen in Bad Vilbel aufklären. Damals hatte die Mutter des Mörders die Ermittler mit ähnlich abfälligen Aussagen schockiert.

Gegen die Absprache mischte sich nun Eberstädter doch ein:

„Ist Ihnen denn irgendwas an Frau Kessel in der letzten Zeit aufgefallen?"

„Allerdings", sagte die ehemalige Unternehmerin in einem scharfen Ton, „sie war in letzter Zeit etwas nachlässig, machte manchmal einen abwesenden Eindruck. In der letzten Woche hat sie mich besonders genervt."

„Was ist da vorgefallen?"

„Sie hat mich ewig auf der Toilette sitzen lassen. Ich habe immer wieder geklingelt. Aber es hat mindestens zwanzig Minuten gedauert, bis sie mich wieder in meinen Rollstuhl verfrachtet hat."

„Und da haben Sie nachgefragt, was mit ihr los ist?", fragte Eberstädter hoffnungsvoll in Erwartung einer Antwort, die etwas Licht in die Angelegenheit bringen könnte.

„Natürlich nicht. Ich habe ihr unmissverständlich klar gemacht, dass sie sich zusammenreißen soll, sonst..."

„Was sonst...?", hakte Eberstädter erneut nach.

„Ach nichts, vergessen Sie`s", Frau Preuß machte mit der gesunden, rechten Hand eine abwertende Geste.

Hennebergs Handy machte sich bemerkbar. „Eberstädter, ich muss mal rangehen. Das ist Hofstetter. Mach du mal bitte weiter." Er entfernte sich in Richtung einer alten Eiche, die in einiger Entfernung kühlen Schatten spendete.

„Hofstetter, was gibt es?", sprach er in sein Handy.

„Henne, wir sind immer noch in Gambach. Haben die ganze Zeit die Nachbarn befragt. Der Staatsanwalt war mittlerweile auch am Tatort."

„Deshalb rufst du mich doch nicht an. Was ist los?"

„Hier ist eben ein LKW von einer Umzugsfirma vorgefahren. Die bringen den Hausrat von Frau Klinke. Was sollen wir denen denn jetzt sagen?"

„Sie sollen die Sachen bis auf weiteres mitnehmen. So lange die Ermittlungen nicht abgeschlossen sind, kann keiner ins Haus." Dass Frau Klinke gar nicht mehr die Absicht hatte, in die Wohnung zu ziehen, behielt der Kommissar für sich.

„Na, die werden nicht gerade begeistert sein."

„Das kann ich leider auch nicht ändern." Henneberg drückte die Austaste und begab sich wieder zu seinem Kollegen, der gerade im Begriff war, sich von seinem Platz zu erheben.

„Henne, lass uns noch mal mit der Haushälterin reden. Frau Preuß ist leider nicht sehr mitteilsam."

Henneberg nickte dem Kollegen zu und verabschiedete sich höflich von der Frau auf der Gartenliege: „Auf Wiedersehen, gnädige Frau."

„Ich kann darauf verzichten", war trotz der schwer zu verstehenden Aussprache der Frau zu vernehmen.

„Was für ein Drachen", stöhnte Eberstädter, „die wollte ich nicht zur Mutter haben. Die ist ja genauso schlimm, wie diese Frau Meisemann im letzten Jahr." Eberstädter spielte auf den Selbstmord des Mörders der beiden

Frauen aus Bad Vilbel an. Dessen Mutter hatte ihrem Sohn ein Seil ins Krankenhaus gebracht, damit er sich erhängen sollte.

„Da hast du Recht. Ich frage mich nur, warum diese Frauen so sind? Liegt es an ihrer Herkunft oder an ihrer Erziehung", Henneberg blieb auf der Terrasse stehen und holte eine Zigarette hervor, zündete sie an. „Willst du auch eine?", er hielt Eberstädter die Packung hin, der peinlich berührt zugriff: „Gerne, anders ist das ja nicht auszuhalten."

„Meine Herren, das nix gut, wenn Asche hier auf Boden", empörte sich Elena und stellte einen klobigen Aschenbecher auf den Terrassentisch. „Wenn schon rauchen, dann benutzten den hier." Sie deutete mit dem rechten Zeigefinger auf den Aschenbecher.

„Ist ja schon gut", knurrte Eberstädter, „wir rauchen nur zu Ende. Dann müssen wir mit Ihnen reden."

„Ich nicht weiß, ob Chefin ist einverstanden."

„Das interessiert uns herzlich wenig", maulte Henneberg sie nun an, „entweder beantworten Sie unsere Fragen oder wir bestellen Sie aufs Präsidium."

„Dann bitte kommen ins Haus."

Henneberg drückte seine Zigarette aus. „Eberstädter, ich geh nur mal kurz raus zu Erdmann. Den habe ich total vergessen. Außerdem muss ich mal Stückchen anrufen. Bin gleich wieder da."

Henneberg befreite Erdmann aus dem Auto. Der Rauhaardackel quietschte laut vor Freude und sprang an seinem Herrchen hoch, stellte sich auf die Hinterbeine und tänzelte wie eine Primaballerina. „Ist ja schon gut mein Dicker. Beruhig dich wieder."

Doch Erdmann wollte sich nicht beruhigen. Und er wollte auch nicht gehorchen. Schnüffelnd lief er an der Hecke, die das Grundstück umgab, entlang.

Henneberg ließ ihn gewähren, während er mit seiner Sekretärin telefonierte: „Stückchen, hast du herausgefunden, wo die Schwester von Frau Kessel steckt?"

„Also", sie begann mit der für sie üblichen Formel, „diese Bettina ist im Moment in Shanghai. Ich habe sie nach mehrmaligen Versuchen endlich ans Telefon gekriegt. Die wollte natürlich wissen, was los ist. Sie hat nicht lockergelassen. Ich habe ihr dann erzählt, ihre Schwester sei im Krankenhaus und sie solle schnellstmöglich heimkommen."

„Und das hat sie dir abgenommen?"

„Ja, stell dir vor, sie hat gesagt, das hätte ja so kommen müssen und sie werde den nächstbesten Flug nach Frankfurt nehmen."

„Hat sie gesagt, was sie damit gemeint hat?"

„Nee, die hat das Gespräch einfach beendet und hat auf meinen erneuten Anruf gar nicht reagiert."

„Mist, dann bleibt uns nur abzuwarten bis der Sohn von Frau Kessel heimkommt." Henneberg verabschiedete sich von seiner Mitarbeiterin.

„Erdmann, wo steckst du?" Der Dackel war aus seinem Blickfeld verschwunden. Henneberg pfiff, doch Erdmann blieb verschwunden. Plötzlich hörte er ein freudiges Bellen von der anderen Seite der Hecke.

Henneberg nahm den Aufgang mit zwei großen Schritten, stürmte durch die Eingangshalle und den Salon und blieb schließlich auf der Terrasse stehen. Das Bild, das sich ihm bot, machte ihn sprachlos.

Kapitel 15

Eberstädter schaute sich in dem Raum, der wegen seiner dunkelgrünen Tapete einen düsteren Eindruck vermittelte, um. An den Wänden hingen unterschiedlich große Geweihe. Im Schrank standen aufrecht verschiedene Jagdgewehre, auf einer Kommode häufte sich eine Anzahl von blankgeputzten Pokalen. Am meisten faszinierten ihn die ausgestopften Tiere u.a. Vögel, Füchse, Marder, Fasanen, sogar ein Rad schlagender Pfau und so einiges mehr, was er aus Unkenntnis jedoch nicht zuordnen konnte. Die dunklen Möbel rochen nach Möbelpolitur, verliehen dem Raum zudem einen geheimnisvollen Charakter.

„Da ich wieder bin", Elena rauschte mit einem Tablett voller Gläser und einer Saftkaraffe herein. Bevor Eberstädter seiner Freude Ausdruck verleihen konnte, verschwand die gute Perle wieder, um sogleich mit einem Teller belegter Brote zurückzukehren.

„Elena", der Kommissar schmachtete die Haushälterin an, „Sie sind ein Engel." Sofort stürzte er sich auf die Brote. Elena füllte sein Glas mit Apfelsaft.

„Was Sie wollen wissen?", sie setzte sich zu Eberstädter an den runden Tisch.

Ihr Gegenüber bedeutete ihr, dass er mit vollem Mund nicht so gut sprechen könne. Die Haushälterin ließ ihn gewähren und beobachtete ihn beim Essen.

„Hallo", war Hennebergs Rufen zu hören, „Eberstädter, wo bist du?"

Elena sprang auf und eilte zur Tür. „Wir hier sind."

Henneberg rauschte herein: „Stell dir mal vor, was mir eben passiert ist. Das glaubst du nicht.“

Elena ließ ihn gar nicht weiter zu Wort kommen. „Bitte setzen Ihnen Herr Kommissar und essen.“ Sie deutete auf die Platte mit den belegten Broten, die sich bereits merklich geleert hatte.

„Essen ist nur was für Schwächlinge“, Henneberg blickte Eberstädter mitleidig an. „Ich dachte, wir essen heute Abend ein saftiges Steak beim Issy.“

„Bis dahin wäre ich verhungert, wenn mir die nette Dame nicht etwas zu Essen angeboten hätte“, murmelte Eberstädter mit vollem Mund.

„Versuche mir nicht weiß zu machen, dass sie das so ganz aus freien Stücken getan hat“, lachte Henneberg.

„Ich weiß gar nicht, was du willst, ich habe sie nur gefragt, ob sie auch für die Küche zuständig sei. Das muss sie irgendwie falsch verstanden haben.“ Eberstädter grinste, während ihm Mayonnaise am Kinn herunterlief.

„Nun lass mal wieder den Ernst rein“, mit dieser Floskel forderte Henneberg die Kollegen auf, zur Sache zurückzukehren, er wandte sich an die Haushälterin, „Frau Elena, würden Sie uns jetzt bitte ein paar Fragen beantworten?“ Elena nickte ergriffen.

Henneberg sprach betont langsam zu der Frau: „Wenn Sie etwas nicht verstehen, sagen Sie es.“

„Ich alles verstehn. Was Sie wollen wissen?“, sagte Elena mit eindeutig russischem Akzent.

„Wie war Ihr Verhältnis zu Frau Kessel? Haben Sie sich gut mit ihr verstanden? Haben Sie öfter miteinander gesprochen?“

„Waren Freundinnen. Haben in Pause miteinander geredet. Sigrid hat viel Probleme mit Chefin. Chefin nix gut zu Sigrid. Immer nur schimpfen."

„Warum? Hat Sigrid ihre Arbeit nicht ordentlich gemacht?"

„Doch, sehr, immer alles gut", versicherte Elena, „aber Chefin nix zufrieden. Immer schlecht gelaunt wegen Krankheit. Seit sitzen in Rollstuhl immer nur böse."

„Ist sie auch zu Ihnen böse?"

„Manchmal sie schimpfen mit mir, aber ich nix hören", sie deutete erst auf ihr rechtes Ohr, dann auf das Linke, was wohl so viel bedeuten sollte, wie hier rein und da raus.

„Wie lange sind Sie schon bei Frau Preuß?"

„Oh, schon lange", sie überlegte kurz, „zwanzig Jahre. Gute Job."

„Gibt es hier noch mehr Angestellte?", hakte Eberstädter nach, der mittlerweile die ganze Platte mit belegten Broten geleert hatte.

„Mein Mann kommen und arbeiten in Garten. Sonst niemand", erklärte die Haushälterin bereitwillig, „Chefin nix wollen fremde Leute in Haus."

„Haben Sie eine Ahnung, wer Sigrid das angetan haben könnte?"

„Nein, Sigrid so gute Mensch. Hat nicht verdient." Tränen schimmerten in Elenas Augen. Sie holte ein Tuch aus ihrer Schürzentasche und putzte ihre Nase.

„Wie war denn das Verhältnis zu ihrem Sohn Hero?"

„Gut. Sigrid stolz auf Hero. Hat sich gefreut auf Baby. Jetzt wachsen Baby ohne Großmutter auf. Sehr traurig", eine Träne rollte ihr über die Wange.

„Elena, wissen Sie, wer Heros Vater war?"

Elena schüttelte den Kopf: „Nix wissen."

Henneberg zog die Augenbrauen hoch. „Hatte sie einen Freund?"

Wieder schüttelte Elena den Kopf: „Sie nix wissen wollen von Männer."

„Elena, wussten Sie, dass Sigrid krank war?"

Die Haushälterin legte ihre Hand auf die Brust und blickte Henneberg erschrocken an: „Nein, was sie hat?"

„Das dürfen wir Ihnen zum jetzigen Zeitpunkt leider nicht sagen. Behalten Sie es bitte für sich", bat Henneberg die Zeugin.

„Was war denn letzte Woche los? Ihre Chefin hat uns erzählt, dass Sigrid sie auf der Toilette vergessen hätte."

„Sigrid hat telefoniert in Garten. Hat nicht gehört Klingel. Ich habe sie gerufen. Chefin hat große Theater gemacht."

„Wissen Sie mit wem sie telefoniert hat und worum es bei dem Gespräch ging?"

Elena hob die Schultern an: „Nein, ich nix hören."

„Gibt es denn irgendjemanden, der Sigrid nahestand? Der uns vielleicht mehr über sie sagen kann. Was ist denn z.B. mit ihrer Schwester?"

„Schwester nix gut. Nur Hero und Freundin", kam es abgehackt zurück.

„Können Sie uns sagen, wo wir diese Freundin finden?"

Elena nickte. „Moment, komme sofort zurück." Sie verließ eilig den Raum.

„Komische Verhältnisse sind das", bemerkte Eberstädter.

„Hier“, Elena kam mit einem Zettel in der Hand zurück, „hat mir gegeben. Nicht lange her. Hat gesagt, soll Nummer anrufen, wenn was ist.“

Henneberg nahm den Zettel mit einer vollständigen Adresse in Pohl-Göns entgegen.

„Vielen Dank, wir müssen dann mal wieder“, Henneberg machte Eberstädter ein Zeichen.

„Vielen Dank, für die leckeren Brote“, Eberstädter erhob sich und folgte seinem Kollegen nach draußen.

„Ich dachte, wir wollen gehen.“

„Ich muss noch meinen Dackel abholen“, Henneberg steuerte auf die Liege zu. Auf den Beinen von Frau Preuß lag Erdmann. Die Hausherrin streichelte ihm mit der gesunden Rechten über den Rücken.

„Gnädige Frau, ich muss Ihnen jetzt Erdmann leider entführen“, wandte er sich zu Eberstädters Erstaunen an die Frau auf dem Liegestuhl.

„Wie schade, wir haben uns so gut verstanden“, äußerte sich Frau Preuß mit aufrichtigem Bedauern, „er hätte gern noch etwas bleiben können.“

„Warum schaffen Sie sich nicht wieder einen Hund an? Der könnte Sie bei Ihren Ausfahrten begleiten und Ihnen Gesellschaft leisten.“

Frau Preuß machte Henneberg ein Zeichen, sich ihrem Mund zu nähern. Henneberg beugte sich zu ihr herab und lauschte gespannt, was ihm die Frau zu sagen hatte. Als er sich aufrichtete, sprach er: „Das hätte ich nicht von Ihrem Sohn gedacht.“

Kapitel 16

Eberstädter folgte seinem Kollegen durch eine Öffnung in der Hecke und das anschließende Grasstück bis zu seinem Wagen. Erdmann, der sich nur ungern von Frau Preuß getrennt hatte, hoppelte hinterher.

„Was hat die Frau denn zu dir gesagt?", wollte Eberstädter von seinem Kollegen wissen.

„Sie hat gesagt, dass sie gerne einen Hund hätte. Doch ihr Sohn hätte ihr damit gedroht, das Tier im Klo herunter zu spülen."

„Hier scheint es sich ja um ein richtig nettes Mutter-Sohn-Verhältnis zu handeln", stellte Eberstädter belustigt fest.

„Das kannst du laut sagen."

Henneberg steckte sich eine Zigarette an und beobachtete stumm seinen Dackel, der traurig vor der Autotür hockte. „Armer Dackel", bedauerte der Kommissar den Vierbeiner, „jetzt musst du wieder mit Herrchen im Auto sitzen. Dabei hat es dir so gut bei dieser alten Hexe gefallen."

„Man sagt ja, dass Tiere einen besonderen Instinkt besitzen. Dass sie genau wissen, wer gut oder böse ist", bemerkte Eberstädter altklug.

„Ach nee, das wusste ich gar nicht", ulkte Henneberg.

„Veräppeln kann ich mich selbst, Henne", sagte Eberstädter beleidigt.

„Wir haben ja noch ein bisschen Zeit, bevor dieser Hero zurück ist. Deshalb fahren wir jetzt noch mal zu Frau Kessels Freundin nach Pohl-Göns." Er drückte auf seinen Schlüssel. Die Blinker an seinem Wagen leuchteten auf. Er öffnete Erdmann den Schlag. Der Rauhaardackel sprang nur widerwillig und mit einem tiefen Brummen in den Fußraum seines BMW, wo er sich sogleich ablegte und die Augen schloss, so als wolle er seinen Unmut kundtun.

Kapitel 17

Die Sonne stand schon tief am Himmel, als Henneberg unter der Brücke der A 5 hindurchfuhr. Er folgte dem Betonweg vorbei an den Aussiedlerhöfen, durch den Gambacher Wald nach Pohl-Göns. Die letzten Sonnenstrahlen tauchten die Wiesen vor dem Ort in ein rotgoldenes Licht. Rechts des Weges bemerkte der Kommissar mehrere Rehe.

„Die Dämmerung lockt die Tiere an", bemerkte Eberstädter, „hier passieren immer wieder Wildunfälle."

„Passt zu dem, was mir Frau Preuß eben erzählt hat", Henneberg hatte die Information trotz der Nachfrage von Eberstädter die ganze Zeit für sich behalten.

„Ach nee, was hat die alte Hexe dir denn anvertraut?", Eberstädter grinste schief.

„Die Sekretärin von Herrn Preuß hat doch schon diesen Jagdunfall von Herrn Preuß Cousin im letzten Jahr erwähnt."

„Ja und?"

„Irgendwas muss da schiefgelaufen sein. Sie meinte nur, dass Verfahren sei gegen ein Bußgeld eingestellt worden. Ihrem Sohn hätte man aber den Jagdschein entzogen", erzählte Henneberg.

„Was hat sie damit gemeint?"

„Irgendwie hatte ich das Gefühl, dass sie ihren Sohn für den Tod seines Cousins verantwortlich sieht."

„Die muss ihren eigenen Sohn ja ziemlich hassen, wenn sie ständig solche Andeutungen macht."

„Allerdings. Normal finde ich das nicht." Bedauern lag in Hennebergs Stimme.

Wenig später parkte der Kommissar seinen BMW vor einem weißen Lattenzaun, der ein schönes Gartengrundstück umgab. Bevor Eberstädter den Rauhaardackel stoppen konnte, sprang der vor ihm aus dem Auto.

„Erdmann komm zurück, du musst im Auto bleiben", befahl der Ermittler dem Vierbeiner. Doch Erdmann dachte nicht daran, zu folgen. Er war bereits durch das offenstehende Gartentürchen auf das Grundstück gelaufen. „Der hört ja mal wieder 1 A", murrte Eberstädter.

Links und rechts vor dem Eingang des Einfamilienhauses lagen Kürbisse in unterschiedlicher Größe und Form. Einige der Kürbisse waren ausgehöhlt und zeigten ein Gesicht, das vermutlich abends durch ein Teelicht erleuchtet wurde. Erdmann hob sein rechtes Hinterbein und markierte einen der Früchte. Henneberg musste schmunzeln.

„Halloween ist doch erst in ein paar Wochen", äußerte sich Eberstädter, „das ist auch so ein amerikanischer Mist, den niemand braucht."

Henneberg nickte zustimmend. „Erdmann, du bleibst hier. Ist das klar?", ermahnte er den Dackel und betätigte die Klingel. Unter dem Klingelknopf zeigte ein Namensschild, wer in dem Haus wohnte. Hinter der Tür waren Schritte zu hören. Die Person, die sich ihr näherte, verharrte jedoch eine Weile dahinter, bevor sie öffnete. Im Rahmen erschien eine Frau mittleren Alters. Ihre Augen waren gerötet. Offensichtlich wusste sie schon Bescheid, was ihrer Freundin zugestoßen war.

„Guten Tag, Frau König. Wir kommen vom Polizeipräsidium in Friedberg." Er hielt der Frau seine Dienstmarke vor das Gesicht, „dürfen wir eintreten?", sagte Henneberg in einem bestimmten Ton, den er immer anschlug, wenn er einem hübschen weiblichen Wesen begegnete.

Die Frau nickte und zog die Tür weiter auf. „Ihren Dackel können Sie gern mithereinbringen" sagte sie mit einem Blick auf Erdmann, der sie aus seinen braunen Augen anstarrte, „ich habe nichts gegen Hunde", sagte sie mit einer krächzenden Stimme.

„Das ist kein Hund, das ist ein Dackel", schmunzelte Eberstädter, der anscheinend die Dame etwas aufheitern wollte. Seine Aussage wurde mit einem rostigen Lachen quittiert, das kurz darauf in ein verzweifeltes Schluchzen überging. Henneberg fasste Frau König am Arm und begleitete sie durch die geräumige Diele in ein großes Wohnzimmer. Der Raum nahm die ganze Rückseite des Hauses ein und war gemütlich eingerichtet. Um einen großen Kachelofen zog sich eine Bank, unter der Kaminholz lag. Erdmann machte es sich auf dem davorliegenden Teppich bequem und schloss die Augen.

Frau König setzte sich auf einen Fernsehsessel, der mit dem Rücken zu der großen Fensterfront stand, die die Rückwand des Zimmers einnahm. „Bitte setzen Sie sich", sie machte eine auffordernde Handbewegung. Auf dem Tisch lagen mehrere Packungen Tempotücher, Hustensaft und ein Blister mit Tabletten.

„Möchten Sie etwas trinken?", Henneberg lehnte dankend ab und warnte Eberstädter mit einem mahnenden Seitenblick.

„Frau König, Sie wissen offensichtlich schon Bescheid“, begann Henneberg mit sanften Worten.

Frau König nickte erneut. Sie holte ein Tempotaschentuch aus ihrer Jackentasche hervor, wischte ihre Tränen ab, die ihr unaufhörlich über die Wangen liefen und schneuzte sich. „Entschuldigen Sie bitte, aber ich kann das alles noch gar nicht fassen. Wer tut denn so was?“

„Das versuchen wir ja gerade herauszufinden. Können Sie sich vorstellen, wer Frau Kessel ermordet haben könnte? Hatte sie mit jemandem Streit, fühlte sie sich bedroht?“

Frau König starrte den Kommissar an, als hätte sie einen Geist gesehen: „Nein, Sigrid war der netteste Mensch, den ich jemals kannte.“

„Sie standen Frau Kessel wohl sehr nahe?“

„Sie war meine beste Freundin.“ Ein Hustenanfall schüttelte sie. „Entschuldigen Sie bitte, Ich bin schrecklich erkältet.“

Hennebergs Frage hatte einen erneuten Tränenausbruch zur Folge. Auch Erdmann hatte die Verzweiflung von Frau König offenbar erkannt, schlich sich zu dem Fernsehsessel und sprang auf den Schoß von Frau König.

„Erdmann, runter da. Was fällt dir ein?“, Henneberg glaubte seinen Augen nicht zu trauen. Das war heute schon das zweite Mal, dass sich sein Dackel auf dieser Art einer fremden Person näherte.

„Lassen Sie ihn nur“, Frau König streichelte dem Dackel über das raue Fell, „das ist schon in Ordnung.“ Erdmann schien eine beruhigende Wirkung auf Frau

König zu haben. Ihre Tränen versiegten und sie war in der Lage, wenn auch mit krächzender Stimme, auf die Fragen der Kommissare zu antworten.

„Wie lange kannten Sie Frau Kessel?"

„Wir sind zusammen aufgewachsen, waren schon im Kindergarten Freundinnen und saßen später in der Grundschule zusammen. Nach der vierten Klasse ging Sigrid aufs Gymnasium in Butzbach, ich auf die Stadtschule. Aber wir sahen uns jeden Tag im Schulbus, besuchten gemeinsam die Tanzstunde und wurden zu Partys eingeladen. Ich wurde dann mit achtzehn schwanger und musste heiraten. Da trennten sich unsere Wege vorübergehend. Sigrid brach die Schule ab und lernte den Beruf der Krankenschwester am Krankenhaus in Weilburg. Sie wohnte auch dort im Schwesternwohnheim und kam nur selten hierher."

„Wenn sie nach Hause kam, haben Sie sich sicher getroffen?"

„Nein, mein Mann wollte das nicht. Sigrid war ihm", sie stockte, „wie soll ich sagen, sie war ihm zu unternehmenslustig." Ein weiterer Hustenanfall folgte.

„In dem Alter ist das doch normal oder nicht?", meinte Eberstädter lakonisch.

„Sigrid war ziemlich wild. Sie war ständig auf Partys, tanzte ganze Nächte durch, war bekannt als die Diskoqueen und man sagte ihr nach, dass sie......", wieder stockte die Frau. Henneberg und Eberstädter sahen sie abwartend an. Erdmann leckte ihr indes über den Handrücken. Frau König ließ ihn gewähren.

„Wollen Sie uns sagen, dass sie es gerne mit Männern zu tun hatte?", drückte sich Henneberg vorsichtig aus.

„Ja, so könnte man sagen. Sie ließ nichts anbrennen."
„Wie lange ging das so bzw. ab wann hatten Sie wieder Kontakt?"
„Ich bekam inzwischen das zweite Kind. Mein Mann verhinderte, dass ich mich mit Sigrid traf. Wenn ich ihrer Mutter beim Einkaufen begegnete, fragte ich immer nach ihr und bestellte schöne Grüße. Eines Tages vertraute mir ihre Mutter an, dass Sigrid schwanger sei und wieder nach Pohl-Göns zu ihren Eltern ziehen würde."
Frau König wollte nach der Zigarettenpackung auf dem Tisch greifen. Doch Erdmann hinderte sie daran. Eberstädter sprang auf und reichte ihr das Päckchen. „Hier darf geraucht werden?", fragte Henneberg mit deutlicher Erleichterung in der Stimme.
Frau König nickte. „Ja, ich habe nichts dagegen. Ich rauche gern nach dem Essen eine oder wenn ich mich aufrege, so wie jetzt."
„Wegen Ihrer starken Erkältung sollten Sie das allerdings lieber lassen", sagte Eberstädter besorgt.
Henneberg reichte der Frau Feuer und schob den Aschenbecher in ihre Richtung. Er schaute zu, wie sie den Rauch tief einatmete und ihn wieder ausstieß, unterließ es aber, selbst eine Zigarette anzuzünden. Er konzentrierte sich auf die Befragung.
„Warum ist Frau Kessel nicht mit dem Vater des Kindes zusammengezogen?"
Ein leichtes Lächeln umspielte Frau Königs Lippen. Qualm strömte aus ihrem leicht geöffneten Mund. „Sigrid verriet den Namen des Vaters nicht. Ich vermutete damals, dass sie sich mit einem verheirateten

Arzt eingelassen hatte, der nichts von dem Kind wissen wollte. Denn sie hatte die Klinik in Weilburg verlassen und eine Stelle in Gießen angetreten."

„Und war es so?"

„Sigrid hat das immer abgestritten. Sie hat behauptet, sie wüsste nicht, wer der Vater sei."

„Haben Sie ihr das geglaubt?"

„Damals nicht."

„Und später?"

„Sie hat mir damals eine einleuchtende Erklärung gegeben und mich gebeten, nicht mehr zu fragen."

„Dürfen wir erfahren, wie die Erklärung war?"

„Warum wollen Sie das alles so genau wissen?", fragte Frau König statt einer Antwort und drückte mühsam die Zigarette im Aschenbecher aus. Erdmann jaulte auf, als sich Frau König über ihn beugte. „Oh, tut mir leid", hauchte Frau König, „ich wollte dir nicht wehtun, mein Kleiner", und fuhr fort den Dackel auf ihrem Schoß zu streicheln.

Henneberg sah belustigt zu Erdmann: „Wir versuchen uns nur ein Bild von Frau Kessel zu machen. Wir wollen wissen, was sie für ein Mensch war. Das hilft uns unter Umständen bei unserer Ermittlung", erklärte Eberstädter in einem zuvorkommenden Ton. Henneberg bedachte seinen Kollegen mit einem anerkennenden Blick.

„Ach so", sie druckste etwas, „in diesem Fall ist es wohl etwas anderes", wieder hielt sie einen Moment inne und kraulte Erdmanns Rücken, der dies mit einem tiefen Brummen quittierte. „Wie ich Ihnen schon sagte, war sie damals viel auf Partys und in Diskotheken unterwegs. Sie muss an irgendeinem Abend mit mehreren jungen Männern nach Hause gefahren sein. In einem Waldstück haben sie dann gehalten."

Nach einer Weile des Schweigens fragte Henneberg: „Sie wurde vergewaltigt?"

„Das glaube ich nicht", Frau König schaute ziemlich betreten drein, „ich befürchte, sie hat freiwillig mitgemacht. Sigrid hat damals nicht nur viel Alkohol konsumiert, sie hat auch den einen oder anderen Joint geraucht."

„Nach dieser Nacht war sie schwanger?"

„Ja, aber sie wusste nicht, wer von ihren Sexpartnern für die Vaterschaft in Frage kam."

„Wieviel Männer waren es denn, die in Frage kamen?", fragte Eberstädter besorgt.

„Das hat sie nicht gesagt", Frau König zuckte wie zur Entschuldigung mit den Schultern.

„Hm", Henneberg nickte verständnisvoll mit dem Kopf, „wie kommt es, dass Sigrid und Sie dann so gute Freundinnen geworden sind? Ich meine, Sie sind doch total unterschiedlich", Henneberg schaute sich in dem geschmackvoll eingerichteten Wohnraum um.

„Sigrid war nicht immer so. Das war eine Episode in ihrem Leben. Als sie merkte, dass sie schwanger war, zog sie wieder zu ihren Eltern. Sie ging nicht mehr aus, veränderte sich völlig. Ihre Mutter hat sich um Hero gekümmert, damit sie arbeiten gehen konnte. Hero war von Anfang an ein sehr schwieriges Kind. Er weinte viel, war unruhig, riss sich ganze Büschel Haare aus. Er war aggressiv, schlug im Kindergarten nach anderen Kindern. Die Eltern der Kinder beschwerten sich.

Der Kinderarzt stellte dann fest, dass Hero unter dem Zappelphilipp-Syndrom litt."

„ADHS?", fragte Eberstädter, was ihm erstaunten Blick von Henneberg einbrachte.

„Ja, genau. Er bekam dann Medikamente. Daraufhin wurde er ruhiger und umgänglicher. Aber irgendwie war er immer quirlig. Ich habe Sigrid dann geraten, Hero zur Jugendfeuerwehr und zum Fußballtraining zu schicken. Dort konnte er sich austoben."

„Sie hatten sich also wieder mit ihr angefreundet?"

„Ja, aber erst, nachdem ich mich von meinem Mann getrennt hatte."

„Wie kam das?", die Neugierde in Eberstädters Stimme war nicht zu überhören.

„Mein Mann wollte nicht, dass ich arbeiten gehe. Er war sehr bestimmend. Er engte mich total ein. Als beide Kinder in den Kindergarten gingen, suchte ich mir einen Halbtagsjob als Arzthelferin. Das hatte ich ja gelernt. Doch damit war mein Mann nicht einverstanden. Er wollte, dass ich zu Hause bleibe und mich nur um die Kinder kümmere. Doch das war mir zu wenig. Er nörgelte von da an ständig an mir herum. Wenn irgendetwas mal nicht klappte, schob er es auf meinen Job. Schließlich fing er an mich zu schlagen", sie blickt auf Erdmanns Rücken, so als würde sie dort etwas suchen, „mein Chef bemerkte als erster, dass etwas nicht stimmte. Er riet mir, mit meinem Mann zu einer Gesprächstherapie zu gehen. Das lehnte mein Mann ab. Mit ihm sei alles in Ordnung. Ich sei allein daran schuld, dass er mich schlage."

„Tse", entfuhr es Eberstädter.

Frau König fuhr fort: „Eines Tages hat er mich so verprügelt, dass ich mich ins Krankenhaus begeben musste. Dort habe ich Sigrid wieder getroffen. Sie hat in der Uniklinik als Krankenschwester gearbeitet. Sie hat sich rührend um mich gekümmert, hat sich meine Sorgen angehört und mich ermuntert, Anzeige gegen meinen Mann zu erstatten."

Peinlich berührt, sah sie Henneberg an: „Und dann ging alles ganz schnell. Ich zog zu meinen Eltern, die auch hier in Pohl-Göns wohnten und nahm die Kinder mit. Ich reichte die Scheidung ein. Mein Mann versuchte, mir das Leben schwer zu machen, lauerte mir auf, drohte mir Schläge an und erzählte dummes Zeug über mich. Ich würde es mit allen möglichen Männern treiben und so. Aber keiner glaubte ihm. Die Pohl-Gönser wollten nichts mehr mit ihm zu tun haben. Meine Eltern gaben mir Geld, damit ich ihn ausbezahlen konnte. Er zog aus unserem gemeinsamen Haus aus und verschwand nach der Scheidung. Den vereinbarten Unterhalt für die Kinder hat er nie gezahlt."

„Sehr traurig. Aber wie ging es dann mit Ihnen und Frau Kessel weiter?", mischte sich Eberstädter nun wieder ein.

„Sigrid hat mich immer unterstützt. Sie war immer für mich da. Nachdem ich mich vom ersten Schreck erholt hatte, haben wir viel gemeinsam unternommen. Wir sind mit den Kindern ins Schwimmbad oder an den Inheidener See gefahren, haben Ausflüge mit den Fahrrädern gemacht. Später, als die Kinder größer waren, sind wir dann auch ins Kino oder ins Theater gegangen. Einmal im Jahr haben wir ein Musical besucht und haben eine einwöchige Radreise gebucht."

„Sie waren sozusagen unzertrennlich?"

„Ja, kann man so sagen. Als Sigrids Mutter starb, habe ich mich viel um Hero gekümmert. Nach der Schule kam er zu mir zum Essen. Ich habe ihm bei den Hausaufgaben geholfen. Wir waren wie eine große Familie."

„Haben Sie oder Frau Kessel denn keinen Partner?

Frau König schüttelte energisch den Kopf. „Nein, wir haben es beide zwischendurch mal versucht, aber es hat nicht funktioniert."

„Aber Sie sind doch eine attraktive Frau und ich denke, Frau Kessel war auch nicht gerade hässlich", warf Eberstädter ein.

„Hero war in seiner Jugendzeit recht schwierig. Er ist in schlechte Gesellschaft geraten, hat Drogen genommen, und hat leider auch gestohlen. Das war eine harte Zeit für Sigrid. Welcher Mann will schon etwas mit so einer Frau zu tun haben?"

„Und bei Ihnen, wieso hat es bei Ihnen nicht geklappt?", hakte Eberstädter nach. Henneberg sah den Kollegen irritiert an.

„Es war nie der Richtige dabei", beantwortete sie Eberstädters Frage.

„Wie müsste denn der richtige Mann sein?"

Frau König sah Eberstädter verwirrt an. Henneberg wies seinen Kollegen zurecht: „Das gehört nun wirklich nicht hier her. Entschuldigen Sie bitte, Frau König."

Eberstädter überging die peinliche Situation mit der nächsten Frage: „Frau Kessel hat doch auch eine Schwester. Was ist eigentlich mit der?"

„Bettina“, krächzend brachte sie den Namen hervor, „die können Sie vergessen“, sie machte eine wegwerfende Bewegung.

„Wieso?“

„Bettina ist eine arrogante, egoistische, eingebildete Tussi“, Frau König funkelte Eberstädter böse an, so als ob er persönlich dafür verantwortlich sei.

„Ich schließe daraus, dass sich die beiden Schwestern nicht gerade nahe standen“, folgerte Henneberg.

„Das ist noch freundlich ausgedrückt. Sigrid hasste ihre Schwester. Aber sie hielt trotzdem Kontakt zu ihr. Sie meinte, es sei schließlich ihre einzige Verwandte.“ Als ob ihre Aussage Licht in die Sache bringen wollte, ging plötzlich wie von Geisterhand eine auf dem Beistelltisch stehende Lampe an. „Zeitschaltuhr“, bemerkte Frau König.

„Das ist seltsam“, Henneberg fuhr sich durchs Haar, „meine Sekretärin hat die Schwester von Frau Kessel telefonisch erreicht, ihr aber nicht gesagt, um was es eigentlich geht. Sie ist bereits unterwegs. Wie passt das zusammen?“

„War sie mal wieder irgendwo in der Welt unterwegs?“, zischte Frau König zynisch, „die interessiert sich doch nur für sich. Immer auf Reisen, immer in irgendwelchen Luxushotels. Bei der ist immer alles First-Class, müssen Sie wissen. Mit normalen Menschen gibt die sich doch gar nicht ab.“

„Das verstehe wer will. Meine Sekretärin hatte den Eindruck, als ob sich Bettina ernsthafte Sorgen um ihre Schwester machen würde“, erwiderte Henneberg.

„Kann ich mir nicht vorstellen“, Frau König schüttelte energisch den Kopf.

Bei einem Blick auf seine Uhr sagte Henneberg: „Hören Sie Frau König, wir müssen gleich nach Gambach zurückfahren. Hero wird um zwanzig Uhr von einer Mehrtagesfahrt zurückkehren. Herr Preuß wollte ihm in unserer Gegenwart die traurige Nachricht vom Tod seiner Mutter überbringen.“

Er schaute Frau König aufmerksam an: „Können Sie uns noch etwas zu Hero sagen?“

„Der arme Junge. Das wird ein riesiger Schock für ihn sein. Zumal er jetzt nie erfahren wird, wer sein Vater ist.“

„Wie meinen Sie das?“

„Heros Freundin ist schwanger. Seit die beiden von der Schwangerschaft wissen, hat Hero immer wieder gefragt, wer sein Vater sei.“

„Warum jetzt?“

„Er hat schon als Junge und später auch als Jugendlicher immer wieder mal nach seinem Vater gefragt. Ich denke, jetzt ging es ihm darum zu erfahren, ob es in der Familie seines Vaters irgendwelche Erbkrankheiten gab. Die Gynäkologin hatte seine Freundin danach gefragt.“

„Ist das üblich?“, fragte Eberstädter verwundert.

„Das ist heute normal.“

„Und, wie hat Frau Kessel reagiert?“

„Ob Sie es glauben oder nicht, sie hat von den Männern, mit denen sie intim war, eine Haarprobe organisiert und in einem Labor testen lassen.“

„Wow, das ist ja mal `ne Neuigkeit“, Henneberg fuhr sich wieder durch sein dunkles mit Silberfäden durchzogenes Haar.

„Hatte sie denn noch Kontakt zu diesen Männern?“

Frau König lachte: „Die wohnen wohl alle hier in der Gegend. Sigrid muss ihnen immer wieder mal begegnet sein.“

„Ach du meine Fresse!“, entfuhr es Eberstädter, „dann wissen Sie auch, um wen es sich handelt.“

Frau König schüttelte energisch den Kopf: „Nein, sie hat es mir nicht verraten.“

„Aber Sie waren doch ihre beste Freundin“, reagierte Henneberg ungläubig.

„So ist es und dennoch wollte sie es mir nicht sagen. Sie hat es damit begründet, dass sie nur ihrem Sohn die Wahrheit mitteilt, sobald sie es weiß und wollte es ihm überlassen, ob er dann mit seinem Vater Kontakt aufnimmt“, ihre Augen flimmerten, „aber ich glaube, es war ihr einfach nur peinlich.“

„Wissen Sie denn, ob sie schon ein Ergebnis hatte?“

„Keine Ahnung. Ich habe nicht mehr nachgefragt. Das gehört auch zu einer guten Freundschaft, dass man den anderen einfach mal in Ruhe lässt.“ Sie schneuzte ausgiebig in ihr Taschentuch.

„Hm, noch eine letzte Frage“, Henneberg setzte sich auf die Kante des Sofas, so als wolle er gleich aufstehen, „wie war denn das Verhältnis zwischen Sigrid und Frau Preuß?“

„Sigrid hat ihren Job gemacht. Aber sie war oft genervt von Frau Preuß. Sie muss eine schwierige Person sein, hat ständig mit ihr geschimpft. Sie konnte ihr nichts recht machen. Sigrid wollte immer wieder aufhören, doch Armin, also der Sohn von Frau Preuß, hat sie immer wieder überredet. Er hat ihr mehr Geld geboten, hat sie mietfrei in seinem Haus wohnen lassen", Henneberg stoppte den Redefluss von Frau König mit erhobener Hand, „das Haus in dem sie wohnte, war also gar nicht ihr Haus?"

„Nein, natürlich nicht. Das Haus in Gambach gehört Armin Preuß. Aber Sigrid hatte Narrenfreiheit, durfte sich sogar die Nachmieterin selbst aussuchen."

„Sorry", Henneberg entschuldigte sich im Voraus für die nächste Frage: „Frau Klinke war also gar nicht ihre Mieterin?"

„Gewissermaßen schon. Sie wollte heute einziehen."

„Wer hat denn vorher in der Wohnung gelebt?"

„Ihr Sohn. Er ist erst vor ein paar Wochen zu seiner Freundin gezogen. Wegen des Babys."

„Hatte Herr Preuß ein Verhältnis mit Frau Kessel?"

Frau König lachte: „Nein, bestimmt nicht. Sie waren nur gute Freunde. Er hat Hero wie seinen eigenen Sohn behandelt, ihm geholfen, als er ganz unten war. Er hat ihm sogar den Busführerschein bezahlt und ihn als Fahrer bei sich eingestellt." Das Sprechen fiel ihr immer schwerer.

„Hat Sigrid ihnen etwas von dem Vorfall im Haus von Frau Preuß in der vergangenen Woche erzählt?"

„Nein, davon weiß ich nichts", beteuerte Frau König mit Unschuldsaugen.

Henneberg erhob sich nach einem erneuten Blick auf die Uhr vom Sofa: „Eberstädter, wir müssen gehen." Bei den Worten des Kommissars sprang Erdmann mit einem Satz auf den Boden und rannte zur Haustür voraus. Quietschend blieb er davor sitzen.

Eberstädter erhob sich unwillig. Er reichte Frau König seine Visitenkarte mit dem Hinweis, dass sie ihn kontaktieren solle, falls ihr noch etwas einfiele. Etwas schüchtern erwähnte er, dass sie ihn auch gern anrufen könne, wenn sie nur mal so mit ihm sprechen, sich alles von der Seele reden wolle. „Und", etwas zögerlich setzte er hinterher, „gute Besserung. Ihre Erkältung hört sich nicht gut an."

Frau König blickte den Kommissar dankbar an und schniefte. Tränen suchten sich erneut einen Weg aus ihren schönen Augen.

„Schade, Erdmann können Sie gern hierlassen", wandte sie sich an Henneberg, „er hat so eine beruhigende Wirkung. Jetzt bin ich wieder ganz allein."

„Dieses Angebot erhalte ich heute bereits zum zweiten Mal", erzählte Henneberg und ging zur Haustür. Kurz bevor er sie öffnete, drehte er sich noch einmal mit erhobenem Arm zu Frau König um. Diese Situation erinnerte an die Krimiserie Columbo, wo der Kommissar ebenfalls beim Abschied noch eine letzte Frage an die Zeugen oder Verdächtigen richtete: „Wann haben Sie Ihre Freundin denn das letzte Mal gesehen?"

Die Frau schien peinlich berührt: „Das ist schon eine Weile her."

„Ich dachte, beste Freundinnen sehen sich öfter", gab Henneberg zu bedenken.

„Sigrid hatte in letzter Zeit viel um die Ohren. Deshalb haben wir nur miteinander telefoniert."

„Und wann haben Sie das letzte Mal mit ihr gesprochen?“, Henneberg gab nicht auf.

„Ich glaube, das war am Donnerstag. Da hat sie mich tagsüber von der Arbeit aus angerufen.“

„Um was ging es denn bei dem Gespräch?“

Frau König blinzelte nervös mit den Augen: „Um nichts Besonderes. Sie hatte nur einmal Hallo sagen wollen.“

„Und sonst nichts? Sie hat nichts von irgendwelchen Schwierigkeiten gesagt? Oder Ihnen eine Neuigkeit mitgeteilt?“, insistierte Henneberg.

Heftiges Schluchzen schüttelte Frau Königs Oberkörper: „Nein“, kam es mit tränenerstickter Stimme aus ihrem Mund, „was meinen Sie denn?“

Eberstädter legte ihr tröstend die Hand auf die Schulter: „Schon gut, Frau König. Wie gesagt, falls Ihnen noch etwas einfällt, melden Sie sich bitte. Und gehen Sie zum Arzt wegen Ihrer Erkältung. Damit sollte man nicht spaßen“, seine Stimme war voller Besorgnis.

„Mein Chef hat mich bereits krankgeschrieben“, erklärte Frau König, „aber ich kann nicht im Bett liegen. Das ist mir zu langweilig.“

Henneberg machte eine Kopfbewegung zu seinem Kollegen, damit dieser endlich das Haus verließ.

Kapitel 18

Ursula schloss die Tür hinter den Kommissaren. Der Schweiß rann ihr den Rücken hinab. Das Fieber war stärker geworden. Ihr Kopf schmerzte. Eigentlich müsste sie etwas essen, um zu Kräften zu kommen, aber sie hatte keinen Appetit. Die Erkältung und die Trauer über den abscheulichen Tod ihrer besten Freundin raubten ihr fast den Verstand.

Das Telefon klingelte. Sie schwankte zu dem kleinen Tisch in der Diele und nahm das schnurlose Gerät in die Hand. Sie hasste es, um diese Zeit gestört zu werden. Gleich fing die Tagesschau an, die sie jeden Tag um die gleiche Zeit einschaltete. Trotz der Trauer um ihre Freundin, wollte sie diese Angewohnheit nicht aufgeben.

„König", meldete sie sich.

„Hallo Mama, ich bin es, Torsten. Ich wollte mich erkundigen, wie es dir geht. Ich habe von Sigrids Tod gehört. Das tut mir sehr leid. Kann ich dir irgendwie helfen?"

„Mein Junge, das ist lieb von dir. Aber da kann mir keiner helfen. Eben waren zwei Kommissare hier. Sie ermitteln in dem Mordfall."

„Du hörst dich gar nicht gut an. Ist deine Erkältung immer noch nicht besser?"

„Nein, leider nicht, Sommergrippe. Ich wollte noch die Tagesschau sehen und mich dann ins Bett legen." Es schellte an der Haustür.

„Torsten, ich muss aufhören. Es hat geklingelt. Ich muss die Tür öffnen. Möglicherweise sind das noch mal die Kommissare. Ich melde mich später noch einmal."

Sicher haben die Kommissare noch etwas vergessen, dachte sie, als sie zur Tür ging und sie öffnete.

„Guten Abend, Frau König. Ich dachte, ich komme mal persönlich vorbei. Ich soll Ihnen einen schönen Gruß von Ihrer Chefin ausrichten. Sie schickt Ihnen Kürbissuppe gegen die Erkältung." Die fremde Person hielt ihr eine Tupperschüssel entgegen.

„Was wollen Sie von mir?", fragte Ursula, die sich jedoch denken konnte, um was es ging. Aber wie hatte man sie gefunden? Sie hatte doch gar keine Adresse hinterlassen. „Darf ich erst mal reinkommen. Im Sitzen redet es sich bestimmt besser." Unwillig trat Ursula zur Seite und ließ ihren ungebetenen Gast eintreten.

„Sie setzen sich am besten hin. Ich mache Ihnen die Suppe heiß. Sie sehen gar nicht gut aus", hörte Ursula die fremde Person wie durch einen Nebel sagen. Sie wurde voran ins Wohnzimmer geschoben und auf einen Stuhl am Esstisch platziert.

„Ich bin sofort mit der heißen Suppe zurück. Sie warten schön hier auf mich." Ursula hörte, wie in der Küche Schranktüren geöffnet wurden und das Geklapper von Geschirr und Besteck. Ihr wurde unheimlich zu Mute. Aber sie hatte nicht die Kraft, ihrem Gast energisch entgegenzutreten und die Tür zu weisen.

„Woher kennen Sie mich und wie sind Sie an meine Adresse gekommen?", fragte Ursula, als man ihr einen Teller mit heißer Suppe brachte.

„Hier bitte, essen Sie erst mal“, Ursula gehorchte. Kürbissuppe gehörte zu ihren Lieblingsspeisen und war gut gegen Entzündungen. Dennoch fand sie es merkwürdig, von einem ihr fremden Menschen bedient zu werden. Langsam begann sie zu essen. Doch sie schmeckte die heiße Flüssigkeit nicht. Die Erkältung hatte ihren Geschmackssinn betäubt.

„Sie wollen wissen, woher ich Sie kenne?“

Ursula nickte und schob den Löffel in den Mund.

„Ich habe Sie an Ihrer Stimme erkannt. Amateurfunk war viele Jahre mein Hobby. Da lernt man Stimmen zu unterscheiden. Ich wusste gleich, dass Sie die Aushilfe von Frau Müller vom Kürbishof in Lang-Göns sind. Wir haben uns schon oft dort gesehen. Sie haben mir mehrfach Kürbisse verkauft, ohne zu ahnen, dass ich Ihr Gesprächspartner vom Donnerstagabend bin.“ Jetzt erkannte Ursula die Person wieder. Die Mütze und die Sportbekleidung hatten das Aussehen ihres Gegenüber total verändert. Da sie nie viele Worte mit den Kunden wechselte, hatte sie die Stimme niemandem zuordnen können.

„Was wollen Sie von mir?“, Ursula wurde es immer unheimlicher.

„Mit Ihnen reden“, die Antwort klang zynisch, „über Ihre haltlose Forderung.“

„Was gibt es da zu reden? Sie wollen offenbar nicht, dass bekannt wird, wer Heros Vater ist“, Ursula nahm ihren ganzen Mut zusammen, „also sollte Ihnen meine Verschwiegenheit etwas wert sein.“

„Wollen Sie, dass es Ihnen so geht, wie Ihrer lieben Freundin?“ Die Person kam ganz nah an ihr Gesicht.

Ursula wich erschrocken zurück. Der Löffel fiel scheppernd in den Suppenteller.

„Sie haben sie umgebracht?“, zischte Ursula.

„Das würde ich so nicht sagen. Ihre Gier hat sie umgebracht.“

„Was für ein Quatsch. Sigrid wollte doch gar nichts von dem Vater des Kindes. Sie wollte doch nur, dass Hero weiß, wer sein Erzeuger ist und es ihm überlassen, ob er Kontakt aufnimmt. Was ist denn daran so schlimm?“

„Das können Sie nicht verstehen. Aber ich rate Ihnen, mich nie wieder um Geld zu bitten und die Wahrheit für sich zu behalten, sonst…“, eine drohende Gebärde ließ Ursula weiter zurückweichen.

„Ok, ich habe verstanden. Ich werde zu niemandem ein Wort sagen. Aber jetzt gehen Sie bitte. Mir ist nicht gut.“ Ursula spürte wie Übelkeit in ihr hochstieg. Gleichzeitig machte sich in ihren Gedärmen ein Ziehen bemerkbar, das nichts Gutes verhieß. Sie rannte in die Gästetoilette und erbrach sich. Bevor sie die Hose herunterlassen konnte, hatte sich ihr Darm bereits entleert. Zitternd stand sie vor der Toilettenschüssel. Sie hörte wie die Haustür ins Schloss fiel.

Kapitel 19

Es war bereits einundzwanzig Uhr, als die beiden Kommissare endlich den Hof der Traditionsgaststätte „Zum Adler“ in der Gambacher Bahnhofstraße betraten. Stimmengewirr schlug ihnen entgegen. Alle Tische waren besetzt. Sie bahnten sich einen Weg vorbei an dem großen Grill und dem Buffet zur Theke im hinteren Bereich des Hofes. Als die Gäste bemerkten, wer da die Kneipe aufsuchte, verstummten die Gespräche. Alle Augen richteten sich neugierig auf die Ankömmlinge. Vor allem die Frauen beobachteten den smarten Kommissar mit dem Waschbrettbauch und den stahlblauen Augen, der in engen Jeans und einem Lederblouson aus weichem Kalbsleder steckte.

Unbeirrt von der plötzlichen Stille steuerte Henneberg auf die einzig freien Plätze an einem runden Stehtisch an der Seite der Theke zu. Erdmann dackelte treu hinterher und ließ sich zu den Füßen seines Herrchens nieder.

Issy, der Wirt, der in der ganzen Umgebung für seine Gastfreundschaft und gutes Essen bekannt ist, grüßte die beiden Kommissare mit einem kurzen Nicken und stellte jedem ungefragt ein Bier vor die Nase. Gleich darauf folgte ein Schüsselchen mit Wasser für Erdmann.

„Danke. Das haben wir uns heute verdient“, äußerte sich Henneberg gegenüber dem Wirt.

„So schlimm?“, fragte der Wirt.

„Schlimmer“, stöhnte Eberstädter, „ich komme gleich um vor Hunger“, er nahm einen großen Schluck von seinem Bier und eilte ans Buffet. Freundlich grinsend nickte er den Gästen an den Tischen zu: „Sie können ruhig weiterreden. Es gibt noch nichts Neues."

Dass sich die Leute heute nur über den Mord an Sigrid Kessel austauschten, musste jedem klar sein. Erneut erhoben sich die Stimmen im Hof und die Gespräche drehten sich eindeutig um den Mord an Sigrid Kessel.

Eberstädter bediente sich an den Würstchen und Steaks vom Grill, lud sich eine große Portion Bratkartoffeln auf den Teller und füllte eine Schüssel mit Salat.

„Du kannst wohl nicht genug kriegen, wie?", zog ihn sein Kollege auf, als er mit den vollen Tellern an den Stehtisch zurückkehrte.

„Mist, jetzt habe ich das Besteck vergessen", fluchte Eberstädter. Er war schon im Begriff, zurück ans Buffet zu gehen, als sich ein großer Mann zu ihnen gesellte und ihm ein Besteck entgegenhielt: „Aisch hun gesehn, dass do kao Schanzzeug hust." Gleichzeitig hob der Ankömmling drei Finger in Richtung des Wirtes: „Issy, mach emeol drei Klaore."

Eberstädter machte große Augen: „Was ist los?"

„Hallo Berti", grüßte indessen sein Kollege den Mann, „sei uns nicht böse, aber wir haben etwas zu besprechen." Seine Stimme klang leicht gereizt. Seine Kollegin Cosima und er waren vor einigen Jahren mit diesem Mann und seinen Freunden während des Hopfenfestes versackt. Seitdem glaubte der Gute, er gehöre zum engeren Freundeskreis der Kommissare. Wann immer sie in Gambach auftauchten, war er nicht weit entfernt und suchte das Gespräch mit ihnen. Offensichtlich merkte er nicht, dass er im Moment unerwünscht war.

„Aisch wollt nur emaol hirn, obs ebbes Naues von dem Marmor Sepp sainer Klao gibt“, gab Berti in breitestem Gambacher Platt als Antwort.

„Was meinst du?“, fragte Henneberg entgeistert. Obwohl er in Hessen aufgewachsen war, verstand er die Leute auf den Ortschaften oftmals nicht.

„Der Mann will wissen, ob es was Neues vom Marmor Sepp seiner Kleinen gibt“, übersetzte Eberstädter Bertis Frage.

„Wer ist denn der Marmor Sepp?“

„Des is de Sigrid ihrn Vadder“, versuchte es Berti in einer etwas deutlicheren Aussprache.

„Ahso, du kennst auch jeden hier, wie?“, Henneberg sah Berti mürrisch an.

„Klaor, aisch han so veile Heizunge he in de Gejend aigebaut, da kennt me halt sei Leut.“

Berti nahm sein Schnapsglas in die Hand und forderte die Kommissare auf, es ihm nachzutun. Die Ermittler nahmen widerwillig ihre Gläser auf und prosteten dem aufdringlichen Mann zu.

„Danke, Berti“, sagte Henneberg, „aber jetzt lass uns bitte mal allein. Wir haben einen anstrengenden Tag hinter uns. Außerdem haben wir noch etwas zu bereden.“

„Schoad, aisch hätt mich gern mit Eusch junge Kerle mal widder unnerhale“, er klopfte auf die Tischplatte und drehte sich um, ging zu seinem Tisch zurück.

„Der hat mir gerade noch gefehlt. Ich hab dir ja gesagt, dass man uns heute nirgendwo in Ruhe lassen wird“, stöhnte Henneberg.

„Ist mir scheißegal“, maulte Eberstädter mit vollem Mund, „ich habe Hunger.“ Im Eiltempo stopfte er sich abwechselnd Fleisch, Kartoffeln und Salat in den Mund.

„Wenn ich ehrlich bin, ich auch“, Henneberg begab sich zum Buffet. Er kam schnell ohne Teller zurück. „Mann, jetzt habe ich aber die Schnauze voll. Jetzt labert mich auch noch dieser Martin Weiss-Alles an.“

„Den gibt es auch noch?“, presste Eberstädter zwischen zwei Bissen hervor, „ich dachte, der sei vernünftig geworden.“

Martin Weiss-Alles war ein alter Bekannter der Ermittler. Er war in einem lange Jahre zurückliegenden Fall als Zeuge befragt worden. Damals war der Mann total heruntergekommen, hätte sein Leben beinahe im Suff beendet. Doch er hatte sich irgendwann selbst aus dem Dreck befreit, hatte mittlerweile sogar eine gutbezahlte Stellung in einem Butzbacher Autohaus, dessen Juniorchef im vergangenen Jahr in einen weiteren Kriminalfall verwickelt war. Mittlerweile durfte er auch, nach längerem Hausverbot, wieder in die Gaststätte von Issy einkehren. Weiss-Alles trank nur noch Apfelsaftschorle. Mit seinen dummen Sprüchen ging er jedoch immer noch den meisten seiner Mitmenschen auf die Nerven.

„Der gehört zu Gambach, wie die Burg zu Münzenberg“, seufzte Henneberg und nahm einen großen Schluck aus seinem Glas. Issy war schon im Begriff, den Männern zwei weitere Licher Pils hinzustellen. Doch Henneberg winkte freundlich ab: „Lass mal gut sein. Wir müssen noch fahren.“

„Darf es eine Cola sein oder was anderes?"

„Cola wäre gut", nickte Eberstädter, der mittlerweile seinen Teller geleert hatte und sich zufrieden über seinen dicken Bauch strich.

Eine der Bedienungen näherte sich dem Stehtisch und stellte vor Henneberg einen Teller mit Essen ab, legte noch ein Besteck daneben, das in eine grüne Serviette eingewickelt war: „Hier Herr Kommissar. Sie haben doch auch Hunger." Henneberg blickte die junge Frau überrascht an: „Das ist ja mal ein Service."

„Eigentlich schade, dass du deinen Freund Berti weggeschickt hast. Der hätte uns vielleicht was über diese Sigrid und den Vater von Hero erzählen können. Der kennt hier doch alle und jeden", gab Eberstädter zu bedenken, „der hört bestimmt auch so einiges."

„Du spinnst, Eberstädter", Henneberg tippte sich gegen die Stirn, wenn nicht mal die Freundin von Frau Kessel weiß, wer der Vater von Hero ist, wie soll es dann ein völlig Fremder wissen."

„Ich habe dir vorhin schon gesagt, dass ich nicht glaube, dass Frau König so ahnungslos ist."

„Wir werden der Dame noch mal auf den Zahn fühlen und notfalls können wir ja auch noch mal Berti befragen", versuchte Henneberg den Kollegen zu beruhigen.

„Und diesem Hero, glaubst du dem, dass er immer noch nicht weiß, wer sein Vater ist?"

Die Ermittler hatten gemeinsam mit Armin Preuß auf die Rückkehr von Hero gewartet. Henneberg und Eberstädter waren von dem silberfarbenen Neoplanbus, der pünktlich um zwanzig Uhr auf den Betriebshof der Firma Preuß fuhr, beeindruckt. Eigentlich sollte der Bus schon am nächsten Tag wieder für eine andere Fahrt den Hof verlassen. Die Aufgabe des Fahrers wäre es gewesen, den Innenraum des Fahrzeugs noch zu reinigen. Doch Armin Preuß hatte bereits seinen Cousin Berthold gebeten, die Vereinsfahrt nach Fulda am nächsten Tag durchzuführen. Deshalb war Berthold ebenfalls anwesend, um sich die Papiere von Hero aushändigen zu lassen und ihm die Reinigung des Busses abzunehmen.

Frohgelaunt war Hero aus dem Bus gestiegen und auf seine beiden Chefs zugegangen. In der schwarzen Hose und dem weißen Hemd machte er einen kompetenten Eindruck. Die Haare, die am Hinterkopf zu einem Pferdeschwanz zusammengebunden waren, standen im krassen Gegensatz zu seiner Berufskleidung.

Seine Verwunderung über die Anwesenheit der beiden Ermittler und des Dorfarztes stand dem jungen Mann jedoch ins Gesicht geschrieben.

Armin Preuß hatte wieder einmal sehr umsichtig gehandelt, indem er vorsichtshalber Herrn Dr. Noeske, den Hausarzt von Hero, auf den Betriebshof bestellt hatte. Der ahnungslose junge Mann hatte die Nachricht vom Tod seiner Mutter zunächst ganz gefasst aufgenommen. Erst als die Ermittler ihn nach einem möglichen Motiv für den Mord an seiner Mutter befragten, brach er zusammen. Wie ein Häufchen Elend sackte er auf das Pflaster des Betriebshofes. Der Arzt verabreichte ihm ein Beruhigungsmittel und empfahl Herrn Preuß seinen Fahrer nach Hause zu bringen. Die Kommissare verabschiedeten sich von dem Hinterbliebenen mit den Worten: „Wir werden uns morgen bei Ihnen melden."

Unter Tränen hatte Hero ihnen versichert, dass er dann bereit sei, den Kommissaren alle Fragen zu beantworten. Er wolle wissen, wer seiner Mutter das angetan habe. Doch jetzt müsse er erst einmal nach Hause zu seiner Freundin, der Mutter seines ungeborenen Kindes.

„Der Typ war total geschockt“, gab Henneberg nach einer Weile zur Antwort.

„Ich sage dir, der unbekannte Vater ist der Mörder“, Eberstädter tippte mit dem rechten Zeigefinger auf die Tischplatte.

„Wahrscheinlich hast du Recht, aber wir müssen erst mal herausfinden, wer das ist“, Henneberg schaute auf den Boden. Erdmann war verschwunden, „ach du Scheiße, Erdmann ist weg.“

Er drehte sich um, ließ seinen Blick über die Gäste im Hof schweifen. Er entdeckte seinen Dackel schließlich zu Füßen des Kochs, der ihn am Grill fleißig mit Würstchen fütterte. Der junge Mann nickte dem Kommissar freundlich zu: „Alles in Ordnung, Herr Kommissar. Bei mir ist Ihr Hund bestens aufgehoben.“

„Das geht so nicht weiter. Erdmann muss an einen anderen Tagesablauf gewöhnt werden. Er kann mich nicht ständig begleiten“, jammerte Henneberg.

„Deine Sorgen möchte ich haben.“

„Entschuldige Eberstädter, eigentlich wolltest du mir ja deine Sorgen anvertrauen.“

Eberstädter winkte ab: „Lass mal gut sein. Darüber reden wir ein anderes Mal. Immer wenn ich so einen Schlamassel wie heute erlebe, denke ich, dass es mir gar nicht so schlecht geht.“

„Dann bin ich ja beruhigt. Aber du versprichst mir, weniger zu saufen. Und sobald wir diesen Fall aufgeklärt haben, erzählst du mir, was Sache ist. Klar?", ermahnte Henneberg seinen Kollegen.

Eberstädter nickte. Henneberg machte dem Wirt ein Zeichen, dass er zahlen wolle.

„Gebt mir das, was Ihr denkt", sagte der Wirt zur Verblüffung der Kommissare.

„Das habe ich ja noch nie gehört. Was ist denn das für eine Art, seine Gäste zu bewirten?", wollte Henneberg wissen.

„Das mache ich immer wieder mal. Meine Gäste geben mir das, was ihnen das Essen wert ist. Das hat sich gut bewährt", klärte Issy die beiden staunenden Kommissare auf.

Kapitel 20

Berthold trat aus der Dusche, angelte das Handtuch vom Hocker und begann, sich abzutrocknen. Er dachte an Hero, der heute seine Mutter auf so tragische Weise verloren hatte. Er wusste nicht viel von seinem Kollegen, aber dass er es nicht immer leicht gehabt hatte in seinem jungen Leben war auch bis zu ihm durchgedrungen.

Die Haustür fiel ins Schloss. „Holdi", hörte er, wie sein Name gerufen wurde. Er war so froh gewesen, als er nach einem langen, anstrengenden Tag nach Hause gekommen war und es menschenleer vorfand. Zumal er am nächsten Tag für Hero einspringen musste. Normalerweise empfing ihn seine Mutter schon an der Tür, fragte ihn aus, wie sein Tag verlaufen sei, was er essen wolle und was er als nächstes vorhabe. Sie konnte ihn nicht eine Minute aus den Augen lassen. Er musste sich endlich eine eigene Wohnung suchen, egal ob es ihr gefiel oder nicht. So konnte er nicht weitermachen. Die ständige Kontrolle seiner Mutter engte ihn ein.

Die Badezimmertür ging auf. Seine Mutter kam herein. „Da bist du ja mein Schatz. Soll ich dir den Rücken abtrocknen?"

„Nein, das musst du nicht", antwortete er genervt.

„Aber das mache ich doch gern, mein Schatz", sie nahm ihm das Handtuch aus den Händen, trat hinter ihn und rubbelte seinen Rücken.

„Wie war dein Tag, mein Schatz?"

„Mutter, lass mich in Ruhe. Geh bitte raus“, er riss ihr das Tuch aus den Händen.“

„Aber Holdi, was ist denn los mit dir? So kenne ich dich gar nicht.“

„Dann wirst du mich jetzt kennenlernen. Ich werde ausziehen. Deine aufdringliche Nähe geht mir auf die Nerven.“

Ihre Stimme wurde noch eine Nuance tiefer: „Aber das kannst du doch nicht machen. Was soll ich denn alleine hier? Du hast deinem Vater versprochen, dich um mich zu kümmern.“

„Das kann ich auch, wenn ich woanders wohne.“

„Das möchte ich aber nicht. Ich habe immer gut für dich gesorgt. Dir Geld für deine aufwendigen Hobbys gegeben. Du kannst jetzt nicht einfach weggehen.“

„Ich gehe ja auch nicht weg. Ich bleibe in deiner Nähe, aber in einer eigenen Wohnung. Das musst du akzeptieren.“

„Nein“, ihre Stimme klang drohend, „nach all dem, was ich für dich getan habe, kannst du mich nicht im Stich lassen. Du bleibst hier.“ Sie verließ das Bad, knallte die Tür hinter sich zu. Berthold war klar, dass er noch einen schweren Kampf vor sich hatte, aber er war fest entschlossen, diesen zu gewinnen.

Kapitel 21

Erdmann leckte seinem Herrchen ausgiebig über das Gesicht. Doch es half nichts. Sein Ernährer wollte einfach nicht aufwachen.

Der Dackel gab nicht so schnell auf. Er hatte Hunger und außerdem musste er seine Blase entleeren. Er stemmte sich mit den Vorderfüßen auf die Schulter des Schlafenden und richtete seine feuchte Schnauze auf das Ohr. Er steckte seine lange Zunge in die Muschel und schleckte voller Genuss.

„Erdmann, du Schwein. Geh von mir runter", endlich reagierte Alexander, „ich steh ja schon auf." Der Kommissar nahm seine Armbanduhr vom Nachtisch. „Ach, du Scheiße. Erdmann, wir haben verpennt. Warum hast du mich denn nicht eher geweckt?" Erdmann quittierte den Ausbruch seines Herrchens mit einem tiefen Brummen und einem mahnenden Blick. So als wolle er ihm sagen, dass es nicht seine Schuld sei. Er sprang vom Bett, verließ das Schlafzimmer durch die offenstehende Tür und eilte die Treppe hinab. Vor der Terrassentür blieb er quietschend stehen. Er wollte raus in den Garten.

Barfuß, nur mit einer Schlafanzughose bekleidet, rannte Alexander hinter Erdmann her, entschärfte die Alarmanlage neben der Haustür und eilte ins Wohnzimmer, um die Terrassentür zu öffnen. Erdmann dauerte es zu lange, bis sich der automatische Rollladen ganz nach oben gezogen hatte und schlupfte ins Freie sobald sich eine dackelhohe Öffnung ergab. Sofort begann Erdmann wie wild zu bellen.

Alexander stellte die Kaffeemaschine an und ging nach oben ins Bad, um sich zu rasieren und zu duschen. Als er sein übliches Outfit, enge Jeans, tailliertes weißes Hemd und Stiefeletten angelegt hatte, betrachtete er sich in dem mannshohen Spiegel in der Diele. Er war mit sich zufrieden. Für sein Alter sah er noch ganz knackig aus. Allerdings war mal wieder ein Haarschnitt fällig. Seine leicht gewellten, von feinen Silberfäden durchzogenen Haare rollten sich schon im Nacken, was ihm allerdings ein etwas verwegenes Aussehen bescherte.

Bei einem Blick in den Garten trank er seinen Kaffee. Obwohl es bereits halb acht war, wollte er zu Fuß ins Präsidium gehen, damit Erdmann etwas Auslauf bekam. Der Dackel hatte gestern die meiste Zeit im Fußraum seines Autos oder im Inneren eines Hauses verbracht. Er wollte Erdmann gerade hereinrufen, als sein Handy klingelte. Auf dem von Fingerabdrücken verschmutzten Display erkannte er die Nummer der Rechtsmedizinerin aus Gießen.

„Gute Morgen, Füchsin. Was gibt es so früh?", begrüßte er die Frau freundlich.

„Guten Morgen, Henne. Schon wach?", kam es etwas süffisant zurück.

„Ich bin schon seit sechs Uhr wach und unterwegs zum Präsidium", empörte sich Alexander über die Frage. Denn er würde nie eingestehen, dass er verschlafen hatte. Er war der Meinung, dass dies eine Schwäche sei, die sich ein Kommissar nicht erlauben dürfe.

„Du lügst", kam es umgehend zurück. „Ich stehe schon seit einer halben Stunde vor deinem Haus.

Die Rollläden sind erst vor fünfzehn Minuten hochgegangen.

Alexander rieb sich verwundert die Augen: „Stalkst du mich jetzt?“

Die Rechtsmedizinerin lachte erneut: „Nein, ich dachte nur, ich hol dich mal ab und berichte dir vor der Teambesprechung was Sache ist.“

„Hast du schon wieder die ganze Nacht durchgearbeitet?“, fragte Alexander erstaunt.

„Nee, nicht die ganze, nur seit vier Uhr.“

„Leidest du an Insomnie?“

„Nee, aber ich brauche nicht so viel Schlaf wie andere Menschen. Machst du mir jetzt endlich die Tür auf. Ich habe auch frische Brötchen dabei.“

Alexander schloss die Haustür auf und ließ seine Kollegin herein. Erdmann kam ums Haus gerannt und begrüßte die Rechtsmedizinerin aufgeregt. „Wenigstens einer, der sich freut“, sie ging in die Hocke und kraulte den Dackel. Erdmann steckte sofort seine Schnauze auf der Suche nach einem Leckerli in ihre Jackentasche.

Bei einem zweiten Kaffee und einen Biss in sein belegtes Brötchen hörte Alexander der Rechtsmedizinerin aufmerksam zu.

„Wie ich gestern schon vermutet habe, war der Messerstich nicht todesursächlich. Frau Kessel ist an den Folgen eines Genickbruches gestorben. Das Messer hat keine wichtigen Organe getroffen. Sie hätte den Angriff mit der Waffe durchaus überleben können.“

„Also ist sie durch die Wucht des Angriffs nach hinten gegen den Schrank gefallen“, mutmaßte Alexander.

„Ich denke schon. Trotzdem ist der Angriff mit dem Messer wahrscheinlich ausgeführt worden, um sie zu töten."

„Das sehe ich auch so", murmelte Alexander mit vollem Mund.

„Ich habe noch etwas Interessantes gefunden", unterbrach die Rechtsmedizinerin den Kommissar, „auf der Klinge des Jagdmessers habe ich eine Signatur entdeckt."

„Hat mir die Spusi schon berichtet", sagte Alexander mit immer noch vollem Mund.

„Dann weißt du auch, dass auf der Schneide ganz deutlich die Großbuchstaben „GK" zu erkennen sind."

„Ich konstatiere, Frau Kessel hat ihren Mörder gekannt, ihn freiwillig ins Haus gelassen und hat mit dem Angriff nicht gerechnet", Alexander fasste sich ans Kinn, „aber mal ehrlich, wer lässt die Mordwaffe freiwillig am Tatort zurück? Zudem hat die Spusi gesagt, dass in der Küche alle Spuren beseitigt wurden. Nur am Griff waren Fingerabdrücke zu sehen."

„Was sagt uns das?", überlegte die Rechtsmedizinerin laut.

„Das der Mörder den Verdacht auf jemand anderen lenken will", bemerkte der Kommissar zwischen zwei Bissen.

Frau Dr. Auf der Heide nahm ihre Tasche: „Willst du mit mir fahren oder kommst du mit deinem Wagen?"

„Halt, hast du sonst nichts Auffälliges bei der Toten entdeckt?"

„Was meinst du?"

„Einen Tumor?"

„Hätte ich?“, erstaunt sah die Rechtsmedizinerin den Kommissar an.

„Nachdem, was ich auf dem Schreibtisch von Frau Kessel vorgefunden habe, ja.“

„An den inneren Organen habe ich nichts Auffälliges entdeckt. Nachdem die Todesursache so eindeutig feststand, habe ich die Obduktion beendet.“ Frau Dr. Auf der Heide machte ein betrübtes Gesicht. Offensichtlich war ihr die Tatsache, etwas übersehen zu haben, peinlich.

„Verstehe. Wenn du mich mitnimmst, erzähle ich es dir unterwegs.“ Alexander gab seinen Plan, ins Präsidium zu laufen, auf.

Kapitel 22

Der Pförtner hatte den Türöffner schon gedrückt, als die Rechtsmedizinerin und der Kommissar die Treppe heraufkamen.

Im Eingangsbereich saßen mehrere Personen, die entweder vorgeladen waren oder ein Delikt anzeigen wollten. Erdmann rannte wie immer voraus, stoppte kurz bei der Pförtnerloge, um sich ein Leckerli abzuholen. Eine hektische Betriebsamkeit machte sich im K 10 breit, aus den offenstehenden Türen drangen Stimmen und Telefonklingeln. Stückchen hatte ihren Chef schon erwartet. „Da ist ja mein Liebling wieder", begrüßte sie zuerst Erdmann, der sich wie ein Wilder gebärdete, als er die Sekretärin seines Herrchens erblickte. „Guten Morgen, Henne", strahlte sie den Kommissar an.

„Guten Morgen, Stückchen. Warum hast du so gute Laune? Habe ich irgendetwas verpasst? Hast du heute Geburtstag oder Namenstag oder ähnliches?", Alexander kratzte sich nachdenklich am Kopf.

„Nein, ich freue mich nur, dass mein kleiner Schatz wieder da ist. Heute lässt du ihn aber bei mir. Das ist doch kein Hundeleben", sie beugte sich zu Erdmann hinab und kraulte ihn hinter den Ohren. Erdmann dankte es ihr mit einem treuen Blick, verschwand aber sogleich in seine Höhle unter dem Schreibtisch der Sekretärin.

„Von mir aus kann er hierbleiben. Ist Co schon da?" Seine Kollegin aus dem K 10 hatte für einige Tage ein Seminar für Polizeipsychologen besucht.

„Wenn man von der Sonne spricht, geht sie auf“, vernahm er die helle Stimme der Kommissarin hinter sich. Das war einer ihrer Lieblingssprüche.

Mit einer aufgesetzten ernsten Miene sagte er: „Oder wenn man vom Teufel spricht. Wird auch Zeit, dass du wieder was arbeitest.“ Alexanders Erwiderung war auch stets die Gleiche.

„Sag bloß, du hast mich vermisst?“ Co hielt ihrem Kollegen die linke und rechte Wange hin. Erdmann kam unter dem Tisch hervorgeschossen und sprang an den Beinen der Kommissarin hoch. „Da ist ja mein Schatz“, lachte Co.

„Natürlich habe ich dich vermisst. Hier gibt es jede Menge Arbeit.“

„Hab schon gehört, ein neuer Mord in Münzenberg, meinem Lieblingstatort. Da habe ich es ja nicht weit zur Arbeit.“

„Ja, irgendwie zieht dieser Ort das Verbrechen magisch an.“

„Kannst du mich mal aufklären?“, hakte Co nach.

„Wir haben gleich Teambesprechung. Da erfährst du alles.“

Kapitel 23

Pünktlich um neun Uhr saßen alle um den großen Tisch im Besprechungsraum zusammen.

„Guten Morgen, Kollegen", eröffnete Wortmann, der Leiter der Dienststelle, die Versammlung und begrüßte die Ermittler, einen Mitarbeiter der Spurensuche sowie Frau Dr. Auf der Heide.

„Wo steckt Frau Landmann?", fragte er mit einem gereizten Ton. Juliane Landmann, die Pressesprecherin der Wetterauer Kriminalpolizei, fehlte noch.

„Die wird schon noch auftauchen. Lass uns bitte anfangen. Wir haben heute ein straffes Programm zu bewältigen", bat Alexander seinen Vorgesetzten.

„Was gibt es also?", begann Wortmann erneut.

„Gestern Morgen gegen halb acht wurde in Gambach die Leiche der 41jährigen Sigrid Kessel aufgefunden. Am Tatort befanden sich Armin Preuß, Busunternehmer aus Gambach und Frau Klinke aus Pohl-Göns, Mieterin der Ermordeten."

„Was hatten die da zu suchen?"

„Sigrid Kessel war die Pflegerin von Adelheid Preuß. Herr Preuß hat nach der Angestellten seiner Mutter schauen wollen, weil die nicht pünktlich an ihrer Arbeitsstelle erschienen ist. Und Frau Klinke wollte sich den Schlüssel für ihre Mietwohnung abholen. Sie wollte gestern in das Dachgeschoss des Hauses einziehen. Sie war am Freitagabend gegen 20 Uhr schon einmal bei Frau Kessel, um ihren Schlüssel abzuholen. Hat aber niemanden angetroffen."

„Und das kam ihr nicht komisch vor?“, fragte Cosima.

„Nein, sie war ja nicht mit Frau Kessel verabredet. Sie ist einfach nur auf gut Glück dort vorbeigefahren.“

„Ach so“, Wortmann machte ein enttäuschtes Gesicht.

Alexander räusperte sich: „Das ist aber noch nicht alles. Vielleicht hat Frau Klinke sogar den Mörder von Frau Kessel gesehen.“

„Wie das?“, Wortmann richtete sich auf.

„Frau Klinke sagte uns, dass sie vor dem Haus der Toten einen Mann getroffen habe, der ihr sagte, dass Frau Kessel nicht zu Hause sei. Dann habe er sich auf sein Fahrrad gesetzt und sei davongeradelt. Sie sei dann ebenfalls nach Hause gefahren.“

„Konnte sie ihn beschreiben?“, wollte Wortmann wissen.

„Nicht wirklich. Es war ja schon dunkel. Deshalb ist die Beschreibung etwas vage. Sie sprach von einem schlanken, normal großen Mann in sportlicher Bekleidung“, berichtete Alexander.

„Ok, fragt in der Nachbarschaft nach“, er überlegte kurz, „noch besser in der ganzen Straße, ob jemand den Radfahrer gegen 20 Uhr in der Straße gesehen hat. Könnt ihr mir etwas über die Todesursache sagen?“, Wortmann wandte sich an die Rechtsmedizinerin.

„Todesursächlich war ein Sturz gegen den Schrank in der Küche, bei dem sich Frau Kessel das Genick gebrochen hat. Ausgelöst wurde der Sturz durch einen Stich in den Bauch. Dazu wurde ein Jagdmesser mit einem Hirschhornknauf mit einer 10 cm langen und 2 cm breiten Klinge aus Messerstahl verwendet. Solche

Messer verwendet man zum Aufbrechen des erlegten Wildes“, erklärte Frau Dr. Auf der Heide ganz fachmännisch und fuhr fort: „Das Messer wurde von unten geführt mit großer Wucht bis zum Schaft in den Leib gestoßen. Vermutlich ist Frau Kessel dadurch gestolpert und gegen den Schrank gefallen. Todeszeitpunkt ist mit ziemlicher Sicherheit Freitagabend zwischen halb acht und halb neun. Interessant ist, dass das Messer die Initialen GK trägt.“

„Ok, findet raus, wem das Messer ist“, wandte sich Wortmann an Eberstädter und Jüngling, „das wird uns zum Mörder führen.“

„Herr Preuß ist Jäger. Der weiß das am ehesten“, warf Alexander ein.

„Könnte er der Mörder sein?“, wollte Wortmann wissen.

„Glaube ich nicht, aber er hat mir und Eberstädter gestern was Interessantes zu dem Messer gesagt. Das in seiner Familie alle so ein Messer besitzen. Die haben alle einen Jagdschein.“

„Nette Familie“, schmunzelte Wortmann, „aber die haben sicher nicht alle die gleichen Initialen.“

„Dann dürfte es ja nicht so schwer sein, den Besitzer des Jagdmessers zu ermitteln“, meinte Eberstädter.

„Spuren?“, ging die nächste Frage an den Mitarbeiter der Spurensuche.

„Am Tatort selbst sind nur wenige Fingerabdrücke vorhanden. Die Küche wurde gründlich gereinigt. Das muss jedoch nicht zwingend von dem Mörder vorgenommen worden sein. Denn die Wohnung machte insgesamt einen reinlichen Eindruck. Vermutlich hat die

Tote am Freitag die Wohnung geputzt. Wir haben jedoch Stofffasern von einer Lodenjacke und DNA von zwei Personen an der Leiche gefunden sowie fremde Fingerabdrücke an der Haus- und Wohnungstür. Ich bin mir ziemlich sicher, dass die Stofffasern von Herrn Preuß stammen. Er trug gestern Morgen eine grüne Lodenjacke. Vermutlich stammt auch die eine DNA, ebenso die Fingerabdrücke an der Haustür von ihm. Das finden wir heraus. Auch Frau Klinke könnte Fingerabdrücke an der Haus- und Wohnungstür hinterlassen haben. Zum Abgleich brauchen wir noch die Fingerabdrücke von Herrn Preuß und Frau Klinke. Ansonsten ist uns nichts Besonderes aufgefallen. Auf dem Anrufbeantworter war nur eine Mitteilung ihres Sohnes aufgezeichnet. Insgesamt hat die Frau in der letzten Woche nur zwei Anrufe erhalten. Der eine war von ihrem Sohn, der andere von ihrer Chefin gestern Morgen. Das Handy fehlt."

Wieder wandte sich Wortmann an Eberstädter: „Du kümmerst dich um das Handy."

Henneberg meldete sich zu Wort: „Ich habe auf ihrem Schreibtisch den Bericht der Uniklinik Gießen gefunden, aus dem hervorging, dass man bei ihr ein Glioblastom entdeckt hat. Das Schreiben war datiert von Anfang August."

„Was ist das, Frau Dr. Auf der Heide?", Wortmann schaute die Rechtsmedizinerin an.

„Das ist ein bösartiger Hirntumor. Er entwickelt sich meistens innerhalb kurzer Zeit bei Menschen im mittleren Alter. Trotz Strahlen- und Chemotherapie beträgt die Lebenserwartung nur etwas mehr als ein Jahr."

„Dazu passt auch die Aussage ihrer Chefin, Frau Adelheid Preuß, dass Frau Kessel in der letzten Zeit nicht so gut drauf gewesen sei", erläuterte Eberstädter.

„Zeugen?", Wortmann kam gleich zum nächsten Punkt. Er machte nie besonders viele Worte.

„Wir haben bereits Herrn Preuß, der zuerst am Tatort war und Frau Klinke, die dazu kam, befragt. Die Kollegen von der Butzbacher Dienststelle haben mit den Nachbarn gesprochen. Ich habe den Bericht aber noch nicht vorliegen. Zudem haben wir mit Frau Preuß und ihrer Haushälterin geredet. Frau Preuß ist die Seniorchefin des Busunternehmens und benötigt nach einem Schlaganfall vor vier Jahren Pflege, die sie von Frau Kessel erhalten hat."

„Jaja", winkte Wortmann ab, „das habt ihr doch schon erwähnt."

Etwas irritiert sprach Alexander weiter: „Außerdem haben wir mit der besten Freundin von Frau Kessel, einer Frau König aus Pohl-Göns gesprochen."

„Und zum Abschluss", warf Eberstädter erneut ungefragt ein, „haben wir dem Sohn der Toten, Hero Kessel, die traurige Nachricht vom Tod seiner Mutter überbracht."

„Was ist mit dem Ehemann?"

„Es gibt keinen. Frau Kessel war nie verheiratet und der Vater von Hero Kessel ist angeblich unbekannt", erklärte Alexander.

„Gibt es ein Motiv für die Tat?", Wortmann schaute in die Runde.

„Vermutlich ist der Vater von Hero der Mörder der Frau", kam es wie aus der Pistole geschossen von Eberstädter.

„Ich denke der Vater ist unbekannt“, staunte Wortmann.

„Kessel Junior wird Vater. Er hat seine Mutter in jüngster Vergangenheit mehrfach nach seinem Erzeuger gefragt. Seine Mutter hatte ihm versprochen, ihm den Namen zu nennen und es ihm zu überlassen, ob er Kontakt mit seinem Vater aufnimmt oder nicht. Aber Herr Kessel wusste bis gestern nicht, wer sein Erzeuger ist“, nach einer Weile setzte Alexander nach, „nach Aussage ihrer Freundin wusste Frau Kessel selbst nicht, wer der Vater ihres Sohnes ist. Das Kind muss unter ungewöhnlichen Umständen gezeugt worden sein.“

„Was soll das heißen?“

„Es ist nicht so ganz klar, ob Frau Kessel vergewaltigt wurde oder ob sie unter dem Einfluss von Drogen und Alkohol mitgemacht hat. Tatsache ist aber wohl, dass für die Vaterschaft mehrere Männer in Frage kommen.“

„Dann könnte es doch sein, dass Frau Kessel herausgefunden hat, wer der Vater ist. Sie hat den Mann über die Vaterschaft informiert. Der Typ ist verheiratet und möchte nicht, dass seine Frau und eventuell auch seine Familie von seiner Vaterschaft erfahren. Also beseitigt er Frau Kessel. Das wäre doch ein klassisches Mordmotiv“, mutmaßte Jüngling, der bisher aufmerksam zugehört hatte.

Jünglings Einwand ignorierend, fuhr Alexander fort: „Ich hoffe, wir erfahren heute mehr von ihrer Schwester Bettina. Sie ist auf dem Weg hierher nach Deutschland. Außerdem werden wir uns noch mal die Freundin von Frau Kessel vornehmen. Sie kann uns vielleicht sagen, in welchen Schuppen Frau Kessel früher verkehrt hat. Über die Spur kommen wir vielleicht auf den Vater."

Frau Dr. Auf der Heide machte sich bemerkbar: „Ich muss Euch noch auf etwas aufmerksam machen. Ich bin mir zwar nicht sicher, ob es etwas zu bedeuten hat, aber Ihr solltet es wissen."

„Wir hören", Wortmann machte eine Handbewegung in ihre Richtung.

„Die Unterschenkel von Frau Kessel weisen Blutergüsse auf. Sie müssen älteren Datums sein. Tatsache ist, dass sie anscheinend gegen einen harten Gegenstand gestoßen bzw. gedrückt wurde."

„Danke Fähe, das werden wir bei unseren Ermittlungen berücksichtigen. Was würdest du sagen, wie alt die Blutergüsse waren?", richtete Alexander die Frage an die Rechtsmedizinerin, die er normalerweise mit Füchsin ansprach. In Gegenwart des EKHK vermied er diese Anrede jedoch.

„Ich schätze mal, dass sie ungefähr eine Woche vor ihrem Ableben entstanden sein könnten, plus minus einem Tag."

„Ok, wie geht ihr nun vor?", kam Wortmann zum Ende.

In dem Moment öffnete sich die Tür. Juliane Landmann erschien. Sie machte einen abgehetzten Eindruck.

„Sorry, dass ich so spät bin. Aber ich habe beängstigende Neuigkeiten im Fall Kessel für Euch."

Indes sprang Alexander auf und rannte hinaus: „Sorry." Alle schauten dem Kommissar verdutzt hinterher.

Kapitel 24

Stückchen kam Alexander auf dem Gang entgegen. „Kannst du bitte mal ans Telefon kommen“, rief sie Alexander schon von weitem zu, „die Tochter von Frau Klinke ist am Telefon.“

„Leg das Gespräch bitte auf meinen Apparat, ich komme sofort“, wies er die Sekretärin an und rannte auf die Toilettentür zu.

„Was ist denn jetzt schon wieder los?“, Stückchen schaute dem Kommissar verwundert hinterher.

Wenig später, immer noch mit einem leichten Ziehen im Bauch, ließ sich Alexander an seinem Schreibtisch nieder. Der Apparat vor ihm blinkte. Alexander nahm den Hörer auf. „Henneberg“, meldete er sich, „entschuldigen Sie bitte, dass ich Sie habe warten lassen.“

Zunächst hörte Alexander nur ein Schluchzen. „Hallo, wer ist denn da?“ Er kannte den Namen von Frau Klinkes Tochter nicht.

„Hier spricht Jessica Babich. Ich bin die Tochter von Frau Klinke“, kam es mit tränenerstickter Stimme von der Anruferin.

„Frau Babich, was kann ich für Sie tun?“, fragte der Ermittler mit sanfter Stimme, „geht es um Ihre Mutter?“

„Ja“, die Frau am anderen Ende heulte auf, „sie ist aus dem Krankenhaus verschwunden.“

„Bitte beruhigen Sie sich. Seit wann ist sie denn verschwunden?“

Es dauerte einen Moment, bis Frau Babich in der Lage war, ihm zu berichten: „Ich wollte sie heute Morgen um acht Uhr wie vereinbart aus dem Krankenhaus abholen. Sie hatte mir gestern Nachmittag während meines Besuchs gesagt, dass sie heute nach dem Frühstück wieder gehen kann. Als ich heute Morgen im Krankenhaus erschienen bin, war ihr Zimmer leer. Das Tablett mit dem Frühstück stand unberührt auf dem Tisch. ihre Handtasche und ihre Kleidung fehlten. Keine von den Schwestern hat gesehen, wie sie das Zimmer verlassen hat."

„Sie hat sich also nicht abgemeldet?"

„Nein, bei niemandem."

„Haben Sie denn auf der Station oder im Haus z.B. der Cafeteria mal nach ihr geschaut?"

„Die Schwestern haben in den Zimmern nachgefragt und ich war in der Cafeteria. Aber da war sie nirgends."

„Und Sie sind ganz sicher, dass sie nicht in einem anderen Stockwerk zu einer Untersuchung war?"

„Das hätte mir dann doch die Stationsschwester sicher gesagt."

„Haben Sie mal mit dem Pförtner gesprochen? Hat der eventuell ihre Mutter gesehen?"

„Der meinte nur, im Krankenhaus sei ein ständiges Kommen und Gehen. Da könne er sich nicht an jeden Einzelnen erinnern."

„Hat Ihre Mutter einen Partner, der sie abgeholt haben könnte?"

„Nein, meine Mutter ist verwitwet und hat auch keinen Lebensgefährten oder Freund."

„Haben sie noch Geschwister?"

„Einen Bruder. Aber den können Sie vergessen. Der hat wegen seines Alkoholkonsums gar keinen

Führerschein mehr. Dem habe ich das noch nicht erzählt."

„Vielleicht einen Verehrer, von dem Sie nichts wissen?"

„Im Leben nicht."

„Könnte eine Freundin ihre Mutter an der Straße abgeholt haben? Oder ist sie vielleicht mit einem Bus gefahren?"

„Nein, das glaube ich nicht. Es wusste ja niemand außer mir und der Polizei, dass meine Mutter im Krankenhaus ist. Außerdem fährt sie grundsätzlich nicht mit öffentlichen Verkehrsmitteln."

„Könnte sie ein Taxi zur Klinik bestellt haben?"

„Nein, dazu ist sie zu geizig. Bitte glauben Sie mir, sie wollte von mir abgeholt werden. Wir hatten ausgemacht, dass sie vorübergehend zu mir zieht, bis sich die ganze Angelegenheit geklärt hat."

„Ich muss Sie das jetzt fragen: Ist Ihre Mutter, mal abgesehen von dem Schock, den sie erlitten hat, krank? Nimmt sie irgendwelche Medikamente?"

„Nein, meine Mutter lehnt es ab, Medizin zu nehmen. Sie ist der Meinung, dass, was von alleine kommt, auch wieder von alleine geht. Sie lebt vollkommen gesund. Wenn sie überhaupt mal was braucht, nimmt sie nur homöopathische Pillen ein, Globuli und so. Sie wäre am liebsten gestern Mittag schon mit nach Hause gegangen, aber der Arzt hat darauf bestanden, sie noch über Nacht zur Beobachtung da zu behalten."

„Auch auf die Gefahr hin, dass ich Ihnen auf die Nerven gehe, frage ich Sie noch einmal: Könnte es nicht sein, dass sie einfach gegangen ist?"

„Nein, auf keinen Fall. Das schließe ich vollkommen aus."

„Hatte Ihre Mutter ein Handy dabei?"

„Meine Mutter besitzt kein Handy. Für sie ist das überflüssiger elektronischer Firlefanz."

„Wie hat Sie Ihnen denn mitgeteilt, dass sie im Krankenhaus ist?"

„Sie hat mir nichts gesagt. Frau Bach, die Nachbarin von Frau Kessel hat mich gestern Morgen angerufen und mir gesagt, was passiert ist."

„Woher kennen Sie denn die Nachbarin?"

„Frau Bach ist meine Arbeitskollegin bei der Post in Butzbach. Durch sie habe ich auch von der leerstehenden Wohnung in Frau Kessels Haus erfahren."

„Ihre Mutter kannte demnach Frau Kessel vorher nicht?"

„Nicht das ich wüsste. Sie haben sich erst kennengelernt, als meine Mutter die Wohnung besichtigt hat. Ist das denn wichtig?"

„Nur, wenn sie irgendwelche Informationen über den Sohn von Frau Kessel hatte."

„Das glaube ich nicht. Sie hat den Sohn von Frau Kessel nie erwähnt."

„Frau Babich, Sie fahren jetzt bitte nach Hause und bleiben dort. Bitte informieren Sie uns umgehend, falls Ihre Mutter wieder auftaucht."

„Wollen Sie denn nichts unternehmen?"

„Doch natürlich. Ich werde die Kollegen aus Lich bitten, im Krankenhaus noch mal alles zu durchsuchen. Falls wir sie dort nicht finden, werden wir die Umgebung absuchen."

„Sie brauchen im Krankenhaus nicht nachzuschauen, da ist sie nicht."

„Frau Babich, bitte überlassen Sie die Suche uns. Wir können mittels eines Mantrailers außerdem die letzten Schritte ihrer Mutter nachverfolgen. Dann werden wir sehen, wohin sie gegangen ist."

„Was ist denn ein Mantrailer?"

„Das ist ein Suchhund, der durch den Geruch einer Person die Spur zu ihr aufnehmen kann."

„Aber Sie haben doch gar nichts, was nach meiner Mutter riecht", widersprach sie.

„Das Kopfkissen, auf dem Ihre Mutter heute Nacht geruht hat, reicht schon. Also warten Sie doch bitte einfach."

„Bitte sagen Sie mir unbedingt Bescheid", flehte die Tochter den Kommissar an.

Die Tür ging auf und Cosima schaute herein: „Die Schwester von Frau Kessel ist da. Kommst du mal in den Besprechungsraum?" Alexander nickte der Kollegin zu.

„Frau Babich, ich verspreche Ihnen, dass ich mich um die Sache kümmere. Wir werden Ihre Mutter finden."

Kapitel 25

Auf dem Weg ins Besprechungszimmer klopfte Alexander bei Juliane und steckte den Kopf zur Tür hinein: „Hallo, du Schöne."

„Hallo Alexander, womit habe ich das Kompliment verdient?", forderte Juliane den Ermittler heraus.

„Du siehst einfach wieder umwerfend aus."

„Danke für die Blumen, aber deswegen bist du sicher nicht zu mir gekommen. Was also willst du?", fragte sie kokett.

„Du sagtest etwas von Neuigkeiten. Was also gibt es?"

„Wärst du nicht so schnell aus dem Besprechungszimmer verschwunden, hättest du erfahren, dass Frau Klinke aus dem Krankenhaus verschwunden ist", bemerkte Juliane spitz.

„Ich hatte eine allzu menschliche Regung", druckste er, „jetzt lass dich nicht lange bitten, ich habe zu tun. Woher weißt du das?", Alexander wurde langsam ungeduldig.

„Meine Nachbarin Susi arbeitet auf der Privatstation in der Klinik. Dort war Frau Klinke in einem Einzelzimmer untergebracht. Als Susi heute Morgen um sechs Uhr ihren Dienst auf der Station angetreten hat, wurde ihr mitgeteilt, dass Frau Klinke nach dem Frühstück gehen kann. Ihr fehlte ja nichts weiter. Susi hat ihr um sieben Uhr das Frühstück aufs Zimmer gebracht."

„War da Frau Klinke noch da?"

„Das weiß sie nicht so genau. Frau Klinke war nicht im Raum. Susi nahm an, dass sie im Bad sei. Sie hat ihr das Tablett mit dem Frühstück auf den Tisch gestellt und hat das Zimmer wieder verlassen."

„Hast du deine Nachbarin mal gefragt, ob die Sachen von Frau Klinke noch im Zimmer waren?"

„Was glaubst du denn? Schließlich arbeite ich bei der Kriminalpolizei", Juliane verdrehte die Augen, „natürlich habe ich sie danach gefragt. Aber Susi sagte, sie hätte nicht darauf geachtet. Das Verschwinden von Frau Klinke ist ihr erst aufgefallen, als die Tochter um acht Uhr erschienen ist."

„Hat denn das Krankenhaus nichts unternommen?"

„Nee, die haben zwar mal auf der Station geguckt, aber ansonsten war die Oberschwester wohl der Meinung, dass Frau Klinke eine erwachsene Frau sei und jederzeit hätte gehen können."

„Aber normalerweise meldet man sich doch ab, wenn man geht."

„Das sehe ich auch so."

„Ok, danke. Ich habe schon alles in die Wege geleitet", er winkte ihr zu, „ich muss dann mal wieder." Alexander zog den Kopf zurück und schloss die Tür.

Im Besprechungsraum saßen sich Cosima und eine ihm fremde Frau gegenüber. Die Frau sah müde aus. Beide schwiegen sich an.

„Guten Morgen, Kriminalhauptkommissar Henneberg", stellte er sich der Frau vor und reichte ihr die Hand.

„Guten Morgen, ich bin Frau Kessel, Sigrids Schwester“, entgegnete sie ziemlich kühl. Sie blieb sitzen und verweigerte den Händedruck.

Cosima gab ihrem Kollegen ein Zeichen, was so viel bedeuten sollte, wie, sie weiß schon Bescheid. Alexander nickte leicht.

„Frau Kessel, Sie wissen Bescheid, dass Ihre Schwester ums Leben gekommen ist“, konstatierte der Kommissar.

Die Frau nickte: „Mein Neffe hat mich informiert.“

„Hat er sie angerufen?“, wunderte sich Alexander. Denn Frau König, Sigrids beste Freundin, hatte doch berichtet, dass das Verhältnis zwischen den Schwestern nicht so gut gewesen sei.

„Ihre Sekretärin hat mich mitten in der Nacht erreicht. Ich war gerade in China. Ich habe ich mich erst mal wieder schlafen gelegt. Die Zeitverschiebung, wenn Sie verstehen, was ich meine“, sie schaute den Kommissar an, als sei er schwer von Begriff, „als ich dann aufgestanden bin, habe ich versucht, meine Schwester auf dem Handy zu erreichen. Ihre Sekretärin hatte angedeutet, dass Sigrid etwas zugestoßen sei. Ich wollte wissen, was los ist. Hero hat sich auf Sigrids Handy gemeldet. Er hat mir dann gesagt, dass Sigrid gestorben sei.“

„Wieso hat sich Hero auf dem Handy seiner Mutter gemeldet?“

„Keine Ahnung. Das müssen Sie ihn schon selbst fragen.“

„Was hat er Ihnen denn gesagt, wie ihre Schwester gestorben ist?“

„Das hat er nicht erwähnt."

„Haben Sie denn nicht gefragt? Ich meine", wunderte sich Alexander, „man will doch wissen, was passiert ist."

„Ich habe angenommen, dass Sigrid an den Folgen ihres Tumors gestorben ist. Obwohl sich ihr Zustand dann sehr schnell verschlechtert hätte."

„Sie wussten also von der Krankheit Ihrer Schwester?"

„Ja, sie hat es mir letztens erzählt", kam es gelangweilt zurück.

„Das scheint Sie ja nicht sonderlich mitgenommen zu haben. Immerhin handelt es sich hierbei um einen Tumor, der Ihrer Schwester innerhalb eines Jahres das Leben gekostet hätte."

„Was Sie nicht sagen", erwiderte die Frau böse, „ich weiß Bescheid. Für was gibt es Internet. Da erfährt man alles über diese Krankheit."

„Also gut, dann reden wir jetzt einmal Tacheles", bediente sich der Kommissar eines eher nicht hessischen Ausdrucks.

„Ihre Schwester wurde ermordet. Man hat ihr ein Messer in den Bauch gestoßen." Dass Sigrid Kessel an den Folgen eines Genickbruches gestorben war, behielt er für sich, „wie finden Sie das?" Er hatte damit gerechnet, dass Frau Kessel bestürzt oder erschrocken, oder beides gleichzeitig, reagieren würde. Doch die Frau verzog keine Miene, sah ihn völlig unerschrocken an.

„Sagen Sie mal, interessiert Sie das eigentlich überhaupt nicht? Sie sind dermaßen teilnahmslos", Alexander konnte sich diese Äußerung nicht verkneifen.

„Was soll ich dazu sagen? Es ist ja eh nicht mehr zu ändern. Und so musste sie wenigstens nicht lange leiden."

„Tse“, Alexander schüttelte den Kopf.

Cosima mischte sich nun ein: „Alexander, komm mal kurz mit mir raus.“ Alexander folgte seiner Kollegin in den Flur. „Was ist los?“, knurrte er.

„Alexander, die Frau leidet unter Alexithymie. Die kann nichts für ihr Verhalten. Also lass sie in Ruhe und frage sie einfach nach dem, was du von ihr wissen willst“, erklärte ihm Cosima ganz freundlich.

„Bitte, was ist Alexi...“, Alexander stockte, „wie heißt das?“

Cosima lachte: „Es heißt Alexithymie und bedeutet so viel wie Gefühlskälte, Gefühlsblindheit. Die Frau ist nicht fähig, ihre Gefühle zu zeigen.“

„Ach du Scheiße, das ist ja schrecklich. Wie kommt so was?“

„Das erkläre ich dir später. Jetzt lass uns das Gespräch beenden. Die Frau kommt gerade aus Fernost und ist hundemüde. Die muss ins Bett.“

Alexander hob die Hände: „Okay, tut mir leid. Das wusste ich nicht, Frau Psychologin. Du hättest mich vielleicht mal warnen können.“ Er ging in den Besprechungsraum zurück und bemühte sich, seine Fragen ganz neutral und ruhig zu stellen.

„Frau Kessel, haben Sie eine Ahnung, wer Ihrer Schwester das angetan haben könnte?“

Frau Kessel schüttelte den Kopf. „Wissen Sie, wer der Vater von Hero ist?“ Wieder schüttelte sie den Kopf.

„Hat Ihre Schwester mal erwähnt, dass sie herausfinden will, wer der Vater sein könnte?“

„Ja, sie wollte einen Vaterschaftstest machen lassen.“

„Wissen Sie vielleicht auch wo?“

„In einem Labor", Frau Kessel dachte sichtlich nach, aber wo, weiß ich nicht."

„Wissen Sie, wann das war?"

„Ich glaube, sie hatte vor zwei Jahren schon mal ein e Probe eingereicht. Im letzten Jahr nochmal. Da ist aber jedes Mal nichts herausgekommen. Vor einiger Zeit hat sie noch mal einen Versuch gestartet."

„Genauer können Sie es nicht sagen?"

Frau Kessel schwieg und überlegte. „Es war so um die Zeit, als sie feststellte, dass mit ihr irgendetwas nicht stimmte. Sie wachte nachts öfter mit Kopfweh auf. Morgens war ihr oft übel. Ich riet ihr, sich untersuchen zu lassen. Und ich meine, zu dieser Zeit äußerte sie auch die Absicht, den Vaterschaftstest machen zu lassen."

„Dann muss sie doch gewusst haben, wer dafür in Frage kam."

„Sie hat es wohl vermutet. Aber es war schwierig, an Proben zu kommen, die sie einschicken konnte."

„Wie wollte sie sich die besorgen?"

„Na ja, am einfachsten geht es ja wohl mit Haarproben. Aber meine Schwester hat mir nicht verraten, wie sie das anstellen wollte, falls sie das meinen."

„Waren Sie früher eigentlich mit Ihrer Schwester in Diskotheken und auf Partys unterwegs?"

„Nein, niemals. Ich mache mir nichts aus diesen Dingen. Ich mag keine Menschen." So lange Alexander als Kriminalkommissar tätig war, hatte er eine solche Äußerung noch nie gehört. Aber er ging nicht darauf ein.

„Können Sie uns wenigstens sagen, wo Ihre Schwester früher verkehrte?"

„Sie war, glaube ich, viel im Busters in Butzbach. Wie die anderen Diskotheken heißen, weiß ich leider nicht.“

„Können Sie sich denn an die Namen der Freunde Ihrer Schwester erinnern?“

„Keine Ahnung“, wieder überlegte Frau Kessel eine Weile, „irgendwann hat sie mal von so zwei Typen geschwärmt. Mit denen hat sie immer mal rumgemacht. Aber wie die hießen“, Frau Kessel schüttelte wieder, wie zur Entschuldigung den Kopf, „weiß ich echt nicht.“

Nun mischte sich Cosima ein: „Frau Kessel, wissen Sie es nicht oder können Sie sich im Moment nur nicht daran erinnern?“

„Im Moment weiß ich es einfach nicht. Aber ich denke drüber nach. Versprochen. Und wenn Sie mir Ihre Visitenkarte geben, rufe ich Sie auch an, wenn mir etwas einfällt“, wandte sie sich erschöpft an Cosima ohne eine Miene zu verziehen, „ich bin unglaublich müde und möchte einfach nur schlafen.“

„Das wäre sehr nett“, antwortete Alexander leicht verärgert.

„Wie kommen Sie denn jetzt nach Butzbach? Sollen wir Sie mitnehmen? Wir fahren jetzt auch in diese Richtung“, bot ihr Cosima an.

„Ihr Angebot nehme ich an.“

„Wenn Sie bitte einen Moment warten, holen wir Sie“, machte ihr der Kommissar klar.

Kapitel 26

Schweigend fuhren sie über die B 3 nach Butzbach. Der allmorgendliche Berufsverkehr hatte sich aufgelöst. Alexander sah immer wieder zum Himmel. Große Scharen von Kranichen zogen über das Land. Seit Jahren wiederholte sich das Schauspiel. Bereits Ende September konnte man große Schwärme von Kranichen beim Überfliegen der Wetterau nicht nur sehen, sondern vor allem auch hören. Oftmals nahm man sie akustisch war, bevor sie am Himmel zu sehen waren.

Alexander bemerkte, dass auch Cosima die Formationen der großen Vögel beobachtete.

Sie setzten Frau Kessel in der Schillerstraße ab. Dort bewohnte sie eine kleine Wohnung im Obergeschoss eines frisch renovierten Hauses. Die Mitarbeiter einer Gerüstbaufirma waren gerade im Begriff, Bohlen und Metallgestänge auf einen Kleinlaster zu laden. Frau Kessel stieg aus, ohne ein Wort des Dankes oder des Abschieds.

„Was für eine seltsame Tussi“, bemerkte Alexander bissig, „die könntest du mir auf den Bauch schnallen, da würde nichts passieren.“

„Lass die arme Frau in Ruhe. Wie ich dir vorhin schon sagte, kann sie nichts für ihren Zustand. Das ist ein Gendefekt.“

„Schöne Scheiße“, knurrte Alexander.

„Du bist ja heute wieder gut drauf. Was ist denn los mit dir?“, Cosima wunderte sich über ihren Kollegen.

„Mir ist übel. Irgendetwas hat mir auf den Magen geschlagen.“

„Bist du deshalb vorhin so schnell abgehauen?"

„Ich hätte mir beinahe in die Hose gemacht. Das ist mir noch nie passiert", beklagte sich Alexander.

„Dann solltest du dich von der werdenden Mutter fernhalten." Sie waren auf dem Weg in die John-F-Kennedy-Straße.

Dort, in der ehemaligen amerikanischen Wohnsiedlung, bewohnte Hero Kessel mit seiner Freundin Jenny Wolters eine Drei-Zimmer-Wohnung.

Cosima ging voraus. Eine ca. 50jährige beleibte Frau mit blonden, strähnigen Haaren öffnete den Kommissaren die Wohnungstür.

„Guten Morgen, wir möchten gern zu Herrn Kessel. Ist er da?"

„Nee, der Hero is mit der Jenny im Krankehaus. Die hat heut Nacht ihr Kind gekriegt."

„Wer sind Sie?"

„Ich bin der Jenny ihre Mutter", die Frau bediente sich einer einfachen Sprache, die zu ihrem Äußeren passte. Ihr fülliger Leib steckte in einem Jogginganzug, der schon bessere Tage gesehen hatte.

„Geht es Mutter und Kind gut?", fragte Cosima teilnahmsvoll.

„Dene geht es beide gut. Der Hero hat vorhin angerufe und Bescheid gegebe. Die Jenny hat e Sturzgeburt gehabt. Die hat sich so über den Tod von der Sigrid aufgeregt."

„In welchem Krankenhaus ist denn Ihre Tochter?"

„In Lich. Das wollt die Jenny so."

Cosima drehte sich zu Alexander um, der im Hintergrund geblieben war. Er nickte Cosima zu: „Dann werden wir mal dorthin fahren. Vielen Dank“, wandte er sich an die Großmutter, „und Ihnen herzlichen Glückwunsch zum Enkel.“

„Ei wolle Se denn gar net wisse, was es is?“

„Ja natürlich“, Cosima drehte sich wieder zu der Frau in der Tür um.

„Es is e Mädche, 48 cm lang und 2800 Gramm schwer.“

„Und wie heißt die kleine Dame?“

„Chandal“, antwortete voller Stolz die frischgebackene Oma.

Alexander konnte ein Grinsen nicht verbergen: „Na, dann alles Gute.“ Er nahm zwei Stufen auf einmal, um ins Freie zu gelangen. Wider Erwarten steckte er sich keine Zigarette an.

„Du musst wirklich krank sein, wenn du nicht mal rauchst“, zog Cosima den Kollegen auf.

„Ich weiß nicht was schlimmer ist, meine Übelkeit oder der Name des Mädchens. Wie kann ich denn ein Kind Chantal nennen?“

„Chandal, tu mal de Omma winken.“ Cosima amüsierte sich köstlich.

„Ich brauche jetzt auf jeden Fall etwas aus der Apotheke.“

„Dann halten wir auf dem Weg nach Lich am Bürgerplatz in Gambach.“

„Warum nicht hier in Butzbach?“, fragte Alexander irritiert.

„Weil du da dein Auto auf dem Parkdeck abstellen und in die Fußgängerzone laufen musst. Das kostet dich Zeit und Parkgebühren. Also fahr schon los.“

„So was Blödes. Gibt es denn keine Apotheke, vor der man direkt halten kann?“

„Doch, an der Bahnhofsapotheke. Aber da musst du wieder um den ganzen Block rumfahren. Außerdem ist da nicht immer ein Parkplatz frei. Und wenn du dich ins Halteverbot stellst, wirst du sofort aufgeschrieben. Die sind hier in Butzbach ganz schnell bei der Sache.“

„Du hast eine echt überzeugende Art, liebe Kollegin“, frotzelte Alexander, „aber jetzt erzähl doch erst mal, wie dein Seminar war.“

Kapitel 27

Alexander hatte direkt in der Gambacher Apotheke Iberogast gegen Übelkeit und Imodium akut gegen Durchfall eingenommen. „Ich hoffe, das hilft."

„Wollen wir uns erst nach Frau Klinke erkundigen oder zu Herrn Kessel und der jungen Mutter gehen?"

„Erst in die Privatstation. Ich denke, der junge Vater braucht vielleicht noch etwas Zeit, alles zu verarbeiten."

Cosima drückte den Aufzugsknopf für die Privatstation. Als sich die Fahrstuhltür öffnete, drängte sich ein junger Mann zwischen ihnen hindurch. Aus dem Strauß Blumen in seiner Hand und dem Knopf, den er betätigte, war zu schließen, dass es sich hier um einen weiteren frisch gebackenen Vater handelte.

Die Krankenschwester berichtete den Kommissaren, dass sie um sieben Uhr das Frühstück auf dem Tisch im Zimmer von Frau Klinke abgestellt hätte, in der Annahme, dass sich die Frau im Bad befinde. Sie habe dann nicht weiter nach ihr gesehen. Diese Aussage deckte sich mit der von Julianes Nachbarin.

Normalerweise hätte man ihr, bevor sie nach Hause gegangen wäre, noch einmal den Blutdruck gemessen. Aber das hatte ja keine Eile. Außerdem hatte sie gestern Abend schon die Entlassungspapiere erhalten, damit sie heute früh gehen kann.

Erst als ihre Tochter aufgetaucht sei, habe man bemerkt, dass Frau Klinke gar nicht mehr auf der Station war. Natürlich habe man sofort in allen Zimmern nachgeschaut und auch auf den anderen Stationen nachgefragt, ob man die Frau irgendwo gesehen hätte. Schließlich handelte es sich hier um eine erwachsene Person, die nicht ernsthaft erkrankt war. Und vielen Menschen dauerte es zu lang, bis sich jemand um sie kümmerte. Das sei nicht unnormal, erklärte die Schwester den staunenden Kommissaren.

Auch dem Pförtner war seit seinem Dienstantritt nichts Ungewöhnliches aufgefallen. Er bot jedoch den Kommissaren sofort an, die Aufzeichnungen der Überwachungskamera im Eingangsbereich zu überprüfen und anhand der Beschreibung der Frau nach ihr Ausschau zu halten. Doch da man nicht wusste, wann die Frau das Haus verlassen hatte, würde die Überprüfung eine gewisse Zeit in Anspruch nehmen.

„Das gefällt mir gar nicht", machte sich Cosima ernsthaft Gedanken, als sie mit Alexander vor dem Eingang stand und abwartete, dass er seine Zigarette zu Ende geraucht hatte. Die Tabletten hatten offenbar ihre Wirkung gezeigt. Die Übelkeit war verschwunden und der Drang, ganz plötzlich eine Toilette aufsuchen zu müssen, verflogen.

„Die wird schon wieder auftauchen. Nachdem was mir ihre Tochter erzählt hat, scheint die Frau auch nicht ganz einfach zu sein", erklärte Alexander, „und was soll ihr schon zugestoßen sein? Es wird sie wohl niemand entführt haben."

„Hoffentlich hast du Recht. Schließlich ist sie eine wichtige Zeugin."

„Sie hat doch gar nichts gesehen. Und ob der Radfahrer überhaupt etwas mit der Sache zu tun hat, bleibt abzuwarten."

„Und wenn es der Mörder war?", fragte Cosima besorgt.

„Dann kann er doch nicht wissen, dass Frau Klinke am Tatort war und die Leiche gesehen hat und nun im Licher Krankenhaus liegt", gab Alexander zu bedenken.

„Das kriegt man doch ganz einfach raus. Vielleicht war er unter den Schaulustigen, die gestern am Tatort rumgestanden haben", mutmaßte Cosima.

„Da fällt mir gerade etwas ein. Frau Klinke ist gestern Morgen mit dem Auto nach Gambach gekommen. Das muss ja noch irgendwo in der Straße stehen."

Cosima schnipste mit den Fingern. Eine Angewohnheit, die sich immer wieder bei ihr bemerkbar machte, wenn sie eine Erklärung fand. „Das hat wahrscheinlich ihre Tochter längst abgeholt."

„Das könnte sein, aber da sollten wir mal nachfragen. Könnte doch auch sein, die ist mit irgendjemandem nach Gambach gefahren, um ihr Auto abzuholen und sitzt jetzt bei ihrer Tochter und trinkt Kaffee", dachte Alexander laut nach.

„Das glaube ich nicht. Die hatte schließlich einen Schock und geht doch nicht freiwillig an den Tatort zurück."

„Es nützt alles nichts. Wenn die Licher Kollegen sie im Krankenhaus nicht finden, sollen sie einen Mantrailer einsetzen. Außerdem soll Stückchen mal rauskriegen, ob das Auto noch dort steht." Alexander drückte den Zigarettenstummel in einem dafür bereitgestellten Aschenbecher aus und erteilte seiner Sekretärin den Auftrag.

„Was macht mein Dackel?“, fragte er zum Schluss. Die Antwort gefiel ihm nicht. Der Dackel würde ihn nicht vermissen, er läge ruhig in seiner Höhle und kaue an einem Knochen.

„Verräter“, zischte Alexander, bevor er die Austaste drückte.

„Lass uns mal nach den jungen Eltern sehen.“ Er drehte sich um und ging auf die Eingangstür zu, die sich wie von Geisterhand öffnete.

Auf der Geburtenstation fragten sie sich nach Jenny Wolters durch. Cosima klopfte zaghaft an die Tür. Eine männliche Stimme antwortete mit Ja. Cosima betrat das Familienzimmer, in dem sich Herr Kessel mit seiner Freundin und dem Baby eingerichtet hatte. Die jungen Eltern saßen auf einem breiten Bett. Das Neugeborene schlummerte an der Brust von Frau Wolters, die es liebevoll betrachtete.

„Guten Morgen“, grüßte Cosima freundlich, „und meinen herzlichen Glückwunsch. Ich bin Cosima von Mittelstedt vom K 10 in Friedberg“, sie sah das Pärchen mitfühlend an, „Herr Kessel, ich weiß, es ist nicht gerade der passende Moment, aber mein Kollege und ich müssen Ihnen ein paar Fragen stellen.“

Herr Kessel erhob sich: „Ist schon in Ordnung, aber können wir das bitte draußen machen. Ich möchte nicht, dass Jenny sich aufregt.“ Er machte eine Handbewegung in Richtung Tür.

„Herr Kessel“, begann Alexander in einem hellen Raum am Ende des Flurs, der den Gästen auf der Säuglingsstation diente. Eine hochmoderne Kaffeemaschine sowie ein reichhaltiges Buffet standen ebenfalls zur Verfügung.

Alexander hatte es vermieden, dem jungen Vater die Hand zu reichen und bestand auf einen gewissen Abstand, „zunächst möchte ich Ihnen sagen, dass es mir sehr leidtut, was mit Ihrer Mutter passiert ist. Aber gleichzeitig möchte ich Ihnen auch zur Geburt Ihrer Tochter gratulieren. Ich wünsche der kleinen Erdenbürgerin alles Gute“, sprach er sehr einfühlsam.“ Cosima nickte zustimmend.

„Vielen Dank“, antwortete der Mann erstaunlich gefasst, „meine Mutter würde jetzt sagen, der eine kommt, der andere geht.“

„So kann man es auch sehen“, erwiderte Alexander, „Herr Kessel, Sie waren in den letzten Tagen in Hamburg. Wann haben Sie denn Ihre Mutter das letzte Mal gesehen?“

„Am Donnerstagabend. Da war ich nach der Arbeit kurz bei ihr und habe mir ihr Handy geholt. Sie benutzt es ja so gut wie nie. Jenny ist ihres aus der Hosentasche gerutscht und ins Klo gefallen. Man kann es nicht mehr benutzen. Ich habe ihr mein Mobiltelefon gegeben, damit sie mich jederzeit erreichen kann. Deshalb hatte ich mir das Telefon von meiner Mutter geliehen. Wir haben noch keinen Festnetzanschluss in der Wohnung. Die Telefongesellschaft lässt sich leider sehr lange Zeit.“

„Ist Ihnen an dem Abend an Ihrer Mutter irgendetwas aufgefallen oder hat sie irgendetwas gesagt, dass Anlass für ein solches Verbrechen geben könnte?"

„Nein, sie war wie immer. Hat sich mit mir über die bevorstehende Geburt unterhalten und angeboten, sich um Jenny zu kümmern, falls während meiner Abwesenheit das Kind kommen sollte. Sie hat sich sehr gefreut, Oma zu werden."

„Können Sie sich denken, wer ihr das angetan hat?"

Herr Kessel schüttelte energisch den Kopf: „Meine Mutter war eine Seele von Mensch. Ich kann mir das nicht erklären."

„Herr Kessel, wussten Sie, dass Ihre Mutter krank war?"

„Sie meinen den Tumor?"

„Ja", nickte Alexander.

„Das hat sie mir vor ca. 14 Tagen gesagt. Sie wusste, dass es keine Hoffnung gab. Sie wollte auch keine Chemo oder Bestrahlung", er wiegte den Kopf hin und her, „nun muss sie wenigstens nicht leiden."

„Da ist ihr sicher viel Unangenehmes erspart geblieben", versuchte Cosima den jungen Mann zu trösten, „aber warum hat sie eine Behandlung abgelehnt?", fragte Cosima besorgt.

„Sie sagte, dass es nichts helfen würde. Sie würde auf jeden Fall an dem Tumor sterben. Die Anwendungen würden ihr Leiden nur verlängern. Das hätte sie während ihrer Zeit in der Uniklinik oft genug miterlebt."

„Als Krankenschwester hatte sie ja genügend Erfahrung in solchen Dingen", meinte Cosima wie zur Bestätigung.

„Ja, ihr war es nur wichtig, dass sie die Geburt unseres Kindes miterleben würde. Sie wollte demnächst bei Frau Preuß kündigen und noch so viel Zeit wie möglich mit uns verbringen."

„Das war ein schöner Gedanke", Cosima hatte feuchte Augen.

„Herr Kessel, ich muss jetzt allerdings auf ein unangenehmes Thema kommen", fuhr Alexander unbeirrt fort, „es geht um Ihren Erzeuger. Sie haben wohl mehrfach nach seinem Namen gefragt. Hat Ihre Mutter Ihnen vor ihrem Tod gesagt, um wen es sich handelt."

„Nein", seine Verärgerung war ihm sichtlich anzumerken, „und das ist wirklich bescheuert. Ich habe sie in den letzten Wochen immer wieder danach gefragt. Sie hat mir versprochen, einen Vaterschaftstest machen zu lassen und wollte es mir sagen, wenn sie das Ergebnis weiß und mir überlassen, ob ich dann Verbindung zu dem Mann aufnehme, der mein Vater ist. Jetzt werde ich es vermutlich nie erfahren."

„Wenn sie einen solchen Test in Auftrag gegeben hat, finden wir es heraus", versicherte ihm der Kommissar.

„Ich weiß gar nicht, ob ich es jetzt noch wissen will." Jetzt löste sich offensichtlich eine Blockade. Tränen rannen dem jungen Mann über das Gesicht. Alexander und Cosima beobachteten ihn eine Weile schweigend.

„Das ist wirklich tragisch. Aber wir befürchten, dass das Motiv für den Mord an ihrer Mutter genau darin begründet liegt."

Herr Kessel schneuzte in sein Taschentuch, sah die Kommissare aus tränenfeuchten Augen an: „Was meinen Sie damit?"

„Wir vermuten, dass Ihre Mutter herausgefunden hat, wer Ihr Erzeuger ist. Vielleicht hat sie in den letzten Tagen mit ihm gesprochen. Und genau da ist das Motiv, der Mann wollte nicht, dass seine Vaterschaft bekannt wird. Wahrscheinlich ist er verheiratet, hat Kinder, lebt in geordneten Verhältnissen und kann ein uneheliches Kind überhaupt nicht gebrauchen."

„Aber deshalb bringt man doch keinen Menschen um", stieß Herr Kessel entsetzt hervor.

„Menschen sind schon für weniger umgebracht worden", äußerte sich Alexander lapidar.

„Aber der Mann hätte doch gar nichts zu befürchten gehabt. Ich hätte doch keine Ansprüche an ihn gestellt, von wegen Unterhalt oder Erbe. Ich wollte doch nur wissen, wer er ist. Ist das denn so schwer zu verstehen?", in der Stimme des jungen Mannes lag eine tiefe Verzweiflung.

„Das weiß aber der Mann vielleicht nicht. Er hat unter Umständen seine ganze Existenz gefährdet gesehen."

„Dann bin ich am Ende an ihrem Tod schuld", schluchzte Hero, „das ist ja schrecklich." Er beugte sich nach vorn, stützte die Arme auf die Knie und legte die Hände vor sein Gesicht. Seine Schultern zuckten.

„Herr Kessel, bitte beruhigen Sie sich. Zunächst wissen wir nicht, ob es wirklich das Motiv ist. Und für das kranke Hirn eines Mörders können Sie nun wirklich nichts", bemühte sich Cosima den Trauernden zu beruhigen.

„Herr Kessel", fuhr sie vorsichtig fort, „Ihrer Mutter wurde ein Jagdmesser in den Bauch gestoßen. Auf der Klinge des Messers hat die Spurensicherung die

Initialen GK entdeckt. Kennen Sie jemanden, der ein solches Messer besitzt?"

Herr Kessel sah die Kommissare mit großen Augen an: „Das kann ich nicht glauben." Er raufte sich die schulterlangen Haare.

Kapitel 28

„Eberstädter, du musst nicht nach dem Handy suchen. Der Sohn von Frau Kessel hat es“, sprach er in sein Mobiltelefon, „aber du kannst dir ja mal eine Liste ihrer Anrufe geben lassen. Vielleicht bringt uns das weiter und was das Messer betrifft, reden wir selbst mit Herrn Preuß.“

„Da bleibt mir ja nicht mehr viel“, witzelte der Kommissar am anderen Ende.

„Du fährst zu Frau König und befragst sie noch mal. Die magst du doch“, machte sich Alexander lustig, „frag sie vor allem mal nach zwei jungen Männern, vermutlich Brüder, mit denen das Opfer laut Aussage von Bettina Kessel befreundet gewesen sein soll“, er stoppte und überlegte, „und dann befragst du noch mal die Nachbarn in Gambach. Klappere die ganze Straße ab. Irgendjemand muss doch diesen Radfahrer gesehen haben. Am Ende der Straße ist eine Kneipe. Da stehen doch manchmal die Leute davor und rauchen.“

„Ok, immer schön der Reihe nach, Henne. Jüngling und ich fahren jetzt erst mal nach Gambach. Da werde ich vor allem noch mal in dem Haus nach einem Wisch suchen, der die Vaterschaft belegt und auch sonst mal ein bisschen stöbern. Vielleicht finden wir ja Bilder aus früheren Tagen, vielleicht ein Tagebuch.“

„Das ist eine gute Idee.“

„Sag ich doch. Jüngling wird indessen mit den Nachbarn und den Anwohnern der Straße reden. Das wird uns eine Weile beschäftigen.“

„Eberstädter, krieg doch mal raus, ob das Auto von Frau Klinke noch dort steht. Ich hatte Stückchen schon gebeten, sich darum zu kümmern. Sie hat sich aber noch nicht gemeldet. Schick mir eine SMS, wenn du was weißt."

„Ich frag Stückchen gleich mal. Im Übrigen, lieber Henne", Eberstädter gackerte wie ein Huhn, „dein Dackel hat die Schnürsenkel von Wortmann kaputt gebissen. Und der hat es nicht mal gemerkt."

„Scheiße, das gibt Minuspunkte", entfuhr es Alexander.

Cosima tauchte vor der Tür des Krankenhauses auf. „Können wir jetzt?" Alexander sah sie ungeduldig an.

„Ich warte doch nur auf dich. Wo warst du denn so lange?"

„Auf Toilette."

„Sag bloß, dir ist auch schlecht", besorgt schaute er seine Kollegin an. Sie schwieg eine ganze Weile.

„Nee, alles gut. Frauensache", sagte sie schließlich. In ihren Augen schimmerten Tränen.

„Achso", Alexander sah Cosima von der Seite an, „bedrückt dich etwas?"

Cosima sah zum Fenster hinaus, betrachtete die grünen Wiesen am Licher Golfplatz. „Es klappt einfach nicht."

„Was meinst du denn?", Alexander war aufs Höchste alarmiert. Er wollte nicht hören, was er vermutete.

„Mein Freund Carsten und ich wünschen uns ein Kind", ihre Stimme klang traurig.

„Das wusste ich nicht. Ich dachte, du hättest mit dem Thema abgeschlossen."

„Carsten hat in mir wieder den Wunsch geweckt."

„Willst du ernsthaft in deinem Alter noch ein Kind in diese schreckliche Welt setzen?", Alexander schüttelte den Kopf.

„So schlimm ist unsere Welt ja nun auch wieder nicht. Außerdem gibt es jede Menge Spätgebärende. Da bin ich mit meinem 42 Jahren noch im Rahmen."

„Ein Risiko ist es auf jeden Fall", widersprach Alexander.

„Du hast ja nur Angst, dass du deine überaus erfolgreiche Kollegin verlierst", sie boxte Alexander auf den Oberarm, „stimmt`s?"

„Quatsch. Aber schau dich doch mal um, überall nur Verbrechen."

„Das hat es schon zu jeder Zeit gegeben. Reg dich doch nicht schon vorher auf. Es ist ja noch gar nichts passiert", ermahnte Cosima ihren Kollegen. Alexander schwieg und betätigte den CD-Player. Sofort erklang die Musik von Elvis, seinem Lieblingssänger. Passenderweise war der Song: „In the Ghetto" an der Reihe.

Kapitel 29

Eberstädter schlitzte das Siegel von oben nach unten auf und öffnete die Haustür. Im Treppenhaus hing immer noch Verwesungsgeruch. Er zog die Rollläden hoch und kippte die Fensterflügel in allen Räumen. Die wenigen Blumen hingen verwelkt in ihren Töpfen.

Im Wohnzimmer machte er sich am Schreibtisch zu schaffen. Aber er fand weder in den Kontoauszügen der Toten noch bei den übrigen Unterlagen irgendetwas Interessantes. Wenn er nicht bereits durch die Aussagen von Frau König über die Tote informiert worden wäre, hätte er hier nur wenig über die Person erfahren können. Es gab keine Bilder, keine Briefe, nur Versicherungsunterlagen, Steuerbescheide und Abrechnungen von Wasser, Müll und Strom. Die Wohnung war gemütlich, aber nicht überladen eingerichtet. Alles stand an seinem Platz. Die Sammlung von Schallplatten und CD`s verriet allerdings eine Vorliebe für die Musik der 50iger, 60iger und 70iger Jahre. Vor allem die Sammlung von Elvis-Schallplatten dürfte seinem Kollegen Henne imponieren.

Auf der Suche nach einem Schriftstück schaute er in die Hüllen. Die Leute versteckten wichtige Unterlagen oftmals an den unmöglichsten Stellen.

Unter einem uralten Röhrenfernsehgerät war ein VHS-Videorekorder angeschlossen. Die danebenstehenden Kassetten enthielten vorwiegend Liebesfilme, u.a. auch mit Elvis. Dass solche Geräte überhaupt noch im Gebrauch waren, dachte Eberstädter.

Frau Kessel musste ein Fan des amerikanischen Sängers gewesen sein. In einer vor einigen Jahren zurückliegenden Mordsache hatten die Ermittler ebenfalls mehrere Personen getroffen, die für den einzigartigen Sänger mit der schwarzklingenden Stimme geschwärmt hatten.

Im Schlafzimmer stieß er auf ein Bücherregal mit mehreren historischen Romanen, aber auch auf Lektüre der Gegenwart.

Er zog die Romane und Biographien heraus und blätterte sie durch. Er hob sogar die Teppiche an und schaute hinter die wenigen Bilder, die die Wände zierten. Doch nirgendwo fand er einen Hinweis auf einen Vaterschaftstest.

Als er den Schrank öffnete, wurde er ein weiteres Mal überrascht. Dort hing ein komplettes Outfit der 50iger Jahre. Ein weißes Kleid mit schwarzen Tupfen und einem weißen Krägelchen. Dazu passend ein schwarzer Lackgürtel und ein Petticoat. Die schwarzen Ballerinas mit den Schleifchen ergänzten das Essemble wunderbar. In der kleinen Clutch, die in einer Plastiktüte verstaut an dem Kleid hing, entdeckte er eine Eintrittskarte für die „Golden Oldies“ in Wettenberg vom August dieses Jahres.

„Eberstädter, wo treibst du dich rum?“, hörte er plötzlich seinen Kollegen rufen, der durch die offenstehende Haustür hereingekommen war.

„Hier im Schlafzimmer“, antwortete der Gesuchte.

„Und, hast du irgendwas gefunden?“

„Nicht das Geringste“, Eberstädter zeigte mit der Hand auf den Inhalt des Schrankes, „hier, guck dir das mal an. Die muss noch verrückter auf Elvis gewesen sein, als unser Henne.“

„So ein Mist. Ich habe rein gar nichts erfahren. Keiner will einen Radfahrer gesehen haben. Die gucken alle um acht Uhr die Tagesschau. Nach dem Abendessen werden hier die Fenster verschlossen und die Bürgersteige hochgeklappt“, empörte sich Jüngling.

„Und diese Frau Bach von gegenüber, hat die auch nichts gesehen?“

„Angeblich nicht. Aber das nehme ich der nicht ab.“

„Was hältst du davon, wenn wir zu dem Chinesen am Ende der Straße gehen? Der hat doch Mittagsbuffet. Ich habe einen Kohldampf, eh Mann, ich könnt ein ganzes Schwein verdrücken.“

„Ich glaub nicht, dass du da ein ganzes Schwein kriegst.“

Eberstädter verdrehte die Augen: „Mensch Jüngling, manchmal bist du wirklich blöd. Das sagt man doch nur so.“

Bevor der Kollege antworten konnte, wurden sie vom Klingeln des Telefons unterbrochen. Eberstädter eilte ins Wohnzimmer und nahm den Hörer vom Festnetzanschluss. Auf dem Display erschien eine Telefonnummer mit der Vorwahl von Gießen.

„Hallo“, rief der Kommissar, „wer ist denn da?“

Es blieb eine Weile still. „Ich möchte mit Frau Kessel sprechen“, kam es schließlich zögerlich.

„Wer sind Sie denn? Und was wollen Sie von Frau Kessel?“, fragte Eberstädter.

Anstatt einer Antwort, erhielt Eberstädter eine Gegenfrage: „Wer sind denn Sie? Was machen Sie am Apparat von Sigrid?“

„Ich bin von der Kripo aus Friedberg und ermittle in einem Mordfall. Sie wissen anscheinend noch nicht, was passiert ist, wie?“

„Ist was mit Sigrid?“, die Stimme der Frau klang ängstlich.

„Das kann man so sagen. Frau Kessel ist tot. Sie wurde ermordet.“

Es blieb eine ganze Weile still am anderen Ende.

„Hallo, sind Sie noch da?“, rief der Kommissar schließlich.

„Ja, entschuldigen Sie bitte. Ich kann das gar nicht fassen“, sagte die Unbekannte.

„Verraten Sie mir bitte, wie Sie heißen und wieso Sie Frau Kessel anrufen?“

Die Frau stellte sich vor und erwähnte, dass sie eigentlich nicht damit gerechnet habe, dass Sigrid das Gespräch entgegennehmen würde. Sie wollte ihr eigentlich nur eine Nachricht auf das Band sprechen.

Die Antwort, die Eberstädter auf die Frage, um welche Information es handelt, überraschte ihn.

Kapitel 30

Alexander betrachtete den silberfarbenen Neoplanbus, der gerade den Hof verließ. Am Steuer saß Berthold Scholz, der Cousin und Mitgeschäftsführer des Gambacher Busunternehmens.

Er nickte den Kommissaren zu.

Armin Preuß kam über den Hof auf die Ermittler zu. In der Hand hielt er eine Meerschaumpfeife, die einen Duft von Vanille verströmte. Othello, sein Jagdhund, hielt sich dicht an seiner Seite.

„Guten Tag“, grüßte er freundlich und lupfte seinen breitkrempigen Hut, „ich habe mir schon gedacht, dass Sie wiederkommen, Herr Henneberg.“ Sein rundes Gesicht zeigte eine leichte Röte, auf seiner Stirn standen Schweißperlen. Auch der silbrig glänzende Haarkranz war feucht.

„Wieso haben Sie sich das gedacht?“, wollte Alexander wissen.

„Wegen des Messers“, erklärte Preuß.

„Genau“, kam es knapp zurück. „Ihr Cousin sitzt heute am Steuer“, lenkte Alexander ab.

„Berthold fährt die Bezirkslandfrauen nach Fulda zum Musical. Er ist für Hero eingesprungen. Das ist so üblich. Wenn ein Fahrer ausfällt, springt einer von uns beiden ein.“

„Verständlich“, nickte Alexander.

„Herr Preuß, ich bin Cosima von Mittelstedt, Kriminaloberkommissarin beim K 10 in Friedberg“, preschte

Cosima nun vor, „wir kennen uns noch nicht. Wir haben da noch ein paar Fragen an Sie. Können wir uns irgendwo ungestört unterhalten?“

„Folgen Sie mir“, forderte er die Kommissare auf. Alexander und Cosima folgten dem Mann über den großen Betriebshof. Bis auf zwei kleinere Busse war das Gelände leer. In einer Ecke der großen Werkshalle stand der Oldtimer namens Hermine, mit dem am Vortag die Schüler nach Butzbach befördert worden waren. Durch eine Tür an der Hinterwand gelangten sie ins Freie. Dort fanden sie eine Terrasse mit gemütlichen Gartenmöbeln vor.

„Nehmen Sie Platz. Darf ich Ihnen etwas zum Trinken anbieten?“

„Nein danke. Wir wollen Sie gar nicht lange aufhalten. Sie haben sicher einiges zu regeln, jetzt wo Frau Kessel und ihr Sohn ausfallen.“

Alexander ließ den Blick über das Land schweifen. Im Anschluss an das Werksgelände war eine eingezäunte Wiese, auf der Schafe weideten. Hinter der Baumreihe entlang der Wetter sah man die Türme der Burg Münzenberg aufragen.

„Schöner Ausblick.“

„Ja, hier kann man sich zwischendurch gut entspannen“, stolz blickte der große Mann in die Ferne. „Was kann ich also für Sie tun?“

„Herr Preuß, kennen Sie dieses Messer?“, Cosima hielt dem Busunternehmer ihr Handy unter die Nase. Der Mann beugte sich vor und betrachtete die Bilder, die das Messer und in Großaufnahme die Klinge mit der Signatur zeigten.

Preuß nickte: „Das ist das Messer meines Großvaters. Wurde Frau Kessel damit erstochen?“ In seinem Blick lag Erstaunen.

„Der Stich mit dem Messer war nicht todesursächlich. Aber ja, es ist das Messer, das im Bauch von Frau Kessel steckte“, beantwortete Cosima die Frage. „Herr Preuß, Sie sagten eben bei der Begrüßung, dass Sie sich dachten, dass wir wiederkommen und zwar wegen des Messers“, erinnerte Alexander nun den Busfahrer.

Armin Preuß griff an den Anhänger, der an einer Kautschukkette um seinen Hals hing. Der mit rhodiniertem Silber eingefasste Zahn eines Tieres ließ vermuten, dass Herr Preuß ein passionierter Jäger war. Er rieb, wie zur Beruhigung, mit Daumen und Zeigefinger über die glatte Oberfläche.

„Das Messer gehört mir. Mein Großvater hat es mir kurz vor seinem Tod geschenkt. Alle in unserer Familie besitzen so ein Messer. Aber nur meines ziert die Klinge mit den Buchstaben GK für Gustav Kolbow. Ich bin der erste Enkel meines Großvaters und habe mit ihm die Leidenschaft für die Jagd geteilt. Und ganz ehrlich, als ich Frau Kessel tot vorfand und den Griff sah, der aus dem Bauch herausragte, hätte ich wetten können, dass es das Messer ist, das mir mein Großvater geschenkt hat.“

„Wie erklären Sie sich, dass Frau Kessel mit diesem Messer angegriffen wurde?“, hakte Cosima nach.

„Das kann ich mir nicht erklären. Ich war es auf jeden Fall nicht.“

„Haben Sie überprüft, ob es Ihr Messer ist, nachdem Sie die Tote aufgefunden haben?“

„Ja, das habe ich. Ich bin sofort nach Hause gefahren und habe nachgeschaut, ob mein Messer an seinem Platz ist. Und wie erwartet, es war nicht mehr dort."

„Warum haben Sie uns das gestern nicht gesagt?", Alexander war ganz offensichtlich verärgert.

„Weil Sie so oder so draufgekommen wären. Und was hätte ich Ihnen denn sagen sollen? Das Messer im Bauch gehört mir, aber ich war es nicht. Sie hätten mich doch gleich mitgenommen."

„Das können wir jetzt immer noch", drohte ihm Cosima.

„Tun Sie sich keinen Zwang an", Preuß stand auf und hielt der Kommissarin seine Hände entgegen.

„Setzen Sie sich wieder", forderte ihn Alexander auf.

„Wann haben Sie denn das Messer das letzte Mal gesehen?", Cosima gab nicht auf.

„Bei meiner letzten Jagd", kam es traurig von Preuß.

„Als Ihr Cousin ums Leben kam", stellte Alexander fest.

„Ja", Preuß schaute den Kommissar überrascht an, „Sie wissen offensichtlich Bescheid." Alexander nickte, ging aber nicht näher auf den Jagdunfall ein. Stattdessen fragte Cosima: „Herr Preuß, besitzen Sie ein Fahrrad?"

Armin Preuß schaute sie irritiert an: „Ich habe ein altersgerechtes Fahrrad, ja, ein E-Bike. Aber das benutze ich nur selten. Ich gehe lieber zu Fuß."

„Wo waren Sie am Freitagabend gegen 20.00 Uhr?", folgte die nächste Frage von Alexander.

„Zu Hause. Wenn ich nicht gerade mit dem Bus unterwegs bin, bin ich zu Hause oder hier im Betrieb."

„Kann das jemand bezeugen?"
„Ja, meine Frau", Armin Preuß schmunzelte.
„Sie sind verheiratet?", Überraschung lag in Cosimas Stimme.
„Warum denn nicht?"
„Sorry, das war dumm von mir. Aber irgendwie hat nichts darauf hingedeutet, dass Sie verheiratet sind."
„Ist schon in Ordnung. Außer meiner Mutter und meiner Ehefrau weiß das auch niemand. Und das soll auch so bleiben", bat er die Kommissare.
„Das müssen Sie uns näher erklären", forderte Alexander den Mann auf.
„Ich bin ein Einzelgänger. Habe mit den Leuten hier im Dorf nicht viel im Sinn. Früher ging ich ab und zu auf die Jagd. Aber das ist ja leider vorbei. Einmal im Jahr mache ich 14 Tage Urlaub. Mehr ist als selbständiger Unternehmer nicht drin."
Alexander und Cosima hörten gespannt zu.
„Meine Urlaube verbringe ich seit vielen Jahren in Südafrika in der Nähe von Kapstadt bei meiner Frau und meinen Kindern."
„Und jetzt ist Ihre Frau hier zu Besuch?", folgerte Cosima.
„Nein, wir skypen jeden Freitagabend um die gleiche Zeit. Durch den geringen Zeitunterschied von einer Stunde ist das einfach."
„Darf ich fragen, warum Ihre Frau und Sie getrennt leben?"
„Das tun wir nicht wirklich. Meine Frau stammt aus Südafrika. Sie ist eine Farbige. Sie wollte nie hier in

Deutschland leben. Auch nicht als unsere Kinder geboren wurden."

„Sie haben Kinder?", Cosima machte große Augen.

„Warum denn nicht?", lachte Armin Preuß, „ein Junge und ein Mädchen. Zwei süße Kinder."

„Und warum wollen Sie nicht, dass man das weiß?"

„Ich finde, das geht die Leute nichts an. In so einem Dorf wird viel getratscht. Da wird dann noch schnell was hinzugefügt und ruckzuck hängt man Ihnen irgendwas an."

„Sie scheinen schlechte Erfahrungen gemacht zu haben", konstatierte Cosima.

„Das kann man so sagen", der Zorn in der Stimme von Armin Preuß war unüberhörbar.

„Herr Preuß", unterbrach Alexander nun, „haben Sie etwas mit dem Tod von Frau Kessel zu tun?"

„Nein, das schwöre ich bei der Seele meiner Frau und meiner Kinder", er stockte, „ich gebe zu, dass es mein Messer ist. Aber ich weiß nicht, wer damit auf Frau Kessel eingestochen hat bzw. wer es aus meinem Keller entwendet hat."

„Wer hat denn Zugang zu Ihrem Keller?"

„Außer mir und unserer Haushälterin niemand. Natürlich könnte ein Gast in den Keller gehen. Aber warum sollte er das tun?"

„Zum Beispiel, um das Messer an sich zu nehmen", entgegnete Alexander.

„Das kann ich mir nicht vorstellen. Außer meinen Tanten und der buckeligen Verwandtschaft kommt doch keiner zu uns."

„Wann haben Sie das Messer denn das letzte Mal benutzt?"

„Auch bei meiner letzten Jagd. Ich habe damit einem Wildschwein die Decke abgezogen."

„Und Sie sind sicher, dass Sie das Messer danach in Ihrem Keller verwahrt haben?"

„Ganz sicher."

„Kann das jemand bezeugen?", Cosima blieb beharrlich.

„Ja, mein Freund Rainer Ruppel. Er ist an diesem Tag nach der Jagd mit zu mir nach Hause gekommen. Wir haben gemeinsam das erlegte Wildschwein zerlegt."

„Und seitdem haben Sie nie wieder nach dem Messer geschaut?", Cosima erntete einen bösen Blick für diese Frage.

„Nein, habe ich nicht. Ich darf seitdem nicht mehr zur Jagd gehen und deshalb will ich mit all diesen Dingen nichts mehr zu tun haben.

„Jetzt beruhigen wir uns mal wieder", Alexander senkte seine Hände, „das Messer bringt uns im Moment nicht weiter."

Doch Cosima gab noch immer nicht auf: „Herr Preuß, wenn sich Ihr Alibi nicht bestätigt, sind Sie dringend tatverdächtig. Das ist Ihnen doch klar?", Alexander wartete auf eine verräterische Reaktion. Doch Armin Preuß blieb ganz ruhig, antwortete so, als ob er sich in einer gemütlichen Runde mit einem Freund unterhalten würde, „das ist mir schon klar, aber ich versichere Ihnen, ich habe mit dem Tod von Sigrid nichts zu tun. Ich glaube eher, da will mir mal wieder jemand etwas anhängen."

„Was meinen Sie damit?“, Cosima beugte sich vor.

„Vor einem Jahr ist mein Cousin Manfred bei besagtem Jagdunfall ums Leben gekommen. Er war als Treiber eingesetzt. Ein Schuss aus einem meiner Gewehre hatte ihn tödlich getroffen. Ich hatte aber dieses Gewehr, aus dem der Schuss abgegeben wurde, an dem Tag gar nicht mit im Wald. Ich hatte es in meinem Jeep zurückgelassen. Alle Jäger konnten bestätigen, dass ich mit einem anderen Gewehr auf der Jagd war. Bis heute konnte nicht geklärt werden, wer den tödlichen Schuss abgegeben hat und wie das Gewehr an den Tatort kam. Ich war es auf jeden Fall nicht. Verstehen Sie jetzt, was ich meine?“

„Ihre Mutter hatte schon so etwas erwähnt“, äußerte sich Alexander.

„Das wundert mich nicht“, zischte Preuß.

„Das Verhältnis zwischen Ihnen und Ihrer Mutter scheint nicht das Beste zu sein?“, Alexander erinnerte sich an die Äußerung von Adelheid Preuß, dass bei den Ermittlungen des Unfalls etwas sonderbar gelaufen sei.

„Das ist noch vornehm ausgedrückt. Meine Mutter hasst mich“, wieder war Zorn in seiner Stimme zu vernehmen.

„Das ist aber doch sehr ungewöhnlich“, Cosima sah in die wässrig blauen Augen von Armin Preuß.

„Das ist eine lange Geschichte. Die hat aber hiermit nichts zu tun.“

„Die würde mich schon interessieren“, Cosima sah den Busunternehmer gespannt an.

„Gern ein anderes Mal. Wie gesagt, das hat mit dem Mord an Frau Kessel nichts zu tun.“

Alexander sah auf seinen Notizblock: „Noch zwei Fragen, dann lassen wir Sie zunächst in Ruhe."

„Sie verdächtigen mich also tatsächlich?", Armin Preuß schlug sich mit der flachen Hand aufs Knie.

„Bleiben Sie dabei, dass Sie Frau Kessel das letzte Mal am Sonntag vergangener Woche auf dem Geburtstag Ihrer Tante gesehen haben?"

Armin Preuß nickte. „Ist Ihnen da irgendetwas aufgefallen?"

„Sigrid hat sich sehr lange mit einem Mann aus der Nachbarschaft unterhalten. Meine Mutter wurde sauer, weil sich Sigrid nicht um sie gekümmert hat. Das kann die alte Dame gar nicht leiden."

„Überlegen Sie bitte noch einmal, wer Ihr Messer an sich genommen haben könnte?"

„Mir fällt niemand ein. Tut mir leid." Preuß schaute die beiden Kommissare eindringlich an: „Aber noch einmal, ich habe mit dem Tod von Sigrid nichts zu tun."

„Hatten Sie denn von irgendjemandem Besuch in der letzten Zeit?"

„Nein, ich bekomme keinen Besuch."

„Haben Sie keine Freunde?", wollte Cosima wissen.

„Unter den Jägern schon. Wir treffen uns regelmäßig am Stammtisch."

„Herr Preuß, wir müssen Ihr Alibi überprüfen", wie zur Entschuldigung schürzte Cosima die Lippen.

„Das verstehe ich. Ich gebe Ihnen die Telefonnummer meiner Frau. Durch den geringen Zeitunterschied können Sie während der Arbeitszeit mit ihr telefonieren."

„Wie können wir uns mit ihr verständigen? Spricht sie englisch?", fragte Cosima interessehalber.

„Meine Frau spricht perfekt deutsch. Die Verständigung dürfte also kein Problem sein."

„Wie kommt das?", kam es etwas irritiert von Cosima.

„Meine Frau ist auf der Lodge meines Großonkels aufgewachsen. Dort wurde deutsch gesprochen."

„Das ist ja interessant. Wo war diese Lodge, wenn ich mal fragen darf?"

„Mein Großonkel ist nach Namibia ausgewandert. Zunächst wegen der Diamanten. Dann hat er sich dort niedergelassen und Unterkünfte für Gäste, die zur Safari kamen, aufgebaut. Meine Frau Cynthia wurde dort geboren. Später ist sie mit meinem Großcousin nach Südafrika gegangen. Er hat dort ein Weingut. Sie arbeitet für ihn als Sekretärin."

„Und dort haben Sie Ihre Frau dann kennengelernt?", Cosima konnte ihre Neugier nicht zügeln.

„Nein, ich kenne sie schon aus Namibia. Mein Großvater hat mich mehrfach zur Safari mit dorthin genommen."

„Das ist ja toll. Das würde ich auch gern mal machen", kam es prompt von Cosima. Dafür erhielt sie einen tadelnden Blick von Alexander.

„Herr Preuß, können Sie uns bitte noch die Adresse Ihrer Tante geben? Ich denke, wir sollten sie auch befragen. Vielleicht ist ihr am Sonntag etwas aufgefallen."

„Sigrid verstand sich gut mit meiner Tante Mechthild. Wenn meine Tante ins Haus kam, hat sich Sigrid immer um meine Cousine Martina gekümmert. Aber die weiß bestimmt nichts."

„Das herauszufinden, können Sie gern uns überlassen", erwiderte Alexander ungewohnt streng, „bitte halten Sie sich zu unserer Verfügung. Verlassen Sie nicht die Stadt."

„Und wenn ich Bus fahren muss?", fragte Preuß erstaunt.

„Das geht nicht, so lange bis wir geklärt haben, wer den Mord begangen hat."

Kapitel 31

„Was war denn eben los mit dir? Warum warst du auf einmal so unfreundlich zu dem Mann?“, Cosima sah ihren Kollegen böse an. Sie standen vor dem Bürogebäude des Busunternehmens. Alexander rauchte wie üblich.

Othello, der große Münsterländer von Armin Preuß, lief auf dem Hof herum. Er kam angetrottet und presste seinen Körper gegen Alexanders Beine. „Na du“, war das Einzige, was ihm dazu einfiel. Er tätschelte den Kopf des Hundes, der ihn dankbar von unten herauf anblickte.

„Es war gar nichts“, sein mürrischer Ton stand im Gegensatz zu seiner Aussage.

„Das glaube ich dir nicht. Irgendetwas passt dir nicht“, widersprach Cosima bockig.

„Hast du keinen Hunger?“, fragte Alexander stattdessen.

„Grundsätzlich schon. Wir könnten zum Chinesen gehen. Der hat Mittagsbuffet.“

„Meinetwegen. Ist ja egal, von was mir schlecht ist.“ Er schlurfte zu seinem Wagen.

Cosima schüttelte den Kopf und folgte ihm zum Auto.

Eberstädter und Jüngling hatten ihre Mahlzeit gerade beendet, als ihre beiden Kollegen das Restaurant betraten.

Alexander ließ sich am Tisch nieder und bestellte zum allgemeinen Erstaunen der Kollegen ein Licher Pils. Normalerweise rührte er tagsüber keinen Alkohol an, im Dienst schon gar nicht.

„Bist du krank? Seit wann trinkst du tagsüber Alkohol?“, Eberstädters Verwunderung war deutlich herauszuhören.

„Dieser Fall geht mir an die Nieren. Ich kann nicht einmal erklären, warum das so ist“, Alexander sah den Kollegen aus trüben Augen an.

„Ich glaube eher, deine Magenverstimmung setzt dir zu. Du solltest kein Bier trinken“, ermahnte ihn Cosima.

„Bist du jetzt meine Mutter?“, fragte Alexander sie gereizt.

„Mach doch was du willst“, sie stand auf, „ich hol mir jetzt was vom Buffet.“

„Wart ihr schon bei Frau König in Pohl-Göns?“

„Nein, wir waren die ganze Zeit in der Wohnung von Frau Kessel.“

„Und irgendwas gefunden, was uns weiterhelfen kann?“

„Nicht die Spur. Du hättest allerdings deine Freude gehabt. Frau Kessel besaß Musik, Filme und Bücher von Elvis.“

„Schön für sie. Sonst noch was?“

Eberstädter sah ihn an, wie eine Kuh wenn es donnert. Er machte sich offensichtlich Gedanken um seinen Kollegen, aber er unterließ es, darauf einzugehen.

„Als wir in der Wohnung waren, klingelte das Telefon. Es hat sich eine Bekannte von Frau Kessel gemeldet. Und rate mal, warum?“

„Sind wir hier beim Quiz? Nun sag schon."

Die Frau war eine Mitarbeiterin im Labor der Uni-Klinik Gießen. Frau Kessel hat sie gebeten, herauszufinden, ob die Haare ihres Sohnes und einer weiteren Person verwandtschaftliche Merkmale aufweisen."

„Also ein Vaterschaftstest? Und wer ist nun der Vater?"

„Das genau ist ja das Blöde. Die Frau weiß nicht, von welcher Person das Haar stammt. Normalerweise ist das auch gar nicht ihre Aufgabe. Sie hat es nur Frau Kessel zu Liebe gemacht. Das sollte keiner wissen. Tatsache aber ist, dass die Haare eindeutig die gleiche DNA tragen, wie die von Hero. Eine Vaterschaft also zu 99 Prozent feststeht."

„Na toll, jetzt sind wir genauso schlau wie vorher."

„Nicht ganz. Frau Kessel hatte ihr vorher schon zwei andere Haarproben geliefert. Die DNA war zwar nicht vom Vater, aber es müssen nahe Verwandte von Hero gewesen sein."

Cosima setzte sich mit einem vollen Teller an den Tisch. „Habe ich was verpasst?"

„Wärst du nicht so verfressen, hättest du jetzt gehört, was Sache ist", kam es wieder gereizt von Alexander. Er nahm einen großen Schluck von seinem Pils.

„Das ist echt nicht zum Aushalten mit dir", Cosima machte sich über ihr Essen her und schwieg.

„Wann hatte Frau Kessel denn die anderen Haarproben abgegeben?"

„Die Frau war sich nicht ganz sicher. Auf jeden Fall ist das mit der ersten Haarprobe schon zwei Jahre her. Und die zweite liegt ca. ein Jahr zurück."

„Ist ja seltsam", Alexander nahm einen weiteren Schluck aus seinem Glas.

„Es hat halt eine Weile gedauert, bis sie die unauffällig besorgen konnte", mutmaßte Jüngling, „vielleicht wohnen die Personen nicht hier in der Nähe."

„Schon möglich", Alexander trank das Glas aus, hob es an, um dem Wirt zu signalisieren, dass er ein neues bringen soll.

„Oder es hat so lange gedauert, bis sie herausfinden konnte, wer dafür in Frage kommt", warf Eberstädter ein.

„Bettina Kessel hat doch von zwei Männern gesprochen, mit denen sie eine Weile rumgemacht hat. In dieser Diskothek", Cosima war mit vollem Mund kaum zu verstehen, „wie hieß die noch?"

„Mit vollem Mund spricht man nicht", lachte Eberstädter, „das hat mir schon meine Oma beigebracht."

„Ihr seid heute wieder alle so witzig", gab Cosima bissig zurück. „Sie sprach doch von zwei Brüdern. Von wem ist dann die dritte Haarprobe?", fuhr sie mit immer noch vollem Mund fort.

„Nach dem Essen fahren wir erst in die Sudetenstraße zu der Tante von Herrn Preuß und dann zu dieser Bettina Kessel", er sah von Cosima zu Eberstädter, „und ihr fahrt zu Frau König. Lass deinen ganzen Charme spielen, Eberstädter, die weiß bestimmt noch mehr."

„Du solltest erst mal etwas essen, Henne. Vielleicht wird dann auch deine Laune besser", forderte ihn Cosima auf.

„Das bisschen, was ich esse, kann ich auch trinken." Er trank das zweite Glas in einem Zug leer, erhob sich und ging zum Rauchen nach draußen. Eberstädter folgte ihm.

„Welche Laus ist dir denn über die Leber gelaufen, Henne?"

„Das Ganze schlägt mir irgendwie auf den Magen."

„Dann musst du aber Co nicht wie ein Stück Dreck behandeln. Das hat sie nicht verdient."

Alexander blickte auf den Boden, schob mit seinem Schuh einen Stein hin und her und blies den Rauch der Zigarette aus. „Tut mir leid. Wird nicht wieder vorkommen."

Ohne aufzuschauen, sprach er zu Eberstädter: „Mal was anderes. Kann man eigentlich an einem Computer feststellen, ob und mit wem man wann geskypt hat? Du kennst dich doch mit diesen Dingen aus."

„Klar kann man das. Wieso?"

„Herr Preuß hat sein Alibi damit begründet, dass er mit seiner Frau am Freitagabend zur fraglichen Zeit geskypt hat. Er hat uns ihre Telefonnummer gegeben, damit wir sie anrufen können. Aber ich hätte es lieber, wenn wir uns mal seinen PC anschauen."

„Wieso skypt der mit seiner Frau? Ist sie verreist?"

„Wenn ich dir das erzähle, glaubst du mir nicht", versicherte ihm Alexander.

Kapitel 32

„Hallo, komm rein", die Frau packte Alexander am Arm und zog ihn ins Haus, „spielst du mit mir?", fragte sie den verblüfften Kommissar. Hinter dem bildhübschen Wesen mit einer atemberaubenden Figur verbarg sich ein kindliches Gemüt.

„Martina", rief eine Frau aus dem Inneren des Hauses, „wie oft habe ich dir schon gesagt, dass du nicht einfach die Tür öffnen sollst." Auf der obersten Treppenstufe erschien eine kleine rundliche Frau mit einer grauen Dauerwelle. Das breite Gesicht zierte eine dicke Warze. Ihr gedrungener Körper steckte in einem blaugrün karierten Faltenrock, wie er in den 80iger Jahren modern gewesen war und einer gelben Seidenbluse. An den geschwollenen Füßen trug sie abgewetzte Filzpantoffeln.

„Wir kaufen nichts", stieß Frau Pracht hervor.

„Ich will Ihnen nichts verkaufen. Ich komme von der Kripo in Friedberg." Alexander hielt seine Dienstmarke hoch. „Mein Name ist Alexander Henneberg. Vor der Tür steht noch meine Kollegin, Cosima von Mittelstedt. Darf sie auch hereinkommen?", Martina hatte gleich hinter ihm die Tür zugeschlagen. Durch die Milchglasscheibe war die Silhouette seiner Kollegin zu erkennen.

„Entschuldigen Sie bitte, Sie kommen sicher wegen Sigrid", sie machte eine einladende Handbewegung, „kommen Sie doch ins Wohnzimmer." Bevor er Mechthild Pracht folgte, öffnete er die Haustür und ließ Cosima herein.

Weiße Ikea-Möbel und eine cremefarbene Couchgarnitur in Kombination mit einem Hochflor-Teppich vermittelten den Besuchern einen gemütlichen Eindruck.

„Nehmen Sie doch bitte Platz. Darf ich Ihnen einen Kaffee anbieten? Ich hatte gerade welchen gekocht."

Beide Kommissare nickten: „Gern, gnädige Frau", sagte Alexander so höflich, wie man es von ihm gegenüber älteren Personen gewohnt war.

„Martina, sei so lieb und hole den Kaffee und die Tassen aus der Küche." Frau Pracht wandte sich erneut an die Kommissare, „möchten Sie auch Milch und Zucker?"

Beide verneinten kopfschüttelnd. Martina war bereits auf dem Weg in die Küche. Sie kehrte mit einer Thermoskanne zurück, die sie auf dem Couchtisch abstellte und eilte wieder davon, um die Tassen zu holen. Auf einem Tablett balancierte sie das Porzellan, das noch aus besseren Zeiten zu stammen schien. Gekonnt, dennoch irgendwie kindlich, stellte sie jedem der Erwachsenen eine Tasse hin. Etwas unbeholfen schenkte sie Kaffee ein. Dabei gluckste sie freudig, wie ein kleines Mädchen. Ihre Mutter sah gelassen zu, selbst als etwas neben ihre Tasse lief, lächelte sie ihre Tochter an.

„Danke, mein Schatz. Bitte geh jetzt in dein Zimmer. Ich muss etwas mit den Kommissaren besprechen."

„Spielst du dann mit mir?", fragte Martina völlig unschuldig den Kommissar. Alexander, nicht wissend, was er auf diese Frage antworten sollte, sah hilflos zu der Mutter.

„Martina, die Kommissare müssen arbeiten. Die haben keine Zeit, mit dir zu spielen. Bitte geh jetzt in dein Zimmer."

„Was ist ein Kommissar?", fragte Martina stattdessen.

„Das erkläre ich dir später, Martina", versprach Mechthild Pracht ihrer Tochter.

„Ich will es aber jetzt wissen", Martina stampfte mit dem rechten Fuß auf.

Alexander schmunzelte: „Wir fangen böse Menschen, weißt du", versuchte er zu erklären.

„So wie die Tante Hedwig?", Martina blickte den Kommissar mit großen Unschuldsaugen an.

„Wer ist denn Tante Hedwig? Die kenne ich nicht", ging Alexander darauf ein.

„Martina, jetzt ist es aber gut. Geh jetzt bitte in dein Zimmer", Frau Pracht hatte nun einen strengeren Ton angeschlagen. Dennoch spürte man, dass sie nicht wirklich böse auf ihre Tochter war.

Die Angesprochene drehte sich um und hüpfte wie ein kleines Kind davon. Die knallende Zimmertür sollte wohl ihr Missfallen andeuten.

„Was ist mit Ihrer Tochter?", Cosima blickte Frau Pracht mitfühlend an.

„Bei ihrer Geburt ist etwas schiefgelaufen. Sie hat zu wenig Sauerstoff bekommen. Ihr Körper hat sich ganz normal entwickelt, ihr Geist leider nicht", erklärte Frau Pracht ohne Bitterkeit.

„Das tut mir leid", erwiderte Cosima.

„Ist schon ok. Sie ist trotz allem ein liebenswertes Wesen. Ich bin froh, dass ich sie habe."

„Ist sie immer bei Ihnen?", wollte Cosima weiterwissen.

„Ja, nach dem Kindergarten und der Schule ist sie bei mir geblieben. Ich habe es nicht übers Herz gebracht, sie in eine dieser Behindertenwerkstätten zu geben."

Cosima nickte verständnisvoll: „Auf jeden Fall ist sie bildhübsch."

„Ja, das ist sie. Und das weiß sie auch. Sie benimmt sich manchmal wie eine kleine Prinzessin. Aber sie ist wie alle kleinen Mädchen. Sie spielt gern mit Puppen und freut sich, wenn jemand kommt, der sich mit ihr beschäftigt."

Alexander blickte abwesend im Zimmer umher. Sein Blick blieb an einem Bild mit einem Trauerflor hängen: „Ist das ihr Mann? Er muss noch jung gewesen sein, als er gestorben ist."

„Oh nein, das ist mein Sohn Burkhard. Er ist im letzten Jahr an Leukämie gestorben."

„Oh, das tut mir leid. Ich wollte Ihnen nicht zu nahetreten", bedauerte Alexander seine Äußerung.

Frau Prachts Augen schimmerten feucht: „Ja, der arme Junge könnte noch leben."

„Hat man nicht nach einem Spender gesucht?", kam es wieder mitfühlend von Cosima.

„Man hat sogar einen gefunden", lachte die Mutter zynisch, „aber mein Mann hat verhindert, dass er die Spende bekam."

Cosima sah die Frau erschrocken an: „Du meine Güte, was ist denn passiert?"

„Das ist eine uralte Geschichte, die Sie sicher nicht hören wollen."

Alexander wollte ihr gerade zustimmen, als Cosima sie bat, zu erzählen, was geschehen war.

„Die ganze Familie", begann Frau Pracht langsam, „ließ sich testen. Das Rückenmark meines Neffen Armin war tatsächlich geeignet. Er sagte auch zu, zu helfen. Allerdings stellte er eine Bedingung an meinen Sohn."

„Welche denn?", man merkte Cosima die Aufregung an.

„Armin forderte meinen Sohn auf, endlich die Wahrheit zu sagen. Dann würde er ihm sein Rückenmark spenden."

„Welche Wahrheit?", auch Alexander schien nun die Neugierde gepackt zu haben.

„Mein Sohn hat vor vielen Jahren vor Gericht gegen Armin ausgesagt. Armin hat den Vorwurf immer abgestritten. Doch Burkhard hat auf seiner Aussage beharrt. Armin wollte nur Gerechtigkeit. Doch selbst im Angesicht des Todes war Burkhard nicht bereit, endlich die Wahrheit zu sagen."

„Um was ging es denn damals?", wollte nun Alexander wissen.

„Als Armin 16 und Martina 14 Jahre alt waren, hat sich Martina wohl in Armin verliebt. Sie wollte mit ihm schmusen, hat sich immer wieder auf seinen Schoß gesetzt und wollte ihn küssen. Natürlich hat Armin das abgelehnt. Aber eines Tages hat Martina sich in einer pubertären Anwandlung an ihn gedrängt. Burkhard hat das gesehen. Er lief zu seinem Vater und petzte. Dabei hat Burkhard wohl etwas übertrieben, was das eigentliche Geschehen betraf. Anstatt mit Armin zu reden, hat mein Mann ihn beim Jugendgericht wegen sexueller Nötigung angezeigt. Da im Gericht Aussage gegen Aussage stand, wurde Armin mangels Beweisen freigesprochen. Das Ganze war eine sehr unschöne Sache. Ich hatte meinen Mann damals angefleht, nichts zu unternehmen, aber er ließ nicht locker. Damit hat er die ganze Familie kaputt gemacht. Der arme Armin hatte seitdem unter dieser Schande zu leiden. Ihm ging es schließlich nur darum, dass Burkhard endlich die Wahrheit sagen und seinen Ruf wiederherstellen sollte."

Alexander und Cosima schwiegen betroffen.

„Armin hatte wirklich nichts gemacht. Burkhard hat es mir noch kurz vor seinem Tod gebeichtet. Mein Mann hatte ihn aber zu dieser Falschaussage angestiftet. Ich hatte die Geschichte sowieso nie geglaubt."

„Warum hat er es denn nicht gestanden? Das hätte ihm doch das Leben gerettet", Cosima war entsetzt.

„Mein Mann hatte es ihm verboten. Er wollte nicht, dass Burkhard als Lügner dastand. Er war der Meinung, man sei nicht auf Armin angewiesen. Es würde sich sicher noch ein anderer Spender finden."

„Warum haben Sie denn nicht die Wahrheit gesagt?", Alexanders Stimme klang vorwurfsvoll.

„Mein Mann hätte mich totgeschlagen. Also habe ich geschwiegen. Nach Burkhards Tod habe ich die Familie zusammengerufen und alles gebeichtet. Ich habe mich bei Armin entschuldigt", eine Träne lief ihr über die aufgedunsene Wange, und dann habe ich mich von meinem Mann getrennt."

Martina lugte um die Ecke, sie hatte anscheinend den Namen ihres Cousins gehört: „Kommt Armin auch zum Spielen, Mama?"

„Nein, mein Schatz. Armin muss arbeiten."

„Wann holt er mich wieder mit dem Bus ab?"

„Bestimmt bald. Ich werde ihn fragen, aber jetzt geh bitte noch mal auf dein Zimmer. Wir sind gleich fertig und dann geh ich mit dir raus in den Garten."

„Au ja", wieder hopste sie davon.

„Sie versteht sich wohl gut mit ihrem Cousin", Alexanders Äußerung war mehr eine Feststellung als eine Frage.

„Oh ja, sie liebt ihn wie einen großen Bruder und Armin liebt sie wie ein kleines Kind. Ihre größte Freude ist es, mit ihm Bus zu fahren."

„Das ist schön", freute sich Cosima, „aber was wird aus ihr, wenn Sie mal nicht mehr da sind?"

„Armin hat mir versprochen, sich um Martina zu kümmern."

„Herr Preuß scheint ein sehr großmütiger Mann zu sein", meinte Alexander.

„Oh ja, das ist er. Und das, obwohl man ihm so wehgetan hat. Dieses Haus hier ist mein Elternhaus. Meine Eltern haben es nach dem Krieg gebaut. Mein Vater hat bis zum Schluss hier gewohnt. Nach seinem Tod hat es Armin geerbt. Er stellt es uns zur Verfügung. Wir brauchen keine Miete zahlen. Von dem Bisschen, was mein Mann mir freiwillig gibt, könnten wir sonst nicht leben."

„Was hatte Ihr Mann denn gegen Armin, dass er Ihren Sohn so gegen ihn aufgehetzt und damit die ganze Familie auseinandergerissen hat?"

„Mein Mann, müssen Sie wissen, stammt aus einfachen Verhältnissen. Sein Vater ist im Krieg gefallen.

Seine Mutter hat ihn alleine großgezogen. Sie hat sich jeden Pfennig vom Mund abgespart, damit ihr Sohn die Fachhochschule besuchen konnte. Er ist Ingenieur. Als er in meine Familie einheiratete, dachte er, er könne an dem Vermögen meines Vaters teilhaben. Er hat ihn immer wieder wegen Geld bedrängt. Er war der Meinung, dass stünde ihm zu."

„Hat Ihr Vater ihm denn Geld gegeben?"

„Als Adelheid die Firma übernommen hatte, hat er uns etwas Geld gegeben. Den Rest hat er für Burkhards Studium angelegt. Das hat meinen Mann schwer getroffen. Er hat immer nur gegen meinen Vater gestänkert. Und gegen meine Schwester Adelheid sowieso. Darin war er sich mit meiner Schwester Hedwig einig."

„Ihre Tochter kann ihre Tante Hedwig anscheinend auch nicht leiden", kam Cosima nun auf Martinas Bemerkung zurück.

„Das stimmt allerdings. Hedwig hat sie immer wie eine Idiotin behandelt. Kinder merken so etwas und verzeihen nicht."

„Eigentlich sind wir wegen einer ganz anderen Sache hier. Aber Ihre Erzählung hat mich nun auf eine Idee gebracht. Könnte es sein, bitte verstehen Sie mich nicht falsch, dass Ihr Mann etwas mit dem Jagdunfall von Manfred Scholz zu tun hat?"

„Sie meinen aus Neid?"

„Nein, weil er sich an Armin rächen will?"

„Ich traue meinem Mann ja schon viel zu. Er ist ein, entschuldigen Sie bitte meine Ausdrucksweise, Drecksack. Aber für einen Mord ist er zu feige. Er ist mehr die Natter, die aus dem Hinterhalt zubeißt."

„Der Ausdruck gefällt mir", Alexander lachte. Er schien seine Laune wiedergefunden zu haben und schaute auf seine Uhr. „Gnädige Frau, wie schon gesagt, sind wir wegen etwas ganz anderem hier. Dürften wir Ihnen jetzt noch ein paar Fragen zu Frau Kessel stellen?"

„Ja natürlich, entschuldigen Sie bitte, dass ich Sie so lange mit den alten Geschichten aufgehalten habe. Aber ich habe nicht so viel Gelegenheit, mich mit jemandem zu unterhalten. Immer nur mit einem Kind zu sprechen, ist auf Dauer ganz schön anstrengend."

Alexander nickte verständnisvoll: „Herr Preuß sagte uns, dass Frau Kessel am letzten Sonntag auf Ihrer Geburtstagsfeier länger mit einem ihm unbekannten Mann gesprochen hätte. Können Sie uns sagen, wer das war?"

„Das war der böse Mann", wieder hatte sich Martina unbemerkt herangeschlichen.

„Von uns aus kann Martina gern hierbleiben", sagte Alexander. Er hatte den Satz kaum zu Ende gesprochen, da saß Martina bereits neben ihm.

„Welchen bösen Mann meinst du denn, Martina?", dass Alexander die Frau mag, war ihm anzusehen. Frau Pracht wollte aufbegehren. Doch Alexander beruhigte sie: „Machen Sie sich keine Sorgen."

„Der böse Mann von gegenüber. Der sieht aus wie ein Engel", sagte Martina verschwörerisch.

„Das verstehe ich nicht", Alexander tat ganz unschuldig, „was macht er denn Böses?"

„Der ärgert meine Mama", ganz aufgeregt setzte sie hinterher, „und der lügt."

Alexander sah fragend zu Frau Pracht. „Igor wohnt noch nicht lange in der Nachbarschaft. Er ist in das Haus gegenüber eingezogen. Hat sich nicht vorgestellt, kaum guten Tag gesagt. Die ganze Nachbarschaft hat er mit seinem Krach tyrannisiert. Nix war ihm heilig. Sonntags hat er Rasen gemäht oder an seinem Auto rumgeschraubt. Wenn sich einer von den Nachbarn beschwert hat, hat er sie als Nazis tituliert. Eines Tages hat er es dann übertrieben. Er hat sich bei unserem Bürgermeister über uns beschwert. Wir würden ihn ständig beobachten, hat er gesagt und dort den Vorwurf, wir seien Nazis, wiederholt. Der Bürgermeister ist sogar zu uns in die Straße gekommen und wollte sich persönlich darum kümmern, dass wir dem armen Mann nichts tun. Dabei war es gerade umgekehrt", Frau Pracht prustete, „na da bin ich zur Hochform aufgelaufen und hab dem Typ mal ordentlich die Meinung gesagt. Seitdem ist Ruhe. Und deshalb habe ich ihn am Sonntag mal eingeladen, damit er uns alle näher kennenlernt. Frau Kessel hat sich lange mit ihm unterhalten. Er kommt aus dem Kosovo und scheint Schlimmes erlebt zu haben."

„Also kann Frau Kessel ihn nicht schon früher gekannt haben?"

„Nein, bestimmt nicht. Aber Sigrid hatte so eine nette Art, auf andere Menschen einzugehen. Ich weiß nicht, über was sie mit Igor gesprochen hat, aber irgendwie hatte ich den Eindruck, dass sie ihn beruhigt hat."

Martina zupfte Alexander am Ärmel. „Weißt du was, der hat ganz lange Haare, der Igor. Der sieht aus wie ein Engel."

Frau Pracht lachte: „Ja, das hat Martina schon immer fasziniert. Die Haare von Igor sind ganz weiß und reichen ihm fast bis zum Hintern."

„Das muss ja ein schräger Vogel sein", machte sich Alexander lustig.

„Du bist aber dumm", lachte Martina, „der Igor ist doch kein Vogel."

„Martina, bitte sei jetzt mal still", ermahnte Frau Pracht ihre Tochter erneut. Die junge Frau mit dem kindlichen Gemüt drückte sich enger an den Kommissar.

„Ist Ihnen denn irgendetwas an Frau Kessel aufgefallen?", lenkte Alexander das Gespräch nun auf den Grund seiner Anwesenheit.

„Eigentlich war sie wie immer. Ich kannte sie ja auch erst seit einem Jahr. Nach Burkhards Tod haben wir uns ja wieder mit Adelheid und Armin versöhnt. Seitdem besuche ich meine Schwester ab und zu. Während ich mich mit Adelheid unterhalten habe, hat sich Sigrid ganz lieb um Martina gekümmert."

„Was ist mit Sigrid? Wann kommt sie uns wieder besuchen?", fragte nun Martina.

„Es ist alles gut, mein Kind. Bitte geh schon mal in den Garten. Ich komm gleich nach." Maulend erhob sich Martina und verschwand durch die Terrassentür ins Freie.

„Ich möchte nicht, dass Martina auf diese Weise von Frau Kessels Tod erfährt. Ich muss es ihr behutsam beibringen. Das wird ein schwerer Schlag für sie sein. Sie mochte Sigrid sehr gerne."

„Da hat sich ja im vergangenen Jahr viel für Ihre Tochter geändert", mischte sich nun Cosima wieder ein, „erst der Tod ihres Bruders, dann die Trennung von Ihnen und Ihrem Mann, der Umzug hierher und dann die ganze Verwandtschaft, die auf einmal wieder auftaucht."

„Da ist was Wahres dran. Aber meinen Mann und ihren Bruder hat Martina nicht sonderlich vermisst. Mein Mann hat Martina immer ignoriert und Burkhard hat seine Schwester nur geärgert. Für mich war die Trennung von meinem Mann wie eine Befreiung. Schließlich durfte ich über dreißig Jahre nicht mit meiner Schwester sprechen."

„Wie ist denn das Verhältnis zu Ihrer anderen Schwester?"

„Wir lieben uns nicht gerade. Aber hin und wieder sieht man sich. Sie hat sich eher mit meinem Mann verstanden. Sie sind vom gleichen Kaliber."

„Noch eine Frage, Frau Pracht. Auch wenn Sie Frau Kessel nicht besonders gut kannten, wussten Sie etwas über den Vater ihres Sohnes Hero?" Der Gesichtsausdruck von Mechthild Pracht änderte sich nur für eine Sekunde. Einem ungeübten Beobachter wäre die Veränderung ihrer Mimik nicht aufgefallen.

„Nein, dazu kann ich Ihnen gar nichts sagen. Wie bereits erwähnt, kannte ich sie ja noch nicht so lange."

„Dann können Sie sich auch nicht vorstellen, wer der Frau das angetan hat?"

„Nein, im Leben nicht." Sie schüttelte energisch den Kopf.

„Mama, wann kommst du endlich?“, quengelte nun Martina.

„Seien Sie mir nicht böse, aber ich muss mich nun wirklich um Martina kümmern.“ Frau Pracht stand auf. Es war unmissverständlich, dass sie das Gespräch mit den Kommissaren beenden wollte.

„Kommen Sie bitte mit durch den Garten und sagen Sie noch auf Wiedersehen zu Martina. Sonst fragt sie mir Löcher in den Bauch, wo Sie abgeblieben sind.“

Die Kommissare folgten Frau Pracht in den Garten. Martina saß in einem großen Sandkasten und füllte Sand in kleine Kuchenförmchen. Sie winkte den Kommissaren zu.

„Du, Kommissar“, grinste sie Alexander an, „du musst die Tante Hedwig fangen. Die ist ganz böse. Die hat die Sigrid in den Sandkasten geschubst.“

Alexander ging vor Martina in die Hocke: „Das ist ja interessant. Wann war das denn?“

„An Mamas Geburtstag. Da hat sie dauernd so gemacht“, Martina drückte ihre Hände gegen Alexanders Brust. Er hatte Mühe nicht nach hinten umzufallen.

„Weißt du auch, warum Tante Hedwig so böse war?“

„Nein“, kam es kläglich von Martina, „aber der Holdi, der hat die Tante Hedwig dann geschimpft und die Sigrid wieder aufgehoben.“ Ganz aufgeregt schilderte sie ihre Erinnerung.

„Wer ist denn der Holdi?“, fragte Alexander.

„Na, der Holdi halt“, Martina zuckte mit den Schultern.

Alexander richtete sich auf und sah zu Frau Pracht. „Wissen Sie etwas von einem Streit zwischen Ihrer Schwester und Frau Kessel? Und wer ist dieser Holdi?“

Frau Pracht schüttelte den Kopf: „Nein, das höre ich das erste Mal. Martina hat allerdings manchmal eine blühende Phantasie. Wer weiß, was sie wirklich gesehen hat“, sagte sie leise zu dem Kommissar, damit ihre Tochter sie nicht hören konnte, „und mit Holdi meint sie meinen Neffen Berthold.“

„Der Sache müssen wir nachgehen. Können Sie uns sagen, wo Ihre Schwester wohnt?“

„Muss das sein? Hedwig wird mich dafür wieder wochenlang beschimpfen“, verzweifelt sah Frau Pracht den Kommissar an.

„Das tut mir leid, aber wir müssen dieser Angelegenheit nachgehen. Der kleinste Hinweis kann uns unter Umständen zu dem Mörder von Frau Kessel führen.“

Frau Pracht nickte: „Sie wohnt in Griedel am Känguruberg.“

„Was ist denn das für eine lustige Adresse?“, wollte Cosima nun wissen.

„Die Griedeler haben das Wohnviertel oben am Berg so genannt, weil sie meinten, da wohnen Leute, die große Sprünge machen, aber nichts im Beutel hätten.“

„So was soll es ja geben“, bestätigte Cosima.

„Die offizielle Adresse lautet allerdings anders“, Frau Pracht nannte den Ermittlern die Anschrift ihrer Schwester, „aber Hedwig wird nicht erfreut sein, Sie zu sehen.“

„Da machen Sie sich mal keine Gedanken“, winkte Alexander ab, „wir müssen dann mal wieder“, er winkte Martina zu, „tschüss, mach`s gut.“

Martina blickte auf: „Kommst du wieder, Kommissar?“

„Mal sehen.“

Kapitel 33

„Jetzt erklären sich auch die Blutergüsse an den Unterschenkeln von Frau Kessel. Die müssen entstanden sein, als Frau Scholz sie in den Sandkasten geschubst hat“, sagte Alexander nachdem er, dieses Mal ohne die übliche Zigarette danach zu rauchen, die Autotür geschlossen hatte.

„Da hast du vermutlich recht“, stimmte Cosima ihrem Kollegen zu. Sie schnallte sich an.

„Sag mal, gibt es eigentlich auch noch normale Familien auf dieser Welt? Das ist ja das reinste Sodom und Gomorrha, was sich hier offenbart“, Alexander war total aufgebracht. Er startete den Wagen und fuhr mit quietschenden Reifen los.

„Wieso, das ist eine ganz normale Familie. Meine tickt auch nicht sehr viel anders“, meinte Cosima.

„Ist das der Grund, warum du so selten nach Hause fährst? Und noch weniger von dir erzählst?“

Cosima nickte: „Das willst du gar nicht wissen. Irgendwann erzähl ich es dir mal. Aber du kannst mir glauben, so ein Exemplar wie diese Alte, diese Hedwig, gibt es in Form meines Schwagers auch.“

„Das ist ja grausig. Und dann willst du ernsthaft ein Kind in diese Welt setzen?“

„Fängst du schon wieder davon an? Was ist eigentlich dein Problem, Alexander?“

Alexander schaute auf die Straße: „Ich will dich nicht verlieren, Co. Wenn du ein Kind kriegst, hörst du auf zu arbeiten. Und dann bin ich mit dem ganzen

Scheiß hier alleine. Das ist ja zu zweit kaum zu ertragen“, er drehte ihr sein Gesicht zu, „das macht mir Angst.“ Cosima schluckte und schwieg. Darauf fiel ihr nichts ein.

Alexander bog auf die Bundesstraße ab und fuhr in Richtung Butzbach. Sein Navi lenkte ihn durch Griedel, über eine kleine Brücke, den Berg hinauf bis zur angegebenen Adresse.

Vor einer Doppelhaushälfte hielt er an. Im Carport stand kein Auto. Unter einer Plane versteckten sich offensichtlich zwei Fahrräder. Die Rollläden waren heruntergelassen. Auf das Klingeln der Ermittler reagierte niemand.

Die Tür des Nachbarhauses ging auf. Eine ältere Frau beugte sich über die Hecke zwischen den beiden Doppelhaushälften: „Die Hedwig is nett dahaim. Die is mit de Landfraue unnerwegs.“

Alexander zog die Augenbrauen hoch: „Wissen Sie wann Frau Scholz wiederkommt?“

„Die is heut Abend widder da. Die is mit dem Holdi mitgefahrn. Des macht die immer, wenn en Platz im Bus frei is“, erzählte die Nachbarin bereitwillig.

„Wohnt der Sohn von Frau Scholz auch hier?“, Cosima sah die Nachbarin freundlich an.

„Seit dem Dod von seim Vadder lebt der mit der Hedwig ganz allain unner eim Dach. Die fahrn sogar zusamme in Urlaub.“

„Na und, das ist doch nett, wenn er sich um seine Mutter kümmert“, meinte Alexander.

„Des schon. Aber die daile sich immer ain Zimmer. Des find ich nett normal“, gab die Nachbarin ungefragt ihre Meinung wieder, „wenn Se mich frage, die lebe wie en Ehepaar unner eim Dach."

„Hat der andere Sohn von Frau Scholz auch hier gewohnt?"

„I wo, der hat sich beizeite abgesetzt. Der Manni war ganz in Ordnung. Aber der arme Kerl is ja erschosse worn."

„Davon haben wir gehört. Das ist tragisch."

„Sollt me maine, aber die Hedwig hat net lang um den gedrauert. Me konnt fast glaube, die war froh, dass er dod is. Die hat sich immer nur um den Holdi gekümmert. Des war schon so, als ihr Mann noch gelebt hat. Holdi hinne, Holdi vorne. Des war en Gedue, kann ich Ihne nur sage."

Alexander drückte seinen Ellenbogen leicht in Cosimas Seite. Cosima verstand den Hinweis, dass man hier noch mehr erfahren könnte, sofort und blieb stehen.

„Seit wann ist denn der Mann von Frau Scholz tot?"

„Ach, des is schon lang her. Des war noch vor dem Mauerfall. Da war der Holdi noch en junger Mann."

„Hat Holdi denn eine Frau oder eine Freundin?"

„Ich hab noch nie e Frau bei dem gesehn. Des würd die Hedwig gar nett dulde."

„War der andere Sohn verheiratet?"

„Ja, der hat e Mädel aus Butzbach geheirat. Abber der Manni is nett so oft hierher gekomme. Un wenn der da war, habe die nur gestritte."

„Wissen Sie um was es da ging?"

„Kai Ahnung, ich hab nur mitgekriegt, dass es manchmal laud wurd. Die Hedwig hat ja so mit dem Manni geschrien, des war ja nett zu überhörn."

„Wie war denn das Verhältnis zwischen den Brüdern?"
„Die habbe sich eigentlich ganz gut verstanne."
„Sagen Sie mal, hatte der Manni auch Kinder?"
„Nee, leider nett. Das had der sehr bedauert."
„Wo wohnt denn seine Witwe jetzt?"
„Die Ulrike wohnt, so wait ich weiß, immer noch in Butzbach in dere Wohnung."
„Kommt die noch manchmal hierher?"
„Sait dem Tod von dem Manni hab ich die nett mehr hier gesehn. Wisse Se, an dem Tag, wo der Manni umgekomme is, da habbe die sich ach widder ganz schö gezankt."
„Wissen Sie, um was es da ging?"
„Des war ja frühmorgens, bevor der Manni zur Jacht gegange is. Da habbe die hier uff de Gass rumgeschrien. Der Manni hat irgendwas abgeholt, weil der Holdi krank war und der Manni für ihn einspringe sollt."
„Das ist ja interessant. Können Sie uns noch mehr erzählen?"
„Dud mer laid, mehr waiß ich nett. Abber komisch war die Sach schon", wie zur Entschuldigung fuhr die Nachbarin fort, „ich bin ja normalerwais nett neugierig, abber ich bin von dene ihrm Krach uffgewacht."
Bei dieser Bemerkung schaute Alexander unter sich, um sein Schmunzeln zu verbergen.
„Vielen Dank für die Auskunft", verabschiedete sich Cosima.
„Es dud mir laid, wenn ich Ihne nett mehr sage konnt."
„Das war schon mehr als wir erwartet haben. Danke", setzte Alexander hinterher.

„Scheint ja ein richtiger Drachen zu sein, diese Hedwig. Auf die bin ich gespannt“, Alexander stand vor der offenen Wagentür. Aber wieder hatte er auf eine Zigarette verzichtet.

„Da bin ich auch gespannt. Aber irgendwas stimmt mit dieser Familie nicht. Ich bin sicher, die haben was mit dem Tod von Frau Kessel zu tun“, sie schnipste mit den Fingern“, wenn ich nur wüsste, was.“

„Und ich habe den Verdacht, dass auch der Tod von diesem Manni damit zu tun hat“, Alexander stieg ins Auto, ließ den Motor an und betätigte den CD-Player. Musik von Elvis erklang. Er lauschte eine Weile der Stimme des amerikanischen Sängers.

„Weißt du Alexander, ich kann deine Vorliebe für Elvis mittlerweile verstehen. Obwohl er so ein großartiger Sänger war, ist er wahrscheinlich auch durch seine Familienverhältnisse so abgesackt.“

Alexander nickte: „Ja, der Tod seiner Mutter hat ihm stark zugesetzt. Ich glaube, das war der Anfang vom Ende.“

„Die Beziehung zu den Eltern wird leider immer wieder unterschätzt“, stimmte ihm Cosima zu, „wer weiß, wie sich so manch einer entwickelt hättet, wenn die Eltern anders mit ihren Kindern umgegangen wären.“

„Das glaube ich auch“, stimmte er Cosima zu.

„Weißt du was?“, Cosimas Stimme klang traurig, „ich vermisse Erdmann.“

„Gutes Stichwort“, meinte Alexander, „ich muss mich mal bei Stückchen melden. Die will ja bestimmt zeitig nach Hause.“

„Ich ruf sie an. Konzentrier du dich auf die Straße", bot ihm Cosima an.

„Jawohl Chef", er tippte mit der rechten Hand an die Schläfe.

Kapitel 34

„Sieht man Euch auch mal wieder“, kam es vorwurfsvoll von Stückchen, „der arme Dackel ist schon ganz unruhig. Ich konnte ihn kaum trösten.“

Alexander ging vor Stückchens Schreibtisch in die Knie und packte Erdmann am Oberkörper: „Na mein Dicker. Hast du mich vermisst?“ Erdmann hörte gar nicht mehr auf zu quietschen. Die schrillen Töne drangen bis in den langen Flur des K 10.

„Was ist denn hier los?“, Wortmann erschien im Türrahmen.

„Die Kommissare“, kam es spöttisch von dem EKHK, „schön Euch zu sehen. Habt ihr was Interessantes?“

„Das wollten wir auch gerade fragen.“

„Wenn du Frau Klinke meinst, die ist immer noch verschwunden. Wir haben die Fahndung nach ihr eingeleitet.“

„Hoffentlich taucht die bald wieder auf. Ihre Tochter ruft alle halbe Stunde an und will wissen, ob es etwas Neues gibt“, berichtete Stückchen.

„Haben sich Eberstädter und Jüngling gemeldet? Die wollten doch noch mal Frau Kessels Freundin aufsuchen“, unterbrach Cosima die Sekretärin.

„Nee, bis jetzt nicht. Ist doch komisch.“

In diesem Moment klingelte Alexanders Handy. „Eberstädter, gerade haben wir von euch gesprochen. Wo steckt ihr denn?“

„Wir stehen vor Frau Königs Tür in Pohl-Göns. Sie macht nicht auf. Die Rollläden sind heruntergelassen.

Von drinnen hört man Stimmen. Ich vermute, die kommen aus dem Fernseher. Da stimmt was nicht."

„Habt ihr zwei Stunden gebraucht um das herauszufinden?", motzte Alexander ihn an.

„Nein, wir sind aufgehalten worden. Wir hatten eine Reifenpanne. Sind im Gambacher Wald liegengeblieben."

„Na und, das kann doch nicht so lange dauern, einen Reifen zu wechseln."

„Du bist ein Witzbold. Hast du schon mal einen Motorradfahrer mit Ersatzreifen gesehen?"

„Wieso denn Motorrad?"

„Jüngling wollte unbedingt auf dem Motorrad mitfahren. Auf der Eisenbahnbrücke bin ich über ein Stück Eisen gefahren. Da war der hintere Reifen platt. Wir mussten eine ganze Stunde warten, bis endlich der ADAC kam und die Maschine abgeschleppt hat."

„Ihr macht mir echt Spaß. Konntet ihr denn nicht ein Auto anhalten?"

„Außer zwei Frauen ist hier niemand entlanggekommen. Und die haben nicht angehalten. Die dachten bestimmt, wir wollten ihnen etwas tun."

„Ihr hättet doch auch die Maschine stehen lassen und nach Pohl-Göns laufen können."

„Bist du bescheuert? Nachher stehen zwei von den Dingern da. Nee nee, meine Maschine lass ich nicht allein im Wald zurück."

„Warum habt ihr euch dann nicht früher gemeldet? Wir hätten euch doch abgeholt."

„Um mir genau diese blöde Fragerei zu ersparen", wies Eberstädter den Kollegen zurecht, „das ist doch jetzt auch scheißegal. Jetzt geht es um Frau König."

„Habt ihr in der Nachbarschaft nachgefragt, ob jemand einen Schlüssel hat?"

„Die Schwiegertochter ist schon unterwegs hierher mit einem Schlüssel. Ich glaube, es ist besser, wenn ihr hierherkommt. Ich traue der Sache nicht."

„Jetzt macht erst mal die Tür auf. Dann melde dich wieder."

Kapitel 35

Ein metallicgrüner Opel Meriva hielt vor Ursula Königs Garage. Eine junge, etwas mollige Frau stieg aus, ging um das Auto herum und öffnete den Schlag. Sie holte ein Kleinkind aus seinem Sitz. Ein süßer, circa ein Jahr alter Junge strahlte die Kommissare an.

„Ich bin Sandra König, die Schwiegertochter. Sie müssen die Kommissare sein."

Eberstädter stellte sich und seinen Kollegen vor: „Schön, dass Sie so schnell kommen konnten."

Die Frau reichte Eberstädter einen Schlüsselbund: „Es ist der mit dem viereckigen Kopf. Aber was ist denn eigentlich passiert? Warum macht meine Schwiegermutter denn nicht auf?"

„Das wissen wir nicht", Eberstädter drehte den Schlüssel herum. Die Tür sprang auf. „Bitte bleiben Sie mit dem Kind hier draußen. Ich schau erst mal nach."

Eberstädter betätigte den Lichtschalter rechts neben der Tür. „Jüngling, schließe bitte die Tür hinter uns. Ich will nicht, dass jemand ins Haus kommt."

Langsam gingen sie auf das Wohnzimmer zu. Eine Stehlampe in der Ecke des Raums spendete warmes Licht. Aus dem Fernseher drangen Stimmen. Im Vorabendprogramm lief ein Krimi. Frau König lag auf dem Sofa. Es sah aus, als wäre sie beim Fernsehen eingeschlafen. Eberstädter beugte sich über sie. Bevor er seinen Finger an die Halsschlagader legte, um den Puls der Frau zu fühlen, wusste er, dass sie tot war.

Kapitel 36

Cosima wählte die Telefonnummer von Bettina Kessel. Erdmann lag auf ihrem Schoß. Leise knurrend, forderte er, gekrault zu werden. Cosima wechselte die Hand und begann den Rücken des Dackels mit ihrer Linken zu streicheln.

„Hallo", meldete sich kurz darauf die Schwester der toten Sigrid Kessel.

„Hallo Frau Kessel, hier spricht Kommissarin von Mittelstedt. Wir waren auf dem Weg zu Ihnen. Leider ist etwas dazwischengekommen."

„Das ist schade. Mir ist noch etwas eingefallen", antwortete Bettina Kessel.

„Das ist gut. Bitte behalten Sie es für sich. Und warten Sie, bis wir zu Ihnen kommen. Verlassen Sie bitte nicht das Haus und machen Sie auch niemandem die Tür auf", bat Cosima die Frau eindringlich.

„Zu mir kommt sowieso nie jemand. Aber was ist denn los?"

„Das kann ich Ihnen nicht am Telefon sagen. Ich kann Sie nur bitten, meinen Rat zu befolgen."

„Aber wann kommen Sie denn?"

„Das weiß ich nicht. Es kann spät werden. Bevor wir zu Ihnen kommen, rufen wir an."

„Ich bin sowieso wach. Ich habe noch Jetlag."

„Versprechen Sie mir, dass Sie die Tür nicht öffnen!"

„Ich verspreche es. Seien Sie völlig unbesorgt", versicherte Bettina Kessel der Kommissarin, „aber ich habe noch eine Bitte."

„Ja, was denn?“

„Kann ich meine Schwester noch einmal sehen?“

„Das lässt sich bestimmt einrichten. Ich kümmere mich darum.“

„Danke“, Frau Kessel hatte aufgelegt.

Kapitel 37

Jüngling und Eberstädter hatten die Tür wieder hinter sich geschlossen. Eine Nachbarin kümmerte sich um Sandra König, die völlig entsetzt die Nachricht vom plötzlichen Tod ihrer Schwiegermutter entgegengenommen hatte. Frau Dr. Auf der Heide und die Kollegen von der Spurensicherung waren verständigt. Alexander und Cosima waren auf dem Weg hierher.

„Was glaubst du, woran sie gestorben ist?", Eberstädter sah Jüngling an.

„Ich tippe auf Vergiftung", vermutete Jüngling.

„Meinst du, sie hat sich selbst umgebracht?", zweifelte Eberstädter.

„Keine Ahnung. Warum sollte sie das tun?", Jüngling zog die Schultern nach oben.

„Aber wer sollte denn einen Grund haben, Frau König umzubringen?"

„Vielleicht der Vater von Hero Kessel", äußerte sich Jüngling.

„Du meinst, der bringt die Freundin um, weil er annimmt, dass sie etwas weiß?", Eberstädter war entsetzt.

„Ich habe den Verdacht, dass hier jemand ganz gewaltig Schiss hat, dass die Vaterschaft ans Licht kommt", Jüngling machte ein besorgtes Gesicht.

Erdmann war der erste an der Tür. „Du bleibst draußen", befahl ihm Alexander, der hinter seinem Dackel hereilte, „Jüngling, pass mal auf den Dackel auf. Oder noch besser, führ ihn mal Gassi. Der war heute noch nicht draußen." Er reichte dem verdutzten Kollegen die Leine und einen schwarzen Beutel. „Falls er mal groß muss."

Jüngling befestigte die Leine an Erdmanns Halsband und entfernte sich. Er kam jedoch nur langsam voran. Erdmann war nicht in der Stimmung ihm zu folgen. Er stemmte sich mit allen Vieren gegen den Boden. Jüngling ließ sich davon jedoch nicht beeindrucken und zog den renitenten Vierbeiner hinter sich her.

„Ei, zerrn Se doch nett so an dem arme Hund", ermahnte ihn ein neugieriger Nachbar, der ihm auf dem Bürgersteig entgegenkam.

„Das ist kein Hund, das ist ein Dackel. Ein Hund würde sich nie so schlecht benehmen", belehrte Jüngling den Mann.

„Mein Waldi iss immer gern spaziern gegange", der Mann schüttelte den Kopf, „die Jugend von heut hat halt ka Geduld."

Als Frau Dr. Auf der Heide vorbeifuhr, drehte sich Jüngling um und ging zum Haus der Toten zurück. Jetzt hatte es Erdmann auf einmal eilig. „Blödes Vieh", schimpfte Jüngling.

„Hallo Erdmann", begrüßte die Rechtsmedizinerin den bockigen Vierbeiner und hielt ihm ein Leckerli hin, das Erdmann sofort verschlang.

„Probieren Sie es in Zukunft mal damit", lachte die Frau Jüngling an, „das ist ein Dackel. Der will gebeten werden."

Die Tür von Frau Königs Haus öffnete sich von Innen. Cosima erschien: „Hallo Fähe", begrüßte sie die Rechtsmedizinerin mit dem seltsamen Vornamen. Henne erwartet dich schon."

„Ist da wegen Überfüllung geschlossen oder warum gehst du schon?“, antwortete die Rechtsmedizinerin.

„Nee, ich geh mal rüber zu der Nachbarin. Die Schwiegertochter der Toten ist dort. Ich will ihr ein paar Fragen stellen.“

„Dann nimm bitte den Köter mit“, Jüngling drückte ihr die Leine in die Hand, „ich geh dann mit rein.“

Kapitel 38

Das Gesicht von Sandra Kessel war rot und angeschwollen, aber sie wirkte ruhig und gelassen. Ihre Augen schimmerten glasig. Der kleine Junge krabbelte am Boden hin und her.

„Ich habe ihr ein Beruhigungsmittel gegeben", verriet die Nachbarin der Kommissarin.

„Hoffentlich verträgt die junge Frau das auch", äußerte Cosima sich beunruhigt.

„Keine Bange. Ich bin Ärztin. Ich verstehe etwas davon."

„Dann ist es ja gut", Cosima hielt Erdmann an ihrer Seite.

„Sie können den Hund ruhig loslassen. Lenny ist Hunde gewöhnt", sagte die Mutter mit langsamen Worten.

Erdmann stürzte sich sofort auf den Jungen und leckte ihm quer durch das Gesicht, was dem kleinen Kind ein Jauchzen entlockte.

„Erdmann, lass das", forderte Cosima den Dackel auf. Doch Erdmann war schon damit beschäftigt, mit Lenny um einen kleinen grünen Ball zu kämpfen.

„Frau König", wandte sich Cosima nun an die Schwiegertochter der Toten, „wann haben Sie Ihre Schwiegermutter das letzte Mal gesehen bzw. gesprochen?"

„Sie war am Sonntag zum Essen bei uns und gestern hat sie mich angerufen und mir von Sigrids Tod erzählt. Sie war sehr aufgewühlt."

„Sie kannten also Sigrid auch?"

Als fände sie die Frage seltsam, erklärte ihr die Frau: „Ja natürlich kannten wir Sigrid. Sie war ja Ursulas beste Freundin. Sie war an jedem Geburtstag und jedem Feiertag bei meiner Schwiegermutter."

„Kannten Sie auch Hero?"

„Ja, den auch."

„Ist Ihnen an Ihrer Schwiegermutter am Sonntag irgendetwas aufgefallen? Hatte sie Angst?"

„Nein, nichts."

„Hat Ihre Schwiegermutter gewusst, wer Heros Vater war?"

Wieder sah die junge Frau die Kommissarin an, als ob sie etwas Merkwürdiges von sich gegeben hätte. „Ich glaube nicht. Zumindest hat meine Schwiegermutter das nie erwähnt."

Ein Auto fuhr vor. „Das wird Torsten sein. Der Sohn von Frau König. Ich mache mal die Tür auf." Die Nachbarin verschwand im Flur.

Als der junge Mann das Wohnzimmer betrat, nahm er seine Frau in den Arm. „Was ist denn eigentlich passiert? Man sagte mir nur, ich solle zu der Nachbarin meiner Mutter kommen, um meine Frau abzuholen", liebevoll sah er von seiner Frau zu seinem Sohn, der am Boden immer noch mit Erdmann um den Ball rang.

„Torsten, deine Mutter ist tot", sagte die Nachbarin.

„Das glaube ich nicht", erwiderte der junge Mann energisch, „sie hatte doch nur eine Erkältung. Daran stirbt man doch nicht gleich."

„Leider ist das so", bestätigte Cosima die Aussage der Nachbarin, „aber die Erkältung ist sicherlich nicht schuld am Tod Ihrer Mutter."

„Wer sind Sie?“, fragte der Sohn unhöflich.

„Ich bin Cosima von Mittelstedt, Kommissarin vom K 10 in Friedberg, Mordkommission.“

„Wieso denn Mordkommission? Wurde meine Mutter ermordet?“, fragte er ungläubig.

„Wir wissen noch nicht, an was sie gestorben ist. Aber es ist anzunehmen, dass sie einem unnatürlichen Tod zum Opfer gefallen ist.“

„Hängt das mit Sigrids Tod zusammen?“

„Vermutlich“, Cosima nickte. Herr König sah unter sich und schwieg eine Weile. Schließlich richtete er sich auf: „Ich habe im Radio gehört, dass die Polizei auch nach der Mieterin von Sigrid sucht.“

„Ja, sie ist heute Morgen aus dem Krankenhaus verschwunden.“

„Ich verstehe das nicht“, meinte der Sohn.

„Wir nehmen an, dass es mit dem Vater von Hero Kessel zu tun hat.“

„Wieso das denn?“

„Hero hat immer wieder nach seinem Vater gefragt. Frau Kessel war in den letzten Jahren bemüht, herauszufinden, wer das sein könnte. Vermutlich hat sie dabei ein paar Leute in Angst und Schrecken versetzt.“

„Und wer sind diese Leute?“

„Das wissen wir leider noch nicht.“

„Kann ich meine Mutter sehen?“

„Ich kümmere mich darum. Aber erst habe ich noch ein paar Fragen an Sie. Sind Sie in der Lage, mir diese zu beantworten?“

„Ja, fragen Sie.“

„Herr König, ist Ihnen in den letzten Tagen irgendetwas Ungewöhnliches an Ihrer Mutter aufgefallen? Vielleicht auch in Verbindung mit Frau Kessel?“

„Nein, sie war wie immer.“

Seine Frau wandte sich an ihn: „Torsten, denk an das Geld. Das war doch ungewöhnlich.“

Cosima horchte auf: „Was meinen Sie mit dem Geld?“

Torsten meldete sich wieder zu Wort: „Als meine Mutter am Sonntag zum Essen bei uns war, habe ich sie gefragt, ob sie mir eventuell Geld für mein neues Auto leihen kann“, er hielt einen Moment inne und betrachtete seinen Sohn, der mit Erdmann spielte, „ohne zu zögern, hat sie mir versprochen, mir in den nächsten Tagen 20.000 Euro zu geben.“

„Das ist viel Geld für eine alleinstehende Frau.“

„Allerdings, das hat mich auch gewundert. Aber sie sagte nur, dass sie sich das Geld nebenbei auf dem Kürbishof in Lang-Göns verdient hätte.“

„Sie ist also neben ihrer Arbeit in der Praxis noch arbeiten gegangen?“

„Nicht wirklich. Sie hat Frau Müller nur während der Ernte geholfen. Meine Mutter hatte ein Faible für Kürbisse.“

„Aber da verdient man doch nicht so viel?“

„Nein, natürlich nicht. Sie macht das aber schon ein paar Jahre und hat mir erklärt, dass sie das Geld gespart und gut angelegt hätte.“

„Wann wollte sie Ihnen das Geld denn geben?“

„Im Laufe der Woche. Sie wollte mir Bescheid geben.“

„Wann haben Sie denn das letzte Mal mit Ihrer Mutter gesprochen?“

„Ich habe sie gestern Abend angerufen und wollte mich erkundigen, wie es ihr geht. Meine Frau hatte mir schon am Telefon von Sigrids Tod berichtet. Aber wir konnten nicht lange sprechen. Es klingelte an ihrer Haustür und wir mussten aufhören."

„Das waren wahrscheinlich die Kommissare", erklärte Cosima.

„Die Kommissare waren schon da gewesen. Meine Mutter hat mir von dem Gespräch mit Ihren Kollegen erzählt."

„Um wieviel Uhr war das? Und wissen Sie, wer da so spät Ihre Mutter besuchen wollte?"

„Es war kurz vor 20 Uhr. Sie sagte noch, sie wolle gleich die Tagesschau sehen. Das tat sie jeden Abend um die gleiche Zeit."

„Aber wer da vor ihrer Tür stand, hat sie nicht gesagt?"

„Sie meinte nur, dass die Kommissare vielleicht noch eine Frage hätten. Sie würde mich später oder morgen, also heute anrufen und hat aufgelegt."

„Und hat sie heute angerufen?"

„Nein, hat sie nicht. Ich habe es heute Nachmittag ein paar Mal bei ihr probiert. Aber dann dachte ich mir, dass sie vielleicht schläft. Sie war ja so stark erkältet. Jetzt mache ich mir natürlich Vorwürfe, dass ich nicht mal nach ihr gesehen habe."

„Das müssen Sie nicht. Heute Nachmittag war sie vermutlich schon tot. Sie hätten nichts mehr für Ihre Mutter tun können", Cosima schnipste mit den Fingern, „glauben Sie, dass sie jemand wegen des Geldes umgebracht haben könnte?"

Torsten König schüttelte den Kopf: „Das kann ich mir nicht vorstellen. Meine Mutter hat bestimmt mit niemandem über das Geld gesprochen."

„Haben Sie es irgendwo erwähnt?", Cosima sah die beiden jungen Leute abwechselnd an.

„Wir sind doch nicht blöd", kam es entrüstet von Torsten König.

„Ich geh mal wieder rüber. Fahren Sie bitte nach Hause. Ich melde mich bei Ihnen."

Torsten König sprang auf: „Nein, ich möchte mitkommen und meine Mutter sehen." Bevor Cosima ihn aufhalten konnte, war er bereits zur Tür hinausgeeilt. Erdmann rannte ebenfalls los.

Kapitel 39

In der Einfahrt von Ursula Königs Haus stand ein Leichenwagen. Die Heckklappe war geöffnet. Zwei Männer trugen einen Zinksarg zu dem Auto. Torsten König kam, gefolgt von Erdmann, angerannt: „Bitte stellen Sie den Sarg ab. Ich möchte meine Mutter noch einmal sehen“, forderte er die Sargträger auf. Erdmann blieb ohne weitere Aufforderung sitzen, so als hätte er den Ernst der Lage erkannt.

Cosima nickte den Männern zu: „Ist schon in Ordnung.“ Die Männer stellten den Sarg auf den Boden, hoben den Deckel ab und öffneten den Leichensack ein Stück, so weit, dass man das Gesicht der Toten sehen konnte.

Torsten König starrte auf seine Mutter. Tränen rannen ihm über das Gesicht. Er kniete sich neben den Sarg und beugte sich zu dem Gesicht hinab. Er drückte einen Kuss auf die Stirn der Toten. Cosima trat zu ihm, berührte ihn leicht an der Schulter: „Stehen Sie bitte auf, Herr König!“, forderte sie den Hinterbliebenen freundlich, aber bestimmt auf.

„Seid Ihr verrückt? Ihr versaut mir ja die ganze DNA“, Frau Dr. Auf der Heide tauchte neben Cosima auf. „Und was macht denn Erdmann hier?“

„Beruhige dich Fähe. Der Mann ist der Sohn der Toten. Und wie du siehst, benimmt sich Erdmann vorbildlich.“

„Trotzdem“ beharrte die Rechtsmedizinerin auf ihrer Meinung, „das geht nicht.“ Sie nickte den Sargträgern zu. Einer der Männer zog den Reißverschluss am Leichensack zu. Als der Deckel wieder auf dem Zinksarg lag, wurde dieser in das Heck des Leichenwagens geschoben. Durch einen Knopfdruck schloss sich die Heckklappe automatisch. Torsten König verfolgte laut schluchzend, wie der Leichenwagen davonfuhr. Während die Frauen ebenfalls dem Leichenwagen nachsahen, sagte Cosima zu der Rechtsmedizinerin:

„Frau Kessel, die Angehörige der Toten aus Gambach möchte noch einmal ihre Schwester sehen. Ist das möglich?"

„Komm morgen mit ihr vorbei. Sie liegt noch bei mir im Kühlhaus. Wenn der Staatsanwalt sie freigibt, kann sie den Leichnam haben."

Torsten König sah die beiden Frauen an, als hätte er Außerirdische vor sich. Sein Gesicht war so blass wie eine Wand. Plötzlich sackte er zu Boden.

Cosima und die Rechtsmedizinerin ließen sich gleichzeitig neben dem Bewusstlosen nieder. Die Kommissarin schob ihm ihre Jacke unter den Kopf. Frau Dr. Auf der Heide klopfte ihm auf die Wangen. „Hol bitte mal Wasser", bat sie die Kommissarin. Während Cosima sich erhob, bemühte sich die Rechtsmedizinerin weiter um den am Boden Liegenden. In einem unbeobachteten Moment stürzte Erdmann heran und begann das Gesicht von Torsten König abzulecken. „Erdmann, jetzt reicht`s. Verschwinde von hier." Sie wollte den Dackel mit der Hand verscheuchen. Doch Erdmann dachte gar nicht daran, zu verschwinden.

„Ist schon gut, du kannst jetzt aufhören", Torsten König hatte die Augen aufgeschlagen und richtete den

Oberkörper auf. Dankbar nahm er einen Schluck Wasser aus dem Glas, das ihm Cosima hingehalten hatte und streichelte dem Dackel über den Kopf.

„Entschuldigen Sie bitte. Normalerweise haut mich nichts so leicht um. Aber der Tod meiner Mutter ist einfach zu viel für mich."

„Das ist verständlich." Cosima hielt ihm ihre Hand hin und zog ihn vom Boden hoch.

„Wissen Sie schon, woran meine Mutter gestorben ist?"

Frau Dr. Auf der Heide schaute kurz zu Cosima, so als wolle sie sich eine Erlaubnis von der Kommissarin holen: „Ich vermute, sie wurde vergiftet. Das letzte, was Ihre Mutter vermutlich gegessen hat, war Kürbissuppe. Auf ihrem Esstisch stand ein Teller mit Resten der Suppe. Das Gift könnte darin gewesen sein. Das werde ich untersuchen", sie beobachtete Torsten König aufmerksam, „es könnte aber auch sein, dass Ihre Mutter einen Kürbis zubereitet hat, der nicht zum Verzehr geeignet war."

„Das halte ich für ausgeschlossen. Meine Mutter kannte sich mit Kürbissen aus."

Kapitel 40

Es war bereits dunkel, als die Kommissare in Begleitung von Frau Dr. Auf der Heide in der Pizzeria in Gambach einkehrten. Obwohl es ein ganz gewöhnlicher Wochentag war, waren alle Tische in der Gaststätte besetzt. Der Biergarten hatte bereits geschlossen.

„Buona sera", begrüßte die Wirtin der Tre Stelle die kleine Gruppe und umarmte Cosima, die zu den Stammgästen gehörte, „Ihr seid aber spät. Ich mache Euch hinten auf." Sie eilte zwischen den Tischen hindurch in den großen Raum hinter dem Restaurant. Erdmann eilte hinter ihr her.

„Wollt Ihr etwas essen? Oder nur trinken?", der italienische Akzent war unüberhörbar.

„Bring uns bitte die Speisekarte, Angela. Wir haben alle einen Bärenhunger. Oder kannst du uns etwas empfehlen?", fragte Cosima die Wirtin.

„Walter hat eine leckere Kürbissuppe mit Ingwer, Tagliatelle mit Kürbis gefüllt in einer Safransauce", weiter kam die Wirtin nicht.

„Um Gottes Willen, alles, nur keine Kürbisse heute Abend", wehrte die Rechtsmedizinerin vehement ab.

„Aber Pils darf es sein oder lieber einen Wein?", fragte Angela verwundert.

„Viermal Pils, einen trockenen Weißwein und ein Wasser für Erdmann, wenn das möglich ist", Alexander zwinkerte Angela zu.

Als sie wenig später mit vier Pils und einem Viertel Frascati zurückkehrte, waren die Kommissare eifrig am diskutieren. Erdmann stellte sie ein Schälchen mit Wasser und eine Schüssel mit Hundefutter hin: „Hier mein Freund, du hast bestimmt auch Hunger." Der Dackel stürzte sich sofort auf den Napf und fraß gierig das Fleisch.

Angela nahm die Bestellung entgegen und verschwand wieder, zog die Tür hinter sich zu, in der Annahme, dass ihre späten Gäste etwas zu besprechen hätten, was nicht jeder hören sollte.

„Sehr aufmerksam, deine Angela", lobte die Rechtsmedizinerin das Verhalten der Wirtin.

„Ja, Angela hat sehr viel Feingefühl. Deshalb komme ich ja so gern hierher", antwortete ihr Cosima.

„Könnt ihr zwei euch jetzt mal auf das Wesentliche konzentrieren?", unterbrach sie Alexander.

„Mensch, ich habe Hunger und wenn ich Hunger habe, dann kann ich mich nicht konzentrieren", maulte Cosima.

„Das ist mir jetzt egal. Ich will wissen, was dir der Sohn von Frau König berichtet hat", motzte Alexander zurück.

„Zwei Dinge, die sehr interessant sind. Zum einen wollte Frau König ihrem Sohn 20.000 Euro im Laufe der Woche für ein neues Auto geben. Zum anderen hat Frau König gestern Abend kurz vor zwanzig Uhr noch Besuch gehabt. Als ihr Sohn mit ihr telefoniert hat, klingelte es. Frau König beendete das Gespräch, um die Tür zu öffnen. Wart ihr ein zweites Mal bei ihr?"

„Nee, nachdem wir uns gegen halb acht verabschiedet haben, sind wir sofort nach Gambach gefahren. Wir wollten ja rechtzeitig bei Herrn Preuß sein, um Hero Kessel in Empfang zu nehmen und ihm die Nachricht vom Tod seiner Mutter zu überbringen“, erklärte Eberstädter.

„Dann hat wohl der zweite Besucher die Suppe mitgebracht“, mutmaßte Frau Dr. Auf der Heide.

„Wieso?“, Cosima machte große Augen.

„Aus folgendem Grund meine Liebe: Auf dem Tisch stand ein Suppenteller. Die Suppe war bis auf einen kleinen Rest aufgegessen. Aber auf dem Herd und auch in der Spülmaschine stand kein Suppentopf.“

„Den wird Frau König ausgewaschen und zurück in den Schrank gestellt haben“, erwiderte Cosima.

„Vielleicht. Aber wie erklärst du dir, dass wir nirgends Spuren von einem Kürbis gefunden haben, weder im Komposteimer noch in der braunen Tonne?“

„Vielleicht hat sie einen Komposthaufen im Garten?“, fragte Cosima.

„Fehlanzeige. Das habe ich selbst überprüft“, meldete sich nun Jüngling, „es gibt keinen Komposthaufen im Garten. Die braune Tonne war leer. Nach dem Müllkalender zu urteilen, der in der Küche an der Wand hängt, wurde sie am Freitag letzter Woche geleert.“

„Na gut, vielleicht war die Suppe eingefroren.“

„Dann hätten wir eine Tupperdose oder einen anderen ähnlichen Behälter finden müssen.“

„So ein Blödsinn. Wer friert denn Kürbissuppe ein, wenn es die gerade frisch gibt“, warf Eberstädter ein, „außerdem hat sie gar keine Gefriertruhe. Nur ein kleines Fach im Kühlschrank und das war voll.“

„Warum spült einer alle Behältnisse, lässt dann aber den Suppenteller auf dem Tisch stehen?“, redete Jüngling nun dazwischen.

„Weil Frau König nicht mehr in der Lage war, sie zu spülen. Nachdem sie die Suppe gegessen hatte, ist sie verblichen", meldete sich Eberstädter zu Wort.

„Ich sag euch mal, die Suppe hat der späte Besucher mitgebracht und da war das Gift drin", Alexander tippte mit dem Zeigefinger auf die Tischplatte, und den Topf oder die Tupperdose, in dem er das Giftgemisch mitgebracht hat, hat er dann wieder mitgenommen."

„Oder aber sie hat einen Kürbis gegessen, der gar nicht zum Verzehr geeignet war", warf die Rechtsmedizinerin nun ein.

„Glaube ich nicht. Ihr Sohn hat mehrfach gesagt, dass sie sich mit Kürbissen auskannte. Sie arbeitete bei Frau Müller auf dem Kürbishof in Lang-Göns", klärte Cosima ihre Kollegen nun auf.

„Außerdem müsste man das doch auch schmecken", setzte sie noch hinzu.

„Die Frau war ziemlich stark erkältet. Die Medikamente in der Küche und auf dem Wohnzimmertisch wiesen eindeutig auf einen grippalen Infekt hin. Vielleicht hat das ihren Geschmackssinn beeinträchtigt", erklärte ihr Frau Dr. Auf der Heide.

„Wenn dem so wäre, müssten wir doch Reste von diesem Kürbis gefunden haben", gab Jüngling zu Bedenken, „und noch einmal zum Mitschreiben, ich habe keine Abfälle entsprechender Art gefunden."

„Dann muss sie ihren Besucher gekannt haben. Kein Mensch isst einfach so mitgebrachte Suppe", entgegnete Cosima.

„Der beste Beweis, dass hier was faul ist, ist die Tatsache, dass an dem Suppenteller keine Fingerabdrücke waren. Das hat mir die Spusi noch am Tatort berichtet", das hatte sich Frau Dr. Auf der Heide bis zum Schluss aufgehoben.

„Warum sagst du das nicht gleich, Füchsin?", motzte nun Alexander. Die Rechtsmedizinerin lachte: „Ich wollte mal hören, was ihr euch so zusammenreimt. Morgen, wenn ich die Dame untersucht habe, erfahrt ihr mehr.

„Auf jeden Fall nehmen wir uns morgen noch einmal Frau Kessel und diese Frau Scholz vor", richtete Alexander seine Worte an Cosima. Dann wandte er sich an Eberstädter und Jüngling: „Und ihr zwei besucht mal diese Frau Müller vom Kürbishof und seht euch noch mal im Haus von Frau König um, ob ihr da Geld findet. Woher hatte die überhaupt 20.000 Euro?"

„Sollen wir auch das Bankkonto überprüfen?", fragte Jüngling.

„Auf jeden Fall. Besorgt euch gleich morgen früh einen Beschluss. Ich will wissen, wo das Geld herkommt", gab Alexander seine Anweisung.

„Sollten wir nicht auch noch mal den Sohn von Frau König befragen? Vielleicht weiß der doch mehr", schlug Cosima vor.

Bevor Alexander seiner Kollegin antworten konnte, ging die Tür auf. Angela kam mit einem Tablett herein. Sie platzierte eine volle Flasche Grappa mit den passenden Gläsern in die Mitte des Tisches:

„Mit einem schönen Gruß vom Chef. Essen kommt auch gleich."

Kapitel 41

Alexander war auf dem Heimweg. Er hatte Cosima und Eberstädter nach Hause gebracht. In der Butzbacher Straße bemerkte er noch Licht in dem Busunternehmen von Armin Preuß. Instinktiv lenkte er seinen BMW auf den Betriebshof. Die Tür zum Bürogebäude war verschlossen. Doch von irgendwoher kam Musik. „My Way", die Stimme von Elvis war unverkennbar. Paul Anka hat diesen Song für sich selbst komponiert, hatte damit aber keinen Erfolg. Erst Frank Sinatra machte ihn zu einem Welthit. Viele andere Interpreten versuchten sich an diesem Song. Doch kein Sänger hat dieses Lied mit so viel Ausdruck in der Stimme gesungen wie Elvis, ging es Alexander durch den Kopf.

Er folgte der Musik, öffnete die Tür zur Werkshalle. Erdmann schlüpfte vor ihm durch die Öffnung. Automatisch ging das Licht an. In Reih und Glied standen die großen Busse nebeneinander. Im Schein des Lichtes leuchteten sie frisch geputzt.

„Hallo, wer ist denn da?", vernahm Alexander die Stimme von Armin Preuß. Erdmann bellte freudig und lief einfach weiter.

„Herr Preuß", rief Alexander, „ich bin es, Kommissar Henneberg."

Die Tür zur Terrasse wurde geöffnet. Im Rahmen erschien der Busunternehmer: „Was machen Sie denn noch so spät hier?"

Etwas verlegen antwortete Alexander: „Entschuldigen Sie bitte. Ich sah noch Licht im Bürogebäude und glaubte, Sie dort vorzufinden. Als ich die Musik von Elvis hörte, konnte ich nicht widerstehen." Armin Preuß trat etwas zur Seite, um Erdmann vorbeizulassen, der auf die Wiese hinter dem Gebäude rannte. Othello, der unter dem großen Terrassentisch geschlafen hatte, folgte ihm.

„Woher wollen Sie wissen, dass das Elvis ist?", erstaunt blickte Armin Preuß seinen späten Besucher an, „eigentlich ist das doch das Lied von The Voice." Er meinte damit Frank Sinatra.

„Elvis erkenne ich unter Millionen von Stimmen. Niemand hat dieses Lied so hinreißend gesungen wie er."

„Dann kommen Sie mal mit. Ich habe noch mehr von seinen Songs." Er bat Alexander mit einer Handbewegung, Platz zu nehmen.

„Sind Sie auch ein Fan des King of Rock'n'Roll?"

„Aber so was von. Sie etwa auch?"

„Allerdings, ich war sogar schon in Graceland", berichtete Alexander stolz.

„Das habe ich leider noch nicht geschafft", bedauerte Armin Preuß.

„Was machen Sie eigentlich noch so spät hier? Müssten Sie nicht bei Ihrer Mutter sein?"

„Ich habe sie ins Bett gebracht und bin dann wieder hierhergekommen. Ich wollte noch einmal den Bus überprüfen, den Berthold heute gefahren hat. Er nimmt es mit der Reinigung nicht so genau. Und dann habe ich mir noch ein Gläschen gegönnt." Er zeigte auf die leere Flasche Rotwein.

Alexander nahm die Flasche in die Hand und betrachtete interessiert das Etikett. „Gutes Stöffchen", nickte er anerkennend. Im Hintergrund hörte man Erdmann und Othello auf der Wiese toben.

„Ich würde Ihnen gern noch etwas anbieten, aber meine Vorräte hier sind aufgebraucht. Ich muss mein Depot mal wieder auffüllen. Möchten Sie vielleicht ein Bier?"

„Danke, aber ich muss ja noch fahren", bedauerte Alexander.

„Schade, ich habe nur selten Gelegenheit, mich mit jemand Interessanten wie Ihnen zu unterhalten."

Alexander sprang auf: „Ich bin gleich zurück. Dann können wir uns unterhalten." Erdmann, der bemerkt hatte, dass sein Herrchen aufgestanden war, wollte ihm folgen. Doch er wurde von Armin Preuß gestoppt: „Bleib hier Dackel, dein Herrchen kommt gleich wieder." Brav gehorchend legte sich der Vierbeiner ab. Othello tat es ihm nach.

Wenig später stellte Alexander eine volle Flasche Grappa auf den Tisch: „Die hat uns der Wirt von der Tre Stelle spendiert. Aber den konnten wir nicht trinken. Wir waren ja mit dem Auto unterwegs. Deshalb habe ich sie einfach mitgenommen. Für bessere Zeiten."

Armin Preuß griff unter sich und öffnete eine Klappe unter der Bank. Er förderte zwei Schnapsgläser hervor: „Grappa-Gläser habe ich leider nicht. Aber die tun es zur Not auch, oder?", lachte er. Alexander ließ sich nicht lange bitten und schenkte den italienischen Brand aus.

„Auf Frau Kessel und, dass Sie den Mörder bald gefasst haben“, er prostete Alexander zu. Der Angesprochene hob ebenfalls sein Glas: „Salute.“

„Ist denn Frau Klinke wieder aufgetaucht?“

„Bis jetzt nicht. Leider ist die Fahndung ergebnislos verlaufen. Ich befürchte, dass wir sie nicht mehr lebend wiedersehen werden“, berichtete Alexander, „und da ist noch etwas.“

Armin Preuß starrte den Kommissar wie elektrisiert an.

„Die Freundin von Frau Kessel, Ursula König aus Pohl-Göns, ist ebenfalls tot“, Alexander sah Armin Preuß aufmerksam an. Der Mann war sichtlich schockiert: „Das gibt es doch nicht. Wurde sie auch ermordet?“

„Ja leider. Vermutlich wurde sie vergiftet.“

„Wann ist das passiert? Ich war heute Mittag bei Hero und seiner kleinen Familie im Krankenhaus. Da wussten sie nichts davon.“

„Wir haben die Tote selbst erst am späten Nachmittag entdeckt.“

„Das wird Hero komplett aus den Latschen hauen. Erst seine Mutter, dann auch noch ihre beste Freundin. Sie hat ja zur Familie gehört.“

„Kannten Sie Frau König?“

„Ich habe sie ein paar Mal auf den Geburtstagsfeiern bei Sigrid getroffen. Wie gesagt, sie gehörte zur Familie. Hat Hero eine Zeit lang nach der Schule betreut.“

„Das ist wirklich tragisch“, sinnierte Alexander.

„Warum trifft es immer die Falschen?“, fluchte Armin.

„Wäre es Ihnen lieber, Ihre Mutter wäre tot?“, provozierte Alexander ihn.

„Gott bewahre, nein. Meine Mutter ist ein Biest, aber sie ist meine Mutter. Ich wünsche ihr nichts Schlechtes."

„Wem würden Sie denn den Tod wünschen, Ihrem Onkel, der Ihnen diese miese Geschichte mit der sexuellen Nötigung Ihrer Cousine angehängt hat?", stichelte Alexander weiter.

„Sie wissen davon? Wer hat es Ihnen erzählt?" Wut war in seiner Stimme zu vernehmen.

„Wir waren heute bei Ihrer Tante Mechthild. Sie hat uns von der Lüge, die sie belastet hat, unterrichtet. Das ist eine ziemliche Sauerei gewesen."

„Das können Sie aber laut sagen. Wissen Sie, wie man durch eine Falschaussage ein ganzes Leben zerstören kann?"

„Ich kann es mir vorstellen."

„Nein, das können Sie nicht. Ich habe viele Jahre darunter gelitten. Als dieser Dreck ans Tageslicht kam, wurde ich aus der Tanzschule geschmissen. Ich musste die Schule wechseln und wann immer hier in der Umgebung ein Mädel belästigt wurde, standen die Bullen vor unserer Tür", Armin Preuß war regelrecht aufgebracht, „meine Freunde wandten sich von mir ab, ich wurde gehänselt. Von Partys oder Diskothekenbesuchen ganz zu schweigen. Man hat mir die Tür vor der Nase zugeschlagen. So etwas wünsche ich meinem ärgsten Feind nicht."

„Das tut mir aufrichtig leid", Alexander war über den emotionalen Ausbruch des großen Mannes erschrocken.

„Ich hatte meiner Cousine nichts getan, aber mein Onkel hat mich hingestellt, als sei ich ein

Schwerverbrecher. Wenn ich überhaupt noch irgendwo auf ein Familienfest eingeladen wurde, hat man mich an einen Katzentisch zu irgendwelchen bescheuerten Leuten gesetzt, bei denen sonst keiner sitzen wollte."

Alexander unterbrach den Redeschwall des Erzählers: „Was ist bitte ein Katzentisch?"

„Das ist ein Tisch in der Nähe des Ausgangs oder der Toilette, wo es zieht oder stinkt. Dort setzt man Leute hin, die man einladen muss, aber nicht wirklich dabeihaben will. Verstehen Sie, was ich meine?" Armin leerte sein Glas in einem Zug und schenkte sich ein neues Glas Grappa ein. Er hielt die Flasche hoch: „Wollen Sie auch noch einen?" Alexander nickte: „Ich befürchte, dass wir beide morgen einen dicken Kopf haben werden. Aber ganz ehrlich, das ist mir jetzt auch egal. Erzählen Sie bitte weiter."

„Das Schlimmste aber war, dass mir meine Mutter nicht geglaubt hat. Sie hat der Lügengeschichte ihres Schwagers mehr Glauben geschenkt, als mir, ihrem eigenen Sohn."

„Das ist allerdings hart. Aber warum? Dafür muss es doch einen Grund geben."

„Der Grund hieß Gerhard und steckte in der Person meines Vaters."

„Ich dachte, Ihr Vater sei früh gestorben."

„Ich war zwölf, als er bei einem Verkehrsunfall ums Leben gekommen ist. Er ist stockbesoffen über eine rote Ampelkreuzung gerast. Mit ihm saß dummerweise eine junge Frau im Auto. Sie waren beide auf der Stelle tot."

„Wollen Sie mir damit sagen, dass es Ihr Vater mit der ehelichen Treue nicht so genau genommen hat?"

„Genau. Sein Verkehrsdreieck war ziemlich ausgelastet, wenn Sie verstehen, was ich meine. Und meine Mutter dachte, ich sei genauso ein Schürzenjäger wie mein Vater und hätte mich an meine Cousine herangemacht."

„Das ist echt fatal", Alexander sah den Busunternehmer mitleidsvoll an. Armin Preuß richtete seine Augen in die Ferne, wo die Burg Münzenberg als leuchtender Punkt am Horizont zu erkennen war. Plötzlich sprach er weiter. Die Gedanken sprudelten nur so aus ihm heraus.

„Mein Vater war eigentlich ganz in Ordnung, müssen Sie wissen. Er war immer gut aufgelegt, immer ein Scherz auf den Lippen. Meine Mutter war acht Jahre älter als er. Mein Vater wurde 1948 hier im Westen geboren. Er war sozusagen das Kind der Freude, als mein Großvater väterlicherseits aus der Kriegsgefangenschaft nach Hause kam", er hörte auf zu sprechen. Alexander wartete.

„Na ja, nach Hause stimmt auch nicht ganz. Seine Familie stammte aus Ostpreußen. Sie mussten während des Krieges fliehen und sind schließlich hier gelandet, wie so viele andere auch." Wieder hielt er inne und wieder wartete Alexander, bis er weitersprach.

„Mein Vater hat in dem Betrieb meines Großvaters gelernt und hat sich dann mit der Tochter seines Chefs, also mit meiner Mutter eingelassen. Sie hat als Schreibkraft hier im Betrieb gearbeitet. Vermutlich bin ich in einer Mittagspause hinter einem Bus gezeugt worden", Armin Preuß lachte über seine eigene Bemerkung, „die beiden mussten heiraten, was meinem Großvater aber gar nicht so ungelegen kam. Mein Vater war ein guter Mechaniker und mein Großvater suchte einen Nachfolger für sein Unternehmen. Ich wurde im Frühjahr 1966 geboren. Meine Mutter hat immer weitergearbeitet und so haben mich meine beiden Großmütter aufgezogen. Wir wohnten alle zusammen in dem Haus, wo ich heute noch mit meiner Mutter lebe." Wieder folgte Schweigen. „Ich glaube, mein Vater wollte einfach nur seine Jugend nachholen. Er ist alleine ausgegangen, hat sich mit jungen Dingern eingelassen. Wissen Sie, meine Mutter kann nicht tanzen. Sie wurde auf der Flucht aus dem Sudetenland am linken Bein verletzt. Deshalb hat sie zeitlebens gehinkt und darum war sie wohl auch mit 26 Jahren noch ledig. Ich habe sogar den Verdacht, dass sie meinen Vater verführt und ihm absichtlich ein Kind untergejubelt hat. Sie wollte wohl keine alte Jungfer bleiben." Armin Preuß nahm seine Pfeife und stopfte sie, bevor er sie anzündete, sprach er weiter: „Ich habe ihn immer vermisst." Seine Stimme klang schwer vor Trauer.

„Wie ging es denn weiter, nachdem man Sie vor Gericht gezerrt hatte?", wagte Alexander nach einer längeren Pause zu fragen.

„Mein Großvater hat mich dann unter seine Fittiche genommen. Wir haben uns immer schon gut verstanden. Er hat mir das Angeln und das Pilze sammeln beigebracht. Später hat er mich dann mit auf die Jagd genommen. Nach dem Abitur hat er mich erst einmal ein Jahr zu seinem Bruder nach Südafrika geschickt. Er hatte gehofft, dass sich nach meiner Rückkehr die Gemüter wieder beruhigt hätten. Aber leider gab es immer ein paar Tratschmäuler, die mit der alten Geschichte wieder angefangen haben."

„Haben Sie damals Ihre Frau kennengelernt?"

„Die habe ich schon als Junge getroffen. Sie ist auf der Farm meines Großonkels aufgewachsen. Wir haben als Kinder zusammengespielt. Ich war jedes Jahr einmal mit meinem Großvater dort unten. Er war an der Farm beteiligt."

„Und wann haben Sie dann geheiratet?"

„Das war viel später. Wissen Sie, mein Großvater wollte unbedingt, dass ich studiere. Aber ich war eher der Technikfreak. Also habe ich KFZ-Mechaniker gelernt und dann meinen Busführerschein gemacht. Als unser Betrieb expandierte, hat mein Großvater mich in die Geschäftsführung geholt. Dadurch war ich einige Jahre nicht mehr in Südafrika gewesen. 1996 zu meinem 30sten Geburtstag wollte mein Großvater, dass ich ihn noch mal begleite. Ich ahnte nicht, was er vorhatte, aber er hat mir damals seine Anteile an der Farm überschrieben. In diesem Urlaub habe ich meine Jugendfreundin wieder getroffen. Sie hat als Sekretärin bei meinem Großonkel gearbeitet. Wir haben uns sofort verliebt. Und ein Jahr später geheiratet."

„Das ist eigentlich eine schöne Geschichte", Alexanders Stimme war plötzlich ganz weich.

„Haben Sie meine Frau schon angerufen und sie zu meinem Alibi befragt?"

„Nein, das war bis jetzt nicht nötig. Ich glaube Ihnen auch so, dass Ihre Aussage stimmt. Sie sind nicht der Typ, der wehrlose Frauen umbringt."

„Aus dem Mund eines Kriminalkommissars klingt das beruhigend. Das sollten Sie mal meinem Onkel sagen.“ Er schenkte Alexanders Glas voll. „Darauf müssen wir einen trinken“, er hob sein Glas an und prostete Alexander zu.

„Was hat dein Onkel eigentlich gegen dich?“, Alexander duzte den Busunternehmer in einer plötzlichen Gefühlsaufwallung.

„Ich glaube, das hängt mit seiner Herkunft zusammen. Er stammt aus dem Vogelsberg. Dort auf dem Land ging es den Menschen, wenn auch mit einigen Entbehrungen, während des Krieges relativ gut. Allerdings kehrte sein Vater nicht aus dem Krieg zurück. Er ist in Russland gefallen. Seine Mutter hat ihn alleine großgezogen und ihm mit ihrer kleinen Witwenrente ein Studium an der FH in Gießen ermöglicht. Aber als er in unsere Familie kam, hat er nur gegen meine Großeltern gestänkert. Ich erinnere mich, dass er den Heimatvertriebenen aus den deutschen Ostgebieten immer vorwarf, dass sie hier im Westen nach dem Krieg Geld für den Wiederaufbau bekommen hätten, während die Menschen hier im Westen, die ja auch viel verloren hatten, nicht entschädigt wurden. Ich weiß nicht, ob das so richtig ist. Ich habe mich ehrlich gesagt nie damit befasst. Aber seine Hetze klingt mir heute noch in den Ohren. Ich konnte ihn noch nie leiden. Der Neid stand ihm immer ins Gesicht geschrieben“, er lachte wieder, „weißt du“, auch Armin Preuß verfiel plötzlich in die vertrauliche Anrede, „irgendwann durften sich die Ingenieure, die an der FH und nicht an der Universität studiert hatten, als Diplom-Ingenieure mit dem

Zusatz FH bezeichnen. Ein Diplom konnte man nur an der Uni ablegen. Er hat sich damals sofort neue Visitenkarten machen und den Eintrag im Telefonbuch ändern lassen. Ab sofort war er der Herr Diplom-Ingenieur. Die Bezeichnung FH hat er ganz aus Versehen einfach weggelassen. Verstehst du nun, was ich meine?" Alexander nickte: „Was für ein Arschloch."

„Um noch eins drauf zu setzen, hat er irgendwann mal zu mir gesagt - Schön, dass aus dir auch noch was geworden ist - Das muss man sich mal vorstellen."

„Darauf trinken wir noch einen", Armin schenkte die Gläser erneut voll: „Prost, wie heißt du eigentlich mit Vornamen?", lallte Armin.

„Alexander", antwortete der Kommissar mit schwerer Zunge, „Prost Armin."

„Prost Alexander. Du bist schwer in Ordnung."

„Du auch, Armin. Es tut mir echt leid, dass du so eine Scheißfamilie hast." Alexanders Worte wurden immer undeutlicher.

„Ja, wer Familie hat, braucht keine Feinde", erwiderte Armin. Auch seine Worte klangen mittlerweile verschwommen.

„Und wie heißt dein Dackel?"

„Erdmann", lallte Alexander, „und dein Hund?"

„Othello", kam es lallend von Armin Preuß.

„Prost Erdmann."

„Prost Othello."

Als die beiden Hunde ihren Namen hörten, erhoben sie sich und ließen sich vor ihren Herrchen nieder.

Alexander stand auf: „Ich muss jetzt mal nach Hause. Danke für den unterhaltsamen Abend. Aber du musst mir noch mehr erzählen von deiner Familie. Das müsstest du eigentlich aufschreiben." Nicht nur seine lallende Stimme, auch sein schwankender Schritt verrieten, dass er nicht mehr in der Lage sein würde, sicher nach Hause zu fahren.

„Das hat Sigrid auch immer gesagt. Aber ihr bleibt beide hier. Sonst wirst du keine Gelegenheit mehr haben, den Rest meiner Geschichte zu hören", kam es besorgt von Armin.

„Also die will ich unbedingt noch hören", er hielt ihm seine flache Hand entgegen, „demnächst bei einem Bier. Abgemacht?"

„Abgemacht", Armin hielt ihm seine flache Rechte entgegen, „dann kommt mal mit. Ich zeige euch, wo ihr schlafen könnt. Morgen früh bekommst du ein gutes Frühstück."

Schweren Schrittes folgte Alexander seinem neuen Freund. Auch Erdmann schien müde zu sein. Ohne Aufforderung folgte er dem Kommissar.

Kapitel 42

Cosima und Eberstädter trafen gleichzeitig auf dem Betriebshof ein und gingen auf das Bürogebäude des Gambacher Busunternehmers Preuß zu.

„Guten Morgen, Frau Müller“, begrüßte Eberstädter die Sekretärin, „wir suchen unseren Kollegen, Herrn Henneberg. Können Sie uns sagen, wo wir den finden?“

„Gehen Sie durch die Werkshalle nach hinten durch. Er sitzt mit meinem Chef beim Frühstück auf der Terrasse.“

„Ich glaub`s ja nett“, Eberstädter raufte sich die wenigen Haare.

Das große Tor der Fahrzeughalle stand offen. Außer dem doppelstöckigen Bistrobus und drei Kleinbussen war die Halle leer.

„Na Ihr macht mir ja Spaß“, begrüßte Cosima ihren Kollegen und den Busunternehmer auf der Terrasse. Othello kam angerannt und baute sich bellend vor den Ankömmlingen auf.

„Ist gut Othello“, Armin Preuß legte dem Jagdhund eine Hand auf den Kopf. Othello legte sich neben ihm ab. Auf dem Tisch stand eine Schüssel mit Rührei und Speck. Die Brötchen sahen verlockend aus und der Duft von frischaufgebrühtem Kaffee hing in der Luft. Erdmann saß neben Alexander auf der Bank und schaute erwartungsvoll sein Herrchen an. Alexander fingerte eine Scheibe Aufschnitt vom Wurstteller und hielt sie Erdmann vor die Schnauze. Der Dackel schnappte gierig nach dem Leckerbissen und schlang ihn im Nu hinunter.

„Guten Morgen, liebe Kollegen“, Alexander sprach mit rauer Stimme, „schön, Euch zu sehen.“ Seine Augen waren glasig und ein müder Ausdruck lag auf seinem Gesicht.

„Wo warst du denn heute Nacht?“, lachte Cosima ihn an.

Alexander grinste breit: „Ich habe im Bistro-Bus übernachtet. So gut habe ich schon lange nicht mehr geschlafen.“

Armin Preuß klärte die Kommissare über das nächtliche Saufgelage auf und bat um Entschuldigung, dass er Alexander so lange aufgehalten hatte.

„Nur gut, dass die Grappaflasche nur einen Viertelliter enthielt. Ihr hättet sonst heute wohl eine Alkoholvergiftung“, stellte Cosima erleichtert fest.

„Mir reicht es auch so“, Alexander fasste sich an den Kopf, „ich habe einen ganz schönen Brummschädel.“ Er griff zu einem Glas Wasser und trank es in großen Schlucken aus.

„Aspirin“, erklärte er mit Blick auf das Glas seinen Kollegen.

„Na, da wird dein Magen ja wieder streiken“, frotzelte Cosima, „bist du dann bereit?“

„Kannst du bitte fahren?“, wandte sich Alexander an seine Kollegin, „ich glaube, mein Gleichgewicht ist etwas gestört.“ Cosima nickte.

„Ich treffe mich dann mit Jüngling in Kirch-Göns auf dem Kürbishof“, erklärte Eberstädter.

Alexander stand auf. Erdmann hüpfte von der Bank. „Wir statten der lieben Frau Scholz in Griedel einen Besuch ab.“

Kapitel 43

„Berthold, kommst du bitte mal in mein Büro?", der Tonfall von Armin Preuß ließ keinen Zweifel zu, dass es sich hier um ein ernstes Gespräch handeln würde.

„Was ist denn los?", fragte Berthold verunsichert, als er das kleine, nach Vanille riechende Büro von Armin betrat. Er ahnte schon, was jetzt auf ihn zukommen würde.

„Schließ bitte die Tür und setz dich", Armins Ton war unmissverständlich, „das geht so nicht weiter. Ich hatte eben einen Anruf von den Bezirkslandfrauen. Die haben sich über deine Mutter beschwert. Ich habe dir schon einmal gesagt, dass sie nicht einfach an Fahrten von Vereinen teilnehmen kann."

Berthold druckste: „Ich weiß. Aber was soll ich denn machen? Sie setzt sich einfach in den Bus und behauptet, sie sei die Begleitperson der Firma. Ich habe sie schon mehrfach gebeten, wieder auszusteigen, aber sie denkt gar nicht daran."

„Es ist mir egal, wie du das bewerkstelligst, aber das hat aufzuhören. Sie haben damit gedroht, nicht mehr mit uns zu fahren. Ist dir klar, was das bedeutet? Sie sind einer unserer besten Kunden. Wir können es uns nicht leisten, sie zu verlieren."

Berthold musste Armin insgeheim Recht geben, aber er wusste nicht, wie er seine Mutter davon abhalten sollte, ihn auf seinen Fahrten zu begleiten. Er wollte sich von seiner Mutter lösen, aber das war nicht so einfach.

„Kannst du nicht mit ihr reden?", bat er seinen Cousin, „auf mich hört sie nicht."

Armin sah ihn mitleidig an: „Ist es so schlimm?"

„Schlimmer", Berthold senkte den Blick, „ich habe ihr gesagt, dass ich ausziehen will. Seitdem spricht sie keinen Ton mehr mit mir. Sie klammert, das kannst du dir gar nicht vorstellen. Es war schon nach Vaters Tod schlimm, aber seit Manni tot ist, ist es noch schlimmer geworden."

„Ok, ich rufe sie an. Und was das Ausziehen betrifft, ich helfe dir, wenn du willst."

„Danke, Armin. Ich kann jede Hilfe gebrauchen. Glaube mir, ich finde den Zustand auch nicht so toll."

„Ok, du kannst gehen. Lass einfach deine Fahrpläne nicht offen herumliegen. Du wirst in den nächsten Tagen Hero ersetzen müssen. Da kommt einiges auf dich zu. Du fährst die Steinfurther Landfrauen zum Bezirkslandfrauentag nach Rosbach. Da kannst du den angerichteten Schaden wieder gut machen. Aber wehe, deine Mutter ist mit an Bord", Armin drohte ihm mit erhobenem Zeigefinger.

„Ich verspreche dir, es wird nicht wieder vorkommen." Berthold verließ wie ein geprügelter Hund das Büro.

Kapitel 44

„Gibt es was Neues von Frau Klinke?“, Alexander sah Cosima von der Seite an.

„Nachdem der Mantrailer herausgefunden hatte, dass die Spur auf der Straße vor der Klinik endet, wurden alle Polizeidienststellen, Bundespolizei, Krankenhäuser usw. informiert. Die Suchmeldung ging gestern bereits durch das Radio. Bis jetzt gibt es jedoch nicht die geringste Spur.“

Als Cosima vor dem Haus von Hedwig Scholz am Känguruberg in Griedel hielt, trat ein älterer Herr aus der Tür und ging auf das Gartentürchen zu.

Alexander legte Cosima die Hand auf den Arm: „Warte mal, bis er weg ist.“ Er betätigte den Fensterheber und beobachtete den kleinen, schmalen Mann mit den weißen Haaren. Die tiefliegenden Augen unter buschigen Augenbrauen, die lange gerade Nase über einem kleinen zusammengekniffenen Mund verliehen dem Gesicht einen unsympathischen Ausdruck. Am Gartentor drehte er sich noch einmal um. Mit einer Fistelstimme verabschiedete er sich von einer großen, dunkelhaarigen Frau, die im Türrahmen stehengeblieben war. „Wir sind uns doch einig, Hedwig?“ In der Stimme des Mannes lag ein drohender Unterton.

Mit erhobener Hand nickte sie ihm zu und schloss die Tür.

Der unbekannte Mann ging auf einen dunklen Mercedes 190 älteren Baujahrs zu.

Die Kommissare warteten, bis der Wagen um die Kurve verschwunden war. Dann verließen sie den RAV 4 von Cosima und klingelten an der Tür von Mechthild Pracht.

Die große dunkelhaarige Frau öffnete die Tür. Mit einer rauchigen Stimme, die eher zu einem Mann passte, fragte sie unfreundlich: „Wer sind Sie und was wollen Sie?“

Alexander hielt ihr seinen Dienstausweis vor die Nase: „Wir möchten zu Frau Hedwig Scholz. Dürfen wir hereinkommen?“

Sie streckte eine knochige Hand aus und riss mit ihren dünnen Fingern den Ausweis an sich. Fast schwarze Augen starrten auf das Dokument: „Was wollen Sie von mir?“ Ihr Gesicht nahm einen unfreundlichen, fast wütenden Ausdruck an. Arrogant reichte sie Alexander den Dienstausweis zurück.

„Wenn Sie Hedwig Scholz sind, dann würden wir das gern im Haus mit Ihnen besprechen. Es ist Ihnen sicher nicht Recht, dass jeder in der Nachbarschaft mitbekommt, dass wir Sie zu einem Mordfall befragen müssen“, Alexanders Stimme klang drohend.

„Wenn es um diese Sigrid Kessel geht“, kam die Antwort prompt in einem zynischen Ton, „habe ich Ihnen nichts zu sagen. Auf Wiedersehen.“ Sie wollte den Kommissaren die Tür vor der Nase zuschlagen, doch sie hatte nicht mit Alexanders Reaktion gerechnet, der seinen Fuß vorschob und die Tür blockierte. Er drückte die Tür auf und verschaffte sich Zugang ins Haus: „Sie können uns gern im Präsidium in Friedberg besuchen, wenn Ihnen das lieber ist." Cosima war ihm in die Diele gefolgt und drückte die Tür ins Schloss.

„Schon gut. Kommen Sie rein. Aber ich sage Ihnen gleich, dass ich nichts über diese Person weiß." Sie ging durch einen schmalen Gang auf das Wohnzimmer zu.

„Das lassen Sie mal unser Problem sein", machte ihr Cosima klar.

Der rechteckige Raum war spartanisch eingerichtet. Die Wände waren in unterschiedlichen Grautönen gestrichen. Der blanke Boden war mit einem Laminat belegt, dass der Farbe der Wände angepasst war. Die wenigen Möbel waren in weißem Schleiflack gehalten und unterstützten die Schlichtheit des Wohnzimmers. Auf der mit grobem Stoff bezogenen Wohnlandschaft ruhte eine Angorakatze, die erst auf den zweiten Blick zu erkennen war. Ihr graues Fell passte perfekt zu ihrer Umgebung.

Frau Scholz blieb mit verschränkten Armen stehen. Sie bot den Kommissaren keinen Platz an. „Stellen Sie schon Ihre Fragen", forderte sie die Kommissare barsch auf.

Kapitel 45

Jüngling öffnete das Tor und betrat den Hof. Eberstädter folgte dem Kollegen. Dass der Kürbishof geöffnet hatte, bewies der Stuhl, der auf dem Bürgersteig stand. Frau Müller, die Besitzerin, hatte Jüngling am Telefon erklärt, dass die Kommissare ihr Geschäft an dem Stuhl erkennen würden, der sich zu den Öffnungszeiten vor dem Haus befand.

Der mit Kopfsteinpflaster belegte Hof war voll mit den exotisch aussehenden Früchten. Auf beiden Seiten und auch vor dem Scheunentor an der Rückseite des Hofes lagen Kürbisse in unterschiedlicher Farbe und Form, zum Teil am Boden, zum Teil in Regalen oder auf Bänken.

Carola Müller war gerade im Gespräch mit einer Kundin, der sie den Butternusskürbis erklärte. Sie hielt eine birnenförmige Frucht vor sich und berichtete über das wohlschmeckende Aroma.

„Einen Moment", bat sie die Kommissare schließlich, „ich bin gleich für Sie da. Schauen Sie sich ein bisschen um."

Die beiden blieben jedoch geduldig stehen und hörten den Erklärungen der Betreiberin des Kürbishofes zu.

„Ich habe schon von Ursulas Tod gehört. Ihr Sohn hat mich gestern Abend noch angerufen. Das ist ja schrecklich. Was ist denn eigentlich passiert?", wandte sich Frau Müller an die Kommissare, als die Kundin den Hof verlassen hatte.

„Das versuchen wir gerade herauszufinden", antwortete Eberstädter.

„Woran ist sie denn gestorben?" Tränen schimmerten in den schönen blauen Augen der aparten Frau.

„Vermutlich lag es an der Kürbissuppe, die sie kurz vor ihrem Tod gegessen hat."

„Wieso das denn? Das verstehe ich nicht."

„Wir haben noch keine genauen Informationen. Doch es könnte sein, dass die Suppe vergiftet war oder aber, und deswegen sind wir hier, Frau König Suppe von einem Kürbis gegessen hat, der nicht zum Verzehr geeignet war."

„Das kann ich mir nicht vorstellen. Ursula kannte sich aus. Sie hatte großes Interesse an der Zubereitung von Kürbissen. Sie hat immer wieder neue Gerichte ausprobiert. So ein Fehler wäre ihr nie unterlaufen." Frau Müller wedelte aufgeregt mit den Händen.

„Sie war stark erkältet. Vielleicht hat sie ihr Geschmackssinn im Stich gelassen", warf Jüngling ein.

„Selbst wenn sie erkältet war, hätte sie nie zu einem falschen Kürbis gegriffen. So eine Verwechslung wäre ihr nie passiert. Im Kompost müssten doch die Schalen gelegen haben. Daran kann man doch erkennen, um welchen Kürbis es sich handelt."

„Das ist ja das Merkwürdige. Wir haben weder einen dreckigen Topf noch Reste von einem Kürbis gefunden. Können Sie sich erklären, wie sie an die Suppe gekommen ist?", berichtete Eberstädter.

„Vielleicht war sie eingefroren gewesen."

„Das kann nicht sein. Sie hat keine Kühltruhe und das Eisfach im Kühlschrank war mit anderen Lebensmitteln gefüllt."

Carola Müller sah von einem zum anderen und schüttelte den Kopf: „Dann kann ich es mir auch nicht erklären. Sie war am Freitag das letzte Mal hier. Da hat sie gar nichts mitgenommen. Sie sagte noch, dass sie im Moment nichts benötigen würde. Sie konnte sich ja immer von allem bedienen."

„Wo waren Sie denn gestern Abend gegen 20 Uhr?"

„Verdächtigen Sie etwa mich?", Frau Müller blickte die Kommissare schockiert an. Ihr glattes Gesicht nahm eine blasse Farbe an.

„Reine Routinefrage", versuchte Eberstädter die aufgebrachte Frau zu beruhigen.

„Ich war gestern Abend zu Hause. Ich hatte sehr viel zu tun, weil Ursula ja am Samstag wegen ihrer Erkältung nicht kommen konnte."

„Kann das jemand bezeugen?"

„Aber ja, mein Mann und meine Tochter. Die haben mich unterstützt."

„Wie lange kam Frau König denn schon auf den Hof?"

„Fast von Anfang an. Zunächst kam sie als Kundin. Wir hatten damals unsere Schweinezucht aufgegeben und mit dem Anbau von Kürbissen begonnen, die ich dann nach der Ernte hier verkauft habe. Ursula war total begeistert. Da habe ich sie gefragt, ob sie Lust hätte, mich für ein paar Wochen samstags zu unterstützen. Sie hat ohne nachzudenken ja gesagt. Seitdem kam sie regelmäßig hierher. Manchmal hat sie mir sogar bei der Ernte geholfen."

„Was verdient man denn da so?“

„Anfangs habe ich sie stundenweise bezahlt. Vor fünf Jahren habe ich sie dann mit einem Minijob auf 450,- Euro-Basis angemeldet. Sie hat mir oft geholfen, wenn ich hier im ausgebauten Schweinestall ein Event hatte. Auch auf dem Lang-Gönser Weihnachtsmarkt ist sie mir behilflich gewesen. Zusammen mit den ganzen Stunden bei der Ernte und dem Verkauf hier im Hof hat sich das gelohnt.“

„Waren Sie miteinander befreundet oder hat sich Ihr Verhältnis nur auf die Zusammenarbeit bezogen?“

„Nach so vielen Jahren entsteht schon eine Art Freundschaft. Was wollen Sie denn mit dieser Frage bezwecken?“

„Kannten Sie auch ihre Freundin Sigrid Kessel?“, antwortete Jüngling mit einer Gegenfrage.

Frau Müller machte ein trauriges Gesicht: „Sie meinen die Frau aus Gambach?“

„Genau. Sie wissen, dass sie einem Mord zum Opfer gefallen ist?“

„Ich habe davon gehört. Ich habe sie mal bei einer Geburtstagsfeier gesehen. Aber wenn Sie wissen wollen, ob ich sie näher gekannt habe, muss ich das verneinen.“

„Hat Frau König mal etwas über sie erzählt?“

„Nein, nie. Wir hatten auch während der Arbeit nicht so viel Zeit, über Privates zu reden. Und wenn wir dann mal bei einem Kaffee zusammengesessen haben, ging es immer nur um neue Rezepte.“

„Vielen Dank, Frau Müller. Im Moment haben wir keine weiteren Fragen.“ Die Kommissare waren schon auf dem Weg zum Tor, als Frau Müller sie zurückhielt.

„Möchten Sie vielleicht noch einen Kürbis mitnehmen? Ich schenke Ihnen welche", bot sie an.

„Danke", rief Eberstädter über die Schulter, „vielleicht ein anderes Mal."

Kapitel 46

„Was für eine Zicke", Cosima schüttelte den Kopf, „glaubst du das mit der Fürsorge für ihre Schwester?" Die Kommissarin bog links auf die B 488 in Richtung Butzbach ab.

„Nicht die Bohne, die lügt", Alexander sah auf die A 5, die vor ihnen über eine Brücke führte. Obwohl der Berufsverkehr schon längst vorbei war, standen die LKWs dicht gedrängt auf der rechten Spur in Richtung Frankfurt. PKWs rollten langsam vorbei.

„Schon wieder Stau. Ich möchte gern einmal einen Tag erleben, an dem hier kein Stau ist", maulte Cosima.

Sie waren auf dem Weg zu Bettina Kessel. Sie hatte am Vorabend angekündigt, dass ihr noch etwas eingefallen sei, was den Kommissaren weiterhelfen könnte. Doch auf dieses Gespräch waren sie noch nicht eingestellt. Die Befragung von Hedwig Scholz ging ihnen noch durch den Kopf.

Während ihres ganzen Aufenthaltes hatte die Frau ihnen keinen Platz angeboten, war mit verschränkten Armen vor ihnen stehen geblieben und hatte nur widerwillig geantwortet. Auf die Frage der Kommissare, wer der Mann sei, der gerade ihr Haus verlassen hatte, hatte sie geantwortet: „Das geht Sie gar nichts an."

„Überlassen Sie es doch bitte uns, was uns etwas angeht", schoss Alexander wie aus der Pistole zurück.

„Das war mein Schwager. Der Ex-Mann meiner Schwester Mechthild."

„Was wollte der von Ihnen?"

Frau Scholz zuckte mit den Schultern: „Nichts Besonderes. Wir sehen uns ab und zu."

„Warum hat er Sie dann in einem, man könnte sagen bedrohlichen Ton gefragt, ob Sie sich einig sind?", hakte Cosima nach.

„Da müssen Sie etwas falsch verstanden haben. Mein Schwager hat keinen Grund, mich zu bedrohen. Wir pflegen einen freundschaftlichen Kontakt, ganz im Gegensatz zu den anderen Mitgliedern meiner Sippschaft."

Alexander wechselte das Thema: „Sie haben sich am vorvergangenen Sonntag im Garten Ihrer Schwester mit Frau Kessel gestritten. Wir haben erfahren, dass Sie die Frau während des Streites rückwärts in einen Sandkasten geschubst haben. Was war denn der Grund für diesen Streit?"

„Wer hat Ihnen denn diesen Blödsinn aufgetischt?"

„Frau Scholz, wir stellen hier die Fragen", Alexander wurde langsam ungeduldig, „also, was war der Grund für den Streit?"

„Ich habe Frau Kessel vorgeworfen, dass sie meine Schwester Adelheid vernachlässigt, dass ihre Pflege nicht ausreichend genug ist."

„Das glaube ich Ihnen nicht", entgegnete Alexander.

„Glauben Sie doch, was Sie wollen. Ich kann Ihnen nichts anderes sagen." Frau Scholz warf den Kopf zur Seite. Ihre ohnehin groben Gesichtszüge nahmen einen abweisenden Ausdruck an. „Ich muss Sie bitten, jetzt zu gehen. Ich habe Ihnen nichts mehr zu sagen."

Cosima ignorierte die Aufforderung der Frau: „Frau Scholz, wir haben glaubhafte Zeugen, die bestätigen werden, dass Ihr Streit um etwas anderes ging. Rücken Sie also mit der Sprache raus. Was war der Anlass für Ihr Verhalten? Warum haben Sie Frau Kessel geschubst?", Cosima versuchte es mal wieder mit einer Fangfrage. Bisher hatte sie immer Erfolg damit gehabt. Doch Frau Scholz war eine Frau, die schwer zu knacken war: „Hat Ihnen die kleine Idiotin diesen Blödsinn erzählt? Wer wird der schon glauben?"

Alexander wurde nun grob: „Frau Scholz, es reicht. Wir verlassen Sie jetzt. Wir werden Sie aber zu einer Vernehmung ins Präsidium einbestellen. Diese Aufforderung können Sie nicht ablehnen. Sollten Sie nicht erscheinen, lassen wir Sie vorführen. Zudem kommt noch eine Anzeige wegen Behinderung von polizeilichen Ermittlungen und Falschaussage im Mordfall von Sigrid Kessel auf Sie zu."

Alexander machte auf dem Absatz kehrt und eilte zur Tür hinaus. Cosima folgte ihm: „Es ist nicht nötig, dass Sie uns hinausbegleiten." Ohne einen Abschiedsgruß knallte sie die Haustür zu.

Cosima fuhr zügig auf den Europa-Kreisel, der am Stadtrand von Butzbach liegt, zu. Sie musste anhalten. Ein Kleinwagen, der aus der Stadt kam, bog ohne den Blinker zu setzen in Richtung Lich ab.

„So ein Vollpfosten. Kann der keinen Blinker setzen?"

„Nein, kann er nicht. Die meisten Autofahrer wissen immer noch nicht, wie man sich im Kreisel verhalten muss", erklärte ihr Alexander, der zur Abwechslung Erdmann auf seinem Schoß sitzen hatte und ihm den Nacken kraulte.

„Was machen wir jetzt mit der Tussi?“, wollte Cosima wissen.

„Habe ich doch schon gesagt. Die wird in den Grünen Weg in die Dienststelle einbestellt. Ich habe Stückchen schon angewiesen, eine Vorladung zu schicken. Und weißt du was wir noch machen?

Wir laden den Staatsanwalt dazu ein. Da wird die Dame wie ein Singvogel zwitschern.“

Cosima hielt vor einem gepflegten Wohnhaus in der Schillerstraße, wo sich die Wohnung von Bettina Kessel im ersten Stock befand. Die Schwester des Mordopfers hatte die Kommissare schon erwartet. Cosima und Alexander waren sichtlich überrascht von der gemütlichen Einrichtung. Sie stand ganz im Gegensatz zu der distanzierten Art von Bettina Kessel.

„Schön haben Sie es hier“, musste Cosima lobend anerkennen.

„Wenn ich beruflich unterwegs bin, wohne ich immer nur in großen 5-Sterne-Hotels. Da sieht ein Zimmer wie das andere aus.“

„Klingt nicht gerade so, als ob Ihnen der Beruf Spaß machen würde“, stellte Alexander fest.

„Am Anfang fand ich es toll, viel in der Welt herum zu reisen, aber mit der Zeit ist es immer das Gleiche. Manchmal wache ich nachts auf und weiß nicht mehr, wo ich mich befinde, wo der Lichtschalter ist, auf welcher Seite ich aus dem Bett steigen muss. Das ist manchmal beängstigend“, offenbarte sich Bettina Kessel den Kommissaren.

„Frau Kessel, Sie erwähnten gestern Abend am Telefon, dass Ihnen noch etwas eingefallen sei“, unterbrach Alexander den Redeschwall von Frau Kessel.

„Ja, mir sind die Namen von den drei Männern eingefallen, mit denen Sigrid früher ab und zu unterwegs war. Einer von ihnen hatte ein Auto und hat sie immer mal mitgenommen.“

„War das der Freund Ihrer Schwester?“, hakte Cosima nach.

„Nein, sie ist nicht mit ihm gegangen, wie das früher hieß. Ich habe Ihnen die Namen aufgeschrieben. Sie kamen alle drei aus Pohl-Göns. Aber ich weiß nicht, ob sie heute noch dort leben.“

„Das kriegen wir raus. Danke“, Cosima nahm den Zettel entgegen. In akkurater Schrift standen drei Namen darauf.

„Sie erwähnten in einem vorherigen Gespräch zwei Brüder, ist Ihnen zu denen noch etwas eingefallen, vielleicht die Namen?“

„Nein, leider nicht. Ich würde Ihnen wirklich gern helfen. Wie geht es denn jetzt weiter? Wann kann ich meine Schwester noch einmal sehen?“

„Wir hatten sowieso vor, nach Gießen zu fahren. Vielleicht wollen Sie uns begleiten?“, bot Cosima an.

Kapitel 47

„Armin, bist du verrückt geworden, was soll ich mit diesem Hightechding anfangen? Du weißt doch ganz genau, dass ich nicht damit umgehen kann“, Armin hörte über die Freisprechanlage der nuschelnden Stimme seiner Mutter zu.

„Mutter, dann wirst du es lernen. So lange ich keine Pflegerin für dich gefunden habe, müssen wir sehen, wie du zurechtkommst. Mit dem elektrischen Rollstuhl bist du beweglich und nicht dauernd auf andere Menschen angewiesen, wenn du das Haus verlassen willst. Also bemühe dich bitte und lass es dir von dem netten Herrn erklären. Du bist jahrelang Bus gefahren. Da wirst du doch mit einem elektrischen Rollstuhl fertig.“

Auf den Einwand ihres Sohnes ging sie gar nicht ein: „Hedwig kommt nachher vorbei. Sie hat mir angeboten, sich in der nächsten Zeit um mich zu kümmern.“

„Um Gottes willen, bloß das nicht. Ich will diese Furie nicht in meinem Haus haben.“

„Das musst du ihr dann schon selbst sagen. Du weißt doch, wie sie ist. Wenn sie einmal einen Entschluss gefasst hat, ist sie nicht mehr zu bremsen.“

„Wann will sie kommen?“

„Sie hat sich für 15 Uhr nach meinem Mittagsschlaf angemeldet.“

„Gut, dann werde ich da sein und mit ihr reden. Ich muss ohnehin wegen Berthold mit ihr sprechen."

„Wieso, was ist mit Berthold?"

„Das wirst du nachher schon hören." Armin legte einfach auf.

Kapitel 48

Bevor Bettina Kessel vor dem Gebäude, in dem sich die Rechtsmedizin befand, in das Taxi stieg, bedankte sie sich bei den Kommissaren. Auch jetzt verzog sie keine Miene.

„Wie schrecklich", sagte Alexander und zog an seiner Zigarette, „die kann einem echt leidtun, die Frau."

„Was meinst du Henne, wegen ihrer Krankheit oder wegen ihrer toten Schwester?", Cosima war nicht sicher, was ihr Kollege meinte. Sie hatten Frau Kessel hierher begleitet, damit sie ihre Schwester noch einmal sehen konnte. Ohne irgendeine Regung hatte die Frau auf das Gesicht der Toten geschaut.

„Beides", Alexander blies den Rauch aus und sah zu, wie sich der blaue Dunst in Nichts auflöste.

Sein Handy vibrierte in der Tasche. Er hatte es während des Aufenthaltes in der Gerichtsmedizin auf stumm gestellt.

„Eberstädter, was gibt es?"

„Du wirst nicht glauben, was wir soeben erfahren haben."

„Schieß los!"

„Wir sind in Gießen, in der Uni Klinik. Wir haben die MTA, die die Vaterschaftstests ausgeführt hat, ausfindig gemacht."

„Mensch Eberstädter, kannst du dich nicht kurzfassen", Alexander war leicht gereizt.

„Der dritte Test war positiv. Das wussten wir ja schon aus dem gestrigen Telefongespräch. Aber jetzt kommt`s",

Eberstädter dachte gar nicht daran, seinen Redeschwall zu unterbrechen, „die beiden ersten Tests haben schon darauf hingedeutet, dass ein verwandtschaftliches Verhältnis zu Hero besteht. Was sagst du jetzt?“

„Soll das heißen, dass alle drei Personen, denen Sigrid Kessel eine Vaterschaft zugetraut hat, miteinander verwandt sind?“

„Genau das, lieber Henne. Hammer, oder?“

„Das verstehe ich allerdings nicht. Es war doch bis jetzt immer nur von zwei jungen Männern die Rede. Wo kommt denn jetzt auf einmal die dritte Person her?“

„Du hast recht, Henne. Aber vielleicht sind diese zwei Verwandten immer nur zu zweit unterwegs gewesen und irgendwann haben sie mal den dritten mitgenommen“, äußerte Eberstädter seine Vermutung.

„Frau Kessel hat uns vorhin die Namen von drei Männern aufgeschrieben, mit denen Sigrid auch öfter unterwegs war. Stückchen hat sich bereits darum gekümmert. Ob sie miteinander verwandt sind, werden wir gleich hören. Wir fahren nach Pohl-Göns, da wohnen noch zwei. Der dritte ist vor einem Jahr bei einem Autounfall ums Leben gekommen.“

„Mann Mann Mann, so viele Tote. Langsam wird mir die Sache echt unheimlich“, beklagte sich Eberstädter.

„Was anderes, habt ihr was von Frau Müller erfahren?“

„Das war echt interessant auf dem Hof. Aber sie hat uns eindeutig zu verstehen gegeben, dass Frau König niemals einen Kürbis verarbeitet hätte, der nicht zum Verzehr geeignet ist. Die Suppe muss ihr jemand untergeschoben haben.“

„Vermutlich die Person, die nach uns bei Frau König war."

„Hat denn unsere liebe Frau Dr. Auf der Heide schon etwas entdeckt?"

„Nein, die Befunde sind noch nicht ausgewertet. Werden wir heute im Laufe des Tages erfahren", klärte ihn Alexander auf.

„Ok, wir fahren jetzt noch einmal nach Pohl-Göns in das Haus von Frau König und schauen uns da um. Wir gehen auch noch mal zu den Nachbarn und sprechen mit der Bank", berichtete Eberstädter über seine weitere Vorgehensweise.

„Alles klar, Co und ich fahren zu diesen beiden Männern. Wir treffen uns dann in Pohl-Göns", schlug Alexander vor.

Kapitel 49

Die Hofreite von Thomas Pohl machte einen heruntergekommenen Eindruck. Der angegraute Putz an der zur Straße liegenden Front bröckelte. Die Fenster hätten dringend neue Farbe gebraucht und das Hoftor hing schief in den Angeln. Als Alexander es aufstieß, kratzte es über das Kopfsteinpflaster. Der Zustand des Innenhofes passte zu der bröckeligen Fassade. Zwischen den Steinen sprießte das Unkraut. In mehreren Blumentöpfen waren die Pflanzen vertrocknet. Eine graue, abgemagerte Katze saß auf den abgetretenen Treppenstufen vor der Haustür.

Alexander betätigte den Klingelknopf, der schief an der Wand hing. Die vergammelte Tür öffnete sich und ein ungepflegt aussehender Mann, der genauso mager war wie seine Katze, erschien im Türrahmen.

„Was wolle Se?", raunzte er die Kommissare an. Cosima näherte sich vorsichtig über das unebene Kopfsteinpflaster.

„Guten Tag, Herr Pohl. Wir kommen wegen Sigrid Kessel. Unsere Sekretärin Frau Stückrath hat Sie doch informiert."

Der Mann kratzte sich am Kopf: „Da hat aine angerufe, aber ich dacht, Sie komme wege der Frau von meim Vadder."

„Was ist denn mit ihr?" Cosima betrachtete den Mann. Ein grauer Bart bedeckte sein Kinn, in dem Essensreste hingen. Seine Hose schlotterte um seine Beine und sein fleckiges Hemd hing über dem Bund.

„Na, die ist doch seit gestern verschwunne. Habbe Sie die endlich gefunne?“ Er glotzte die Kommissare aus wässrigen Augen an.

„Meinen Sie etwa Frau Klinke?“, Alexander ließ sich seine Überraschung nicht anmerken.

„Genau, die mein ich. Die ist doch gestern aus dem Licher Krankehaus abgehaun. Hat mir mei Schwester erzählt.“

„Wir wussten nicht, dass Frau Klinke Ihre Mutter ist“, in Cosimas Stimme lag ein Zweifel.

„Des iss mai Stiefmuder. Sie war in zweiter Ehe mit meim Alde verheirat, hat abber ihrn Name behalte.“

„Das wussten wir nicht. Aber nein, wir haben sie noch nicht gefunden. Wir sind eigentlich wegen Sigrid Kessel hier.“

„Wieso komme Sie da zu mir? Ich hab mit der nix zu schaffe.“ Er machte eine wegwerfende Handbewegung.

„Können wir vielleicht reinkommen und dort in Ruhe mit Ihnen sprechen?“

„Von mir aus“, er zog die Tür auf und schlurfte den Kommissaren voran in einen Raum mit einer niedrigen Decke. Die Fenster waren geschlossen. In dem Raum stank es nach Rauch und Alkohol. Überall standen leere Flaschen herum. Die Etikette wiesen auf einen hochprozentigen Schnaps hin.“

„Nemme Se Platz“, forderte Thomas Pohl seine Besucher auf. „Vielleicht sollten wir doch besser in den Hof gehen“, Cosima weigerte sich, sich auf einem der wackeligen Stühle niederzulassen.

„Ja, was denn jetz? Könne Sie sich nett entscheide?“, blaffte er die Kommissarin an.

„Ganz ehrlich, hier kriegt man ja kaum Luft. Öffnen Sie nie die Fenster?“, Cosima ging zum Frontalangriff über.

„Mei Frau hat mich verlasse und jetzt ist auch noch mei Stiefmudder ausgezoge. Um mich kümmert sich kain Schwein“, seine Stimme triefte vor Selbstmitleid.

„Wie wäre es, wenn Sie selbst Hand anlegen würden?“, blaffte Cosima zurück.

„Ach“, wieder machte er eine wegwerfende Handbewegung und ging aus dem Raum. Die Kommissare folgten ihm nach draußen.

„Herr Pohl, Sie waren früher mit Sigrid Kessel befreundet. Können Sie uns ein paar Fragen beantworten?“

„Ich war nett mit der befreundet. Das Luder hat mich nur ausgenutzt. Hat sich von mir durch die Gegend fahrn lasse“, er sah Cosima wütend an.

„Aber Sie waren mit ihr in Diskotheken hier in der Umgebung gewesen?“

„Ich hab die immer im Audo mitgenomme. Me kommt ja hier abends nett mehr von hier weg, kein Bus und so. Sonst nix.“

„Haben Sie da mal mitgekriegt, ob Frau Kessel sich dort mit zwei oder gar drei Männern angefreundet hat?“

„Da warn mal so zwei Type, mit dene die Sigrid öfter losgezoge iss. Aber die habbe da garnett hingepasst.“

„Was waren das für Typen?“

„Das warn so Schicki-Micki-Type.“

„Wie meinen Sie das?“

„Die warn anners angezoge, als die annern. Besser irgendwie.“

„Können Sie sich an die Namen der Männer erinnern?"

Pohl kratzte sich am Kopf: „Nee, die habe mich auch nett interessiert."

„Fällt Ihnen sonst noch etwas zu den Männern ein? Wo die herkamen? Was die gemacht haben?"

„Des warn Studente, eindeutig. Die kame hier aus de Gegend, aber wo genau her, weiß ich nett. Einmal habe die zwei en annern dabeigehabt, der war aber e Stück jünger als die annern zwei. Frage Sie mal de Günther. Vielleicht weiß der mehr."

„Moment", Alexander stoppte den Mann, „Sie sagen, der eine war jünger als die anderen. Welche anderen?"

„Na die zwei, die schon öfter da warn. Und dann kam irgendwann mal der annere mit, der jüngere."

„Dann kamen sie immer zu dritt?", hakte Cosima nach.

„Nee, der war nur einmal am Start."

„Warum können Sie sich so genau daran erinnern?", staunte Alexander.

„Ei, weil der so viel jünger war. Der war höchstens 15. Die annern zwa warn mindestens zwanzig. Die drei ham da irgendwas gefeiert an dem Abend", Pohl kratzte sich am Kopf.

„Ist Sigrid mit diesen drei Männern weggegangen?"

„Ja, die blöd Kuh. Als die die Type kennegelernt hat, war ich doch Luft für die."

„Wie der jüngere Mann hieß, wissen Sie nicht?"

„Nee, kei Ahnung."

„In welchem Jahr war das?"

„Des war im Sommer 91."

„Sind Sie da ganz sicher?“
„Ganz sicher. In dem Jahr is mei Mudder gestorbe. Deshalb weiß ich des so genau.“
Die Kommissare bedankten sich und verließen eilig den Hof. Vor dem Tor atmeten sie tief durch. Alexander holte seine Zigarettenpackung hervor.

Kapitel 50

„Passt doch alles zusammen Henne", Cosima beobachtete die Dorfstraße, die an dieser Stelle ziemlich eng war. Hier konnte sie Erdmann nicht aus dem Auto springen lassen. Der Dackel sah sie vom Inneren des Fahrzeugs bettelnd an und begann zu kläffen.

„Gleich Erdmann", versuchte sie den Vierbeiner zu beruhigen, der seine Nase nun in den Fensterspalt drückte. Cosima hielt ihm ihren Finger hin.

Der Kommissar machte keine Anstalten, endlich in den Wagen zu steigen. Er zündete sich eine Zigarette an: „Co, das sehe ich auch so. Sigrid war zunächst mit diesen zwei Männern, diesen Studenten, unterwegs. Dann haben sie einen dritten mitgebracht. Haben gefeiert, sind dann mit Sigrid losgezogen. Und dann muss in dieser Nacht etwas passiert sein."

„Die hat sich mit allen dreien vergnügt. Und dabei ist Hero entstanden", Cosima schnipste mit den Fingern.

„So könnte es gewesen sein. Aber wer sind diese drei Männer?", er zog an seiner Zigarette, „vielleicht weiß dieser Günther Koch etwas", hoffnungsvoll sah der Kommissar seine Kollegin an.

„Jetzt wirf endlich deine Kippe weg und lass uns fahren. Der arme Dackel sitzt jetzt schon wieder eine halbe Stunde allein im Auto. Der kriegt noch Depressionen", schimpfte die Kommissarin mit ihrem Kollegen, „nur gut, dass es nicht mehr so heiß ist. Der wäre uns sonst schon eingegangen.“ Sie betätigte den Öffner und setzte sich hinter das Steuer. Alexander ließ sich auf den Beifahrersitz fallen.

Kapitel 51

Günther Koch öffnete ihnen persönlich die Tür. Er saß im Rollstuhl. Ihm fehlten beide Beine.

„Treten Sie näher", bat er in einem höflichen Ton die Kommissare. Der Mann bemerkte den mitleidigen Blick von Cosima.

„Ich habe mich daran gewöhnt. Es gibt Schlimmeres", sagte er in einem Ton, als wäre es das normalste der Welt in einem Rollstuhl zu sitzen.

„Wie ist das passiert?", fragte Alexander.

„Autounfall mit meinem Freund. Ihm fehlte der Kopf, mir nur die zwei Beine", äußerte sich Günther Koch, „aber Sie sind bestimmt nicht wegen meines Unfalls hier? Was kann ich für Sie tun?"

„Wir kommen wegen Sigrid Kessel. Sie haben sicher gehört, dass sie ermordet wurde", klärte ihn Cosima auf.

Ohne ein Wort des Bedauerns, kam Koch gleich zur Sache: „Ja, die Sigrid, das war ein heißer Feger, immer schick, immer gut gelaunt. Die konnte einen schon ganz schön anmachen."

„Waren Sie mit ihr näher befreundet?", Cosima konnte den Blick nicht von den beiden Beinstümpfen abwenden.

„Wenn Sie meinen, ob ich mit ihr gegangen bin, Fehlanzeige. Der Thomas war der Einzige, der damals ein Auto hatte. Wir haben die Siggi immer mitgenommen. Aber uns hat die nur die kalte Schulter gezeigt. Der Thomas war total heiß auf die, aber den hat die nur ausgenutzt."

„Wer war denn noch dabei?“, Alexander blickte auf seine Notizen.

„Der Fuchsi. Aber der hat auch nix mit der Siggi gehabt.“

„Meinen Sie den Jürgen Fuchs?“, Alexander schaute immer noch auf seinen Block.

„Genau den. Aber den können Sie nicht mehr fragen. Der liegt seit einem Jahr auf dem Friedhof.“

„Ist das der Herr ohne Kopf?“, ging nun Alexander auf den schrägen Humor von Günther Koch ein.

„Genau der“, Koch klopfte mit den Händen auf die Lehnen seines Rollstuhls.

„Sind Sie mit Thomas Pohl und Jürgen Fuchs verwandt?“, fragte Cosima ganz spontan dazwischen.

„Nein, wie kommen Sie denn darauf?“, von unten herauf sah er die Kommissarin verwundert an.

„Können Sie sich an zwei junge Männer, vermutlich Studenten, erinnern, mit denen sich Sigrid Kessel in der Disko angefreundet hat? Vielleicht noch an einen dritten, der jünger war, als die beiden anderen?“, nahm sich Alexander jetzt wieder das Wort.

„Tut mir leid, aber seit meinem Unfall habe ich ziemliche Erinnerungslücken. Ich habe lang im Koma gelegen. Und dann die vielen Medikamente.“ Er machte ein betretenes Gesicht.

„Gibt es sonst jemanden, den wir vielleicht fragen können?“, hakte Cosima nun nach.

„Ich kann Ihnen noch ein paar Namen aufschreiben, die damals auch immer im Busters waren. Die Jungs wohnen alle hier in Pohl-Göns. Aber ehrlich gesagt, glaube ich nicht, dass die was wissen.“

Alexander reichte ihm seinen Block und den Kuli: „Bitte seien Sie gut und schreiben mir die Namen auf. Wir müssen jeder kleinsten Spur nachgehen."

Koch nahm den Block entgegen: „Warum suchen Sie diese drei Männer? Haben die was mit dem Mord zu tun?"

„Könnte sein. Aber im Moment können wir noch nichts Genaues sagen", verabschiedete sich Cosima.

Kapitel 52

Alexander hatte Eberstädter und Jüngling damit beauftragt, die anderen Männer aus Pohl-Göns zu befragen. Auch auf eine eventuelle Verwandtschaft untereinander sollte angesprochen werden. Doch er machte sich nicht viel Hoffnung, dass dabei etwas herauskommen würde. Wer sollte sich nach so vielen Jahren noch daran erinnern, wer alles in einer Disko verkehrte? Er selbst konnte sich ja kaum noch entsinnen, was er in seiner Jugend so alles angestellt hatte.

„Henne, da hat ein Henning Kühl für dich angerufen. Der wollte dich unbedingt sprechen. Du sollst ihn zurückrufen. Die Nummer liegt auf deinem Schreibtisch", empfing ihn Stückchen im Kommissariat. Erdmann saß bereits auf ihrem Schoß und schnupperte am Hals der Sekretärin.

„Den Teufel werde ich tun. Der will nur wieder Informationen von mir. Wenn der wieder anruft, sag ihm, ich sei tot", blödelte Alexander.

„Du spinnst", Stückchen tippte sich mit dem rechten Zeigefinger an die Stirn. „Wer ist das denn?"

„Ein Kollege von früher. Hat sich schmieren lassen. Musste dann den Dienst quittieren. Seitdem arbeitet er mehr oder weniger erfolglos als Privatdetektiv", klärte Alexander seine Sekretärin auf.

„Ach so, dann werde ich ihn das nächste Mal abwimmeln", versprach Stückchen.

„Wo ist jetzt diese Zicke? Wieso ist die überhaupt hier?“, leitete Alexander zu Frau Scholz über, die unerwarteterweise im Präsidium aufgetaucht ist.

„Du hast doch gesagt, wir sollen sie einbestellen. Das habe ich gemacht. Ich habe ihr einen Termin für heute Nachmittag gegeben. Aber plötzlich stand die mit ihrem Anwalt hier vor der Tür.“

„Wieso das denn? Das ist doch nur eine Befragung“, erwiderte Alexander.

„Das fragst du sie besser selbst. Sie scheint eine ziemlich unangenehme Person zu sein.“

Cosima kam herein: „Wollen wir dann? Ich will das so schnell wie möglich hinter mich bringen.“ Erdmann machte keine Anstalten, Stückchens Schoss zu verlassen. Er steckte den Kopf zwischen die Vorderpfoten und brummte abfällig.

Alexander nickte seiner Kollegin zu und eilte voraus zum Besprechungsraum. Vor der Tür wartete die zuständige Staatsanwältin: „Warum wollt Ihr mich dabeihaben?“

„Sagen wir mal so, die Dame ist nicht ganz einfach. Die muss von Anfang wissen, dass dies hier kein Spaß ist.“

„Verstehe, könnt Ihr mir kurz den Sachverhalt schildern?“

Kurz darauf öffnete Alexander schwungvoll die Tür und betrat den Raum. Doch sein Schwung verschwand in dem Moment, als er den Anwalt von Frau Scholz erkannte. Dr. Lüders war gefürchtet wegen seiner Taktik und seinem ganzen Gehabe.

„Guten Tag", Alexander nahm an dem großen Tisch gegenüber von Frau Scholz und ihrem Anwalt Platz. Cosima und die Staatsanwältin setzten sich links und rechts neben ihn.

„Warum wurde meine Mandantin einbestellt? Was werfen Sie ihr vor?", fragte Lüders in einem gereizten Ton.

„Herr Dr. Lüders, wir haben lediglich ein paar Fragen...", Lüders unterbrach den Kommissar.

„Ich hoffe, Sie haben einen guten Grund, Frau Scholz hierher zu bestellen", angewidert schaute Lüders den Kommissar an.

„Natürlich Herr Dr. Lüders", sprach Alexander in einem herablassenden Ton weiter, „wir haben nur ein paar Fragen an Frau Scholz. Bis jetzt haben wir keinen Grund, ihr etwas vorzuwerfen."

„Gut, dann stellen Sie Ihre Fragen. Ich werde meiner Mandantin raten, ob sie darauf antworten soll oder nicht."

Kapitel 53

„Dieses arrogante Arschloch, was bildet der sich eigentlich ein?“ Alexander war wütend. Die Befragung von Frau Scholz hatte nichts ergeben. Auf die Frage, worüber sie mit Sigrid Kessel auf dem Geburtstag ihrer Schwester gestritten habe, hatte sie das gleiche geantwortet, wie bei der ersten Befragung. Sie habe ihr nur vorgeworfen, ihre Schwester Adelheid nicht richtig zu pflegen. Sonst nichts.

Alexanders Einwand, dass man ihr das nicht abnehme, wischte Anwalt Lüders mit einer Handbewegung vom Tisch. Auch auf die Frage, warum sich ihr Schwager mit den Worten: „Wir sind uns doch einig?“ verabschiedet habe, fand keine Aufklärung. Wenn man keinen konkreten Verdacht gegen seine Mandantin habe, solle man sie nicht weiter belästigen. Die beiden waren aufgestanden und aus dem Zimmer gerauscht, nicht bevor der Anwalt den Kommissaren unmissverständlich klar gemacht hatte, dass eine weitere Befragung nur in seiner Gegenwart stattfinden dürfe.

„Da ist doch was oberfaul“, Cosima ließ das Lenkrad los und schnipste mit den Fingern, „wenn die nichts zu verbergen hat, warum erscheint die dann mit ihrem Anwalt?“

„Kannst du bitte die Hände am Steuer lassen. Ich möchte gern in einem Stück in Gambach ankommen.“

„Ist ja schon gut“, lachte Cosima.

„Da war etwas anderes", sprach Alexander weiter, „ich hoffe, Martina kann uns weiterhelfen." Alexanders Stimme hatte nun einen weichen Unterton angenommen. Er kraulte Erdmann so heftig, dass der Rauhaardackel zu brummen begann.

Bei Frau Pracht trafen sie niemanden an. Offenbar waren Mutter und Tochter ausgegangen.

Alexander griff zum Handy und suchte im Internet die Nummer des Busunternehmens von Armin Preuß. Durch das antippen der Rufnummer wurde die Verbindung hergestellt. Von der Sekretärin wurde er umgehend weiterverbunden. Er tippte auf das Lautsprechersymbol, damit Cosima an dem Gespräch teilhaben konnte.

„Alexander, was gibt es?", erklang kurz darauf die freundliche Stimme von Armin.

„Armin, ich habe eine Frage, deine Tante Hedwig betreffend."

„Was ist mit dem Drachen?" Armins Stimme klang plötzlich böse.

„Hat sich deine Tante in den letzten Jahren um die Pflege deiner Mutter gekümmert bzw. hat sie sich darüber mit Frau Kessel ausgetauscht?"

„Nicht dass ich wüsste. Hedwig hat meine Mutter ab und zu besucht. Der Kontakt war ja nicht so eng wegen meiner Missetat, wie du weißt", ein höhnisches Lachen folgte, „wieso willst du das wissen?"

„Auf dem Geburtstag deiner Tante Mechthild muss es eine Auseinandersetzung zwischen Hedwig und Frau Kessel gegeben haben. Deine Cousine Martina hat uns das erzählt. Angeblich ging es bei dem Streit um die Pflege deiner Mutter. Hedwig hat Frau Kessel vorgeworfen, dass sie das nicht richtig mache. Könnte da was dran sein?"

„Kann ich mir ehrlich gesagt nicht vorstellen. Das hätte mir Sigrid sicher erzählt. Sie war in der letzten Zeit nicht so zufrieden mit ihrer Arbeit und wollte bei meiner Mutter aufhören. Ich konnte sie immer wieder überreden, weiterzumachen. Ich denke, wenn sie auch noch Feuer von Hedwig bekommen hätte, hätte sie endgültig das Handtuch geworfen."

„Was könnte dann der Grund für die Auseinandersetzung gewesen sein?"

„Keine Ahnung. Aber weißt du, was interessant ist? Hedwig will nachher zu uns kommen. Sie hat meiner Mutter angeboten, sie zu unterstützen, bis wir eine neue Pflegerin gefunden haben."

„Das ist doch seltsam. Findest du nicht?", überlegte Alexander laut.

„Allerdings. Und es passt mir überhaupt nicht. Ich möchte diesen Drachen nicht in meinem Haus haben. Erst lässt sie sich jahrelang nicht blicken und dann will sie sich in unser Familienleben einmischen. Kommt nicht in Frage." Armins Stimme klang wütend.

„Wann hat das eigentlich angefangen, dass sie wieder zu euch gekommen ist?"

„Vor ca. einem Jahr."

„Und warum ausgerechnet da?"

„Keine Ahnung. Eines Tages stand sie plötzlich in der Tür und wollte sich mit meiner Mutter aussprechen."

„Aber dafür muss es doch einen Grund gegeben haben?"

„Es war kurz nach Hardys Tod und nachdem die Pfarrerin von der Kanzel verkündet hatte, dass ich vollkommen unschuldig bin und man mich endlich wieder an der Gemeinschaft teilhaben lassen soll."

„Wer ist jetzt Hardy?"

„Mein Cousin Burkhard. Ich habe dir doch von seinem tragischen Tod erzählt."

„Ich erinnere mich. Und das hat die Pfarrerin tatsächlich in der Kirche der Gemeinde mitgeteilt? Das ist ja der Hammer!" Alexander war verblüfft.

„Ja, ich war auch überrascht. Dabei habe ich es nicht einmal persönlich gehört. Ich gehe ja nie in die Kirche", kam es ganz trocken von Armin.

„Sagen Sie mal, Herr Preuß", Cosima, die alles über die Freisprecheinrichtung mitgehört hatte, mischte sich nun ein, „wie lange ist es her, dass Ihr anderer Cousin Manfred gestorben ist?"

„Das war gar nicht lange nach Hardys Tod. Hardy ist im Frühjahr gestorben, Manni im November bei der ersten Drückjagd. Wieso?"

„Nur so", erwiderte Cosima.

„Armin, hättest du etwas dagegen, wenn wir so ganz zufällig bei euch zu Hause auftauchen, wenn dieser Drachen, wie du deine Tante nennst, bei euch erscheint?"

„Nein, ganz im Gegenteil. Ich werde nachher auch da sein. Wie schon gesagt, ich will die Alte nicht in meinem Haus haben. Ich habe schon den ganzen Morgen telefoniert, um eine neue Pflegekraft zu bekommen. Außerdem habe ich meiner Mutter einen elektrischen Rollstuhl besorgt. Der wurde vorhin geliefert. Damit ist sie auch etwas unabhängiger."

„Gut, dann sehen wir uns. Wann genau wollte deine Tante da sein?"

„Meine Mutter sprach von 15.00 Uhr."

„Dann bis gleich", Alexander drückte die Austaste.

„Gib Gas", wandte sich Alexander an Cosima, „wir haben nicht mehr viel Zeit." Er griff zum Telefon und rief Frau Dr. Auf der Heide an. Er wollte wissen, woran Ursula König gestorben war.

Kapitel 54

„Hallo Martina, da bist du ja wieder“, Alexanders Freude, die Tochter von Frau Pracht zu sehen, war echt.

„Hallo du, spielst du jetzt mit mir?“, Martina umarmte den Kommissar und drückte ihn ganz fest an sich. Alexander erwiderte die Umarmung. „Na da ist ja mal eine tolle Begrüßung“, lachte er.

„Martina, lass den Kommissar los“, schimpfte Frau Pracht ihre Tochter. „Sie müssen entschuldigen“, wandte sie sich an Alexander, „aber Martina übertreibt es immer ein bisschen. Und seitdem Sie bei uns waren, redet sie nur noch von ihrem neuen Freund.“

„Sie müssen sich nicht für Ihre Tochter entschuldigen. Das ist schon ok“, beruhigte Alexander Martinas Mutter.

„Guten Tag, Frau Pracht. Gut das wir Sie hier antreffen, wir haben noch ein paar Fragen an Sie“, machte sich nun Cosima bemerkbar, die sich wie ein Eindringling vorkam.

„Hier auf der Straße?“, Frau Pracht blickte sich um, „warum kommen Sie nicht zu uns nach Hause?“

„Da waren wir gerade eben. Jetzt müssen wir erst mit Ihrer Schwester sprechen“, antwortete Cosima mit einem Blick auf das Haus der Familie Preuß.

„Es ist niemand zu Hause“, Frau Pracht zuckte mit den Schultern.

Mit einem Blick auf seine Armbanduhr antwortete Alexander: „Aber es ist doch gleich drei Uhr. Frau Preuß erwartet Besuch. Sind Sie sicher, dass niemand da ist? Haben Sie mal im Garten nachgesehen? Vielleicht schläft sie."

„Nein, das nicht. Adelheid mag es nicht, wenn man einfach so eindringt", erklärte Frau Scholz.

Ein Kleinwagen fuhr auf die Einfahrt. Elena, die Haushälterin stieg aus. Verwundert sah sie auf die kleine Gruppe vor dem Haus.

„Ich spät. Entschuldigen." Sie hievte einen Einkaufskorb mit Lebensmitteln aus dem Kofferraum. Die kleine Person hatte alle Mühe, ihn zu tragen.

Alexander nahm ihr den Korb ab: „Ist Frau Preuß nicht da?"

„Chefin schlafen. Ich schnell einkaufen." Sie schloss die Haustür auf und bat die anderen, ihr zu folgen.

„Stellen Korb einfach ab", sprach sie zu Alexander und ging auf die offene Terrassentür zu. Sie ging in den Garten. Die Liege unter dem Sonnenschirm war leer.

„Komisch, Chefin nicht da. Stuhl auch weg."

„Was hat das zu bedeuten?", fragte Mechthild Pracht beunruhigt. Martina hatte sich ängstlich an ihre Mutter gedrückt.

„Ich nicht weiß", Elena hob die Arme und ließ sie wieder fallen.

„Hat Frau Preuß ein Handy?"

Elena nickte mit dem Kopf: „Ja, für Notfall."

„Rufen Sie sie bitte an", forderte Alexander die Haushälterin auf.

Elena zog ihr Handy aus der Jackentasche und suchte in den Kontakten nach der Nummer ihrer Arbeitgeberin. Sie drückte es an ihr Ohr und wartete das Freizeichen ab. Unter der Liege bimmelte es.

„Hat Handy vergessen“, Elena beugte sich herunter und holte das Mobiltelefon ihrer Chefin unter der Liege hervor.

„Wo sind denn alle?“ Armin Preuß trat aus dem Haus und kam die Treppe herunter. Martina löste sich von ihrer Mutter und lief ihrem Cousin entgegen: „Armin.“

„Hallo Martina“, er strich seiner Cousine liebevoll über das Haar: „Was ist denn hier los? Wo ist meine Mutter?“ Er hatte die Situation sofort erfasst.

„Das wüssten wir auch gern“, Alexander machte ein nachdenkliches Gesicht.

„Gnädige Frau ausgeflogen. Stuhl ist weg“, Elena hob die Schultern an.

„Ist sie mit dem elektrischen Rollstuhl unterwegs?“, Armins Stimme klang besorgt.

„Nein, mit die andere“, antwortete ihm Elena, „elektrische Stuhl steht in die Garage.“

„Das gibt es doch nicht. Sie fährt nie allein mit dem Rollstuhl aus. Sie kann das Ding gar nicht aus eigener Kraft bewegen.“

„Das heißt, jemand muss sie hier herausgeschoben haben“, stellte Cosima fest.

„Genau, und ich fürchte auch zu wissen, wer das war“, der Zorn in Armins Stimme war unüberhörbar.

Kapitel 55

Nach dem unerfreulichen Besuch im Haus der Familie Preuß war Alexander mit Armin noch einmal nach Lich ins Krankenhaus gefahren, um Hero Kessel zu besuchen, der sich immer noch mit seiner Frau und dem Neugeborenen auf der Entbindungsstation der Klinik aufhielt.

Die Mutter des Babys lag mit Fieber im Bett und war nicht in der Lage, den Säugling selbst zu versorgen. Stattdessen kümmerte sich Hero liebevoll um seine kleine Tochter.

Über den Besuch seines Chefs und väterlichen Freundes Armin freute sich Hero ganz besonders. Den Besuch des Kommissars fand er eher befremdlich. Das war ihm deutlich anzumerken. Während des Besuchs erhielt Armin Preuß einen Anruf seiner Haushälterin Elena. Sie teilte ihm mit, dass seine Mutter wieder zu Hause sei. Ihre Schwester Hedwig sei mit ihr in einer Eisdiele gewesen.

Alexander war Hero zu dem Besuchszimmer am Ende des Ganges gefolgt. In seinen Armen hielt Hero seine kleine Tochter. Er hatte sie mitgenommen, damit seine Freundin sich etwas ausruhen konnte. Armin Preuß leistete ihr etwas Gesellschaft.

Der Kommissar beobachtete aufmerksam, wie Hero die kleine Erdenbürgerin stolz in seinen Armen wiegte, sich immer wieder zu ihr herabbeugte und ihr einen Kuss auf die zarte Stirn drückte. Es war ein süßes kleines Mädchen mit ungewöhnlich vielen Haaren für ein Neugeborenes. Den dunklen Haarschopf hatte sie offensichtlich von ihrem Vater geerbt, dessen volles Haar bis auf die Schultern fiel. Auf der rechten Halsseite hatte das Mädchen ein Muttermal, das einem Herz ähnelte.

Außer ihnen hielt sich niemand in dem Raum auf. So war es möglich, sich ungestört zu unterhalten. Hero war immer noch betroffen über den tragischen Tod seiner Mutter, doch die Fürsorge und Liebe für seine Tochter lenkten ihn etwas von dem traurigen Ereignis ab.

„Herr Kessel, in welchem Jahr sind Sie geboren?"

„Im März 1992. Wieso?", Hero Kessel strich sich eine lange Haarsträhne aus der Stirn.

„Ach nur so. Dann hat die kleine Dame ja einen jungen Vater. Das ist doch schön." Hero Kessel strahlte über das ganze Gesicht. Nur seine Augen hatten immer noch einen traurigen Ausdruck.

„Herr Kessel, ich muss Ihnen leider noch eine unangenehme Mitteilung machen", fuhr Alexander fort. Ihm war anzumerken, dass es ihm schwerfiel die folgende Nachricht zu überbringen. Hero Kessel sah den Kommissar erwartungsvoll an.

„Die Freundin Ihrer Mutter, Ursula König, wurde gestern Abend tot aufgefunden."

Hero Kessel schwieg betroffen. Er drückte seine kleine Tochter noch fester an sich.

„Tut mir leid, dass ich Ihnen das auch noch sagen muss. Sie wurde vergiftet", Alexander machte ein betrübtes Gesicht.

„Vergiftet? Aber warum denn? Wer macht denn so etwas?“

„Die Rechtsmedizinerin hat Spuren von Fingerhut in der Kürbissuppe, die Frau König vorgestern Abend gegessen hat, gefunden. Vermutlich hat ihr jemand die vergiftete Suppe gebracht.“

Hero Kessel schüttelte entsetzt den Kopf: „Das ist ja schrecklich.“ Alexander störte den Mann nicht in seiner Trauer. Er wartete einfach ab und sah betroffen, wie ein Strom von Tränen über das Gesicht des jungen Vaters rannte. Ohne Worte reichte er ihm ein Papiertaschentuch.

Als Hero Kessel sich wieder etwas beruhigt hatte, fragte er den Kommissar: „Haben Sie irgendeinen Verdacht?“

„Bis jetzt nicht wirklich.“ Alexander behielt seinen Verdacht, dass es sich bei dem Täter um eine weibliche Person handeln könnte, für sich. Meistens waren es Frauen, die Gift wählten, wenn sie jemand ins Jenseits befördern wollten.

Hero Kessel war so geschockt, dass ihm nichts mehr einfiel, was dem Kommissar einen Hinweis auf den Mörder seiner Mutter oder ihrer Freundin hätte geben können.

Aber die Art, wie Hero sprach und sich bewegte, lies Alexander stutzig werden. Es war die Mimik, die ihn besonders irritierte.

Auf dem Rückweg sprachen sie eine ganze Weile nichts. Erst als sie in der Höhe des Licher Golfplatzes waren, richtete Alexander seine Worte an den Fahrer: „Was meinst du Armin, ob sich der Tod von Heros

Mutter und ihrer besten Freundin negativ auf die kleine Familie auswirken wird?“

„Ich hoffe es nicht. Ich werde alles dafür tun, dass die drei es guthaben. Hero kann weiter bei mir fahren. Ich werde ihm ein kleines Häuschen besorgen und ich werde mich um sie kümmern, als wäre es meine eigene Familie.“

„Du bist ziemlich großzügig, um nicht zu sagen, gütig.“ Alexander sah aus dem Fenster. Ein Wald aus Laubbäumen glitt vorbei. Rechts in seinem Blickfeld erschien nun ein Weiher.

„Güte ist ansteckend. Sie kehrt immer wieder zu uns zurück.“

„Du bist ja der reinste Philosoph, Armin. Ich glaube, in dir täuschen sich viele Menschen.“ Der Wald lichtete sich auf der Anhöhe. Links neben der Straße lag das Landhotel Klosterwald.

„So ganz uneigennützig ist die Sache nun auch wieder nicht. Ich möchte meinen Betrieb irgendwann in gute Hände übergeben, damit ich endlich zu meiner Familie nach Südafrika gehen kann.“

„Und dafür kommt nur Hero in Frage?“

„Wer denn sonst? Berthold ist der einzige nahe Verwandte, den ich habe. Aber den kannst du abhaken. Der kann zwar Bus fahren, aber, obwohl er BWL studiert hat, ist er für die Geschäfte völlig ungeeignet.“

„Aber ein BWL-Studium ist doch die beste Voraussetzung für so einen Laden.“

„Da liegst du ganz falsch. In dem Geschäft muss man ein Gespür für Menschen haben und das hat er leider nicht.“

„Was sagt denn deine Mutter dazu?"

„Die hat nichts zu sagen. Das Unternehmen ist meins."

„Und deine Tante, wie findet die das?"

„Du meinst Hedwig, den Drachen?"

„Hmm", machte Alexander nur. Er sah weiter auf die Landschaft, die sich wie ein bunter Flickenteppich vor ihnen ausbreitete. Am Horizont konnte man den Schiffenberg sehen. Große Staubwolken, die von einem Mähdrescher verursacht wurden, verdeckten den Blick auf Eberstadt.

„Die hätte das sicher gern anders, aber da hat sie keine Chance. Mein Großvater hat das damals richtig eingeschätzt und den Betrieb mir übergeben."

„Aber wieso bemüht sie sich dann auf einmal so um deine Mutter?"

„Sie führt mit Sicherheit irgendwas im Schilde. Heute Mittag hat sie den besten Beweis dafür geliefert. Sie ist noch nie mit meiner Mutter ausgefahren." Armin bezog sich auf den Ausflug, den Hedwig mit ihrer Schwester unternommen hatte. Vor der vereinbarten Zeit war sie im Hause Preuß erschienen und hatte ihre Schwester einfach in ihr Auto gepackt und sie nach Butzbach in eine Eisdiele entführt.

„Hedwig ist ziemlich manipulativ. Sie ist mit Absicht eher erschienen, weil sie schon ahnte, dass ich bei dem Gespräch dabei sein wollte." Vor ihnen tauchte nun die A 45 auf. „Es wundert mich sowieso, dass sie mit dem Auto unterwegs war. Die meiste Zeit fährt sie mit dem Rad."

„Was hat die eigentlich mit ihrem Schwager zu schaffen, dem Mann von Mechthild? Der war heute Morgen bei ihr und hat sich so sonderbar verabschiedet“, wechselte Alexander das Thema. Links kam nun die Burg Münzenberg in Sicht.

„Die beiden waren sich schon immer einig, wenn es darum ging, mich zu ärgern. Der hat seinen eigenen Sohn krepieren lassen, nur damit die Wahrheit über mich nicht ans Licht kommt. Also etwas Gutes kann es demnach nicht gewesen sein, was dieses Ekel von dem Drachen wollte.“

„Den Eindruck hatte ich auch.“

„Soll ich dich bei deiner Kollegin absetzen oder willst du erst dein Auto bei mir holen?“ Armin drosselte die Geschwindigkeit und fuhr langsam nach Ober-Hörgern hinein. „Ich komme mit nach Gambach und hole meinen Wagen.“

Kapitel 56

Die Kirchenglocken von Ober-Hörgern läuteten, als Alexander rechts in die Brunnenstraße des kleinsten Münzenberger Stadtteiles einbog, um zur alten Mühle zu gelangen, in der Cosima nun seit mehreren Jahren wohnte. Sie hatte das Gebäude vor fünf Jahren ersteigert. Nachdem ein junger Mann im Mühlengraben ertrunken und der eigene Sohn des ehemaligen Besitzers vom Ostturm der Burg Münzenberg gestürzt war, hatten die Eigentümer Ober-Hörgen verlassen. Trotz aller Bemühungen eines Maklers, wollte niemand das Anwesen kaufen. Cosima hatte die Mühle schließlich für einen Appel und ein Ei, wie es hier im Volksmund hieß, ersteigert. Beinahe wäre auch ihr das schöne alte Fachwerkhaus zum Verhängnis geworden, nachdem ein Stalker sie heimgesucht und immer wieder belästigt hatte. Kurz bevor der Mann gefasst wurde, hatte er das Haus unter Wasser gesetzt. Er hatte alle Wasserhähne aufgedreht und die Abflüsse zugestopft. Die Feuerwehr hatte anrücken und das Wasser, das sich bereits über die schöne alte Holztreppe einen Weg nach unten gesucht hatte, absaugen müssen. Cosima hatte viel Mühe aufgewendet, um alles wieder in seinen ursprünglichen Zustand zu versetzen. Seitdem wohnte sie hier mit ihrem Freund Carsten, den man zunächst irrtümlich für den Stalker gehalten hatte. Die beiden waren sich am Kirmesmontag auf dem legendären Frühschoppen der Gambacher Kirmes zufällig wieder begegnet. Cosima hatte nach dem reichlichen Genuss von Bier und Sekt einen kurzfristigen Blackout gehabt und konnte sich nicht mehr an die Begegnung mit ihrem ehemaligen Schulfreund erinnern. All die schrecklichen Dinge, die ihr in den Tagen nach der Kirmes passiert waren, verbuchte man deshalb auf dem Konto des jungen Mannes. Glücklicherweise hatte sich alles geklärt, der wahre Stalker war gefasst worden und Cosima hatte ihre Erinnerung wiedergefunden. Danach konnte die beiden nichts mehr trennen. Und nun wollte Cosima auch noch ein Kind mit diesem Carsten in die Welt setzen.

„Schön, dass man dich auch mal wieder sieht", war das erste, womit ihn sein Kollege Eberstädter empfing. Er saß mit einer Flasche Licher Pils auf Cosimas Terrasse und hatte die Beine von sich gestreckt.

„Ich weiß gar nicht, was du willst. Ich bin im Dienst." Er sah sich um: „Wo ist Jüngling?"

„Schon wieder bei seiner Tussi. Große Liebe und so", antwortete Eberstädter abfällig.

„Und Cosima?", Alexander sah sich im Garten, der vom Mühlengraben begrenzt wurde, um. Statt Cosima erschien Erdmann, der aus einem Gebüsch hervorkam. Seine Nase war voller Dreck, in seinem Fell hingen Kletten. Erdmann stürzte sich auf sein Herrchen, sprang an ihm hoch und bellte ihn freudig an.

„Erdmann, du siehst schon wieder aus wie ein Schwein."

„Wenn du den armen Dackel immer so vernachlässigst, darfst du dich nicht wundern", Cosima betrat mit einer Platte voller Fleisch die Terrasse.

„Kann ich was helfen?", fragte Alexander hilfsbereit.

„Du kannst mal den Grill anschmeißen“, sie zeigte mit dem Kopf auf den Gasgrill, der noch abgedeckt unter einem kleinen Dach stand.

„Aye aye, Käpt`n“, Alexander tippt sich an die Schläfe, „dann kriege ich aber auch ein Bier. Das gehört dazu.“

„Du willst wohl schon wieder auswärts schlafen Henne, was?“, frotzelte Eberstädter.

„Nee, heute Abend will ich mal in meinem eigenen Bett ruhen. In dem Bus war es ja ganz bequem, aber nach dem Essen mache ich mich vom Acker. Du kannst ja heimlaufen, wenn es sein muss“, frotzelte Alexander nun ebenfalls. Eberstädter wohnte im Nachbarort Eberstadt, einem Stadtteil von Lich, der nur anderthalb Kilometer entfernt war und den man leicht über den Radweg entlang der Bundesstraße zu Fuß erreichen konnte.

„Bald können wir hier eine Zweigstelle eröffnen, so oft wie hier gemordet wird“, Cosima kam erneut auf die Terrasse. Sie stellte Teller und Gläser auf dem Terrassentisch ab. „Eberstädter, du könntest mir wirklich mal helfen. Du bist so ein richtiger Macho.“ Eberstädter stand murrend auf: „Ich eigne mich nicht zur Hausarbeit.“

„Kommt Carsten auch noch?“, fragte Alexander mit einem Blick auf den Fleischteller.

„Nee, der sitzt gerade im Flieger nach London. Der kommt erst übermorgen wieder. Aber wie ich Bernhard kenne, wird der gleich auf der Matte stehen.“ Cosima sprach von ihrem Nachbarn, der vor einigen Jahren auf tragische Weise seine Frau verloren hatte. Das riesige Vermögen, das er nach ihrem Tod geerbt hatte, ließ ihn die Trauer jedoch leichter ertragen. Er hatte sich im Laufe der Zeit mit Cosima angefreundet und war so etwas wie ein Vaterersatz für sie geworden. Er kam abends öfter auf ein Glas Wein herüber. Im Sommer saßen sie manchmal bis in die Nacht hier auf der Terrasse, beobachteten den Sternenhimmel, lauschten den Stimmen der Natur und gingen erst ins Bett, wenn die Beleuchtung der Burg Münzenberg, die am Horizont zu sehen war, um ein Uhr nachts ausgeschaltet wurde. Auch Carsten, den er vor Cosimas Tür als vermeintlichen Stalker niedergeschlagen hatte, war ihm mittlerweile freundlich gesonnen.

„Es sieht aus, als wolltest du eine ganze Kompanie versorgen", bemerkte nun Eberstädter spitz, der mit zwei Schüsseln auf die Terrasse trat.

„Wann hast du das alles vorbereitet?", bewunderte Alexander das Grillgut und die leckeren Salate.

„Können wir jetzt mal über den heutigen Tag reden?", Alexander fuhr sich nach dem letzten Bissen mit der Serviette über den Mund, „das war echt lecker Cosima. Danke. Eberstädter, was hast du in Erfahrung gebracht?"

„Nicht sehr viel", antwortete Eberstädter mit vollem Mund. Er nahm die Bierflasche und setzte sie an seine Lippen.

„Wenn du endlich fertig bist, sprich bitte mit leerem Mund zu uns", forderte Alexander den Kollegen auf.

„In der Wohnung von Frau Kessel habe ich weiter nichts gefunden. Die Liste der eingehenden und ausgehenden Anrufe war nicht sehr hilfreich. Die Frau hat anscheinend so gut wie nicht telefoniert. Außer mit ihrem Sohn, dem Busunternehmer und ihrer Freundin hat sie in den letzten Tagen mit niemandem gesprochen. Der einzige Anruf, den sie erhalten hat, war der von dieser Labortussi. Das Ergebnis kennt ihr ja", er kratzte sich am Kopf, „bei Frau König war es ähnlich. Nur Anrufe von ihrem Sohn, Frau Kessel und dem Kürbishof. Geld haben wir keines gefunden. Das Sparguthaben ist gering. Ein paar Tausend Euro. Stückchen kümmert sich darum, ob Frau König irgendwo einen Kreditantrag gestellt hat. Halte ich aber eher für unwahrscheinlich. Von was soll sie das Geld zurückzahlen? Als Arzthelferin verdient sie nicht viel. Mit Hilfe des Geldes vom Kürbishof kann sie sich aber gut über Wasser halten."

„Wo wollte sie dann 20.000 Euro herkriegen? Es könnte doch sein, dass sie jemanden erpresst hat", Cosima schnipste mit den Fingern.

„Die Vermutung lieg nahe. Nehmen wir mal an", Alexander verließ den bequemen Terrassenstuhl, „Sigrid hat gegenüber ihrer Freundin die Vermutung geäußert, wer der Vater von Hero ist und Ursula König hat sich dieses Wissen zu eigen gemacht, um Geld zu erpressen. Daraufhin hat die Person ihr die vergiftete Kürbissuppe gebracht." Eberstädter war mittlerweile über die Spuren von Fingerhut ,einer äußerst giftigen Pflanze, in der Kürbissuppe informiert. Cosima hatte es ihm mitgeteilt, bevor Alexander in der alten Mühle erschienen war.

„Aber Sigrid konnte doch noch gar nicht hundertprozentig wissen, wer der Vater ist. Das hat doch die Labortussi mir erst am Telefon mitgeteilt", widersprach Eberstädter seinem Kollegen.

„Überleg doch mal ganz scharf, Sigrids Schwester Bettina hat von zwei Brüdern gesprochen, mit denen Sigrid eine Zeit lang unterwegs war. Thomas Pohl hat ebenfalls von zwei Männern gesprochen und dann von dieser dritten Person, die nur an einem Abend mit in die Disko gekommen ist. Die haben da was gefeiert. Es wäre doch denkbar, dass Sigrid mit diesen beiden Typen schon vorher mehrmals geschlafen hat und an dem einen Abend, wo die beiden Männer die dritte Person mitgebracht haben, hat sie sich auch mit dem vergnügt."

Cosima schürzte die Lippe: „Da könnte was dran sein."

Alexander fuhr fort: „Die erste Probe hat Sigrid vor drei Jahren abgegeben. Die zweite Probe vor ca. einem Jahr und die letzte vor einigen Tagen. Also hat sie diese drei Verwandten zufällig wiedergetroffen und vermutet, dass einer von ihnen der Vater von Hero sein könnte. Sie musste sich aber erst mal nach und nach eine geeignete Probe für einen Vaterschaftstest besorgen. Das war vielleicht nicht so einfach. Nachdem die ersten beiden Proben negativ ausgefallen sind, war sie sicher, dass nur diese dritte Person der Vater sein kann."

Eberstädter sinnierte laut, „Tatsache ist, dass die drei Proben eindeutig ein verwandtschaftliches Verhältnis aufweisen."

„Ok, dann wissen wir nur, dass Sigrid den Vater gefunden hat. Aber wir wissen immer noch nicht, wer er ist", Cosima nickte mit dem Kopf.

„Cosima, hattest du noch mal Gelegenheit, mit Martina zu sprechen, nachdem ich mit Armin ins

Krankenhaus gefahren bin?", Alexander wandte sich nun an Cosima.

„Ich habe sie noch einmal nach dem Streit gefragt, aber sie wollte nur mit dir reden. Du musst sie morgen früh gleich besuchen", lachte Cosima.

„Also weiß sie noch etwas?", fragte Alexander hoffnungsvoll. Er fing an hin und her zu laufen.

„Da wäre ich mir nicht so sicher. Sie freut sich einfach, dass man ihr so viel Aufmerksamkeit schenkt."

„Du meinst, sie würde mich belügen, nur damit ich sie besuche?"

„Nein, so strukturiert denkt sie nicht. Sie mag dich und ihr gefällt es, dass man sich für sie interessiert."

„Egal, wir fahren trotzdem dorthin. Hat Frau Preuß noch irgendwas über den Ausflug mit ihrer Schwester gesagt?", hakte nun Eberstädter nach.

„Nicht viel. Sie hat sich tierisch aufgeregt und gesagt, dass es ihre Schwester nur gut mit ihr meinte und sie etwas ablenken wollte. Sie konnte gar nicht begreifen, wieso wir alle so besorgt wegen ihres Verschwindens waren", berichtete Cosima.

„Eberstädter, ich möchte, dass du morgen früh mal mit den Kollegen aus Gießen bezüglich dieses Jagdunfalls telefonierst. Irgendwas ist da faul", er wandte sich an Cosima, „und wir beide nehmen uns mal diesen Berthold Scholz vor. Der soll uns sagen, um was es bei dem Streit am Sonntag im Garten seiner Tante ging. Er wird doch sicher seine Mutter gefragt haben, warum sie Frau Kessel in den Sandkasten geschubst hat."

„Kannst du mal aufhören, dauernd herum zu laufen? Das macht mich ganz nervös", motzte nun Cosima.

„Irgendetwas übersehen wir bei der ganzen Sache. Ich weiß nur nicht was", sagte Alexander ärgerlich.

„Was hast du eigentlich von den anderen Männern in Pohl-Göns erfahren?"

„Die wohnen gar nicht mehr alle dort. Teilweise habe ich nur mit ihnen telefoniert. Aber die haben alle lachend abgewunken und meinten nur, dass Sigrid sie nie rangelassen hätte. Sonst hatten sie angeblich keine Ahnung. Das bringt uns auf jeden Fall nicht weiter", Eberstädter war leicht gereizt, „ach ja, verwandt waren die auch nicht miteinander, falls dich das noch interessiert."

„Aber wie kommt hier Frau Klinke ins Spiel? Was kann die denn gewusst haben, dass man sie entführt? Und wo ist die jetzt?", fragte sich nun Alexander laut.

„Das wüsste ich allerdings auch gern. Vielleicht hat sie am Freitagabend doch mehr gesehen, als sie uns erzählt hat", mutmaßte Cosima.

„Vermutlich hat sie vor dem Tor mit dem Mörder gesprochen", Eberstädter sprang auf, „mir reicht es für heute. Ich geh jetzt nach Hause."

Kapitel 57

Eberstädter bedankte sich bei Cosima: „Bis morgen, macht's gut. Und vielen Dank fürs Bringen, Cosima." Er drehte sich um und ging den schmalen Pfad zu der Treppe, die ins Souterrain des Hauses führte. Seit seiner Scheidung wohnte er hier in einer kleinen Zweizimmerwohnung. Die Räume wurden möbliert vermietet. Eine Küchenzeile im Wohnraum erlaubte ihm, kleinere Gerichte zuzubereiten. Die zweckmäßige, aber spärliche Einrichtung ließ keine Gemütlichkeit entstehen. Er hielt sich zwar nicht oft hier auf, dennoch hätte er gern eine wohnliche Atmosphäre vorgefunden, wenn er nach Hause kam. Hier fehlte nicht nur die persönliche Note, sondern ganz eindeutig auch eine Partnerin, die ihn abends erwartete.

Das gute Verhältnis zu seinen Kollegen ersetzte ihm an so manchem Abend die Familie. Auch die Zugehörigkeit zu seinem Verein und die Treffen mit seinen Vereinskameraden ließen ihn sein Singledasein einigermaßen ertragen. Dennoch waren sie alle nur ein schwacher Trost. Er sehnte sich nach einer Lebensgefährtin. Er hielt ständig die Augen auf, aber berufsbedingt war das gar nicht so einfach.

Ursula König hatte ihm gefallen. Er hatte schon darüber nachgedacht, sie nach Aufklärung des Mordes an ihrer Freundin Sigrid um ein Date zu bitten. Durch ihren Tod war auch diese Aussicht zunichte gemacht worden.

Traurig ging er ins Schlafzimmer. Die Bettdecke lag noch genauso da, wie er sie am Morgen von sich geschoben hatte.

Kapitel 58

Eine Viertelstunde später setzte Cosima ihren Kollegen auf dem Betriebshof des Busunternehmers ab. Der Hof war erleuchtet, das Tor zur Fahrzeughalle stand auf. Alexander wollte nach Hause, öffnete die Fahrertür über die Fernbedienung und ließ Erdmann in den Innenraum springen. Er war gerade im Begriff, sich in das Auto zu setzen, als Armin Preuß durch das offene Tor der Fahrzeughalle kam. Sofort stieg Henneberg ein Duft von Vanille in die Nase.

„Du bist es", begrüßte ihn der Busunternehmer, eine Pfeife in der Hand. Alexander stieg wieder aus. Er wollte die Gunst der Stunde nutzen und Armin noch ein paar Fragen stellen.

„Hallo Armin, du bist ja noch da. Bist du auch mal irgendwann zu Hause?", grüßte Alexander zurück.

„Ich muss die Fahrpläne ändern, Fahrer anrufen und mich um eine neue Pflegekraft kümmern." Armin nahm einen tiefen Zug.

„Aber doch nicht mehr um diese Zeit", Alexander sah auf seine Uhr.

„Mails kann man immer schreiben", antwortete Armin.

„Kann ich dich mal was über deinen Cousin Berthold fragen?", tastete sich Alexander vorsichtig heran.

„Nur zu, was willst du wissen", forderte der Busunternehmer den Kommissar freundlich auf und stocherte im Tabak herum.

„Wann kann man den denn am besten zu Hause erreichen?“

„Morgen früh müsste er dort sein. Er fährt erst später am Nachmittag eine Seniorengruppe nach Frankfurt-Sachsenhausen.“

„Hast du eine Ahnung, ob er Sigrid von früher kannte? Ich meine, kannst du dir vorstellen, dass die mal was miteinander hatten?“

„Berthold und Sigrid?“, Armin brüllte vor Lachen, „ich glaube, der hat überhaupt noch nie etwas mit einer Frau gehabt, geschweige denn mit Sigrid. Und Sigrid hat er erst durch mich kennengelernt. Sie haben sich ab und zu mal auf einer Geburtstagsfeier gesehen. Mehr nicht.“

„Ist Berthold schwul?“

Erneutes Gelächter kam von Armin: „Nein, das nicht, aber seine Mutter lässt ihn doch nicht aus den Augen. Der wäre doch keine Frau recht. Ich habe Berthold auf jeden Fall noch nie mit einem weiblichen Wesen gesehen.“

„Es soll ja auch vorkommen, dass die eigene Mutter etwas mit dem Sohn hat“, sinnierte Alexander.

Armin nahm einen tiefen Zug aus seiner Meerschaumpfeife und blies den Rauch langsam in die Luft: „Das soll es geben, in der Tat.“

„Weißt du was davon, dass er früher mit seinem Bruder Manfred und seinem Cousin Burkhard in Diskotheken unterwegs war?“, Alexander hatte sich in die Idee, dass es sich bei den von Bettina Kessel erwähnten Männern um die beiden Cousins Burkhard und

Manfred handeln könnte, verbissen. Die dritte Person könnte dann seiner Meinung nach Berthold gewesen sein. Diesen Verdacht hatte er aber bisher für sich behalten.

„Das kann ich dir leider nicht beantworten. Ich hatte kaum Kontakt zu den drei Jungen und ehrlich gesagt, ich habe mich nicht darum gekümmert, was die so in ihrer Jugend getrieben haben. Ich bin auch ein ganzes Stück älter als die drei."

„Kannst du mir sagen, wann deine Cousins geboren wurden?"

„Ich bin 66 zur Welt gekommen, Manni 70, Hardy 71 und Holdi 76."

„Mit Hardy meinst du sicher deinen Cousin Burkhard?"

„Genau, bescheuerte Namen", Armin schüttelte den Kopf.

„Ok, das war es auch schon."

„Alexander, darf ich dir einen Rat geben?"

„Gerne", der Kommissar war gespannt, was nun kommen würde.

„Wenn du Holdi sprechen willst, musst du den Moment abwarten, bis seine Mutter nicht im Haus ist. Er wird dir sonst deine Fragen, die du sicher an ihn hast, nicht beantworten. Er steht total unter der Fuchtel seiner Mutter."

„Dann muss ich ihn ins Präsidium einbestellen."

„Vergiss es, der kommt glatt mit einem Anwalt. Komm einfach morgen um 14.00 Uhr hier auf den Hof. Da muss er den Bus vorbereiten. Da kannst du ganz unverfänglich mit ihm reden."

„Das ist ein guter Tipp. Ich werde da sein."

Armin hob die Hand zum Abschied: „Ich nehme an, du willst heute keinen Rotwein mit mir trinken?"

„Nee, heute nicht. Ich muss mal ins Bett. Bis morgen."

„Mach's gut und komm gut nach Hause", lächelte Armin.

Alexander fuhr auf die B 488. Die Bundesstraße lag leer vor ihm. Bis Butzbach begegnete ihm kein einziges Fahrzeug. Erdmann gab Schnarchgeräusche von sich. Alexander streckte seine Hand aus und streichelte seinem Freund über das Fell.

Als er die in der Mainzer Toranlage gelegene Villa betrat, die zwar hell erleuchtet, aber verlassen dalag, fühlte er wieder, wie die Einsamkeit ihn überkam. Die Rollläden hatten sich automatisch gesenkt und das Licht hatte sich mittels einer Zeitschaltuhr eingeschaltet. Dennoch machten die Räume einen kalten, unbewohnten Eindruck.

Es war viele Jahre her, dass ihn seine Mutter abends, wenn er von der Arbeit nach Hause gekommen war, in der geräumigen Diele empfangen hatte. Sie hatte, egal wie spät es war, immer auf ihn gewartet und ihn mit einem lieben Wort begrüßt. Seit ihrem Tod lebte er allein. Die kurze Verbindung mit der Anwältin von der anderen Straßenseite, die ihm zunächst wieder Hoffnung auf eine Beziehung gemacht hatte, war leider tragisch zu Ende gegangen. Einen erneuten Versuch, ein anderes weibliches Wesen kennenzulernen, hatte er nicht unternommen. Der einzige, der ihm abends zuhörte, war Erdmann, sein treuer Vierbeiner, der sich zu seinen Füßen niederließ und brummend seiner Stimme lauschte. Doch Erdmann, so gern er ihn auch mochte und schätzte, konnte ihm die Partnerin nicht ersetzen. Ihm wurde schlagartig klar, dass er auf Cosimas Ankündigung, ein Kind zu bekommen, nur deshalb so aggressiv reagiert hatte, weil er sie um ihr persönliches Glück beneidete.

Er begab sich ins obere Stockwerk, machte sich bettfertig und schlupfte unter die leichte Daunendecke. Erdmann hatte sich zu seinen Füßen abgelegt. Kurz darauf deuteten tiefe Atemzüge an, dass der Dackel fest schlief. Ab und zu fiepte er. Erdmann träumte.

Obwohl Alexander total müde war, fand er keinen Schlaf. Seine Gedanken kreisten um den unbekannten Vater von Hero Kessel. Er war sicher, dass entweder der Erzeuger des jungen Mannes oder eine ihm nahestehende Person verhindern wollte, dass die Wahrheit ans Tageslicht kam.

Kapitel 59

Das elektrische Tor öffnete sich. Cosima fuhr den RAV 4 in die Garage. Die Straßenbeleuchtung war bereits auf Nachtabsenkung geschaltet. Der Bewegungsmelder an der Tür sprang an, als sie sich dem Haus näherte. Das Licht ermöglichte ihr, den kurzen Weg von der Garage zum Eingang gefahrlos zurückzulegen und aufzuschließen.

Dankbar dachte sie an ihren Kollegen, der ihr nicht nur das elektrische Tor, eine neue Haustür mit dreifacher Verriegelung und die Rundumbeleuchtung besorgt, sondern auch eine Kamera, die ihre Hausfront und den Garten überwachte, eingebaut hatte. Die Terrassentür und die Fenster, die im Erdgeschoss lagen, hatte er mit schmiedeeisernen Gittern versehen, die er von einem seiner Kumpel aus Eberstadt hatte anfertigen lassen.

All das hatte er nach der Belästigung durch den Stalker und den am Schluss vorgenommenen Einbruch im vergangenen Herbst, bei dem der Täter ihr Haus unter Wasser gesetzt hatte, vorgenommen. Eberstädter hatte alles akkurat und vorschriftsmäßig ausgeführt und ihr viel Geld eingespart. Seitdem fühlte sie sich wesentlich sicherer in der alten Mühle, die sie vor einigen Jahren ersteigert hatte.

Sie räumte das dreckige Geschirr in die Spülmaschine, stellte die leeren Flaschen in den dafür vorgesehenen Korb und wischte den Terrassentisch ab.

Hinter den großen Bäumen entlang der Wetter hörte sie Motorengeräusche. Sie vermutete, ein Mähdrescher verursachte das Brummen. Die Landwirte beschäftigten für die Ernte ihres Getreides Lohndreschunternehmen. Oft fuhren sie noch am späten Abend die Frucht ein. Sie störte sich nicht weiter daran, wusste sie doch, dass es sich nur um einen kurzen Zeitraum handelte, an dem die großen Maschinen unterwegs waren. Während der Heuernte genoss sie sogar den frischen Duft des abgemähten Grases, das danach noch mehrfach gewendet wurde, bis es zu riesigen Ballen zusammengepresst in den Scheunen eingelagert werden konnte. Im Moment wurden die Maisfelder abgeerntet.

Als das Telefon klingelte, freute sie sich schon auf die Stimme von Carsten.

Kapitel 60

Der große Mähdrescher bewegte sich gleichmäßig durch das Maisfeld. Das Schneidwerk schnurrte wie eine Nähmaschine. Durch die Ohrenschützer wurde das Motorengeräusch für den Fahrer gedämpft. Er war froh, dass er auch mit dem letzten Feld bald fertig sein würde, freute sich auf ein Bier, mit dem er seine staubige Kehle spülen würde. Er hatte riesigen Durst und sah schon die goldgelbe Flüssigkeit eines Licher Pils in seine Kehle rinnen.

Vollkommen unvermutet, ruckelte das Schneidwerk, blieb plötzlich ganz stehen.

Der Fahrer zog die Ohrenschützer vom Kopf, öffnete die Tür und verließ seinen Sitz. Der Motor des Mähdreschers schaltete sich ab. Wahrscheinlich liegt mal wieder ein Tier zwischen den Maisstengeln, dachte er. Schon öfter hatte er ein Rehkitz angefahren oder einen Frischling erwischt. Die verstümmelten Körper der Tiere waren kein schöner Anblick. Das hätte er sich kurz vor Feierabend gern erspart. Nach einem Zwölfstundentag sehnte er sich nicht nur nach einem kalten Bier, sondern auch nach seinem Bett. Der Rücken schmerzte ihn und seine Beine waren schwer.

Langsam, in der Erwartung, einen blutigen, verstümmelten Tierkadaver zu erblicken, ging er um den Mähdrescher herum, blieb vor dem Schneidwerk stehen. Er musste zweimal hinschauen, um zu erkennen, was zwischen den Messern eingeklemmt war.

Kapitel 61

Alexander war gerade eingeschlafen. Er schlief so fest, dass er das Vibrieren seines Handys nicht wahrnahm. Erdmann war es, der auf das Mobiltelefon aufmerksam geworden war. Er bahnte sich einen Weg unter der Decke zu seinem Herrchen. Als sein Winseln ungehört blieb, stieß er Alexander mit der Nase an. Doch auch jetzt blieb eine Reaktion aus. Der Dackel fuhr dem Schlafenden mit der Zunge durch das Gesicht. Alexander blieb stumm. Er kratzte Alexander mit der rechten Vorderpfote über die Brust und fing an zu bellen.

Wie von den Toten erwacht, schlug Alexander die Augen auf. Sein Kopf war schwer, seine Stimme rau: „Mensch Erdmann, du bist eine echte Nervensäge. Jetzt war ich endlich eingeschlafen. Warum musst du jetzt unbedingt Gassi gehen?“, motzte er den Dackel an. Es war nicht unüblich, dass Erdmann ab und zu nachts seine Blase entleeren musste. Doch sogleich bemerkte Alexander seinen Irrtum. Er registrierte das Vibrieren seines Handys. Adrenalin schoss in seine Adern und versetzte ihn sofort in einen Wachzustand. Er ahnte Schlimmes. Wer immer ihn um diese Zeit zu erreichen versuchte, konnte nur eine schlechte Nachricht übermitteln.

„Cosima ruft an“, konnte er auf dem beleuchteten Display erkennen.

„Hallo Co, weißt du wieviel Uhr es ist? Ich hoffe, du hast einen guten Grund für die späte Störung.“ Alexanders Stimme klang bleischwer.

„Einen Grund habe ich auf jeden Fall, ob der dir gefällt, wage ich zu bezweifeln."

„Spann mich nicht auf die Folter. Was ist los?"

„Komm nach Ober-Hörgern. Fahr an meinem Haus vorbei, über die Brücke ins Feld. Dann wirst du uns schon sehen", gab sie ihrem Kollegen eine Anweisung. „Mehr musst du im Moment nicht wissen."

Kapitel 62

Alexander zog sich hastig an, putzte seine Zähne, fuhr sich mit der Hand durch die Haare und verließ fluchtartig das Haus. Erdmann folgte ihm ohne Aufforderung, sprang in den Fußraum auf der Beifahrerseite und legte sich ab. Er war nicht mal dazu gekommen, sein Morgengeschäft zu erledigen.

„Der Sommer verabschiedet sich heute mit aufkommender starker Bewölkung, am Mittag erwarten uns kräftige Schauer bei stark auffrischendem Wind aus West", hörte er noch die Wettervorhersage von HR 3. „Auf den Straßen ist es im Moment noch ruhig", war die letzte Meldung bevor die Stimme von Robbie Williams erklang.

Mist, dachte Alexander, der schöne Altweibersommer war damit wohl endgültig vorbei. Die Straßen waren leer. Bis nach Gambach begegneten ihm nur wenige Fahrzeuge. Nur auf der A 5 bei Butzbach konnte er eine Kette von Scheinwerfern ausmachen.

Leichte Nebelschwaden zogen von dem kleinen Flüsschen Wetter, das sich hier einen Weg durch die satte Landschaft suchte, über die Grasflächen hinter der alten Mühle an der B 488 vor Gambach. Der Ort lag noch verlassen da. Nirgendwo war hinter den Fenstern an der Durchgangsstraße ein Licht zu sehen. Es war, als sei er ganz alleine auf der Welt.

Als er den Kreisel am Ortsende verließ, konnte er in der Ferne zwischen dem Buschwerk am Fluss durch die Nebelschwaden verschwommen Blaulicht erkennen. Das Bild, das sich ihm bot, mutete fast gespenstisch an.

Er konnte sich denken, was er dort vorfinden würde. Sein Instinkt sagte ihm, dass man eine Tote, vermutlich die seit zwei Tagen vermisste Zeugin, Frau Klinke aus Pohl-Göns, aufgefunden hatte.

Große Scheinwerfer beleuchteten die gruselige Szene. Der Tatort war mit rot-weißen Bändern abgesichert.

Der Anblick des verstümmelten Leichnams, der zwischen dem Schneidwerk des riesigen Mähdreschers hing, verursachte dem Kommissar nicht nur Übelkeit, er versetzte ihn augenblicklich in Zorn darüber, dass man die Frau trotz der vielen Bemühungen nicht vorher hatte auffinden können.

Der Fahrer des Mähdreschers wurde im Innenraum eines Rettungswagens des Deutschen Roten Kreuzes versorgt. Er habe ja schon viel gesehen, hatte er Cosima berichtet, aber das sei das Abscheulichste, Grausamste, was ihm je vor die Augen gekommen sei.

Es ginge ihm gut, beharrte er, dennoch gaben ihm die Sanitäter vorsichtshalber ein leichtes Beruhigungsmittel und verständigten seinen Arbeitgeber, der sich über die nächtliche Ruhestörung nicht gerade begeistert zeigte. Erst als der Mann begriff, dass es sich bei der Störung nicht um einen Defekt an der Landmaschine, sondern um den Fund einer Leiche handelte, sagte er zu, schnellstmöglich zu kommen.

Nachdem er die Frau im Schneidwerk der großen Maschine gesichtet hatte, wählte der Fahrer sofort die

110. Kurz darauf waren zwei Polizeibeamte aus Butzbach im Feld erschienen. Gleich darauf fuhr ein Sanitätswagen vor.

Cosima war durch das Sondersignal der Polizei wieder aufgewacht und hatte sofort verstanden, dass im Feld auf der anderen Seite der Wetter etwas passiert sein musste. Sie konnte nicht nachvollziehen, warum man in der Nacht, wo so gut wie kein Auto auf der Straße war, mit Sondersignal durch einen Ort fahren musste. Doch sie äußerte sich nicht weiter dazu, fühlte sich aber an eine Szene vor einigen Jahren erinnert, als man weiter oben im Feld, in der *Höll*, eine Leiche in einer Schafherde aufgefunden hatte. Langsam wurde ihr die Ansammlung von Tatorten und Leichen, seitdem sie in dem kleinen Städtchen Münzenberg wohnte, etwas unheimlich. Sie hatte erst kürzlich erwähnt, dass man eine Zweigstelle des K 10 in Münzenberg eröffnen könnte, woraufhin sie ein spöttisches Grinsen ihrer Kollegen geerntet hatte.

Kapitel 63

In der Morgendämmerung verließen sie den Fundort und versammelten sich in der alten Mühle. Cosima hatte angeboten, Frühstück für die Kollegen vorzubereiten. Sie hatten darauf verzichtet, zuzusehen, wie der Leichnam aus dem Schneidwerk des Mähdreschers befreit wurde.

Jüngling, der nun auch aufgetaucht war, wurde sofort zum Brötchenholen in Gambach abkommandiert. Währenddessen kochte Cosima eine große Kanne Kaffee, schlug mehrere Eier auf und briet diese mit Dörrfleisch in der Pfanne an.

Eberstädter und Alexander unterhielten sich auf der Terrasse und beobachteten Erdmann, der nun endlich seine Blase entleeren konnte.

Frau Dr. Auf der Heide, die nach Feststellung des ungefähren Todeszeitpunktes sofort wieder nach Gießen in die Rechtsmedizin verschwunden war, hatte ihnen versichert, dass die Frau nach ihrem Verschwinden aus dem Krankenhaus nicht mehr lange gelebt haben konnte. Ihr Mörder musste sie also mit dem Vorsatz, sie zu töten und damit als wichtige Zeugin zu beseitigen, gleich nach dem Verlassen des Krankenhauses getötet und in dem Maisfeld abgelegt haben.

Der Fahrer des Mähdreschers, der seit Tagen die Felder abfuhr, konnte sich aber nicht erinnern, etwas Auffälliges beobachtet zu haben, was daran liegen konnte, dass er vorwiegend in den Nachmittagsstunden mit seiner Arbeit begann.

Die Frage, warum man die Leiche der Frau in dem Maisfeld abgelegt hatte, beschäftigte die Kommissare während des Frühstücks. Schließlich gab es doch zwischen Lich und Ober-Hörgern genügend Möglichkeiten, einen Körper verschwinden zu lassen. Allein der Wald zwischen dem Licher Golfplatz und dem Hotel Klosterwald hätte sich bestens geeignet, die Leiche zu entsorgen.

Die Spur des Opfers hatte sich an der Bushaltestelle vor dem Licher Krankenhaus verloren. Der Mantrailer hatte bis zu diesem Punkt anhand des Geruches den Weg von Frau Klinke verfolgen können. Dort musste sie entweder in einen Bus oder in ein Auto gestiegen sein. Die Nachfrage bei der Buslinie, die das Krankenhaus anfuhr und bei den Taxibetrieben hatte zu keinem Ergebnis geführt. Also kam nur ein Privatwagen in Betracht. Aber wer hatte diesen gesteuert und wo hatte der Mörder die Frau umgebracht, bevor er sie nach Ober-Hörgern fuhr?

Jüngling wurde damit beauftragt, in dem kleinen Ort nach Zeugen zu suchen, die an dem besagten Morgen ein verdächtiges Fahrzeug gesehen haben könnten.

Eberstädter wurde die traurige Aufgabe, der Tochter von Frau Klinke die Nachricht vom Tod ihrer Mutter zu übermitteln, aufgetragen.

Alexander und Cosima wollten sich um die Aussagen von Martina kümmern und mit Berthold Scholz reden.

Kapitel 64

Es war erst halb neun, als Alexander und Cosima bei Frau Pracht klingelten. Sie entschuldigten sich für ihr frühes Auftauchen, erklärten ihr jedoch die Wichtigkeit der erneuten Befragung von Martina. Die Mutter hatte keine Einwände und führte sie ins Esszimmer, wo sie Martina am Frühstückstisch vorfanden.

„Hallo Kommissar, spielst du heute mit mir?“, begrüßte sie den Ankömmling mit einem fröhlichen Lachen. Martina hatte eine Puppe auf dem Schoss, deren Gesicht von Marmelade verschmiert war.

„Hallo Martina, ich muss leider arbeiten. Aber sobald ich den Fall geklärt habe, besuche ich dich und spiele mit dir, versprochen.“ Frau Scholz betrachtete gerührt die Szene.

Cosima hatte ihren Kollegen Alexander darauf vorbereitet, dass sie keine weiteren Informationen von dem Mädchen erhalten würden. Dennoch versuchte Alexander, ihr noch etwas zu entlocken.

„Martina, du hast mir doch von deiner bösen Tante erzählt. Du weißt schon, die die Sigrid in den Sandkasten geschubst hat. Fällt dir noch irgendwas dazu ein? Hat die Tante irgendwas Gemeines zu Sigrid gesagt?“

„Das ist Sigrid“, stolz präsentierte ihm das Mädchen ihre Puppe, „das ist meine Freundin. Die Tante Hedwig darf der nix tun.“

„Was könnte die Tante denn der Sigrid tun?“, bohrte Alexander vorsichtig weiter.

„Die kann der gar nix tun. Die Sigrid ist ja tot", entgegnete die junge Frau aufgebracht.

Alexander sah zu Frau Scholz. „Ich habe es ihr erzählt. Sie hat fürchterlich geweint. Deshalb habe ich ihr die Puppe zur Erinnerung an Sigrid geschenkt. Das hat sie etwas getröstet. Aber ich glaube nicht, dass Sie noch etwas aus ihr rauskriegen. Ich habe auch schon versucht, noch etwas zu erfahren. Sie müssen wissen, dass Martina nur ein begrenztes Erinnerungsvermögen hat."

„Das habe ich schon befürchtet", sagte Cosima.

„Aber vielleicht gibt es da noch eine Möglichkeit, der Sie nachgehen können", äußerte sich Frau Pracht nun.

„Was meinen Sie?", gespannt sahen die Kommissare die Frau an.

„Ich hatte Ihnen doch von unserem merkwürdigen Nachbarn von gegenüber erzählt", begann Frau Pracht langsam, „gestern hat er mich angesprochen, als wir vom Einkaufen nach Hause kamen. Ich weiß nicht, ob etwas an dem dran ist, was er mir sagte, weil ich bei ihm immer das Gefühl habe, dass er lügt, wenn er nur den Mund aufmacht."

„Was hat er Ihnen denn erzählt?", Cosima, die sich die ganze Zeit im Hintergrund aufgehalten hatte, kam etwas näher.

„An meinem Geburtstag ist er früher nach Hause gegangen. Und er wirft uns ja immer vor, wir würden ihn beobachten. Aber gestern erzählte er mir, dass er von seinem Fenster aus gesehen hätte, wie mein Mann Sigrid beim Verlassen unseres Grundstücks angesprochen hätte. Die beiden hätten miteinander gestritten.

Sigrid hätte ihn dann einfach stehen lassen und wäre weggefahren."

„Wieso Ihr Mann? Wir hatten den Eindruck, als ob Sie nichts mehr mit ihm zu tun hätten", Cosima hob die Augenbrauen.

„Das stimmt schon. Ich lege keinen großen Wert auf seine Gesellschaft. Aber manchmal kommt er einfach vorbei. Wegen Martina mache ich kein großes Aufheben. So sieht sie wenigstens mal ihren Vater. Und an dem Tag hat er doch glatt behauptet, dass er nur gekommen sei, um mir zu gratulieren. Danach ist er aber gleich mit Hedwig im Garten verschwunden."

„Das wirft ein völliges neues Bild auf die Angelegenheit. Wissen Sie, ob Ihr Nachbar zu Hause ist?"

Frau Pracht sah aus dem Fenster: „Sein Auto steht vor der Tür. Die Rollläden sind unten. Der schläft vermutlich noch."

„Na, dann versuchen wir es doch mal bei dem Nachbarn", Alexander forderte Cosima mit einem Blick auf, mitzukommen.

„Martina, mach es gut. Ich komm dich bald besuchen", rief Alexander ihr zu.

Martina hielt ihre Puppe hoch und bewegte deren rechten Arm, so als wolle sie zum Abschied winken.

„Können wir Ihren Mann auch zu Hause erreichen?", vergewisserte sich Cosima nun.

„Ich denke schon, aber der ist verschwiegen wie ein Grab. Wenn er wirklich mit Sigrid gestritten hat, wird er das nicht zugeben", beantwortete Frau Pracht die Frage der Kommissarin in abfälligem Ton.

Kapitel 65

Alexander steckte sich eine Zigarette an. Erdmann setzte sich neben ihn.

„Das ist doch sonderbar, dass dieser Typ Frau Pracht von diesem Streit erzählt, findest du nicht?“, sprach Cosima ihren Kollegen von der Seite an. Sie beobachteten das gegenüberliegende Haus.

„Das finde ich allerdings auch. Damit hat er ja zugegeben, dass er seinerseits die Nachbarn beobachtet. Auf den bin ich echt gespannt.“

„Hoffentlich macht der uns überhaupt auf. Der scheint ja noch zu schlafen“, Cosima wies auf die verschlossenen Fenster.

„Ist mir egal und wenn ich die Tür aufbrechen lasse, ich will jetzt endlich wissen, was hier gespielt wird.“

Er warf die halb aufgerauchte Zigarette in den Randstein und überquerte die Straße. Erdmann klebte an seinen Fersen.

Neben der Haustür prangerte ein großes Messingschild. „Igor Art and Design“ stand auf dem Schild.

Auf das Klingeln reagierte zunächst niemand. Alexander ließ schließlich den Klingelknopf gedrückt. Der anhaltende Klang der Glocke war aus dem Inneren des Hauses zu hören. Cosima klopfte zudem gegen die Tür und rief immer wieder Hallo. Auch Erdmann machte sich bemerkbar, indem er anfing, aufgeregt zu bellen.

Plötzlich wurde die Tür aufgerissen. Vor ihnen stand ein Mann mit weißen Haaren, die ihm fast bis zum Gesäß reichten. Er war nur mit einer Boxershorts bekleidet. Sein nackter, schwammiger Oberkörper war kahl rasiert. Der Mann erinnerte tatsächlich an einen Engel.

„Sind Sie bescheuert? Was soll das? Warum machen Sie am frühen Morgen so einen Krach?", blaffte der Bewohner die Kommissare mit einem unverkennbaren osteuropäischen Akzent an.

Alexander zückte seinen Ausweis: „Kriminalpolizei, wir müssen mit Ihnen sprechen."

„Warum? Ich habe nichts verbrochen", motzte er die Kommissare an.

„Das hat auch niemand gesagt. Wir haben aber ein paar Fragen an Sie. Es geht um das, was Sie gestern Ihrer Nachbarin erzählt haben."

„Ach das", er machte eine wegwerfende Handbewegung, „wenn ich gewusst hätte, dass die Alte mir deshalb gleich die Polizei auf den Hals hetzt, hätte ich das Maul gehalten".

„Können wir vielleicht reinkommen?", drängte sich Cosima nun vor.

Widerwillig zog er die Tür auf und tapste auf seinen bloßen Füßen voran in ein dunkles Zimmer. Er betätigte einen Schalter und die Rollläden öffneten sich. Die Kommissare und Erdmann folgten dem Mann. Erdmann benahm sich vorbildlich, so als hätte er eine wichtige Mission zu erfüllen.

„Vielleicht können wir uns setzen und uns etwas beruhigen, dann sind wir ganz schnell wieder verschwunden, Herr Igor", mahnte ihn Alexander.

„Nur Igor", sagte der Nachbar und ließ sich auf einem breiten, speckigen Ledersessel nieder. Alexander und Cosima setzten sich nebeneinander auf die Couch. Erdmann ließ sich vor Alexanders Füße fallen.

„Was wollen Sie jetzt von mir?", Igor fixierte seine Besucher.

„Sie haben gestern Ihrer Nachbarin von einem Streit zwischen ihrem Mann und Frau Kessel berichtet. Das ist die Frau, die letzten Freitag ermordet wurde. Sie haben sicher davon gehört."

„Habe ich gehört, blöde Sache. Deswegen habe ich auch meiner Nachbarin von dem Streit erzählt. Ich denke, dass hat vielleicht was mit der ganzen Sache zu tun."

„Wie kommen Sie darauf?"

„Naja, der Streit – und dann ist die Frau plötzlich tot."

„Wissen Sie, um was es bei dem Streit ging? Haben Sie das zufällig gehört?"

„Nur wenige Worte. Ich habe die lauten Stimmen auf der Straße vernommen. Deshalb bin ich ans Fenster gegangen."

„Und was haben Sie mitbekommen?"

„Der Mann hat wild gestikuliert. Ist immer näher an die Frau gegangen. Dann habe ich gehört, dass er die Frau bedroht hat."

„Inwiefern hat er sie bedroht?"

„Er hat zu ihr gesagt, das habe ich deutlich gehört, sie soll das Maul halten, sonst könnte sie was erleben."

„Worüber sollte sie das Maul halten?", Alexander griff die derbe Ausdrucksweise des Mannes auf.

„Das weiß ich leider nicht. Wie gesagt, ich konnte nur diesen einen Satz hören. Ich wollte ja nicht das Fenster aufmachen. Das hätte doch so ausgesehen, als wäre ich neugierig." Bei dieser Aussage huschte ein Grinsen über Alexanders Gesicht.

„Aber diesen Satz haben Sie ganz deutlich gehört?"

„Ja, da bin ich mir ganz sicher."

„Und der Mann war Herr Pracht?"

„Ja, das war er", versicherte Igor.

„Ok, das war es schon. Sie müssten diese Aussage noch auf dem Kommissariat zu Protokoll geben. Bitte kommen Sie heute Mittag nach Friedberg. Sagen wir gegen 15.00 Uhr", erklärte ihm Cosima.

„Muss das sein? Ich habe wirklich etwas Besseres zu tun", er strich sich mit der Hand über die nackte Brust.

„Ja, das muss sein. Das ist eine wichtige Aussage", entgegnete Cosima ziemlich unfreundlich und verließ eilig das Haus.

„Dann werden wir mal diesem Herrn Pracht einen Besuch abstatten", stellte Alexander fest. Er verzichtete auf eine weitere Zigarette und stieg in seinen BMW.

Kapitel 66

Alexander und Cosima gingen auf den Fertighausbungalow zu. Das Grundstück machte einen verwahrlosten Eindruck. Die Büsche müssten gestutzt und das Unkraut gezupft werden. Die Waschbetonplatten, die zum Haus führten, hoben sich und boten eine gefährliche Stolperfalle. Plötzlich wurde die Tür aufgerissen. Peter Pracht erschien, bellte gleich los: „Wer sind Sie? Was machen Sie auf meinem Grundstück?"

Vor Schreck stolperte Cosima. Verzweifelt fuchtelte sie mit den Armen, fand das Gleichgewicht nicht wieder und fiel auf die Knie. Sie stieß einen Schmerzensschrei aus, gefolgt von einem wenig damenhaften Fluch: „Verdammte Scheiße."

„Ich liebe es, wenn Frauen vor mir auf die Knie fallen", kam es süffisant von Pracht.

Cosima stand die Empörung im Gesicht.

„Ihnen auch einen guten Tag", sagte Alexander ärgerlich und fasste Cosima unter die Achsel, um ihr auf die Beine zu helfen.

Cosima rieb sich über die Knie: „Ihre anzüglichen Sprüche können Sie sich sparen, Herr Pracht. Wir sind von der Kripo und haben ein paar Fragen an Sie", fauchte Cosima den unsympathischen Mann an.

„Können wir ins Haus gehen?", fragte der Kommissar.

„Wenn es sein muss. Es wird mir ja wohl nichts anderes übrigbleiben." Pracht ließ die Kommissare eintreten.

„Herr Pracht, Sie hatten am vorletzten Sonntag einen Streit mit Frau Kessel. Um was ging es da?", begann Alexander sofort mit seiner Befragung.

„Wer erzählt denn so was?", Peter Pracht fixierte den Kommissar mit einem stechenden Blick.

„Wir haben eine glaubhafte Zeugenaussage, dass Sie auf der Straße vor dem Haus Ihrer Exfrau mit Frau Kessel gestritten haben", mischte sich Cosima ein.

„So ein Blödsinn. Ich habe die gar nicht näher gekannt."

„Offensichtlich doch so gut, dass Sie die Frau bedroht haben."

„Das ist eine üble Verleumdung", empörte sich Pracht.

„Sie bestreiten also, dass Sie mit der Frau vor dem Haus von Frau Pracht gesprochen haben?"

„Das nicht. Ich habe mit ihr geredet, aber ich habe nicht mit ihr gestritten."

„Wie erklären Sie sich dann die Aussage unseres Zeugen, dass Frau Kessel das Maul halten solle, sonst könne sie was erleben?"

„Das ist nicht wahr. Hat das dieser Idiot von gegenüber erzählt, dieser Igor? Der lügt doch, wenn er den Mund aufmacht. Der will mir nur was anhängen."

„Wieso sollte er Ihnen was anhängen wollen?"

„Weil ich ihm mal gesagt habe, dass er seine Schrottkarre ordentlich abstellen soll. Er hat sie oft auf dem Bürgersteig und gegen die Fahrtrichtung geparkt, so dass eine Frau, die mit einem Kinderwagen unterwegs war, immer auf die Straße ausweichen musste. Das hat ihm gar nicht gefallen. Seit dieser Zeit hasst er mich."

„Das ist doch kein Grund, Ihnen etwas anzuhängen“, Cosima blitzte ihn aus ihren grünen Augen an.

„Diese Typen kennt man doch. Kommen hierher, leben von unserem Geld und legen sich mit unbescholtenen Bürgern an“, geiferte der Mann.

„Herr Pracht, Sie bestreiten also, Frau Kessel bedroht zu haben?“, Alexander wurde es nun zu dumm, „um was ging es dann bei Ihrem Gespräch mit Frau Kessel?“

„Nichts Besonderes. Ich habe sie gefragt, wie es ihr geht. Weiter nichts“, behauptete der Mann, „wenn dieser Igor was anderes gehört haben will, steht wohl Aussage gegen Aussage“, sein Ton war eine Spur zu arrogant.

„Herr Pracht, wir haben Sie zudem beobachtet, als Sie vorgestern das Haus Ihrer Schwägerin in Griedel verlassen haben. Wir haben gehört, wie Sie zum Abschied sagten - *Wir sind uns doch einig?* - diese Frage klang irgendwie bedrohlich.“

„Also, was Sie alles in meine Aussagen hineininterpretieren, ist schon sehr interessant“, er lachte spöttisch.

„Dann sagen Sie uns doch, um was es ging“, forderte ihn Cosima unmissverständlich auf.

„Ehrlich gesagt, ich weiß es gar nicht mehr. Sonst noch was?“, er stand auf und bedeutete den Kommissaren zu gehen.

„Herr Pracht, wir sind noch nicht fertig mit Ihnen. Wir kommen wieder. Sie sollten sich gut überlegen, ob Sie nicht mit uns kooperieren. Wir könnten Sie nicht nur wegen einer Falschaussage und Behinderung polizeilicher Ermittlungen drankriegen, sondern unter

Umständen auch wegen Beihilfe zum Mord“, der Zorn in Alexanders Stimme war unüberhörbar.

„Das wird ja immer schöner. Das nächste Mal spreche ich nur in Gegenwart meines Anwaltes mit Ihnen“, zischte Pracht. Sein Gesicht war rot angelaufen. Die Wut war ihm deutlich anzumerken.

„Das haben wir schon einmal gehört“, sagte Alexander und verließ ohne Abschiedsgruß das Haus.

Cosima blieb noch einmal stehen: „Herr Pracht, überlegen Sie sich gut, ob Sie nicht die Wahrheit sagen wollen. Auf jeden Fall brauchen wir Ihre Aussage schriftlich. Bitte kommen Sie heute Mittag um 15.00 Uhr ins Präsidium.

„Ich denke gar nicht daran“, erwiderte er.

„Fragen Sie doch Ihren Anwalt, ob Sie dazu verpflichtet sind oder nicht“, antwortete Cosima schnippisch und folgte Alexander ins Freie. Sie zog die Tür mit einem lauten Knall zu.

Kapitel 67

Vor der Tür fand sie Alexander rauchend auf dem Bürgersteig vor. „Du hast dich ganz schön weit aus dem Fenster gelehnt, mein lieber Henne. Wie kannst du dem unterstellen, an einem Mord beteiligt zu sein?"

„Das ist einfach so über mich gekommen. Der Typ nervt mich, genauso wie diese Hedwig Scholz. Die haben was zu verbergen und ich bin mir sicher, die haben was mit dem Tod der drei *K`s* zu tun."

„Die drei *K´s*?", Cosima sah ihn amüsiert an.

„Ja, Kessel, König und Klinke", erklärte er seiner Kollegin.

Cosma lachte: „Mittlerweile glaube ich das auch. Aber glauben heißt, nicht wissen. Wir müssen es beweisen und so lange wir nicht dahinterkommen, wer der Vater von diesem Hero ist, können wir gar nichts machen", ermahnte ihn Cosima. „Der Pracht wird sich mit Sicherheit bei unserem Chef beschweren. Wollen wir wetten? Du kriegst in den nächsten Tagen einen Einlauf von Wortmann verpasst."

„Na und, das ist mir auch egal", Alexander zuckte mit den Schultern. Er sah zum Auto, in dem Erdmann auf ihn wartete. Der Dackel schaute durch die Scheibe auf der Beifahrerseite, die total verschmiert war von seiner Schnauze.

„Es lohnt sich nicht, nochmal nach Friedberg zu fahren, bevor wir mit Berthold Scholz sprechen. Lass uns zum Chinesen gehen und etwas essen", schlug Cosima vor.

„Das ist schon das zweite Mal diese Woche. Wir können hier bald unsere Zelte aufschlagen. Aber es ist besser, wir machen uns vom Acker. Das Wetter gefällt mir nicht. Es gibt bestimmt bald Regen“, er blickte zum Himmel, der voller dunkler Wolken hing, die schnell vorüberzogen. Die Büsche in dem ungepflegten Vorgarten von Herrn Pracht bogen sich im Wind. Die großen Bäume hinter dem Flachdach bogen sich zur Seite. Alexander schaute noch einmal zu dem Fertighausbungalow, der einen heruntergekommenen Eindruck machte. Hinter dem Küchenfenster bewegte sich die Gardine. Sie wurden beobachtet.

Cosima hatte Jüngling und Eberstädter mitgeteilt, dass sie beim Chinesen einkehren würden. Die beiden trafen unabhängig voneinander kurz darauf ebenfalls ein. Ohne groß zu fragen, stellte der Wirt Getränke auf den Tisch.

„Ist ja schon witzig, dass du einen Dackel mit zum Chinesen schleppst. Die essen doch Hunde“, versuchte Jüngling komisch zu sein. Erdmann ließ ein verächtliches Brummen vernehmen.

„Sehr witzig. Das machen die vielleicht in China, aber bestimmt nicht hier“, Alexander schüttelte den Kopf.

Nachdem sie bestellt hatten, tauschten sie ihre Erfahrungen aus.

Alexander bedauerte, dass sie nicht sehr viel weitergekommen seien. Pracht, den sie als Zeugen vernommen hatten, würde dicht machen. Sein Verhalten erinnere ihn an das von Hedwig Scholz.

Cosima berichtete zu Alexanders Überraschung, dass sie Herrn Pracht zur gleichen Zeit wie den Kroaten Igor aufs Präsidium bestellt hatte. Stückchen hatte sie bereits mitgeteilt, dass die beiden auf dem Gang vor ihrem Büro auf sie warten sollten. Sie verheimlichte ihren Kollegen nicht, dass sie damit eine gewisse Absicht verfolgte.

„Warte erst mal ab, ob dieser Pracht überhaupt auftaucht", Alexander machte aus seinem Misstrauen keinen Hehl.

Cosima ging nicht weiter darauf ein und wandte sich an Eberstädter: „Wie hat die Tochter von Frau Klinke reagiert?"

„Es war grauenhaft. Ich glaube, die Tatsache, dass ihre Mutter tot ist, hat sie nicht so sehr erschreckt, wie dass sie vom Schneidwerk eines Mähdreschers zermalmt wurde."

„Warum hast du ihr das überhaupt erzählt?", murrte Alexander.

„Wetten, dass wir das Morgen in der Zeitung mit den vier großen Buchstaben wiederfinden", schnipste Cosima mit den Fingern, „oder in einer Vorabendsendung der *Hessenschau*."

„Das lässt sich doch eh nicht verheimlichen. Was glaubst du, was die Leute, die heute Morgen plötzlich am Tatort erschienen sind, alles erzählt haben. Als ich beim Bäcker Brötchen geholt habe, haben die sich schon über die Ladentheke unterhalten. Mir ist ganz schlecht geworden von dem Blödsinn, der da ausgetauscht wurde", berichtete Jüngling zum allgemeinen Erstaunen.

„Juliane wird schon entsprechend berichten. Nur keine Bange", nahm Cosima die Pressesprecherin des K 10 in Schutz.

„Also, was habt ihr sonst erreicht?", wandte sich Alexander an Jüngling.

„Ein älterer Mann, der am Ortsrand wohnt, will gesehen haben, wie vorgestern Morgen ein dunkler Wagen mit hoher Geschwindigkeit durch Ober-Hörgern gefahren ist. Eine einzelne Person hätte daringesessen. Er konnte aber nicht genau sagen, um welchen Fahrzeugtyp es sich gehandelt hat. Aber er war sicher, dass es ein älterer Wagen war."

„Ist die Aussage zuverlässig?", hakte Alexander nach.

„Ich denke schon. Eine Frau, die in ihrem Garten Blumen gegossen hat, will ebenfalls morgens um diese Zeit ein Fahrzeug gesehen haben. Sie konnte mir allerdings keinerlei Angaben zu Fahrzeugtyp oder den Insassen machen. Aber sie war sicher, dass es ein dunkler Wagen war."

„Um wieviel Uhr war das?"

„Um halb acht. Die gute Frau sagte mir, dass sie bei dem warmen Wetter jeden Morgen um diese Zeit in ihrem Garten die Blumen gießt und das normalerweise da niemand vorbeikommt."

„Wieso nicht? Dort stehen doch die Doppelhaushälften und das Mehrfamilienhaus. Da sind doch bestimmt Leute zur Arbeit unterwegs."

„Das wusste die gute Frau auch ganz genau zu berichten. Die würden sich alle schon vor sieben Uhr auf den Weg machen, einschließlich der Schulkinder, die zur Bushaltestelle an der Bundesstraße gehen."

„Woher will die das so genau wissen?"

„Wie schon gesagt, sie geht jeden Morgen ihre Blumen gießen, egal ob Regen angesagt ist oder nicht. In der heißen Jahreszeit, also Juli/August ist sie manchmal schon um halb sieben dort. Deshalb wusste sie genau zu sagen, wann die Leute ihre Häuser verlassen. Sie wusste auch, dass Cosima zu vollkommen unterschiedlichen Zeiten ihr Haus verlässt."

„Ist ja nicht zu fassen", Cosima schüttelte ihr Haupt. Ihr Pferdeschwanz wippte hin und her.

„Dorf eben, da weiß jeder, was der Nachbar macht", bestätigte Eberstädter Jünglings Aussage.

„Ich werde trotzdem später noch mal zu den Häusern weiter unten in der Mühlenstraße gehen. Die Bewohner sind jetzt alle an der Arbeit oder in der Schule."

„Kommst du auch zu mir?", frotzelte Cosima.

„Blöde Kuh", lachte Jüngling.

Der freundliche Chinese stellte zwei Stövchen auf den Tisch. Wenig später brachte er Teller und Schüsseln mit Reis. Seine Frau stellte jeweils zwei Platten mit Ente und Rindfleisch in einem Gemüsebett auf die Wärmebehälter.

Alexander fütterte Erdmann unter dem Tisch mit Rindfleischstückchen. Der arme Dackel hatte den ganzen Tag noch nichts gefressen. Der Chinese brachte eine Schüssel mit Wasser: „So ein schönes Tier", sagte er anerkennend.

Mit vollem Mund lobte Eberstädter das Essen, das er in sich hineinschlang, als wäre er kurz vor dem Verhungern.

„Aber sehr viel helfen uns die Aussagen der alten Leute auch nicht weiter. Was können wir schon mit einem älteren Wagen anfangen", bemerkte Cosima zwischen zwei Bissen, „ohne Kennzeichen oder Wagentyp nutzt uns das alles nichts."

„Herr Pracht hat doch einen dunklen Mercedes älteren Baujahres", erinnerte sich Alexander nun.

„Stimmt", bestätigte Cosima Alexanders Aussage, „dann werden wir den Herrn doch nachher mal fragen, was er an dem besagten Morgen gemacht hat."

„Und wenn er nicht freiwillig kommt, lassen wir ihn vorführen. Der Typ hat was mit all diesen Toten zu tun. Ich kenne nur nicht das Motiv und das macht es so schwierig, ihm etwas zu beweisen."

„Moment", stoppte Eberstädter seine Kollegen, „Armin Preuß fährt ebenfalls einen dunklen Wagen älteren Baujahres."

Alexanders Telefon klingelte. Stückchen rief an.

„Was gibt es?"

„Wo seid ihr?"

„Beim Chinesen in Gambach", antwortete Alexander mit vollem Mund.

„Kommt ihr auch mal irgendwann wieder ins Präsidium? Wortmann will mit euch sprechen", sagte die Sekretärin aufgeregt.

Böses ahnend fragte Alexander: „Warum? Hat sich jemand beschwert?"

„Wie kommst du denn darauf?"

„Schon gut. Wir müssen noch mit Berthold Scholz sprechen. Dann kommen wir zurück. Wir haben um drei Uhr zwei Zeugen einbestellt, wie du weißt."

„Ja, und um Punkt drei Uhr ruft Henning Kühl wieder an. Er hat sich heute schon zweimal gemeldet. Er lässt sich nicht abwimmeln. Er behauptet, interessante Hinweise im Mordfall Kessel liefern zu können."

„Ach, der will sich doch nur wichtigmachen. Warum hast du ihm nicht gesagt, dass ich tot bin?"

„Also weißt du, das kann ich doch nicht ernsthaft sagen. Du redest bitte nachher mit ihm und klärst das ein- für allemal."

„Ist ja schon gut, Stückchen."

„Dann bis später. Und bring mir mal den Dackel wieder mit." Alexander wollte gerade die Austaste betätigen, als er noch einmal Stückchens Stimme vernahm.

„Halt, das Wichtigste habe ich ja noch vergessen."

Kapitel 68

Die Kommissare trennten sich vor der Tür. Während Eberstädter und Jüngling nach Friedberg fuhren, begaben sich Alexander und Cosima zu dem Busunternehmen. Vor ihnen befuhr gerade ein älteres Mercedes -Modell auf den Hof. Die Person, die am Steuer saß, beugte sich zu dem Beifahrer und drückte ihm einen Kuss auf die Wange.

Berthold stieg auf der Beifahrerseite des Mercedes aus. Der Wagen wendete und verließ den Hof. Am Steuer erkannten sie Hedwig Scholz.

„Das gibt es doch nicht. Der Sohn ist über vierzig und wird von seiner Mutter zur Arbeit gebracht“, Cosima war platt.

„Nicht nur das, der lässt sich auch noch von ihr küssen, wie ein Schulkind. Das ist doch nicht normal“, setzte Alexander hinterher.

„Und erst der Wagen, ein Mercedes, mindestens 30 Jahre alt“, Cosima schnipste mit den Fingern.

„Ja, aber nicht dunkel. Der Wagen ist gelb. Oder bist du farbenblind?“, belehrte sie ihr Kollege.

Alexander stellte seinen BMW ab und ging auf Berthold Scholz zu. Cosima folgte ihm mit Erdmann. Der Dackel machte sich nach ein paar Metern selbständig, flitzte durch die Halle und verschwand durch die offenstehende Tür in den Garten. Kurz darauf war freudiges Gebell zu hören. Im Hintergrund erkannte Alexander eine Person, die an einer Werkbank arbeitete. Er vermutete Otto, den Mechaniker und Wertstattleiter.

„Hallo Herr Scholz, auf ein Wort bitte“, sprach Alexander den Busfahrer an. Scholz drehte sich um und sah den Kommissar überrascht an.

„Was gibt es? Ich bin eh schon knapp in der Zeit. Ich habe gleich eine Fahrt und muss noch Getränke besorgen“, kam es unwirsch zurück.

„Wir wollen Sie nicht lange aufhalten. Aber ich hätte da ein paar Fragen an Sie im Zusammenhang mit dem Mord an Frau Kessel“, sagte der Kommissar bestimmt.

„Aber wieso das denn? Ich habe die Frau doch kaum gekannt“, Berthold Scholz fasste sich an sein linkes Ohr.

„Sind Sie ganz sicher, dass Sie Frau Kessel nicht früher schon einmal getroffen haben?“

„Natürlich bin ich sicher. Ich habe Frau Kessel erst bei einer Familienfeier kennengelernt“, seine Stimme klang etwas brüchig.

„Wo waren Sie denn am vergangenen Freitagabend zwischen 20.00 und 21.00 Uhr?“, hakte der Kommissar nach.

„Verdächtigen Sie jetzt etwa mich, etwas mit dem Mord an der Frau zu tun zu haben? Das ist doch grotesk.“

„Beantworten Sie doch einfach meine Frage“, erwiderte der Kommissar. Cosima stand schweigend dabei und beobachtete die Mimik von Berthold Scholz.

„Ich bin am Freitag um 20.00 Uhr von einer Fahrt mit den Polizeisenioren zurückgekommen. Nachdem ich den Bus durchgesehen habe, bin ich nach Hause gefahren.“

„Wann waren Sie zu Hause?“

„Gegen 20.30 Uhr."
„Kann das jemand bezeugen?"
„Ja, meine Mutter. Sie kam gleichzeitig mit mir zu Hause an." Das Gesicht des Mannes überzog sich plötzlich mit einer unnatürlichen Röte, seine Augen zuckten. Er wandte den Blick von Alexander ab und schaute auf den Boden.
„Wenn Sie mich jetzt bitte entschuldigen wollen, ich muss losfahren, sonst komme ich zu spät zum vereinbarten Treffpunkt. Ich glaube kaum, dass das meinem Cousin gefallen würde", setzte Scholz in einem unfreundlichen Ton hinterher.
„Noch eine letzte Frage, Herr Scholz. Wo können wir Ihre Mutter erreichen?"
Empört sah der Gefragte den Kommissar an: „Wieso, was wollen Sie denn von ihr?"
„Sie muss Ihr Alibi bestätigen", erklärte ihm Cosima, „außerdem hätte ich da noch eine Frage." Berthold Scholz begann zu schwitzen. Die Befragung war ihm offensichtlich unangenehm.
„Was denn noch?", er sah auf seine Uhr.
„Worüber hat sich Ihre Mutter mit Frau Kessel auf der Geburtstagsfeier von Frau Pracht gestritten?"
„Wie, wie", stotterte er, kkkommen Sie denndenn darauf?"
„Ihre Mutter hat Frau Kessel rückwärts in den Sandkasten Ihrer Cousine Martina geschubst. Sie haben Frau Kessel daraus befreit. Da müssen Sie doch wissen, um was es bei der Auseinandersetzung ging", warf Cosima dem verblüfften Mann vor.
„Dddas weiß ich nicht."

„Das glaube ich Ihnen nicht. Was war der Grund für den Streit zwischen Frau Kessel und Ihrer Mutter?", stellte Cosima die Frage erneut. Dieses Mal in einem schärferen Ton.

„Ich ich kkam erst dazu zu, als Frau Kessel im Sandkasten lag. Ich habe gar nichts mitbekommen", Berthold Scholz wand sich wie ein Aal. Seine Stirn glänzte feucht.

„Aber Sie haben Ihre Mutter doch bestimmt nach dem Grund des Streites gefragt."

Scholz schüttelte den Kopf: „Hab ich nicht."

„Das können Sie mir nicht weismachen", zischte Cosima.

Scholz war den Tränen nahe: „Sie kennen meine Mutter nicht. Fragen Sie sie doch selbst."

„Das haben wir schon. Sie hat uns erklärt, es sei um die Pflege ihrer Schwester Adelheid gegangen", berichtete Cosima.

Scholz wirkte erleichtert: „Dann wird es so gewesen sein."

Er wischte sich mit einem weißen Taschentuch den Schweiß von der Stirn und aus dem Nacken. Sein Hemdkragen rutschte etwas nach unten und legte seinen Hals frei.

„Kann ich jetzt endlich fahren?"

„Fahren Sie, aber wir kommen wieder und fragen so lange, bis wir die richtige Antwort kriegen", drohte ihm Cosima.

Mit hängenden Schultern ging Scholz zu dem Reisebus.

„Lass uns fahren“, forderte die Kommissarin ihren Kollegen auf, der wie hypnotisiert Berthold Scholz hinterher schaute.

Kapitel 69

„Armer Tropf", Otto kam näher. Er wischte sich die Hände an einem Lappen ab.

„Hallo, Herr....?", grüßte Alexander.

„Kowalski, Otto Kowalski", antwortete der Mechaniker freundlich.

„Wie meinten Sie das?", fragte Cosima freundlich.

„Berthold hat einen schweren Stand bei seiner Mutter. Sie lässt ihn nicht aus den Augen. Sie bestimmt alles. Seit dem Tod seines Bruders ist es sogar noch schlimmer geworden."

„Sie kennen die Familie Scholz?"

„Nicht nur die. Ich bin seit der Gründung des Unternehmens hier angestellt. Ich habe alles mitbekommen, was sich in den drei Familien in den letzten 50 Jahren abgespielt hat."

„Sie sind so etwas wie das Faktotum des Unternehmens?", fragte Cosima.

Otto grinste: „Das kann man so sagen, junge Frau."

„Danke für die junge Frau", erwiderte Cosima charmant, „können Sie etwas aus dem Nähkästchen plaudern?"

„Oh je, da weiß ich gar nicht, wo ich anfangen soll."

Alexander blickte auf die Uhr: „Cosima, wenn wir noch bei Frau Scholz vorbeifahren wollen, dann müssen wir uns beeilen. Du weißt doch, wir müssen um 15.00 Uhr im Präsidium sein."

„Schade", kam es aufrichtig von Cosima, „vielleicht hätte Herr Kowalski uns irgendetwas Interessantes mitteilen können."

„Sie können mich gern jederzeit fragen. Was ich sagen darf, können Sie von mir erfahren. Dinge, die mir anvertraut wurden, werde ich bestimmt nicht preisgeben. Ich fühle mich der Familie verpflichtet. Ich kann Ihnen aber eines mit Bestimmtheit sagen, Armin ist ein feiner Kerl und Frau Scholz interessiert sich einen Scheißdreck für das Befinden ihrer Schwester. Vielleicht denken Sie bei Ihren Ermittlungen daran. Sie sollten vor allem im Zusammenhang mit den drei Morden, den Jagdunfall von Manfred Scholz im letzten Jahr noch einmal unter die Lupe nehmen."

„Herr Kowalski, wir kommen nochmal auf Ihr Angebot zurück", bedankte sich Alexander bei dem Werkstattleiter. Mit einem ungeduldigen Blick forderte er Cosima auf, ihn zu begleiten.

Kapitel 70

Frau Scholz kam an das Gartentor: „Was wollen Sie schon wieder?"

„Dürfen wir hereinkommen?", fragte Cosima bemüht freundlich.

„Nein, dürfen Sie nicht", antwortete die Frau frech.

„Auch gut, dann hören die Nachbarn eben mit", erwiderte Alexander genauso frech.

„Ich habe Ihnen doch schon einmal gesagt, dass ich nichts weiß und mich, wenn überhaupt, nur in Gegenwart meines Anwaltes äußere."

„Gilt das auch bezüglich des Alibis Ihres Sohnes? Wollen Sie das auch verweigern?", köderte Alexander die Frau.

„Wieso denn Alibi?"

„Wir müssen wissen, wann Ihr Sohn am vergangenen Freitag nach Hause gekommen ist."

„Das weiß ich ganz genau, es war halb neun."

„Wieso wissen Sie das so genau?", fragte Cosima.

„Weil ich gerade vom Einkaufen in Gambach gekommen bin. Wir sind zeitgleich hier gewesen."

„Die Lebensmittelläden schließen doch alle um 20.00 Uhr. Wo waren Sie denn da noch die letzte halbe Stunde?", Cosimas Stimme klang misstrauisch.

Frau Scholz zögerte nur einen kleinen Moment: „Ich habe noch getankt."

„Das kann nicht sein, die Tankstelle an der Butzbacher Straße schließt um 20.00 Uhr", belehrte sie Cosima.

„Wer sagt denn, dass ich in Gambach getankt habe? Ich war in Butzbach an der ARAL Tankstelle."

„Wieso fahren Sie erst nach Gambach zum Einkaufen und dann nach Butzbach zum Tanken? Das macht doch gar keinen Sinn."

„Da ist es manchmal billiger als in Gambach."

„Sie fahren also an Griedel vorbei, um in Butzbach zu tanken?", Alexanders Stimme klang voller Zweifel, „warum gehen Sie dann nicht in Butzbach einkaufen?"

„Ich war vorher bei meiner Schwester zu Besuch."

„Welcher der beiden?"

„Adelheid. Mit Mechthild habe ich es nicht so."

„Haben Sie noch die Kassenbons von Ihrem Einkauf und der Tankstelle?"

„Nein, warum sollte ich die denn aufheben? Ich konnte ja nicht wissen, dass ich die für ein Alibi benötigen würde."

„Na gut. Das war es fürs Erste", Alexander sah wieder auf seine Uhr. Es war zwanzig vor drei.

Kapitel 71

Das Gezeter war schon im Erdgeschoss zu hören. Alexander und Cosima eilten die Treppe hoch in den ersten Stock. Bevor sie in den Gang traten, blieben sie stehen. Sie hörten eine Weile den beiden Streithähnen zu.

„Warum erzählst du so einen Mist?“, hörten sie Prachts Stimme.

„Weil es stimmt“, unverkennbar Igor.

„Du willst mir nur eins auswischen, weil du nicht ertragen kannst, dass dir mal jemand die Meinung sagt.“

„So ein Blödsinn. Du hast die Frau bedroht. Das war ganz deutlich zu hören.“

„Weswegen sollte ich denn die Frau bedrohen?“

„Das weiß ich doch nicht, was ihr miteinander für Probleme habt.“

„Du nimmst das auf jeden Fall wieder zurück. Oder ich zeige dich an wegen übler Nachrede und Verleumdung.“

„Ich denke ja gar nicht daran. Ich weiß doch, was ich gehört habe. Außerdem lasse ich mir nicht von dir drohen.“

„Ich habe dich nicht bedroht.“

„Natürlich hast du das, gerade eben. Du versuchst mich einzuschüchtern, genauso wie die arme Frau.“

„Dafür gibt es gar keinen Grund. Das bildest du dir alles nur ein.“

„Tu ich nicht.“

„Du leidest doch an Verfolgungswahn.“

„Wie kommst du denn darauf?“

„Warum sonst hast du meiner Frau und Martina unterstellt, sie würden dich beobachten? Das ist doch der beste Beweis, dass du spinnst.“

„Ich spinne nicht. Deine Frau hat mich beobachtet und du hast die Frau bedroht. Basta. Ich bleibe bei meiner Meinung.“

„Das ist mir jetzt zu blöd. Das musst du erst mal beweisen. Im Zweifelsfall steht hier Aussage gegen Aussage und wer wird schon so einem dahergelaufenen Typen wie dir glauben?“

„Meine Herren, jetzt reicht es“, Stückchen erschien in der Bürotür, „benehmen Sie sich gefälligst. Hier wird gearbeitet.“

Alexander und Cosima verließen ihre Deckung. Sie hatten genug gehört.

Kapitel 72

„Da seid ihr ja endlich“, kam es vorwurfsvoll von Stückchen, „die zwei kosten mich noch die letzten Nerven.“

„Das war nicht meine Absicht“, entschuldigte sich Cosima, „aber genau diesen Streit wollte ich hören.“

„Wo ist denn Erdmann?“, fragte Stückchen.

„Ja, wo ist denn der Dackel, Cosima?“, fragte Alexander entsetzt.

Cosima schlug sich mit der flachen Hand vor die Stirn: „Den haben wir in Gambach vergessen.“

„Das darf doch wohl nicht wahr sein“, entrüstete sich Stückchen, „wie kann denn so was passieren?“

„Das frage ich mich allerdings auch“, antwortete Alexander mit einem vorwurfsvollen Blick zu Cosima.

„Was motzt du jetzt mich an? Ist das dein Dackel oder meiner?“, blaffte Cosima zurück.

„Stückchen, ruf bitte bei Armin Preuß in Gambach an. Ich vermute, Erdmann ist noch in seinem Garten. Sage ihm, ich hole ihn nachher ab.“

„Mache ich, du gehst bitte in dein Büro, Alexander. Henning Kühl muss sich jeden Augenblick melden. Du solltest ihm unbedingt zuhören“, bat Stückchen.

„Cosima, du kümmerst dich bitte um die beiden Streithähne. Nimm ihre Aussagen zu Protokoll“, befahl Alexander seiner Kollegin.

„Muss das sein? Kann das nicht Jüngling machen?“

„Geht nicht, der weiß ja gar nicht, was die vorher ausgesagt haben. Wo steckt der überhaupt?“, wandte sich Alexander nun an Stückchen.

„Der ist mit Eberstädter zusammen. Die haben die ganze Zeit mit der Kripo in Gießen telefoniert. Das wollte ich dir ja vorhin schon sagen."

Alexanders Festnetzanschluss klingelte in seinem Büro. Er ging in den Nebenraum und nahm den Hörer ab.

„Henneberg", meldete er sich unwirsch.

„Halle Henne, hier spricht Henning. Wie geht es dir?"

„Hallo Henning", kam es wenig begeistert von Alexander, „du rufst mich doch nicht an, um mich das zu fragen. Was willst du wirklich?"

„Ich könnte dir ein paar wichtige Hinweise in dem aktuellen Mordfall geben", kam es wichtigtuerisch vom anderen Ende der Leitung.

„Welchen der vielen meinst du?"

„Wieso, habt ihr noch mehr?"

„Mittlerweile sind wir bei Mord Nummer vier angelangt. Also, um welchen handelt es sich?"

„Das wusste ich nicht. Wer wurde denn noch alles ermordet?"

„Das tut jetzt nichts zur Sache. Du erfährst es spätestens heute Abend aus der *Hessenschau* oder morgen aus der Zeitung. Also rück jetzt mit der Sprache raus. Was weißt du?"

„Es geht um Sigrid Kessel. Ich könnte dir wertvolle Hinweise liefern", kam es in einem verschwörerischen Ton.

„Die da wären?"

„Das möchte ich dir nicht am Telefon sagen. Das kann ich dir nur unter vier Augen mitteilen."

„Ok, dann komm ins Präsidium. Ich bin jetzt hier."

„Ich denke ja nicht dran. Mit meinen ehemaligen Kollegen möchte ich nichts mehr zu schaffen haben.“

„Hör mal Henning, wenn du mir wirklich was zu sagen hast, dann tue es bitte. Ich kann jeden Hinweis gebrauchen, bevor es noch weitere Tote gibt“, sagte Alexander ungeduldig.

„Es geht also um einen Serienkiller?“

„Nein, geht es nicht. Jetzt spann mich nicht auf die Folter und rede endlich. Oder warum rufst du hier dauernd an?“

„Können wir uns irgendwo treffen?“, fragt Henning.

„Muss das sein?“

„Ja. Du wirst sehen, es lohnt sich.“

„Ich kann dir leider nicht sagen, wann ich heute Abend hier rauskomme“, erwidert Alexander.

„Ok, dann komm ich jetzt zu dir nach Friedberg und erwarte dich in 15 Minuten an der Ecke. Ich erzähle es dir dann.“

„Hast du schon mal zum Fenster rausgeguckt? Seit einer viertel Stunde regnet es in Strömen.“

„Hier in Butzbach ist noch alles trocken.“

„Ok, dann komme ich zu dir. Das kann aber spät werden. Wohnst du immer noch in der gleichen Wohnung?“

„Ja. Bier ist auch genug da. Dann bis später, alter Kumpel.“

Alexander knallte den Hörer auf. Dieser Fall machte ihn wahnsinnig. Keiner gab irgendwas zu, alle machten nur vage Andeutungen und jetzt auch noch Henning. Er war gespannt, was Henning ihm sagen wollte. Hoffentlich wollte er sich nicht nur wichtigmachen. Alexander rann die Zeit davon.

Er ging über den Flur in Wortmanns Büro. Juliane saß dem Dienststellenleiter gegenüber. An der Wand lehnte Eberstädter.

„Was gibt es Chef?"

„Mittlerweile sind es drei tote Frauen. Was ist hier los?"

„Das wüsste ich auch gern. Die Antwort liegt vermutlich bei den Familien Pracht und Scholz. Aber die verweigern die Aussagen."

„Was haben die zu verbergen?"

„Es geht vermutlich um die Vaterschaft von Hero Kessel. Irgendjemand versucht zu verhindern, dass wir den Erzeuger des jungen Mannes finden. Fragt sich nur warum."

„Was ist mit diesen Vaterschaftstests?"

„Die nützen uns gar nichts, so lange wir nicht wissen, wer die drei Personen sind, die als Vater in Frage kommen."

„Aber du hast einen Verdacht, Henne?", mutmaßte Wortmann.

„Habe ich, aber der ist zweifelhaft", Alexander fuhr sich durch das wellige Haar.

„Erzähl", fordert ihn Wortmann auf.

„Ich vermute, dass es um die drei Cousins Burkhard Pracht, Manfred und Berthold Scholz geht. Leider sind schon zwei von ihnen tot."

„Findest du nicht, dass das ziemlich weit hergeholt ist?", fragte ihn Eberstädter in einem motzigen Ton.

„Alles, was wir bisher herausbekommen haben, deutet darauf hin. Ich müsste mich schon sehr täuschen, wenn es nicht so wäre", entgegnete Alexander mit einem bösen Blick in Eberstädters Richtung.

„Woran machst du deine Annahme fest?“, Wortmann war hartnäckig.

„Bettina Kessel hat uns von zwei Männern berichtet, mit denen Sigrid Kessel damals eine Zeit lang unterwegs war. Ein gewisser Thomas Pohl, der Sigrid Kessel mit in die Disko genommen hat, hat ebenfalls von zwei Männern gesprochen, zu denen sich dann noch ein dritter, wesentlich jüngerer Mann gesellt hatte. Dann geht Sigrid Kessel plötzlich nicht mehr aus, ist schwanger. Vor zwei Jahren hat sie die erste DNA Probe eingereicht, vor ca. einem Jahr die zweite, vor einigen Wochen die dritte. Es besteht zweifelsfrei ein verwandtschaftliches Verhältnis zwischen den drei Personen, von denen die DNA eingereicht wurde. Die dritte Probe beweist eindeutig die Vaterschaft. Aber wer ist die dritte Person bzw. wer sind die beiden anderen?“, stellte Alexander die Frage in die Runde. Alle schwiegen.

„Wir haben alle möglichen Freunde von früher unter die Lupe genommen“, fuhr Alexander deshalb fort, „da sind keine Personen dabei, die miteinander verwandt sind.“ Alexander stoppte seinen Redeschwall.

„Aber wie kommst du ausgerechnet auf diese drei Cousins“, fragte Wortmann ungeduldig.

„Ihr könnt mich gern für verrückt erklären, aber es ist die Mimik von Hero Kessel, die mich auf diesen Verdacht gelenkt hat. Er sieht Berthold Scholz unglaublich ähnlich“, erklärte Alexander, „deshalb vermute ich, dass der dritte, jüngere Mann, mit dem sich Sigrid Kessel vergnügt hat, Berthold Scholz ist.“

„Und du meinst, die haben sich alle gleichzeitig mit dieser Frau vergnügt“, es war deutlich zu hören, dass Eberstädter Alexanders Aussage nicht ernst nahm.

„Ja, überleg doch mal. Die erste Probe wurde vor zwei Jahren abgegeben. Damals starb Burkhard Pracht an Leukämie. Die zweite Probe wurde vor einem Jahr abgegeben. Damals wurde Manfred Pracht bei einem Jagdunfall getötet.“

„Dann kann die dritte Person, die als Erzeuger von Hero Kessel in Frage kommt, doch nur Berthold Scholz sein“, Juliane drehte sich zu ihm um.

„Genau Juliane. Berthold Scholz ist wesentlich jünger als sein Bruder Manfred und sein Cousin Burkhard. Das ist die Person, die an einem Abend mit den beiden anderen, Studenten wie uns Thomas Pohl berichtete, im Busters aufgetaucht ist und die dort irgendwas gefeiert haben“, Alexander tippte mit dem Zeigefinger auf die Schreibtischplatte seines Chefs. „Berthold Scholz hat mir allerdings vorhin erklärt, dass er Sigrid Kessel früher nicht kannte. Er will sie erst bei einer Familienfeier kennengelernt haben.“

„Dann kann doch nur Armin Preuß die dritte Person sein“, meldete sich nun Eberstädter voller Überzeugung zu Wort, „du glaubst doch nicht ernsthaft, dass dieser Bubi Berthold Scholz mit Sigrid Kessel geschlafen hat.“

„Armin Preuß hat mir glaubhaft versichert, dass er nie mit seinen Cousins unterwegs war und Diskos hat er auch nicht besucht. Außerdem ist er ein ganzes Stück älter als seine Cousins und nicht jünger. Sigrid hat er aus einem Altersheim in Butzbach abgeworben. Er kennt sie also auch nicht von früher. Sein Alibi für die Tatzeit ist ebenfalls stichfest und ganz ehrlich, der macht mir nicht den Eindruck, dass er eine Vaterschaft ablehnen würde."

„Vielleicht hat sich Thomas Pohl geirrt und der dritte Mann war nicht jünger, sondern älter als die beiden anderen. Dann könnte es doch Armin Preuß gewesen sein. Er kümmert sich schließlich wie ein Vater um Hero Kessel. Er will ihm sogar seine Firma übergeben", warf Eberstädter ein.

„Warum sollte er dann die Vaterschaft verheimlichen? Das macht doch gar keinen Sinn", verteidigte Alexander den Busunternehmer aus Gambach.

„Wer weiß, wie es dazu gekommen ist. Vielleicht ist er doch nicht so ganz harmlos und an der Geschichte mit seiner Cousine ist doch was dran. Vielleicht hat er ja Sigrid Kessel vergewaltigt", schlug Eberstädter vor.

„Du spinnst Eberstädter. Das glaube ich im Leben nicht", Alexander wies dieses Argument energisch zurück.

„Außerdem kann das Alibi gefälscht sein. Vielleicht hat er die Verbindung per Skype mit Südafrika hergestellt und ist dann für eine Weile verschwunden. Kein Mensch, außer seiner Frau natürlich, hätte bemerkt, dass er nicht vor der Kamera sitzt", mutmaßte Eberstädter weiter.

„Habt Ihr das Alibi überprüft?", Wortmann schaute von Eberstädter zu Alexander.

Alexander sah betreten unter sich: „Nein, ich habe nicht bei seiner Frau angerufen."

Wortmann schlug mit der flachen Hand auf den Tisch: „Warum denn nicht?“

„Weil ich Armin Preuß glaube. Er ist kein Mörder. Das sagt mir mein Instinkt“, verteidigte sich Alexander.

„Du kennst ja das Sprichwort von den Pferden vor der Apotheke“, sagte Wortmann.

„Das kenne ich, aber da bleibt immer noch der Streit zwischen Hedwig Scholz und Sigrid Kessel und Peter Pracht und Sigrid Kessel.“

„Wer weiß, um was es da wirklich ging? Vielleicht hat das gar nichts mit der Sache zu tun“, gab Juliane zu bedenken.

„Außerdem spricht die Tatsache, dass Preuß die Tote aufgefunden hat, dafür, dass er was damit zu tun haben könnte. Und es war sein Messer, das im Bauch der Toten steckte. Zudem kannte er Frau Klinke und auch Frau König. Frau Klinke wäre bestimmt in das Auto ihres zukünftigen Vermieters gestiegen, ebenso hätte Frau König Herrn Preuß die Tür geöffnet und ganz arglos hereingelassen“, Eberstädter übertraf sich selbst mit seinen Annahmen.

„Wenn er was mit dem Tod von Sigrid Kessel zu tun hätte, hätte er doch nicht das Messer in ihrem Bauch stecken lassen.“

„Wahrscheinlich wurde er überrascht und hatte keine Zeit mehr, es zu entfernen.“

„So blöd ist doch kein Mensch. Außerdem hätte er genügend Zeit gehabt, es in der Zwischenzeit zu entfernen“, gab Alexander zu bedenken.

„Das könnte auch ein Ablenkungsmanöver sein“, warf Eberstädter in die Runde.

Alexander fuhr sich wieder durch die Haare, „Sollte ich mich so in dem Mann getäuscht haben?“

„Er ist einfach nur ein guter Schauspieler“, erwiderte Eberstädter.

Alexander machte einen verzweifelten Eindruck: „Der Werkstattleiter, dieser Otto Kowalski, hat mir und Co vorhin noch gesagt, dass Armin Preuß in Ordnung sei. Warum sollte der sowas sagen?“

„Vielleicht weiß er nichts oder er nimmt seinen Chef aus reiner Loyalität in Schutz“, ließ sich Juliane vernehmen.

„Ich fresse einen Besen, wenn das stimmt“, Alexander machte einen enttäuschten Eindruck.

„Ja der Alkohol, der kann einem so manches Mal das Hirn vernebeln“, ließ sich nun Eberstädter vernehmen.

„Du hast es gerade nötig, Eberstädter“, motzte Alexander seinen Kollegen an.

„Habe ich da was verpasst?“, Wortmann blickte fragend von dem einem zum anderen.

„Nee, schon gut Chef“, versicherte ihm Eberstädter etwas zu schnell.

„Dann ist es ja gut“, Wortmanns Ton ließ eindeutig erkennen, dass er solche Anspielungen nicht mochte.

„Wenn du immer noch auf der Unschuld von Armin Preuß beharrst, lieber Henne, dann könnte ich dir noch den Bericht von dem Kommissar aus Gießen um die Ohren hauen, der in dem Jagdunfall ermittelt hat“, Eberstädters Stimme klang zynisch.

„Na da bin ich mal gespannt“, Alexander sah seinen Kollegen immer noch böse an.

Es war das Gewehr von Armin Preuß, aus dem der tödliche Schuss abgeben wurde. Ein älteres Gewehr, ein Sammlerstück. Es konnte niemals nachgewiesen werden, wer die Waffe aus dem Auto von Preuß entwendet und wer damit geschossen hat. Dennoch war es höchst fahrlässig von Preuß, eine schussbereite Waffe in seinem Jeep zu lassen. Das Fahrzeug war zwar abgeschlossen, aber das Ding ist leicht zu öffnen. Jemand, der sich ein bisschen damit auskennt, konnte das leicht bewerkstelligen. Die Annahme, dass Preuß jemand damit beauftragt hatte, seinen Cousin hinterrücks zu erschießen, wurde nicht bestätigt. Es fehlte auch das Motiv. Preuß und sein Cousin Manfred hatten keine Probleme miteinander. Zudem war der Mann ja nur zufällig als Treiber bei der Drückjagd. Wie gesagt, man konnte ihm nichts nachweisen, aber man wollte auch nicht glauben, dass man ihm mit dem heimtückischen Mord an seinem Cousin eins auswischen wollte. Entlastet hat ihn ein Mann aus Münzenberg, Rainer Ruppel, ein passionierter Jäger und Freund von Preuß. Er hat damals vor Gericht glaubwürdig bezeugt, dass der Busunternehmer niemals in der Lage wäre, einen Menschen zu töten. Er sei ein sehr umsichtiger Jagdgenosse, der darauf bedacht sei, das Wild schonend zu erlegen. Ihm sei es bei der Jagd nie um das Töten, sondern um die Hege gegangen. Preuß kam mit einem Bußgeld und dem Entzug seines Jagdscheins davon."

„Und was willst du damit beweisen?", Alexander sah seinen Kollegen irritiert an.

„Vielleicht hatte der Anschlag gar nicht Manfred, sondern Berthold gegolten, der an diesem Tag ganz zufällig mit Magen- und Darmgrippe im Bett lag. Sein Bruder ist ja nur für ihn eingesprungen."

„Warum sollte jemand Berthold Scholz töten wollen?", fragt Juliane wieder.

„Na, vielleicht wollte Preuß den Cousin loswerden, genauso wie seinen Cousin Burkhard Pracht. Scholz ist ja in der Firma beschäftigt. Vielleicht hatte Preuß Angst, dass Berthold mehr vom Kuchen abhaben wollte", erklärte ihr Eberstädter.

„Das ist doch Quatsch", fuhr Alexander auf, „die Firma gehört Armin Preuß. Sein Großvater hat sie ihm 1996 zu seinem dreißigsten Geburtstag überschrieben."

„Hast du einen Beweis?", Eberstädter schaute seinen Kollegen gehässig an.

„Es reicht mir, wenn Armin Preuß mir das sagt."

„Und was wäre, wenn Berthold Scholz, sein Bruder Manfred und sein Cousin Burkhard Pracht an der Firma beteiligt waren und Armin Preuß sie aus dem Weg räumen wollte? Kannst du das ausschließen, lieber Henne?"

„Das kann ich natürlich nicht, aber ich halte es dennoch nicht für realistisch. Ich glaube, das Motiv liegt bei der Vaterschaft, die es zu verheimlichen gilt."

„Ich finde, du machst dir das ein bisschen zu einfach, Henne", warf ihm Eberstädter vor.

Alexanders Augen sprühten vor Zorn: „Was willst du eigentlich, Eberstädter? Warum bist du auf einmal so zynisch?"

Wortmann haute wieder auf den Tisch: „Hallo Jungs, hört auf, euch zu streiten. Das bringt uns nicht weiter."

„Ich möchte ja nur erreichen, dass unser lieber Henne auch mal in eine andere Richtung denkt. Er glaubt diesem Preuß alles. Dabei sind das doch sehr merkwürdige Dinge, die sich in den letzten Jahren abgespielt haben."

„Da muss ich Eberstädter recht geben. Ist ein bisschen viel, was man ihm nicht nachweisen kann. Findet ihr nicht?", meinte Wortmann.

„Was meinst du?", fragte Juliane ahnungslos, „was wisst ihr, was ich nicht weiß."

„Naja, die versuchte Vergewaltigung seiner Cousine Martina war laut seiner Aussage keine. Seinen Cousin lässt er sterben, weil der ihm die Sache angeblich untergejubelt hat. Und dann der Jagdunfall seines Cousins Manfred. Das ist doch alles mehr als seltsam."

„Eben. Es könnte doch sein, dass Preuß den Mord an Sigrid Kessel begangen hat, diesen aber Berthold Scholz in die Schuhe schieben will, damit der in den Knast geht und er ihn nicht an der Firma beteiligen muss."

„Das ist doch Blödsinn, Eberstädter. Das ist doch nur eine Vermutung, dass die drei an der Firma beteiligt sind bzw. waren. Das müssen wir erst mal überprüfen. Und das werde ich jetzt tun. Genauso, wie ich mir einen Vaterschaftstest von Preuß besorge, um seine Unschuld zu beweisen", sprach es und verließ aufgebracht und Türe knallend den Raum.

„Ich verstehe Alexander nicht. Der ist doch sonst nicht so betriebsblind", nahm Wortmann seinen besten Ermittler in Schutz.

Alexander verließ wie ein geprügelter Hund das Büro des Dienststellenleiters. Auch wenn Eberstädters Vermutungen zutreffen könnten, wollte er nicht glauben, dass er sich so in Armin Preuß getäuscht haben sollte. Zumal er noch ein weiteres As im Ärmel hatte. Doch das wollte er jetzt noch nicht ausspielen. Zudem ärgerte er sich über Eberstädters anmaßende Art. Was war bloß in seinen Mitarbeiter gefahren, dass er sich so unkollegial ihm gegenüber benahm. Eigentlich passte das gar nicht zu ihm. Hatte er, Alexander irgendetwas getan, dass seinen Kollegen zu diesem Verhalten veranlasste? Jetzt war jedoch nicht die Zeit, darüber nachzudenken.

Cosima kam ihm entgegen: „Was ist los, Henne? Du machst ein Gesicht wie drei Tage Regenwetter. Dabei hat es doch gerade erst angefangen, wie aus Eimern zu gießen."

„Sehr witzig. Ich muss nach Gambach zu Armin Preuß. Die lieben Kollegen haben sich auf ihn eingeschossen. Ich bitte ihn um einen Vaterschaftstest, damit ich seine Unschuld beweisen kann. Kommst du mit? Ich habe keine Lust, alleine zu fahren", sagte er traurig.

„Klar, dann kann ich dir auch gleich berichten, was die zwei Streithähne von sich gegeben haben. Aber nachdem, was du mir von dem Muttermal berichtet hast, kann doch Armin Preuß gar nicht der Vater sein."

Kapitel 73

Der CD-Player blieb aus. Alexander war so deprimiert, dass er nicht mal seine Lieblingsmusik von Elvis Presley hören wollte. Zu seiner trüben Stimmung passte der Regen, der sich in Sturzbächen über die Landschaft ergoss. Die Scheibenwischer seines BMW liefen auf höchster Stufe. Obwohl es erst halb fünf am Nachmittag war, hatten die tiefhängenden Wolken für eine frühe Dunkelheit gesorgt.

Cosima unterbrach die Stille: „Willst du nun eigentlich wissen, was dieser Peter Pracht und dieser Igor von sich gegeben haben?"

„Ach, nicht wirklich. Aber schieß schon los", gab Alexander genervt zur Antwort.

„Da bin ich in zwei Sätzen fertig. Sie haben sich weiterhin gegenseitig beschuldigt. Igor hat Peter Pracht die Drohung gegenüber Frau Kessel zu Protokoll gegeben. Pracht hat das abgestritten und als Lüge hinge stellt. Genauso wie vorher."

„Das waren jetzt aber mehr als zwei Sätze", gab Alexander besserwisserisch zu bedenken.

„Dein Humor hast du noch nicht eingebüßt. Das ist schon mal ein gutes Zeichen", lachte Cosima.

„Das ist reiner Galgenhumor", konterte Alexander.

„Jetzt bist du dran, Henne. Was hat dich so aus der Bahn geworfen?", Cosima schien ernsthaft besorgt.

„Wenn es zutrifft, dass Armin Preuß der Vater von Hero ist und für die ganzen Morde verantwortlich ist, quittiere ich den Dienst", sagte Alexander traurig. Er sah stur geradeaus. Der Feierabendverkehr hatte schon eingesetzt und auf der B 3 war ziemlich viel Betrieb. Durch die Wassermassen konnte er nur die Konturen der vor ihm fahrenden Autos und die Rückleuchten erkennen.

„Wer behauptet denn, dass Armin Preuß der Vater ist?"

„Eberstädter hat mich eben massiv angegriffen und mir vorgeworfen, dass ich in die falsche Richtung ermittle", seine traurige Stimmung war ganz plötzlich in Zorn umgeschlagen.

„Deshalb musst du doch nicht gleich alles hinwerfen", versuchte Cosima ihn zu trösten.

„Doch, weil dann offensichtlich mein Instinkt nachlässt. Im letzten Jahr hat mich diese Hexe Regina Mutzke an der Nase herumgeführt und jetzt angeblich Armin Preuß. Nee nee, Co, dann tauge ich nicht mehr zum Kommissar."

„Ich glaube nicht, dass Armin Preuß hinter all diesen schrecklichen Taten steckt. Wir sollten nicht nur Preuß, sondern auch endlich diesen Berthold Scholz überprüfen. Wenn Berthold Scholz das gleiche Muttermal wie das Baby von Hero hat, dann müssen die miteinander verwandt sein. Dann brauchen wir gar keine Probe mehr."

„Sigrid könnte durch das Arbeitsverhältnis bei der Familie Preuß auf Burkhard, Manfred und Berthold gestoßen sein. Sie hat sie wahrscheinlich bei den diversen Familienfeiern getroffen, zu denen sie ihre Chefin begleitet hat. Hat sie wiedererkannt und nach und nach die Proben genommen. Nachdem die beiden ersten

Tests negativ waren, hat sie vermutet, dass es Berthold war, der Hero gezeugt hat. Die letzte Probe könnte von ihm stammen. Bevor sie sich sicher war, dass ihre Vermutung zutrifft, hat sie sich mit ihrer Freundin Ursula König über diesen Verdacht beraten. Und, das war ihr größter Fehler, sie hat die Mutter von Berthold auf der Geburtstagsparty darauf hingewiesen. Deswegen sind sie in Streit geraten", erklärte Alexander seiner Kollegin, „Frau Scholz wird den Verdacht zurückgewiesen haben."

„Aber wieso ist dann dieser Peter Pracht auf der Straße auf Sigrid Kessel losgegangen? Der konnte doch zu diesem Zeitpunkt noch gar nichts von Sigrids Äußerung gegenüber Frau Scholz wissen", sagte Cosima.

„Vielleicht hat ja bereits vorher ein Gespräch zwischen Frau Kessel und Frau Scholz stattgefunden, von dem wir nichts wissen. Frau Scholz hat sich Pracht anvertraut. Die beiden sind doch ganz offensichtlich *ein Kopp und ein Arsch*."

„Oder aber", Cosima schnipste mit den Fingern, „Ursula König...." Weiter kam sie nicht. Alexander legte eine Vollbremsung hin. Der BMW rutschte noch ein ganzes Stück über die Straße, kam aber rechtzeitig hinter seinem Vordermann zum Stehen.

„Was sind das denn wieder für Sonntagsfahrer?", fluchte Alexander, „kaum gibt es ein paar Tropfen Regen, flippen alle aus", wütend schlug er aufs Lenkrad, „was wolltest du sagen?", ermunterte er seine Kollegin ihren Gedanken zu äußern.

„Also, Sigrid Kessel hat sich ihrer Freundin anvertraut. Die braucht Geld für das Auto ihres Sohnes und wendet sich an Frau Scholz, erpresst sie um Geld. Das hat die sich natürlich nicht gefallen lassen und bringt sie um", Cosima sah in den Regen hinaus.

„Aber mal angenommen, Berthold wäre der Vater, warum sollte Frau Scholz verhindern wollen, dass das rauskommt? Das ist doch kein Grund, jemanden umzubringen. Die hätten doch Sigrid Kessel und auch Ursula König mit Geld zum Schweigen bringen können", entgegnete Alexander, der ungeduldig auf das Lenkrad trommelte. Der Verkehr war zum Stilltand gekommen.

„Aber Sigrid Kessel wollte kein Geld. Sie wollte, dass Hero erfährt, wer sein Vater ist und das konnte Frau Scholz nicht zulassen. Sie ist sehr besitzergreifend, will ihren Sohn mit niemandem teilen", erklärte ihm Cosima.

„Da muss noch was anderes sein." Die Scheiben von Hennes Wagen begannen von innen anzulaufen. Alexander öffnete das Fenster einen Spalt. Regentropfen sprühten ihm ins Gesicht.

„Das sehe ich auch so. Ich sage dir mal, die Jungs haben die gute Sigrid Kessel wahrscheinlich vergewaltigt. Und das soll nicht herauskommen", Cosima schnipste ganz wild mit den Fingern.

„Kannst du nicht damit aufhören? Das macht mich nervös", bat Alexander.

„Entschuldige, aber das mache ich ganz automatisch", lachte Cosima.

„Wenn die Sigrid tatsächlich vergewaltigt hätten, wäre das zumindest ein Motiv für den Mord an ihr. Trotzdem traue ich das diesem Berthold nicht zu", Alexander fuhr langsam an, „wenn, dann steckt diese

Scholz dahinter. Und der Pracht hat ihr geholfen. Das würde auch ihr ganzes Verhalten erklären."

„Ja, und das gilt es zu beweisen", gab ihm Cosima recht.

„Wir brauchen eine Probe von Berthold", Alexander fuhr in angepasstem Tempo, hielt genügend Abstand zu dem vor ihm fahrenden Wagen.

„Dafür brauchen wir einen Beschluss. Denn die Probe gibt der bestimmt nicht freiwillig her."

„Wir müssen trotzdem erst mit Preuß sprechen und ihn bitten, uns seinen Speichel zu überlassen. Ich will, dass dieser Verdacht gegen ihn ausgeräumt wird. Ruf mal Fähe an und frage sie, wie schnell sie einen Vaterschaftstest durchführen kann. Und dann brauchen wir ja auch noch den Speichel von Hero. Den musst du besorgen."

„Sind die eigentlich noch im Krankenhaus mit dem Baby?"

„Keine Ahnung, aber das wird uns sicher Armin sagen können."

Kapitel 74

Mit einiger Verzögerung kamen sie endlich in Gambach an. Sie trafen Armin Preuß und seinen Werkstattleiter in der Fahrzeughalle an. Die beiden schienen ziemlich erregt zu sein. Das war sofort erkennbar, als die Kommissare die Halle betraten.

Erdmann und Othello stürmten auf Alexander und Cosima zu. Beide gingen in die Hocke und begrüßten die Vierbeiner. Erdmann konnte sich gar nicht beruhigen. Alexander nahm ihn auf den Arm und ließ es zu, dass der Dackel ihm den Hals ableckte.

„So, jetzt ist es gut", er setzte seinen vierbeinigen Freund wieder auf den Boden und näherte sich dem Busunternehmer.

„Hallo Armin, können wir dich noch mal kurz sprechen?", Alexander machte ein betretenes Gesicht.

„Gleich, ich muss nur kurz noch was mit Otto klären. Wir haben schon wieder eine Panne."

„Wer hat den Bus gefahren?", wollte Cosima wissen.

„Berthold ist vor einer Viertelstunde zurückgekommen. Die Elektronik spielt verrückt. Die Anzeige leuchtet wie ein Weihnachtsbaum", knurrte Armin Preuß.

„Geh nur Armin. Wir können eh nichts machen. Ich rufe morgen gleich den Hersteller an. Die müssen die Elektronik neu auslesen. Sicher ist es nur ein kleiner Defekt", sprach Otto Kowalski.

„Deine Ruhe möchte ich haben. Ich glaube nicht mehr daran, dass das alles nur ein Zufall ist. Das ist jetzt das vierte Mal, dass an unseren Bussen eine Störung auftritt."

Armin Preuß bat die Kommissare in sein Büro. Hier war die Luft stickig und roch nach abgestandenem Rauch. Er öffnete das Fenster. Das Rauschen des Regens und die frische Luft erfüllten sofort den Raum. Preuß setzte sich hinter seinen Schreibtisch, dessen Fläche mit Stapeln von Briefbögen, Quittungen und Notizzetteln bedeckt war.

Alexander überließ Cosima den einzigen Stuhl vor dem Schreibtisch und lehnte sich an die Wand.

„Was kann ich für Sie tun?", Preuß wählte die offizielle Anrede. Offenbar wollte er den Kommissar, mit dem er seit dem nächtlichen Trinkgelage per du war, nicht kompromittieren.

Alexander überließ Cosima das Gespräch. Das hatte er zuvor mit ihr ausgemacht. Er wollte nicht, solange die Mordfälle nicht aufgeklärt waren, dass etwas zwischen ihm und Armin Preuß stand.

„Herr Preuß, wären Sie bereit, uns eine Speichelprobe zu geben?"

„Warum? Wessen verdächtigen Sie mich", Preuß sprach ganz ruhig.

„Wir verdächtigen Sie nicht. Wir wollen nur ausschließen, dass Sie der Vater von Hero Kessel sind. Reine Routine", versuchte Cosima ihm schonend beizubringen.

„Haben Sie dafür einen Beschluss?", kam es nun etwas unwirsch.

„Noch nicht. Wir hatten gehofft, Sie würden uns aus freien Stücken helfen. Wenn Sie aber darauf bestehen, können wir das veranlassen. Dann kommen wir morgen wieder."

„Die Mühe können Sie sich sparen. Ich habe nichts zu verbergen. Ich bin nicht der Vater von Hero. Leider. Er ist ein prächtiger Junge. Ich wünschte, ich wäre es."

„Das freut uns zu hören", Cosima zog ein Röhrchen aus ihrer Jackentasche, schraubte es auf und entnahm ihm ein Stäbchen.

„Geben Sie schon her", murrte Preuß und streckte den Arm aus. Cosima reichte ihm das Stäbchen. Preuß schob es in den Mund und befeuchtete es mit seinem Speichel. Cosima nahm es wieder entgegen und steckte es zurück in den Behälter.

„Können Sie uns noch sagen, wo wir Hero Kessel finden? Ist er noch im Krankenhaus oder schon wieder zu Hause?"

„Ich habe heute Mittag mit ihm telefoniert. Da war er noch im Krankenhaus. Seine Frau hat immer noch Fieber. Er bat mich, ihm bei den Vorbereitungen der Beerdigung seiner Mutter zu helfen. Ich habe den hiesigen Bestatter beauftragt. Er wird Sigrids Leichnam in Gießen abholen, sobald er freigegeben ist. Sie soll eine würdige Trauerfeier bekommen", Tränen schimmerten in seinen Augen.

„Co, dann fährst du bitte ins Krankenhaus und holst die Speichelprobe. Ich fahre dann nach Butzbach", bat Alexander seine Kollegin.

„Dafür müsste ich erst mal mein Auto haben. Falls du dich erinnerst, bin ich heute Morgen mit dir gefahren."

„Ok, ich bring dich gleich nach Ober-Hörgern. Kannst du bitte einen Moment draußen warten", bat er sie.

Alexander nahm auf dem freigewordenen Stuhl Platz.

„Armin, ich wollte dir nur sagen, wie leid mir das alles tut. Ich muss leider auch deine Frau noch nach deinem Alibi befragen. Ich zweifle nicht an deiner Unschuld, aber ich muss es trotzdem beweisen."

Armin machte eine wegwerfende Handbewegung: „Ist schon gut. Ich kenn das ja. Das geht mir schon mein ganzes Leben so. Allerdings habe ich langsam die Schnauze voll. Ich weiß nicht, warum sich alle gegen mich verschworen haben."

„Dann bist du mir nicht böse?", Alexanders Stimme war deutlich zu entnehmen, wie peinlich ihm die Sache war.

„Keine Spur. Und wenn dieser ganze Scheiß endlich aufgeklärt ist, nehme ich dich mal mit auf den Bock." Müde fuhr sich der Busunternehmer über die gerötete Stirn.

Alexander hatte nicht die geringste Ahnung, was Preuß damit meinte, antwortete aber einfach: „Ok, das machen wir. Mach`s gut. Sobald wir das Ergebnis haben, melde ich mich bei dir."

Alexander war schon im Begriff, das Büro zu verlassen, als ihm noch etwas einfiel: „Sag mal, was ist eigentlich mit euren Bussen los? Ist das nur ein Zufall oder will dir da auch jemand an den Karren fahren?"

„Wenn ich das wüsste. Es könnte wirklich an der Elektronik liegen. Aber der Hersteller schwört Stein und Bein, dass die Busse manipuliert wurden."

„Wer könnte so etwas machen?"

„Jemand, der etwas davon versteht."

„Wen hast du in Verdacht?"

„Meinen lieben Onkel, dieses Ekelpaket von Pracht."

Alexander sah ihn verblüfft an: „Was sollte der für einen Grund haben?"

„Zum einen hat er während seines Berufes Busse geprüft. Er kennt sich bestens damit aus. Zum anderen versucht er, mir schon seit Jahren das Leben schwer zu machen."

„Aber wie kommt er denn an die Busse ran?"

„Muss er gar nicht. Er bedient sich einer Helferin."

Alexander war sprachlos, konnte kaum glauben, was ihm Armin Preuß anvertraute: „Bei allen vier Störungen hatte Berthold die Busse gefahren. Mit an Bord war jedes Mal seine Mutter. Obwohl ich ihn immer wieder gebeten habe, seine Mutter nicht mitzunehmen, hat er das ignoriert. Oder sagen wir besser so, er hat sich nicht gegen seine Mutter wehren können. Ich nehme an, mein lieber Onkel", seine Stimme klang zynisch, „hat der lieben Tante Hedwig erklärt, was sie tun muss. Sie hat auf seine Anweisung hin die Elektronik manipuliert."

„Das ist ja ungeheuerlich."

„Und ich sage dir noch was", Armin Preuß war aufgebracht,

„ich glaube, dass die beiden auch für den Jagdunfall verantwortlich sind", Preuß tippte mit dem Zeigefinger auf eine freie Fläche seines Schreibtisches, „für Pracht wäre es ein Leichtes gewesen, meinen Jeep zu öffnen, das Gewehr zu entnehmen und aus dem Hinterhalt auf Manfred zu schießen."

„Aber wieso sollte er auf seinen Neffen schießen? Wo ist das Motiv?"

„Die haben irgendwas zu verbergen. Ich weiß nur nicht was. Ich bin nur das Bauernopfer"

„Hast du das denn nicht bei deiner Vernehmung zu Protokoll gegeben?"

„Natürlich habe ich das. Aber man hat mir keinen Glauben geschenkt. Wer einmal mit dem Gesetz in Konflikt geraten ist, auch wenn er unschuldig ist, ist chancenlos. Und was glaubst du, was Pracht für einen Aufstand bei der Polizei geprobt hat. Er hat einen Anwalt damit beauftragt, mich wegen übler Nachrede und Verleumdung anzuzeigen."

„Hatte dein Onkel denn ein hieb- und stichfestes Alibi?"

„Das beste was man haben kann. Er war an diesem Tag mit meiner Cousine Martina im Tierpark neben dem Hotel Klosterwald bei Lich."

„Ich ahne allmählich, um was es hier geht. Wenn mein Verdacht zutrifft, ist hier eine Riesenschweinerei im Gange. Aber ich werde alles daransetzen, die Sache aufzuklären."

„Das wäre schön. Damit hier endlich Ruhe einkehrt."

„Sag mal, könnte ich mal mit diesem Rainer Ruppel reden? Ich möchte mit einer neutralen Person sprechen, die sich mit der Jagd auskennt."

„Das kannst du gern tun. Er wohnt im Steinweg im Ortsteil Münzenberg. Aber neutral ist Rainer bestimmt nicht. Der ist voll auf meiner Seite."

„Wir werden sehen", verabschiedete sich Alexander.

Kurz darauf betrat er noch einmal, ohne anzuklopfen, das Büro von Armin Preuß: „Entschuldige bitte, ich habe noch etwas vergessen. Das passiert mir sonst nie."

„Schieß los. Was willst du noch wissen?“, fragte Armin Preuß freundlich.

„Du erwähntest, dass dir dein Großvater 1996 das Unternehmen überschrieben hat. Bist du seit diesem Zeitpunkt der einzige Eigentümer oder ist noch jemand von der Familie daran beteiligt?“

Der freundliche Ausdruck im Gesicht des Unternehmers verschwand. Er drehte sich ruckartig um und holte aus dem Regal an der Wand hinter seinem Stuhl einen Aktenordner hervor, knallte ihn auf die Schreibtischplatte: „Hier, den kannst du mitnehmen und von mir aus auswendig lernen.“

Alexander nahm den Ordner an sich und verließ ohne ein weiteres Wort den Raum.

Die Reaktion von Preuß fand er etwas befremdlich. Vor der Tür öffnete er den Aktendeckel und warf einen Blick auf die ersten beiden Seiten. Den Vertrag, den er vorfand, veranlasste ihn, erneut über die Geschehnisse nachzudenken. Armin Preuß, der ihn aus dem Sekretariat beobachtete, nahm er nicht wahr.

Als Alexander nach einer Weile aufblickte, bemerkte er Cosima am Eingang der Fahrzeughalle. Sie sprach mit Otto Kowalski. Neben ihr saß Erdmann, der die Kommissarin nicht aus den Augen ließ. Wahrscheinlich hatte er Angst, man würde ihn wieder zurücklassen.

„Co, kommst du?“, rief er ihr zu.

„Tschüss Herr Kowalski. Vielen Dank für das Gespräch“, verabschiedete sich seine Kollegin von dem Werkstattleiter.

„Was wollte der Mann von dir?“, fragte Alexander sie während der Fahrt.

„Er hat mir gesagt, dass er es nicht mehr länger ertragen kann, mitanzusehen, wie man versucht, Armin fertig zu machen. Das geht wohl schon seit Jahren so, sagt er. Er ist der festen Überzeugung, dass hinter den Morden und den Anschlägen auf die Busse System steckt. Man will Armin aus dem Weg räumen, in dem man seinen Ruf beschädigt, die Firma in den Ruin treibt."

„Aber warum hasst man diesen Mann so?"

„Das liegt wohl daran, dass Armins Großvater seinen Schwiegersohn Peter Pracht abgelehnt hat. Die beiden müssen sich gehasst haben. Hass ist immer ein schlechter Berater, hat meine Mutter immer gesagt", erinnerte sich Cosima.

„Hat dir Kowalski auch den Grund für diesen Hass genannt?"

„Pracht wollte wohl gern die Stelle von Otto Kowalski einnehmen, also in der Firma mitarbeiten. Das hat sein Schwiegervater Gustav Kolbow aber strikt abgelehnt. Er konnte seinen Schwiegersohn wohl von Anfang an nicht leiden. Kolbow hat Pracht für einen Schmarotzer gehalten."

„Ich erinnere mich, dass Frau Pracht davon gesprochen hat, dass ihr Mann immer Geld von ihrem Vater gefordert hätte. Außerdem hat er seinem Schwiegervater wohl vorgeworfen, dass er als Heimatvertriebener nach dem Krieg Unterstützung vom deutschen Staat erhalten hat, während seine Mutter, die ihren Mann im Krieg verloren hat, nur eine geringe Witwenrente erhielt."

„Ich mag den Mann auch nicht. Aber da ist noch was. Manfred Pracht war Lehrer von Beruf. Und darüber hat sich wohl Gustav Kolbow lustig gemacht. Er hat zu seinem Enkel Manfred gesagt, *Lehrer könne jeder Depp werden*."

„Auch nicht die feine Art", antwortete Alexander darauf.

„Ich nehme an, Armin war nicht nur der erstgeborene Enkel, sondern auch der Liebling seines Großvaters. Das hat sicher so manchen Streit entfacht", versuchte Cosima eine Erklärung zu finden.

„Da kommt mal wieder die Psychologin durch", zog Alexander seine Kollegin auf.

„Mach dich nur lustig über mich. Aber weißt du, was witzig ist, Herr Kowalski hat mir erzählt, dass Armins Großvater seinen Enkel immer als den letzten Preußen bezeichnet hat, weil er so gewissenhaft und übergenau ist. Das ist doch niedlich, findest du nicht?"

„Die Story kenne ich schon. Hat mir Herr Preuß auch schon mal erzählt", gab Alexander zu, „Cosima, ich habe aber noch eine Bitte", die Kommissarin horchte auf. Wenn ihr Kollege sie mit ihrem vollen Namen ansprach, war es etwas Ernsthaftes. Er erklärte ihr auf dem Weg nach Ober-Hörgern in aller Ruhe, was er von ihr verlangte. Den Inhalt des Ordners erwähnte er allerdings nicht. Den musste er selbst erst verdauen.

Kapitel 75

„Du hast auch schon mal besser ausgesehen“, sagte Alexander zu Henning Kühl, als er um 18.30 Uhr endlich bei ihm ankam. Sein ehemaliger Kollege steckte in einem Jogginganzug, der schon bessere Tage gesehen hatte. Seine unrasierten Wangen waren eingefallen. Sein Atem roch nach Alkohol. Seine Augen waren gelblich verfärbt.

„Mir geht es leider nicht so gut. Bauchspeicheldrüsenkrebs“, sagte er so, als würde er feststellen, dass es regnet.

„Das tut mir leid. Das wusste ich nicht“, erwiderte Alexander betroffen, „darf ich trotzdem meinen Dackel mit hereinbringen?“

„Klar, kann der Köter mitkommen“, und fuhr gleich darauf fort, „woher sollst du auch wissen, wie es mir geht? Du hast ja jeden Kontakt mit mir vermieden“, warf ihm Kühl vor.

„So würde ich das nicht sagen. Ich habe wenig Zeit und außerdem konnte ich dir keine Interna verraten. Das musst du doch verstehen“, erklärte Alexander sein Verhalten, „aber was willst du jetzt von mir?“

„Was kriege ich, wenn ich dir wichtige Hinweise liefere?“

„Was soll das heißen?“, Alexanders Stimme klang ärgerlich.

„Ich habe nur noch ein paar Wochen zu leben. Ich brauche Geld, damit ich in ein Hospiz gehen und in

Würde von dieser Welt abtreten kann. Sonst muss ich hier alleine verrecken."

„Pass mal auf Henning, es tut mir leid, dass es dir so schlecht geht, aber ich lasse mich nicht erpressen. Wenn du was weißt, dann machst du jetzt den Mund auf. Und was das Hospiz betrifft, bin ich gern bereit, mich mit den entsprechenden Ämtern in Verbindung zu setzen und dir die nötige Hilfe zu beschaffen."

„Ok, das wollte ich hören. Also setz dich. Was ich dir jetzt zu sagen habe, wird eine Weile dauern. Normalerweise geht das gegen meine Berufsehre, aber da ich eh bald das Zeitliche segne, ist das egal. Willst du ein Bier?"

„Von mir aus", knurrte Alexander, der langsam die Geduld verlor. Er setzte sich auf die abgewetzte Couch, die voller Krümel und benutzter Papiertaschentücher lag. Erdmann hopste unaufgefordert neben sein Herrchen, legte sich ab, ließ aber den Gastgeber nicht aus den Augen.

Was ihm der ehemalige Kollege in der Folge erzählte, kostete Alexander eine schlaflose Nacht.

Durch Kühls Aussage war er der Aufklärung der Mordfälle ein ganzes Stück nähergekommen, konnte sich nun das Motiv erklären. Aber die Beweise mussten erbracht werden und das stellte ihn vor einen großen Berg voller Aufgaben.

Kapitel 76

„Ich muss mich entschuldigen, dass ich Sie noch so spät störe", erklärte Alexander dem großen athletisch wirkenden Mann, der ihm das Holztor zu einer alten, schön restaurierten Hofreite im Steinweg von Münzenberg öffnete.

„Die Zeit ist allerdings etwas ungewöhnlich für einen Hausbesuch der Kriminalpolizei. Aber wenn ich meinem Freund Armin helfen kann, dann kommen Sie bitte herein", Rainer Ruppel zog das Tor ganz auf und ließ den Kommissar eintreten. Alexander hatte ihn fünfzehn Minuten vorher ganz spontan angerufen und ihn um ein Gespräch gebeten. Der Angerufene hatte ihn ebenso spontan zu sich nach Hause eingeladen. Rainer Ruppel war ein Freund von Armin Preuß und teilte mit ihm die Leidenschaft für die Jagd.

Nun ging er vor Alexander her durch einen dicht bewachsenen Hof bis zu einer gemütlichen Sitzecke. Dort ließen sie sich nieder. Ein rotbrauner, kurzhaariger Jagdhund kam angelaufen und beschnupperte den Besucher.

„Ein schönes Tier", äußerte sich der Kommissar.

„Jay Jay ist ein Magyar Vizsla, ein ungarischer Vorstehhund. Eignet sich gut zur Jagd", stolz strich der Mann seinem Hund über den Kopf, „leg dich ab, Jay Jay." Das Tier gehorchte umgehend.

„Das müsste mein Dackel auch mal machen", wie zur Erklärung fuhr Alexander fort, „ich habe einen Rauhaardackel. Der ist leider nicht immer so folgsam."

„Für ihren eigenwilligen Kopf sind die Dackel ja bekannt", lachte Rainer Ruppel.

„Herr Ruppel, ich will Sie nicht länger als nötig aufhalten, aber ich brauche von Ihnen eine Auskunft zu dem Jagdunfall, der dem Cousin von Armin Preuß das Leben gekostet hat."

„Bitte fragen Sie. Wie schon gesagt, wenn ich meinem Freund Armin helfen kann, will ich das gern tun", forderte Ruppel den Kommissar auf.

„Sie sind auch Jäger, wie ich von Armin Preuß erfahren habe", Alexander wartete die Antwort gar nicht ab, „und Sie waren auch an dem Tag, als der Unfall geschah, dabei. Können Sie mir aus Ihrer Sicht einfach mal schildern, was genau passiert ist."

„Bei der besagten Jagd handelte es sich um eine Drückjagd. Das ist eine bestimmte Form der Gesellschaftsjagd, meist im Wald. Man scheucht das Wild mit Treibern auf, um es vor die stehenden Jäger zu bringen. Mitunter werden auch Stöberhunde eingesetzt. Die Jagd gilt dem Schalenwild und dem Rotfuchs. Ziel der Jagd ist es, durch nur wenige Störungen im Jahr den vorgeschriebenen Schalenwildabschuss zu gewährleisten, das Wild nicht ständig zu stören, und u.a. den Wald vom Verbiss zu entlasten. Die besagte Jagd fand im November statt und sollte nicht länger als zwei Stunden dauern. Wir hatten uns bei Tageslicht versammelt. Die Treiber bewegten sich gleichmäßig verteilt in dem zu bejagenden Gebiet und begannen, das Wild mobil zu machen."

Alexander hatte aufmerksam zugehört: „Wie machen die Treiber das?"

„Sie rufen laut und schlagen mit Stöcken gegen die Äste. So kommt das Wild in Bewegung und zieht langsam an den Schützen, die im Trieb flächendeckend verteilt an den Wechseln sitzen, vorbei. Dadurch kann das Wild gut angesprochen und gemäß den Vorgaben des Jagdleiters waidgerecht erlegt werden."

„Ok, das habe ich verstanden", unterbrach Alexander den Jäger, „aber wie kann es passieren, dass dabei ein Mensch zu Schaden kommt?"

„Das ist zwar die Ausnahme. Dennoch ist es nicht gänzlich auszuschließen."

„Ist es möglich, dass man den Treiber mit einem Tier verwechseln kann?", hakte Alexander nach.

„Eigentlich nicht. Die Treiber tragen orangefarbene Warnwesten. Die sind ziemlich gut zu sehen", erklärte Ruppel.

„Was geschah nun genau bei der Jagd?", kam schon die nächste Frage von dem Kommissar.

„Wie schon bemerkt", fuhr der Jäger fort, „waren wir im Trieb verteilt. Ich hörte einen Schuss und nahm an, dass einer der Jäger ein Wild erlegt hatte. Ich hörte das Knacken von Ästen und einen Körper der zu Boden fiel. Erst zum Ende der Jagd bemerkten wir, dass einer der Treiber, eben dieser Manfred Scholz, fehlte. Wir gingen auf die Suche und fanden ihn tot im Unterholz. Eine Gewehrkugel hatte ihn von hinten in den Rücken getroffen. Uns war gleich klar, dass es sich hier nicht um einen Jagdunfall handeln konnte, sondern der Schuss gezielt aus kurzer Distanz abgegeben wurde. Wir informierten sofort die Polizei. Unsere Gewehre wurden eingesammelt, die Munition aus unseren

Waffen mit der tödlichen Kugel verglichen. Schnell war klar, dass von den anwesenden Jägern keiner geschossen haben konnte. Wir hatten alle einen Repetierer, der schalenwildtauglich ist, dabei. Der Tote wurde jedoch mit einem Drilling erlegt. Armin besaß so ein Gewehr. Er hatte die Waffe immer in seinem Kofferraum liegen. Das wusste jeder von uns."

„Und mit dieser Waffe wurde geschossen? Warum hatte er die Waffe überhaupt dabei? Gehört die nicht in einen abgeschlossenen Waffenschrank?"

„Ja, es stellte sich heraus, dass mit diesem Drilling der tödliche Schuss abgegeben wurde. Es war eine Marotte von Armin, das Gewehr immer bei sich zu führen. Den Drilling hatte ihm sein Großvater geschenkt. Er hing an der Waffe."

„Benutzte er sie auch gelegentlich?"

„Nein, schon lange nicht mehr. Armin konnte es auch gar nicht gewesen sein. Wir konnten alle bezeugen, dass er dieses Gewehr nicht mit zur Jagd genommen hatte, sondern einen Repetierer. Außerdem stimmte die Schussrichtung nicht. Er stand an einer ganz anderen Stelle."

„Ich habe den Bericht der Gießener Kripo gelesen. Demnach muss ein unbekannter Schütze das Gewehr aus dem Jeep von Armin Preuß an sich genommen haben und damit auf Manfred Scholz, den Cousin von Herrn Preuß, geschossen haben. Danach, so unwahrscheinlich es auch klingt, hat der Täter es wieder zurückgelegt. Könnte es denn sein, dass sich jemand einfach nur einen Scherz erlauben wollte, der dann tödlich endete?", versuchte der Kommissar eine Erklärung zu finden.

„Das ist eher unwahrscheinlich und wurde auch nie in Betracht gezogen“, Ruppel schürzte die Lippen, „nein nein, das glaube ich auch nicht. Das hatte jemand mit Absicht getan.“

„Aber warum? Wo ist das Motiv?“

„Das ist eine berechtigte Frage. Manfred Scholz hatte niemandem einen Anlass gegeben, ihn zu töten. Er hatte keine Feinde.“

„Sollte nicht eigentlich sein Bruder Berthold an dem Tag als Treiber eingesetzt werden?“

„Genau. Aber der war ja wegen einer plötzlich aufgetretenen Magen- und Darmgrippe verhindert. Aber auch Berthold hatte keine Feinde. Es gab niemanden, der einen Grund gehabt haben könnte, ihn töten zu wollen.“

„Ich habe den Berichten der Gießener Kripo entnommen, dass in alle möglichen Richtungen ermittelt wurde. Die Aussage von Herrn Preuß, dass man ihm eins auswischen wollte und man deshalb sein Gewehr gestohlen habe, wurde jedoch nicht akzeptiert.“

„Das ist richtig. Man konnte ihm aber auch nicht nachweisen, dass er den Mord an seinem Cousin in Auftrag gegeben hatte.“

„Die Mutter von Herrn Preuß hat sich mir gegenüber merkwürdig geäußert“, berichtete Alexander nun, „sie hat gesagt, irgendetwas sei bei den Ermittlungen schiefgelaufen. Können Sie sich diese Äußerung erklären?“

„Ich nehme an, Sie meinte die Ermittlungen gegen ihren Schwager Peter Pracht. Er wurde zwar auch befragt, hatte aber ein hieb- und stichfestes Alibi. Er war an diesem Tag mit seiner Tochter Martina im Tierpark gewesen.“

„Was könnte der denn für ein Motiv gehabt haben, seinen Neffen umzubringen?“

„Hass auf Armin“, bei dieser Aussage schwang Zorn in Ruppels Stimme mit.

„Aber deswegen bringt man doch niemanden um!“, Alexander sah den Jäger ungläubig an.

„Ich kenne Armin seit vielen Jahren. Ich habe ihn ein bisschen unter meine Fittiche genommen, wenn sein Großvater keine Zeit hatte. Und nachdem der Alte gestorben war, sind wir gern bei zunehmendem Mond gemeinsam auf den Ansitz gegangen. Armin hat mir vieles von seiner Familie erzählt. Er hat es immer ziemlich schwer gehabt. Dieser Peter Pracht hat wohl ständig gegen ihn gestänkert. Deshalb hat Armin sich ja auch von der Familie ferngehalten. Ob der Hass von diesem Pracht wirklich ausgereicht hat, einen Mord zu begehen, um Armin zu schaden, vermag ich jedoch nicht zu sagen. Tatsache ist aber, dass Armin wegen des Mordes an seinem Cousin seinen Jagdschein abgeben musste und ein saftiges Bußgeld aufgebrummt bekam wegen des fahrlässigen Umgangs mit seiner Waffe. Sie hätte sich, wie Sie vorhin bereits bemerkten, im abgeschlossenen Waffenschrank befinden müssen.“

„Aus Erfahrung kann ich nur sagen, dass Menschen schon wegen geringeren Motiven getötet wurden. Hass ist durchaus ein ernstzunehmender Grund“, stellte der Kommissar fest.

„Wie auch immer und wer auch immer diesen Mord begangen hat, der Makel bleibt an Armin hängen“, bedauerte Ruppel.

„Sie scheinen ihn sehr zu mögen?“

„Ja, Armin ist mein Freund. Er ist ein feiner Mensch. Er würde nie jemandem etwas tun. Das sieht man schon daran, wie er mit dem Wild umgeht“, Ruppels Antwort klang überzeugend.

Alexander erhob sich: „Nun haben wir zwar immer noch nicht das Rätsel um den Mord an Manfred Scholz gelöst, aber ich finde zumindest Bestätigung, dass Herr Preuß vertrauenswürdig ist.“ Er verließ den Hof und widmete sich den nächsten Aufgaben.

Kapitel 77

Um acht Uhr am nächsten Morgen klingelten zwei Beamte der Butzbacher Polizeistation an Peter Prachts Haustür. Es dauerte eine Weile, bis ihnen geöffnet wurde.

„Was wollen Sie?“, fuhr er die beiden Männer an.

„Guten Morgen, Herr Pracht. Wir möchten Sie bitten, uns aufs Polizeirevier in Friedberg zu begleiten.“

„Warum das denn?“, empörte sich Pracht.

„Das wird man Ihnen dann schon sagen. Ziehen Sie sich bitte etwas an.“

„Ich denke ja nicht dran. Ich rufe jetzt meinen Anwalt an.“

Bevor er die Tür zuschlagen konnte, schob Hofstetter seinen Fuß dazwischen.

„Herr Pracht, wir haben den Befehl, Sie in Beugehaft zu nehmen. Wenn Sie uns nicht freiwillig folgen, legen wir Ihnen Handschellen an.“

Pracht war sprachlos, ging in die Diele, holte seine Jacke von der Garderobe und folgte den Beamten zum Streifenwagen. Hofstetter schob ihn in den Fond des Wagens.

Im Präsidium wurde er in das Vernehmungszimmer gebracht.

„Bitte warten Sie hier. Man wird sich gleich um Sie kümmern“, sagte einer der Beamten und schloss die Tür hinter sich.

„Was ist denn mit meinem Anwalt?“, rief Pracht ihm hinterher.

Kapitel 78

Zur gleichen Zeit trafen sich die Ermittler mit dem Dienststellenleiter Wortmann, der Pressesprecherin und Frau Dr. Auf der Heide im Besprechungszimmer. Zur Überraschung aller war auch die Staatsanwältin wieder anwesend.

Stückchen hatte am Abend zuvor alle per SMS informiert, dass es neue Erkenntnisse gebe und man sich am Morgen um 8.00 Uhr im K 10 treffen wolle.

Eine Kanne mit frisch aufgebrühtem Kaffee stand mitten auf dem Tisch. Nachdem sich alle bedient hatten, forderte Wortmann Kommissar Henneberg auf, seinen Bericht abzugeben. Er wurde jedoch unterbrochen, als Stückchen den Kopf zur Tür hereinsteckte, um ihm mitzuteilen, dass Pracht soeben eingetroffen sei und im Vernehmungszimmer warte.

„Erdmann, komm mit mir", rief sie in den Raum hinein. Der Dackel kam unter dem Tisch hervor und lief hinter der Sekretärin her. Dafür erntete sie einen dankbaren Blick von Alexander und ein Kopfschütteln von Wortmann.

„Was ich euch jetzt zu sagen habe, wirft ein klärendes Licht auf den Fall", begann Alexander, „zunächst kann ich euch versichern, dass Armin Preuß der alleinige Inhaber des Busunternehmens ist. Hier drin findet ihr alle Angaben", er legte den von Armin Preuß überreichten Aktenordner auf den Tisch und sah in die Runde: „Wenn ihr die Unterlagen aufmerksam lest, werdet ihr feststellen, dass Preuß keinen Grund hatte, irgendjemanden umzubringen, weil er die Firma nicht teilen will. Die Formulierungen in dem Übergabevertrag lassen allerdings die Vermutung zu, dass die übrige Familie ziemlich sauer auf Armin Preuß gewesen sein muss."

„Und weiter", drängte Wortmann den Kommissar.

„Zudem war ich gestern Abend bei Henning Kühl. Außer Wortmann und mir kennt keiner diesen Herren. Ihr ward zu der Zeit noch nicht hier im Präsidium", er blickte reihum in die Gesichter seiner Kollegen, „Henning Kühl musste vor über zwanzig Jahren seinen Dienst quittierten, weil er Schmiergelder angenommen hatte. Eigentlich war er ein ganz fähiger Kollege, aber leider etwas labil. Danach hat er sich als Privatdetektiv selbständig gemacht. Er hat sich immer mal wieder bei mir gemeldet, in der Hoffnung, ich würde ihm bei seinen Ermittlungen behilflich sein. Aber das habe ich immer abgelehnt. Ich habe ihn ein Weilchen nicht mehr gesehen. Es geht ihm auch nicht gut und deswegen hat er sich nun an mich gewandt", Alexander hielt einen Augenblick inne, „einer seiner ersten Fälle war der, der uns nun betrifft."

Er räusperte sich und fuhr langsam fort: „Er erzählte mir, dass damals eine Frau zu ihm gekommen sei, die ihn damit beauftragt hätte, herauszufinden, bei welcher Firma eine Sigrid Kessel aus Pohl-Göns arbeite und wie es ihr im Moment gehe. Sie nannte keinen Grund. Sie nannte auch nicht ihren Namen. Sie zahlte sofort und zwar nicht wenig. Als die Frau die Nachricht erhielt, dass Sigrid Kessel schwanger sei, verschwand sie."

„Wer war die Frau?", wollte Jüngling wissen.

„Wie ich schon sagte, sie hatte ihren Namen nicht genannt. Aber natürlich forschte Henning nach und bekam heraus, wer sie war. Sonst wäre er ja ein schlechter Detektiv." Alexander spannte die Kollegen absichtlich auf die Folter.

„Bei der Frau handelte es sich um Hedwig Scholz." Alexander erntete überraschte Blicke.

„Nun, der liebe Henning fand die ganze Sache mehr als merkwürdig, aber er dachte sich nichts weiter dabei, bis er nun von dem Mord an Sigrid Kessel im Radio hörte."

„Ja und", nahm sich Eberstädter das Wort, „was soll das beweisen?"

„Das ist doch ganz logisch, die drei Cousins Burkhard, Manfred und Berthold haben sich mit dieser Sigrid vergnügt. Hedwig Scholz muss von dieser Sache erfahren und Unheil gewittert haben."

„Wieso kommst du ständig auf diesen Berthold? Der war doch viel jünger als die beiden anderen. Die haben doch bestimmt nicht so einen Bubi mit in die Diskos geschleppt. Wieso verdächtigst du nicht Armin Preuß? Das würde doch viel mehr Sinn machen", entgegnete Eberstädter.

„Weil Armin Preuß nicht der Vater sein kann", mischte sich nun Frau Dr. Auf der Heide ein, „Cosima hat mir gestern Abend eine Speichelprobe von Armin Preuß ins Institut gebracht. Der Schnelltest hat ergeben, dass zwar ein verwandtschaftliches Verhältnis besteht, eine Vaterschaft aber ausgeschlossen ist."

„Wie sicher ist dieser Test?", fragte nun Wortmann.

„Ziemlich sicher. Aber zu eurer Beruhigung mache ich gern einen weiteren“, versprach die Rechtsmedizinerin.

„Vergiss es, Füchsin. Es gibt noch einen weiteren Beweis, warum Berthold Scholz der Vater sein muss“, warf zur aller Überraschung nun Cosima in die Runde.

„Dürfen wir auch erfahren, was das für ein Beweis ist?“, ließ sich Wortmann vernehmen.

„Es ist ganz simpel. Zuerst ist mir aufgefallen, dass sich Hero Kessel und Berthold Scholz ähneln. Das könnte Zufall sein, zugegeben“, Alexander schaute in die Runde, „aber beweisen kann ich es auf Grund eines Muttermals.“

Er wartete einen Moment, bevor er weitersprach.

„Als ich das Baby von Hero Kessel das erste Mal gesehen habe, ist mir auf der rechten Seite seines Halses ein Muttermal aufgefallen, ähnlich wie ein Herz. Als ich gestern mit Berthold Scholz sprach, habe ich das gleiche Muttermal bei ihm entdeckt, als er sich den Schweiß vom Hals abwischte. Dabei ist der Hemdkragen etwas verrutscht und damit wurde es sichtbar“, er sah zu Cosima und nickte.

Cosima fuhr mit der Erklärung fort: „Henne hat mir gestern Abend von seinem Verdacht erzählt und mich gebeten, Hero Kessel zu fragen, ob er ein ebensolches Muttermal hat. Man kann es nicht ohne weiteres sehen, da der junge Mann die Haare etwas länger trägt.“

„Und hat er?“, Frau Dr. Auf der Heide blickte gespannt zu Cosima. Die nickte.

„Glaubst du, Berthold ist auch der Mörder?“, fragte die Rechtsmedizinerin.

Alexander schüttelte den Kopf: „Das glaube ich nicht. Dazu ist er nicht fähig. Ich vermute, dass entweder dieser Peter Pracht oder Hedwig Scholz die Morde begangen haben. Oder beide zusammen", setzte er hinterher.

„Welche Beweise hast du?", wollte Eberstädter wissen.

„Frau Klinke hat einen Radfahrer vor dem Tor von Frau Kessel gesehen. Sie sprach von einem großen, schlanken Mann. Frau Scholz ist groß und schlank und hat für eine Frau eine sehr dunkle Stimme. Im Dunklen könnte man sie durchaus für einen Mann halten."

„Nicht nur das", mischte sich Cosima nun ein und schnipste mit den Fingern, „sie hat uns belogen, was ihr Alibi betrifft. Sie war am Freitagabend weder bei ihrer Schwester, noch hat sie jemand beim Einkaufen in Gambach oder an der Tankstelle in Butzbach gesehen. Das konnte auch gar nicht sein. Denn ihr Sohn hat uns berichtet, dass sie am Freitagabend mit dem Fahrrad nach Hause gekommen ist."

„Wie habt ihr das alles so schnell herausbekommen?", staunte Jüngling.

„Wir haben gestern Abend noch wie die Weltmeister telefoniert. Zunächst habe ich mit der Frau von Armin Preuß telefoniert. Sie hat sein Alibi bestätigt. Armin Preuß hat dann seinen Cousin angerufen und ihn so ganz nebenbei ausgehorcht. Berthold hat ihm völlig arglos Auskunft gegeben."

„Ihr seid ganz schön hinterhältig", tadelte Wortmann eher belustigt.

„Wenn wir bei Berthold Scholz aufgetaucht wären, hätte uns seine Mutter doch wieder die Tür vor der Nase zugeschlagen", erklärte Cosima.

„Außerdem fährt Peter Pracht einen metallicbraunen Mercedes 190. Das Auto wurde 1990 zugelassen. Das Fahrzeug, das am Dienstagmorgen in Ober-Hörgern gesehen wurde, entsprach dieser Beschreibung. Nachdem Jüngling nichts weiter herausgefunden hat, haben wir gestern Abend noch die beiden Zeugen angerufen. Die Frau konnte uns nicht weiterhelfen, aber der Mann hat sich im Internet einen Mercedes 190 angeschaut und uns versichert, dass es ein solches Fahrzeug gewesen sein könnte", fuhr nun Alexander fort.

„Außerdem haben wir dem Mann beschrieben, wie Pracht aussieht. Er konnte sich erinnern, dass der Mann am Steuer älter war und weiße Haare hatte. Eine weitere Übereinstimmung", Cosima schnipste wieder mit den Fingern, was ihr einen genervten Blick von Alexander einbrachte.

„Eure Methoden sind ziemlich unüblich", tadelte Wortmann erneut.

„Da gebe ich dir recht, aber wenn das stimmt, was ich vermute, dann ist hier eine riesige Sauerei im Gange und die gilt es aufzuklären."

„Um welche Sauerei ganz genau?", wollte nun die junge Staatsanwältin wissen.

„Ich bitte noch um etwas Geduld und Ihr Vertrauen. Ich brauche von Ihnen auf jeden Fall einen Beschluss zur Abgabe einer Speichelprobe von Berthold Scholz", antwortete er der Staatsanwältin.

„Den bekommen Sie. Aber warum haben Sie nun Peter Pracht und nicht Hedwig Scholz hierhergeholt?", hakte sie nach.

„Ganz einfach, weil Hedwig Scholz nichts zugeben wird, was wir ihr nicht beweisen können. Deswegen hoffe ich, dass wir Pracht kleinkriegen, wenn wir ihm etwas zusetzen."

„Außerdem wollen wir Hedwig Scholz noch etwas in Sicherheit wiegen. Vielleicht macht sie noch einen Fehler."

„Was für einen Fehler?", knurrte Eberstädter.

„Dazu möchte ich jetzt noch nichts sagen."

„Du sprichst in Rätseln", maulte Eberstädter erneut.

„Können wir das bitte hier beenden?", bat Alexander, „ich möchte jetzt diesen Peter Pracht befragen und hätte gern Cosima dabei. Vertraut mir einfach."

„Und welche Aufgaben hast du für uns?", fragte Eberstädter zynisch.

„Ihr könnt mitkommen und die Befragung vom Nebenraum verfolgen. Wir spielen böser Bulle, guter Bulle. Wenn ich dir zuzwinkere, kommst du rein und flüsterst mir was ins Ohr. Du kennst ja das Spiel."

„Ok, wer ist dieses Mal der Böse und wer der Gute?", fragte Cosima.

„Blöde Frage", antwortete Alexander im Aufstehen, „ich bin natürlich der Böse, so wie immer."

Vor der Tür hielt Alexander seinen Kollegen an: „Eberstädter, was ist eigentlich los mit dir? Warum versuchst du, mir ständig Unfähigkeit nachzuweisen?"

„Tue ich doch gar nicht. Aber es stinkt mir, dass du immer alles allein machst und mich nicht mit einbeziehst."

„Aber das stimmt doch gar nicht. Wie kommst du denn darauf?"

„Warum hast du mir zum Beispiel nichts von dem Muttermal erzählt? Und warum hast du mich gestern Abend nicht um Hilfe gebeten und alles alleine mit Cosima erledigt?“

„Weil du ständig gegen Armin Preuß geschossen hast“, erwiderte Alexander aufgebracht, „kann es sein, dass du einfach nur eifersüchtig auf den Mann bist?“

„Ach, mach doch, was du willst“, Eberstädter eilte auf den Vernehmungsraum zu.

Kapitel 79

Pracht bebte vor Zorn: „Was wollen Sie von mir?"

„Herr Pracht, wo waren Sie am Dienstagmorgen gegen halb acht?", begann Alexander.

„Zu Hause. Ich habe gefrühstückt und Zeitung gelesen."

„Kann das jemand bezeugen?", fragte Cosima freundlich.

„Nein, natürlich nicht. Ich lebe allein, wie Sie wissen."

„Herr Pracht, wie erklären Sie sich dann, dass Ihr Auto am Dienstagmorgen um diese Zeit in Ober-Hörgern gesehen wurde?"

„Was soll ich denn in Ober-Hörgern?"

„Zum Beispiel eine Leiche im Maisfeld ablegen", Alexander blickte den Mann über den Tisch direkt an.

„So ein Blödsinn, ich habe mit dieser Klinke nichts zu tun gehabt", Pracht wurde knallrot. Er wusste, dass er einen Fehler gemacht hatte.

„Wie kommen Sie denn jetzt auf Frau Klinke?", fragte Cosima wieder ganz freundlich.

„Na, das wurde doch gestern im Radio berichtet", versuchte sich Pracht aus seiner misslichen Lage zu retten.

„Im Radio war nur zu hören, dass man eine Frauenleiche in einem Maisfeld aufgefunden hat. Da war keine Rede davon, dass es sich hier um Frau Klinke handelt."

„Woher soll ich das denn sonst wissen? Vielleicht war es dann in der *Hessenschau*", versuchte er sich weiter zu verteidigen.

„Auch das nicht. Herr Pracht, die KTU wird sich Ihr Auto holen. Wenn Sie die Frau in Ihrem Wagen transportiert haben, werden wir Spuren finden“, Cosima sprach ganz ruhig, so als würde sie einem Kleinkind etwas erklären, „leugnen ist also zwecklos.“ Sie bemerkte, wie Alexander mit den Augen zwinkerte.

Die Tür ging auf und Eberstädter kam herein. Er flüsterte Alexander etwas ins Ohr und ging wieder hinaus.

Alexander beugte sich zu Cosima vor und sagte etwas leise zu ihr, aber doch so laut, dass Pracht das Wort „Reifenspuren“ hören konnte. Cosima schmunzelte.

„Sie können unmöglich Reifenspuren von meinem Auto gefunden haben. Es hat gestern so stark geregnet. Da können Sie gar nichts mehr gesehen haben“, Pracht fuchtelte wild mit seinen Armen.

„Wie kommen Sie denn darauf, Herr Pracht?“, in einem beruhigenden Ton sprach Cosima auf ihn ein, „es hat doch gar niemand was von Reifenspuren am Tatort gesagt.“

„Das habe ich doch eben ganz deutlich gehört.“

„Herr Pracht, wir benötigen gar nicht die Reifenspuren, wir müssen uns nur die Überwachungsbänder des Krankenhauses ansehen und eine Gegenüberstellung mit dem Pförtner veranlassen. Das reicht schon, um Sie zu überführen“, Alexander beugte sich weit über den Tisch.

„Da werden Sie gar nix finden, weil ich nicht im Krankenhaus war“, keifte der Mann.

„Wer denn? Wer hat Frau Klinke aus ihrem Zimmer geholt?“

Pracht verschränkte die Arme vor seiner Brust und sah die Kommissare wütend an.

„War es Frau Scholz? Hat sie Frau Klinke aus dem Krankenhaus gelockt?"

„Ich sage jetzt gar nichts mehr. Ich will meinen Anwalt sprechen."

„Den werden Sie auch brauchen, Herr Pracht. Aber Sie bleiben hier", wieder beugte sich Alexander weit vor.

„Herr Pracht", schaltete sich nun Cosima ein, „wenn Sie mit uns kooperieren, könnte sich das strafmildernd auf Ihr Verfahren auswirken. Warum nehmen Sie Frau Scholz so in Schutz?"

Alexander verließ den Raum. Cosima blieb bei Herrn Pracht und schwieg. Sie ließ den Mann nicht aus den Augen.

Kapitel 80

„Herr Scholz, ich finde es nicht in Ordnung, dass Ihre Mutter schon wieder mitfährt. Wir hatten doch Ihren Cousin gebeten, dass das unterbleibt“, sprach die Vorsitzende der Landfrauen zu dem Busfahrer.

„Es tut mir leid, aber ich kann nichts dafür. Meine Mutter setzt sich einfach über meine Bitte hinweg“, Berthold Scholz sah hilflos zu der Vorsitzenden.

„Ok, Herr Scholz. Auf die Schnelle kriegen wir keinen anderen Bus. Aber das ist das letzte Mal, dass Ihr Busunternehmen einen Auftrag von uns erhält. Bitte sorgen Sie dafür, dass Ihre Mutter vorne bei Ihnen bleibt und uns in Ruhe lässt.“

„Natürlich. Ich kann mich nur entschuldigen. Ich werde mit ihr reden. Bitte überlegen Sie es sich doch noch einmal, ob Sie nicht weiter mit uns fahren wollen. Sie bekommen das nächste Mal einen anderen Fahrer. Dann wird das nicht mehr vorkommen.“

Schnaubend wandte sich die Vorsitzende der Landfrauen an die Gruppe hinter sich: „Also Mädels, steigen wir ein. Im Moment kann ich nichts machen.“

Murrend stiegen die Frauen eine nach der anderen in den Bus, ignorierten die Person, die direkt hinter dem Fahrer Platz genommen hatte. Sie gehörte nicht zu ihrem Verein, schloss sich aber immer wieder der Reisegruppe an. Sie war nicht nur als Schmarotzerin bekannt, sondern auch als Übermutter, die ihren Sohn nicht aus den Augen ließ. Alles gute Zureden in der letzten Zeit hatte nichts geholfen, die Frau von der Mitfahrt fernzuhalten.

Grundsätzlich war der Landfrauenverein immer offen für neue Mitglieder. Sie nahmen gern interessierte Frauen in ihre Reihen auf, doch sie wehrten sich dagegen, dass Frau Scholz immer auf ihre Kosten mitfuhr, ohne dem Verein beizutreten und die Mitgliedsgebühr zu entrichten.

Gegen eine Begleitperson im Bus war grundsätzlich auch nichts einzuwenden, doch die Art, wie sich Hedwig Scholz aufführte, war unangebracht und einfach nur peinlich.

Berthold Scholz stieg als letzter in den Bus. Wütend sah er seine Mutter an. Das war die letzte Eskapade seiner Mutter, schwor er sich.

Kapitel 81

„Herr Pracht, möchten Sie einen Kaffee trinken?“, unterbrach Cosima die Stille.

„Nein, ich möchte meinen Anwalt sprechen“, keifte er.

„Unsere Sekretärin wird ihn anrufen“, beteuerte Cosima.

„Herr Pracht, warum hassen Sie Herrn Preuß so?“

Pracht sah sie überrascht an: „Wie kommen Sie denn darauf?“

„Nun, Sie haben Ihrem Neffen ja ganz schön zugesetzt.“

„Was meinen Sie denn?“, er durchbohrte Cosima mit einem wütenden Blick.

„Na ja, nehmen wir zum Beispiel mal die versuchte Vergewaltigung Ihrer Tochter Martina, die gar keine war.“

„Pah“, machte Pracht.

„Dann wäre da der Jagdunfall. Wie haben Sie es angestellt?“

Erschrocken blickte Pracht Cosima an.

„Und dann wäre da noch die Manipulation der Busse von Preuß.“

„Tse“, ließ er jetzt nur vernehmen.

„Herr Pracht, da kommt allerhand auf Sie zu. Es wäre wirklich besser, wenn Sie endlich reden würden.“

„Sie können mir gar nix beweisen. Das sind alles haltlose Unterstellungen.“

„Da täuschen Sie sich, Herr Pracht. Wir haben einen Zeugen, der gegen Sie aussagen wird", versuchte Cosima es nun mit einer Notlüge.

„Wer soll das denn sein?"

„Das spielt jetzt keine Rolle. Aber wie Sie wollen. Die Staatsanwältin hat bereits einen Haftbefehl wegen des Verdachts der Beihilfe zum Mord an Frau Klinke ausgestellt. Sie kommen ab sofort in Untersuchungshaft. Alles andere werden wir dann nach und nach aufarbeiten."

„Der ist wirklich eine harte Nuss", sagte Cosima, als sie Alexander im Büro gegenübersaß.

„Es wird ihm nichts nützen. Sobald die KTU sein Auto auf den Kopf gestellt hat, können wir ihm beweisen, dass er etwas mit dem Mord an Frau Klinke zu tun hat."

„Wann nehmen wir uns nun Frau Scholz vor? Wir haben doch nun genügend Anhaltspunkte, dass sie den Mord an Frau Kessel und wahrscheinlich auch an Frau König begangen hat ", wollte Cosima wissen.

Alexander kam nicht dazu, ihre Frage zu beantworten. Es klopfte an die Tür. Der Anwalt von Pracht erschien. Erdmann stürzte sich auf den Mann und sprang an den Beinen des Eindringlings hoch. „Aus Erdmann", mahnte Alexander den Dackel.

„Lassen Sie ihn. Ich habe auch einen Hund. Kann ich Sie einen Moment sprechen, Herr Henneberg."

Alexander nahm die Beine vom Schreibtisch und stand auf. Er holte einen Stuhl herbei und bat den Anwalt, Platz zu nehmen.

„Ich höre“, sagte Alexander.

„Herr Pracht hat sich mir offenbart. Er ist bereit, auszusagen. Sie werden staunen, was der zu berichten hat. Ich kann es kaum fassen“, der Anwalt schüttelte den Kopf, „da ist allerdings noch etwas, was Ihr schnelles Handeln erfordert.“

„Ich höre“, wiederholte der Kommissar.

„Herr Pracht hat offensichtlich Frau Scholz instruiert, wie man die Busse bzw. die Elektronik manipuliert. Es könnte sein, dass seine Schwägerin den Bus, mit dem Berthold Scholz heute unterwegs ist, wieder manipuliert. Das könnte gefährlich werden. Sie müssen sofort Kontakt mit dem Busunternehmen aufnehmen und ihn warnen.“

„So ein Idiot“, fluchte Alexander und griff zu seinem Handy.

„Armin“, sprach er kurz darauf in das Mobiltelefon, „wo ist dein Cousin gerade unterwegs?“, er lauschte in den Hörer.

„Du musst sofort Kontakt mit ihm aufnehmen und ihn bitten, den Bus auf der Stelle anzuhalten. Wahrscheinlich hat deine Tante Hedwig wieder die Elektronik manipuliert.“ Wieder hörte er, was Armin Preuß ihm antwortete.

„Ok, wo könnten sie jetzt sein? Dann schicken wir eine Polizeistreife los, um den Bus zu stoppen.“

Alexander legte auf und informierte die Autobahnpolizei. Er gab genaue Anweisungen zu dem Fabrikat, Kennzeichen und Ziel des Busses und dem ungefähren Aufenthaltsort.

Kapitel 82

Berthold merkte, dass die Automatik des Busses beim Schalten in den nächsthöheren Gang mehrfach ruckelte. Gott sei Dank waren sie nicht mehr weit von ihrem Zielort entfernt. Er hoffte, dass er die Landfrauen noch sicher in Rosbach absetzen könnte.

Nach der Ankunft musste er seinen Cousin informieren und einen anderen Bus anfordern. Er war sicher, dass dieses Fahrzeug die Heimreise nach Gambach nicht überstehen würde.

Als sich die automatischen Türen öffneten und die Vereinsmitglieder ins Freie drängten, fiel Berthold ein Stein vom Herzen. Was war nur mit den Bussen los? Das wäre schon das fünfte Mal, dass Fehler in der Elektronik auftauchten. Das konnte nicht mit rechten Dingen zugehen. Sollte seine Mutter etwas damit zu tun haben? Mittlerweile trauter er ihr alles zu. In ihrer übertriebenen Mutterliebe war sie anscheinend zu allem fähig.

Kurz bevor er auf den großen Parkplatz vor der Adolf-Reichwein-Halle gefahren war, hatten sämtliche Kontrollleuchten im Display aufgeleuchtet. Er hätte keinen Meter mehr weiterfahren können.

Er sah, wie seine Mutter als Letzte den Bus verließ. „Bitte bleib hier. Ich möchte nicht, dass du an dieser Veranstaltung teilnimmst. Du hast da nichts zu suchen“, flehte er sie an.

„Ach stell dich nicht so an, Holdi. Das fällt doch gar nicht auf, wenn da eine Person mehr sitzt.“

Hedwig Scholz entfernte sich schnell von dem Bus. Merkwürdigerweise ging sie nicht durch den Haupteingang der Halle, sondern nutzte den Seiteneingang für die Bediensteten. Berthold schüttelte hilflos den Kopf. Seine Mutter trieb ihn noch in den Wahnsinn.

Berthold rief in der Firma an: „Siglinde, wo ist mein Cousin? Er hat mich gerade auf dem Handy angerufen, aber ich konnte während der Fahrt nicht mit ihm sprechen. Ich musste mich konzentrieren. Die Automatik hat wie verrückt geruckelt."

„Er steht mir gerade gegenüber. Moment, ich reiche den Hörer weiter."

„Berthold, wo bist du?"

„Auf dem Parkplatz vor der Adolf-Reichwein-Halle in Rosbach. Die Landfrauen sind gerade ausgestiegen."

„Ist mit dem Bus alles in Ordnung?"

„Nein, die Automatik hat die ganze Zeit geruckelt. Ich dachte schon, ich komme hier nie an."

„Der Bus muss stehen bleiben. Er wurde manipuliert."

„Wer macht denn so was?"

Armin Preuß ignorierte die Frage seines Cousins: „Berthold, wo ist deine Mutter?"

„Sie ist in der Halle. Wieso?"

„Ein Streifenwagen wird gleich bei dir auftauchen. Deine Mutter ist für den ganzen Ärger in der letzten Zeit verantwortlich. Die Kommissare aus Friedberg sind ebenfalls auf dem Weg nach Rosbach."

„Aber was ist denn los? Ich verstehe gar nix mehr."

„Berthold, du musst jetzt ganz stark sein. Vermutlich ist deine Mutter die Mörderin der drei Frauen."

„Aber das kann doch nicht sein. Warum sollte sie so etwas tun?“, stotterte Berthold entsetzt.

„Berthold, es tut mir leid, dass ich dir das sagen muss, aber wahrscheinlich bist du der Vater von Hero. Deine Mutter wusste das und wollte verhindern, dass das bekannt wird.“

„Aber das kann doch gar nicht sein.“

„Bitte bleib ruhig. Es wird sich alles aufklären. Und warte auf die Polizei. Unternimm bitte nichts“ sagte Armin Preuß eindringlich.

Berthold sank mit dem Oberkörper auf das Lenkrad. Seine lang angestauten Ängste bahnten sich nun einen Weg in einem Strom aus Tränen. Er wusste immer, dass er irgendein trauriges Geheimnis in sich barg, was an die Oberfläche seines Bewusstseins drängen wollte. Jetzt wurde ihm schlagartig bewusst, was es war, dass ihn in all den Jahren beunruhigt hatte und warum er sich in der Gegenwart von Sigrid Kessel immer unwohl fühlte. Die Nacht im Sommer vor einundzwanzig Jahren kam ihm in den Sinn.

Kapitel 83

Die Landfrauen unterhielten sich in freudiger Erwartung auf die kommende Veranstaltung bei einem Glas Prosecco im Foyer der Adolf-Reichwein-Halle. Viele Verbände aus dem Bezirk waren gekommen und nun warteten die Frauen darauf, dass die Türen geöffnet würden und sie sich an den gedeckten Tischen niederlassen konnten. Sie hatten bei dem Wirt des Restaurants ein Buffet mit Spanferkel, Hähnchenschenkeln, Fisch, verschiedenen Salaten und weiteren köstlichen Beilagen sowie einem leckeren Dessert bestellt.

Von der anderen Seite der Holzwand waren laute Stimmen zu vernehmen. Vermutlich waren es die Servicekräfte, die noch die eine oder andere Speise auf dem Buffet arrangierten.

Als die großen Flügeltüren von innen geöffnet wurden, eilten die Damen durch die Reihen und begaben sich an die für sie vorgesehenen Plätze.

Die Tische waren mit hellgrünen Decken und Servietten und mit Gebinden aus Sonnenblumen eingedeckt. Im Hintergrund erblickten sie die reichlich gefüllte Tafel, die jedoch erst nach der Begrüßungsrede durch die Bezirksvorsitzende gestürmt werden durfte.

An einem Tisch nahe dem Buffet erhob sich plötzlich ein Tumult. Alle blickten in die Richtung, um festzustellen, was der Anlass für die Unruhe war.

Die Vorsitzende der Bezirkslandfrauen eilte auf die Gruppe zu, von der die Störung ausging. Als sie näherkam, sah sie eine Person zusammengesackt auf einem

Stuhl sitzen. Vor ihr auf dem Tisch befand sich ein Teller mit verschiedenen Speisen. Hinter ihr stand der Busfahrer, der die Frauen ratlos ansah. Tränen liefen über sein Gesicht.

In diesem Moment öffnete sich die Seitentür und die Kommissare Alexander Henneberg und Cosima von Mittelstedt stürmten in den Saal.

Kapitel 84

Hedwig Scholz hatte den Landfrauen schließlich doch noch den Tag versaut. Der Tatort wurde geräumt. Die Landfrauen verließen betrübt die Halle. Das Buffet blieb unangetastet. Otto Kowalski beförderte die Damen mit dem Oldtimerbus Hermine nach Gambach zurück. Armin Preuß hatte indessen in der Tre Stelle Plätze für die Landfrauen bestellt und sie großzügig zum Essen eingeladen. Damit wollte er sie über die entgangene Feier in Rosbach hinwegtrösten.

Das defekte Fahrzeug blieb auf dem Parkplatz an der Adolf-Reichwein-Halle stehen. Ein Techniker des Herstellers kam und kümmerte sich darum.

Der Notarzt hatte Berthold Scholz eine Beruhigungsspritze verabreicht und ihn in einem Nebenraum auf eine Liege gelegt. Cosima saß neben ihm.

Ob es nun an dem Medikament lag, das seine Zunge löste oder aber einfach an dem Wunsch, sich endlich alles von der Seele zu reden, vertraute er sich der Kommissarin an:

„Es war mein fünfzehnter Geburtstag", begann er mit schleppender Stimme, „meine Cousins Burkhard und Manfred hatten mich in eine Diskothek nach Butzbach mitgenommen. Sie wollten mir ein besonderes Geburtstagsgeschenk machen", er stockte, offensichtlich war es ihm sehr peinlich, was nun folgte, „sie wollten, dass ich meine ersten Erfahrungen mit dem weiblichen Geschlecht mache. Sie berichteten mir von einer jungen Frau, die leicht zu haben sei und mit der sie es schon öfter getrieben hätten. Wir trafen sie in der Disko. Sie gefiel mir und nach einigen gemeinsamen Drinks, die meine Cousins spendierten, verließen wir mit ihr das Lokal. In einem Waldstück hielten wir und....", Tränen rannen über sein Gesicht, „Burkhard und Manfred schliefen nacheinander mit ihr. Sie meinten, sie müssten mir erst einmal zeigen, wie das so ging. Die mir damals unbekannte Frau machte freiwillig mit und ich hatte das Gefühl, dass es ihr Spaß machte. Dann forderte sie mich auf, es mit ihr zu tun", Berthold schluchzte, „sie flehte mich regelrecht an. Ich war erregt und legte mich zu ihr. Aber es dauerte nicht lange und sie stieß mich von sich, weil ich sie nicht befriedigen konnte."

Er schloss die Augen und sagte eine Weile nichts mehr. Cosima befürchtete, dass er eingeschlafen sei. Schließlich redete er weiter: „Sie verlangte 100,- DM von meinen Cousins und ließ sich dann nach Hause bringen. Ich höre noch heute ihre Worte, als sie aus dem Auto stieg: „Bis zum nächsten Mal Jungs, den Bubi lasst ihr aber zu Hause. Der muss erst noch ein bisschen üben."

Die Tür ging auf und Alexander steckte den Kopf herein. Cosima legte den Zeigefinger an ihre Lippen und bedeutete ihm, sich zurückzuziehen. Alexander verstand und ging wieder zu den Kollegen von der Spurensicherung und Frau Dr. Auf der Heide in den großen Saal, wo man sich um die tote Hedwig Scholz kümmerte.

„Ich bin nie wieder mit meinen Cousins ausgegangen. Ich verdrängte das Erlebnis, aber ich begann mich wieder einzunässen, wie ein kleines Kind. Von da an hat mich meine Mutter nicht mehr aus den Augen gelassen. Meine Mutter hat mir vor ihrem Tod gebeichtet, dass sie Sigrid und ihre Freundin Ursula und auch Frau Klinke umgebracht hat."

„Das ist eine sehr traurige Geschichte", bedauerte Cosima den Mann.

„Ich verstehe das alles nicht. Warum hat meine Mutter das getan? Ich hätte doch zu der Vaterschaft gestanden", er wirkte wie ein hilfloses Kind.

„Ich glaube, Ihre Mutter hat Sie so sehr geliebt und wollte Sie mit niemandem teilen."

„Das kann ich mir nicht vorstellen. Ich denke, ihr ging es eher um ihren untadeligen Ruf."

„Das ist sicher auch ein Motiv, trifft aber eher auf Ihren Onkel zu, der nicht wenig Anteil an der ganzen Geschichte hat", erklärte ihm Cosima.

„Wie soll ich das verstehen?"

„Ihre Tante hat ihm offenbar weisgemacht, dass Sie, Ihr Bruder Manfred und Ihr Cousin Burkhard Frau Kessel damals vergewaltigt haben und bei dieser Vergewaltigung Hero gezeugt wurde. Herr Pracht hatte Angst, dass die Sache auffliegen könnte. Das war der Grund, warum er mitgemacht hat."

„Sein Ruf war ihm schon immer wichtiger als alles andere. Aber er hätte doch nur mit uns sprechen müssen. Dann hätte er die Wahrheit erfahren."

„Das hätte er. Mir ist es auch schleierhaft, warum er das nicht getan hat", versicherte ihm Cosima, „aber heute Morgen hat er seinem Anwalt alles gestanden und ihm erlaubt, uns einzuweihen. Vielleicht hätte er das nicht getan, wenn er nicht Angst gehabt hätte, dass der Bus unterwegs verunglückt."

„Wie meinen Sie das?"

„Ihr Onkel hat mit Hilfe Ihrer Mutter die Busse manipuliert. Er war so einsichtig, uns auch von dem erneuten Versuch, den Bus zum Stehen zu bringen, zu erzählen."

„Also ist er an den Schwierigkeiten in den letzten Monaten schuld", empörte sich Berthold, „aber warum? Ich verstehe das alles nicht."

„Das wird sich bei den Verhören sicher aufklären. Aber ich könnte mir vorstellen, dass das Motiv Ihres Onkels für die Manipulation der Busse eher in Missgunst und Neid begründet ist. "

„Glauben Sie, Hero wird mir verzeihen?", fragte er die Kommissarin.

Cosima überlegte einen Moment, bevor sie dem verzweifelten Mann eine Antwort gab: „Da gibt es nichts zu verzeihen. Sie sind nicht für die Taten Ihrer Mutter verantwortlich", sie überlegte wieder einen Moment, „und was seine Zeugung betrifft, haben Sie sich auch nichts vorzuwerfen. Er muss ja nicht wissen, dass es sich dabei nicht um eine romantische Liebesnacht unter Sternen gehandelt hat."

„Wahrscheinlich will er gar nichts von mir wissen", befürchtete er.

„Geben Sie ihm etwas Zeit. Sie können ihm nicht die Mutter ersetzen, aber vielleicht ist er froh, einen Vater zu bekommen. Ruhen Sie sich noch etwas aus, bevor wir Sie nach Hause bringen."

Berthold Scholz fragte nicht mehr nach seiner Mutter, die inzwischen in einem kalten Zinksarg das

Gebäude verlassen hatte. Er war froh, dass nun alles vorbei und er dem Zugriff seiner gluckenhaften, übermächtigen Mutter entkommen war. Er hätte ihr ein schöneres Ende gewünscht, doch die Tatsache, dass ihn seine eigene Mutter so betrogen und belogen und ihn zum Schluss sogar zum Selbstmord verleiten wollte, verhalf ihm dazu, nicht allzu großes Mitleid mit ihr zu empfinden. Sie hatte ihm, mit dem Versprechen, dass sie beide gemeinsam Abschied von dieser Welt nehmen würden, alles gestanden. Die Kapsel, die sie ihm gereicht hatte, steckte er in den Mund und ließ sie in seiner Backentasche ruhen. Er spielte ihr einen perfekten Zusammenbruch vor, in der Hoffnung, sie würde einsehen, dass sein und ihr Freitod keinen Sinn mache. Doch da hatte er sich getäuscht. Ohne Zögern zerkaute sie die Kapsel mit dem Arsen. Ihr ganzer Körper zuckte. Weißer Schaum trat ihr aus dem Mund, bevor ihre Augen brachen. Sie starb einen grauenvollen, schmerzhaften Tod. Berthold sah ihr beim Sterben zu.

Kapitel 85

Am Ende des Tages saßen sie bei einem Glas Wein zusammen in Alexanders Büro. Stückchen hatte bereits ihren Arbeitsplatz verlassen. Müde und erschöpft tauschten sie ihre Gedanken aus.

„Wie ist die bloß an die Arsenkapsel gekommen?", fragte Jüngling.

„Das würde ich auch gern wissen", meinte Eberstädter.

„Das kriege ich schon raus", ließ sich Frau Dr. Auf der Heide vernehmen, „ich bin nur froh, dass der junge Scholz dem Wunsch seiner Mutter nicht nachgekommen ist und auf die Kapsel gebissen hat."

„Dann hätten wir jetzt noch einen Toten mehr", gab Alexander zu bedenken."

„So eine Missgeburt. Was die ihrem Sohn zugemutet hat, unglaublich", schimpfte Eberstädter.

„Für sie war das Liebe, reine Mutterliebe", erklärte ihm Cosima.

„Jawohl, Frau Psychologin", scherzte Alexander.

„Wie auch immer, die Fälle sind geklärt", mischte sich nun Juliane ein, „und morgen können wir der staunenden Öffentlichkeit alles während einer Pressekonferenz präsentieren.

„Ich glaube nicht, dass wir schon alles erfahren haben. Die Staatsanwaltschaft wird noch das eine oder andere aus Peter Pracht herauskitzeln. Auf den Prozess bin ich gespannt", entgegnete Cosima.

„Ich auch", Alexander hob sein Glas und prostete den Kollegen zu. Erdmann brummte auf seinem Schoss,

„ich freue mich vor allem für Armin Preuß. Jetzt ist er endlich rehabilitiert und kann seiner Jagdleidenschaft wieder nachgehen.“

Epilog

Ein Jahr nach der Aufklärung der Taten und dem damit einhergehenden umfangreichen Gerichtsverfahren übergab Armin Preuß das Busunternehmen an seinen Cousin Berthold Scholz und dessen Sohn Hero Kessel zu gleichen Teilen. Damit widersetzte er sich der Anordnung seines Großvaters, der in dem Übergabevertrag bestimmt hatte, dass keiner der Familien Pracht oder Scholz jemals von dem Busunternehmen profitieren sollten.

Seitdem lebt Armin Preuß bei seiner Frau Cynthia und seinen Kindern auf der Farm in Südafrika. Seine Mutter sowie seine Tante Mechthild und Cousine Martina begleiteten ihn ans andere Ende der Welt. Adelheid Preuß lernte endlich ihre Schwiegertochter und ihre Enkelkinder kennen. Sie fühlte sich sehr wohl in deren Mitte. Das Verhältnis zu Armin besserte sich, was die Aussage ihres Vaters und Armins Großvater bestätigte, er sei „der letzte Preuße".
Auch Martina und ihrer Mutter gefiel es in der neuen Umgebung. Über die schrecklichen Ereignisse wurde nicht mehr gesprochen.

Berthold und Hero hatten sich mit Hilfe einer Psychologin ausgesprochen. Cosima hatte diesen Vorschlag unterbreitet. Sie hatte den beiden gesagt, sie sollten nicht länger in der Vergangenheit rumstochern, sondern gemeinsam in die Zukunft blicken. Das würde ihnen einen großen Teil ihrer Last nehmen. Berthold kümmerte sich rührend um seine neue Familie.

Beide lehnten es ab, dem Prozess gegen Peter Pracht beizuwohnen und erschienen nur, wenn sie als Zeugen aussagen mussten. Sie vermieden es auch, die vielfältigen Zeitungsberichte zu lesen. Sie wollten sich nicht mit den unerfreulichen Tatsachen belasten.

Am Ende der mehrwöchigen Gerichtsverhandlung erhielt Pracht eine lebenslange Freiheitsstrafe. Im Laufe der Verhandlungen stellte sich heraus, dass Pracht seinen eigenen Sohn Burkhard geopfert und seinen Neffen Manfred erschossen hatte, um sie zum Schweigen zu bringen. Hedwig Scholz hatte ihm gesagt, dass die drei Cousins Sigrid Kessel vergewaltigt hätten und hatte ihn damit unter Druck gesetzt. Sein untadeliger Ruf war Pracht wichtiger als das Leben der unbescholtenen jungen Männer.

Pracht wiederholte seine Aussage vor Gericht, dass Hedwig Scholz an dem bewussten Freitagabend Sigrid Kessel aufgesucht hatte. Das Messer, das sie der Frau in den Bauch rammte, hatte sie sich zuvor im Haus ihrer Schwester angeeignet. Weiterhin schilderte er dem Gericht, wie er das Jagdgewehr aus dem Jeep von Armin geholt und Manfred aus kurzer Distanz unbemerkt erschossen hatte. Dass er niemals in Verdacht geriet, hatte er seiner Tochter Martina zu verdanken. Sie hatte ihm unfreiwillig ein Alibi gegeben. An dem bewussten Morgen hatte er seine geistig behinderte Tochter zu einem Ausflug eingeladen, sie mit einem leichten Betäubungsmittel ruhiggestellt und für eine Weile allein in seinem Auto zurückgelassen. Als er die Tat vollbracht hatte, war er mit ihr in das Tiergehege am Hotel Klosterwald bei Lich gefahren.

Zudem hatte er gemeinsam mit seiner Schwägerin Hedwig Frau Klinke aus dem Krankenhaus abgeholt. Hedwig Scholz befürchtete, dass die Frau sie identifizieren könnte und entschied, sie zu töten. Auf dem Parkplatz an den Licher Teichen erdrosselte Hedwig Scholz, die hinter der ahnungslosen Frau Klinke saß, die für sie gefährliche Zeugin. Der Plan war, die Tote anschließend in dem Waldstück zu vergraben. Doch in dem Moment, als Frau Klinke die letzten Zuckungen machte, war ein Auto auf den Parkplatz gefahren. Pracht befördert die Leiche so gut es ging in den Fußraum. Hedwig Scholz legte sich auf den Rücksitz, damit man sie nicht sehen konnte. Im Feld bei Ober-Hörgern, das vom Ort aus nicht zu sehen war, entsorgten sie den Leichnam von Frau Klinke mitten im Maisfeld.

Ursula König musste sterben, weil sie Hedwig Scholz erpresst hatte. Die abendliche Besucherin, die die vergiftete Kürbissuppe mitgebracht hatte, war ebenfalls Hedwig Scholz.

Cosimas Vermutung, dass Frau Scholz alle diese Taten aus Mutterliebe begangen hatte, fand Bestätigung. Prachts Motiv, sie bei ihren Taten zu unterstützen, war der abgrundtiefe Hass auf seinen Schwiegervater und der Erhalt seines Rufes.

Sowohl der Richter als auch die Schöffen waren von der Kaltblütigkeit der handelnden Personen entsetzt.

Cosima von Mittelstedt heiratete ihren Freund Carsten Bendel. Die Trauung wurde im folgenden Frühjahr im Innenhof der Burg Münzenberg von einer

Standesbeamtin der Stadtverwaltung Münzenberg vollzogen. Alle Gäste waren in historischen Kostümen erschienen.

Im Anschluss brachte Otto Kowalski die Gäste mit dem Oldtimerbus „Hermine“ an den Münzenberger Bahnhof, wo sie die historische Eisenbahn bestiegen. In dem Zug erwartete die Hochzeitsgesellschaft ein Buffet und Musik. Im Sommer des gleichen Jahres teilte Cosima von Mittelstedt ihrem Kollegen und Freund Alexander Henneberg mit, dass sie schwanger sei.

Alexander und Eberstädter sprachen sich aus, was zur Folge hatte, dass Eberstädter eine Auszeit nahm. Er machte eine Kur in den Alpen und lernte dort eine nette Frau kennen.

Der Kommissar begleitete Rainer Ruppel mehrfach auf den Ansitz und nahm sich vor, in absehbarer Zeit nach Südafrika zu reisen. Bis dahin tröstete er sich mit gutem Essen und seinem Vierbeiner Erdmann, der ihn auf dem Beifahrersitz seines Oldtimers zu Ausfahrten in die Umgebung begleitete.

ENDE

Personenverzeichnis

Hauptfiguren:

Kriminalhauptkommissar Alexander Henneberg, Ermittler beim K 10 in Friedberg
Erdmann, Rauhaardackel des Kommissars
Kriminaloberkommissarin Cosima von Mittelstedt. Ermittlerin beim K 10 in Friedberg
Carsten Bendel, Lebensgefährte von Cosima
Weitere Ermittler beim K 10 Eberstädter und Jüngling
Erster Kriminalhauptkommissar Wortmann, Dienststellenleiter
Frau Stückrath, genannt Stückchen, Sekretärin beim K 10
Juliane Landmann, Pressesprecherin des K 10
Amiga, Appenzeller Sennhündin von Juliane
Frau Dr. Fähe Auf der Heide, Rechtsmedizinerin
Hofstetter, Polizeihauptkommissar von der Polizeistation Butzbach
Schön, Polizeioberkommissar von der Polizeistation Butzbach
Armin Preuß, Busunternehmer aus Gambach
Adelheid Preuß, Mutter von Armin
Othello, großer Münsterländer, Jagdhund von Armin Preuß
Elena, Haushaltshilfe von Adelheid Preuß
Gustav Kolbow, Vater von Adelheid Preuß

Otto Kowalski, Werkstattleiter im Busunternehmen von Armin Preuß
Siglinde Müller, Sekretärin im Busunternehmen von Armin Preuß
Hermine, Oldtimerbus von 1965, gekauft von Gustav Kolbow, jetzt im Besitz von Armin Preuß
Hero Kessel, Busfahrer im Busunternehmen von Armin Preuß
Sigrid Kessel, Pflegerin von Adelheid Preuß
Bettina Kessel, Schwester von Sigrid Kessel
Ursula König, Freundin von Sigrid Kessel
Torsten König, Sohn von Ursula König
Sandra König, Schwiegertochter von Ursula König
Berthold Scholz, Mitarbeiter im Busunternehmen und Cousin von Armin Preuß
Manfred Scholz, Bruder von Berthold und Cousin von Armin Preuß
Hedwig Scholz, Mutter von Berthold und Manfred, Tante von Armin Preuß
Mechthild Pracht, Mutter von Martina und Burkhard, Tante von Armin Preuß
Martina Pracht, Cousine von Armin
Burkhard Pracht, Cousin von Armin
Peter Pracht, Ex-Mann von Mechthild Pracht und Vater von Martina und Burkhard
Rainer Ruppel, Jäger aus Münzenberg und Freund von Armin Preuß
Carola Müller, Besitzerin des Kürbishofes in Lang-Göns
Henning Kühl, ehemaliger Kollege von Alexander Henneberg

Weitere Figuren:

Frau Klinke, Mieterin von Sigrid Kessel
Jessica Babich, Tochter von Frau Klinke
Frau Bach, Nachbarin von Sigrid Kessel
Jessica Wolters, Freundin von Hero Kessel
Igor, Nachbar von Mechthild Pracht
Johann, Busfahrer von Armin Preuß
Angela, Wirtin der Pizzeria Trestelle in Gambach
Issy, Wirt des Gasthauses Adler in Gambach
Thomas Pohl, Günther Koch und Jürgen Fuchs, ehemalige Freunde von Sigrid Kessel

ebenfalls von Jule Heck erschienen ist:

ISBN Print: 978-3-86468-578-1
Taschenbuch, 12,5 x 19,0 cm,
398 Seiten, Preis: 12.90 €

ISBN E-Book: 978-3-86468-586-6
EPUB und PDF, Preis: 6.99 €

ebenfalls von Jule Heck erschienen ist:

ISBN Print: 978-3-86468-827-0
Taschenbuch, 12,5 x 19,0 cm,
481 Seiten, Preis: 12.90 €

ISBN E-Book: 978-3-86468-846-1
EPUB und PDF, Preis: 6.99 €

ebenfalls von Jule Heck erschienen ist:

ISBN Print: 978-3-96014-088-7
Taschenbuch, 12,5 x 19,0 cm,
394 Seiten, Preis: 12.90 €

ISBN E-Book: 978-3-96014-115-0
EPUB und PDF, Preis: 6.99 €

ebenfalls von Jule Heck erschienen ist:

ISBN Print: 978-3-96014-209-6
Taschenbuch, 12,5 x 19,0 cm,
440 Seiten, Preis: 12.90 €

ISBN E-Book: 978-3-96014-223-2
EPUB und PDF, Preis: 6.99 €

ebenfalls von Jule Heck erschienen ist:

ISBN Print: 978-3-96014-357-4
Taschenbuch, 12,5 x 19,0 cm,
420 Seiten, Preis: 12.90 €

ISBN E-Book: 978-3-96014-380-2
EPUB und PDF, Preis: 6.99 €